VOORBIJ DE TIJD

Van Sue Miller verschenen eerder:

De goede moeder
Familiefoto's
Uit liefde
Een goede gast
Het betoverde kind
Toen ik even weg was

Sue Miller

Voorbij de tijd

Vertaald door Karina van Santen

2002
Uitgeverij Contact
Amsterdam/Antwerpen

Ter nagedachtenis aan Marguerite Mills Beach,
Mijn lieve verhalenvertellende grootmoeder.

DANKWOORD

Ik dank het *Radcliffe Institute for Advanced Study* en het *Bunting Fellowship Program* voor de tijd die ze me hebben gegund en voor het aeriecum-computertje dat me in staat heeft gesteld dit boek te voltooien; Perri Klass voor zijn antwoorden op mijn vele vragen en voor zijn rondleiding door de Intensive Care van de afdeling neonatologie in het Boston Medical Center; en Doug Bauer voor zijn ruimhartige hulp.

DEEL EEN

EEN

Zie het voor je: een droge, koele dag, de hoog opgestapelde cumuluswolken schoven langzaam van noordwest naar zuidoost door de lucht, hun schaduwen volgden hen over de hooivelden die nog voor de laatste keer dat jaar gemaaid moesten worden. Over een smalle, onverharde weg tussen de velden reed een paard en wagen waarin twee oude mensen zaten in hun versleten zondagse kleren op weg naar de stad voor de begrafenis van hun volwassen dochter. Ze spraken niet met elkaar, maar als je de moeite nam, kon je zien dat de lippen van de oude vrouw onophoudelijk bewogen, geluidloos steeds opnieuw dezelfde paar zinnen herhaalden. Ze was van plan, een plan dat gegroeid was in de lange weken dat haar dochter op sterven lag, om haar kleinkinderen te redden uit hun situatie, uit hun moederloze huis. Om ze alledrie mee te nemen naar de boerderij. Ze was aan het repeteren wat ze zou zeggen, hoewel ze niet besefte dat haar mond de woorden vormde, en haar man merkte het niet.

Zie ook dit voor je: aan het eind van de middag van dezelfde lange dag de twee oudste kleinkinderen, de meisjes, die samen moesten lachen. Die de oude vrouw, hun grootmoeder, wreed uitlachten om haar dwaze idee.

Maar misschien was het niet echt wreed. Tenslotte waren het kinderen. Onnadenkend als kinderen meestal zijn. Sterker nog, ze hadden een groot deel van deze vreemde dag, de dag van hun moeders begrafenis, lachend doorgebracht. Nerveus lachend, misschien zelfs een tikje hysterisch, omdat ze niet wisten wat ze moesten voelen of denken. Lachen was de makkelijkste weg. Het was hun manier om alle sombere gevoelens die in het verschiet lagen te weren.

Ze waren al op voordat het licht werd, lang voordat hun vader en hun kleine broertje wakker waren, lang voordat hun
grootouders aankwamen, bijna duizelig van alle uiteenlopende taken die hun te wachten stonden. Na de kerkdienst zou er
een uitgebreide maaltijd zijn – gepelde eieren, ham, gegrati-
neerde aardappels, broodjes, drie soorten slaatjes, pudding en
zandkoekjes – en ze hadden allebei een hele rits dingen te doen
die daarmee te maken hadden. Ze waren in de keuken bezig
in hun nachtpon, op blote voeten, terwijl het zachte, grijze
licht langzaam de ruimte vulde. Toen mevrouw Beston, de
huishoudster, kwam, joeg ze hen naar boven om zich aan te
kleden.

Ze hadden de vorige dag zelf hun jurken gestreken omdat
mevrouw Beston het zo druk had. Die hingen nu aan kleer-
hangers aan de haak achter hun slaapkamerdeur en roken naar
stijfsel, roken nog een heel klein beetje naar de warmte van
het strijkijzer – die zoete, schroeierige lucht. Toen ze ze over
hun hoofd trokken en daarna elkaar hielpen hun lange haar
te vlechten, sloegen ze steeds weer dubbel van een lach die even
onbeheersbaar leek als niezen. Soms was het een wilde, bijna
valse lach. Hij voedde zichzelf. Ze hoefden maar naar elkaar
te kijken of naar hun slaperige broertje Freddie die in zijn
nachthemd, met zijn haar in rare pieken, binnenkwam en op
hun bed naar hen ging zitten kijken, of het begon weer.

Misschien verklaarde dat waarom ze zich niet in konden
houden later die dag, toen hun vader vertelde van het plan van
hun grootmoeder: waarom ze weer losbarstten in dezelfde rauwe hysterie. Ze lachten haar uit. Ze lachten haar en hun grootvader uit omdat ze met paard en wagen naar de stad waren
gekomen; hun vader had naar hun gevoel altijd al een automobiel gehad (in werkelijkheid zeven jaar). Ze lachten omdat
ze nog maar acht tanden had en daarom met haar hand voor
haar mond lachte – ze konden dat onhandige, verontschuldi-

12

gende gebaar allebei perfect nadoen. Ze lachten omdat ze een idiote strohoed droeg, in de vorm van een slappe pannenkoek, en een ouderwetse jurk, de ouderwetse jurk die ze bij alle officiële gelegenheden aanhad. Ze lachten omdat zij had gedacht dat hun vader hen zo makkelijk weg zou geven.

'Het zijn nog kinderen', is wat de oude vrouw tegen haar schoonzoon zei. 'Ze moeten kind kunnen zijn.' Na de begroeting waren ze met z'n tweeën naar de woonkamer gegaan, en toen ze hem vertelde dat ze iets persoonlijks te zeggen had, deed hij de schuifdeuren dicht. Het was zo lang geleden sinds iemand ze dicht had geschoven, dat alle profielen gelijkmatig omzoomd werden door een dikke grijze streep stof.

Ze gingen zitten zonder elkaar echt aan te kijken, de kersverse weduwnaar en de moeder van de dode vrouw. De grootmoeder dwong zichzelf te blijven praten, om te proberen haar plan aan hem uit te leggen. Ook onder de gemakkelijkste omstandigheden was ze al geen praatster en dit was natuurlijk allemaal niet gemakkelijk. Ze had niet veel verder gedacht dan haar eerste opmerking. Die vormde eigenlijk haar hele betoog.

Bovendien was ze altijd verlegen geweest in aanwezigheid van haar schoonzoon. Hij was een grote, bijna knappe man met glad haar, die een beetje zwaarder begon te worden nu hij de vijfenveertig naderde. Hij was vertegenwoordiger van artikelen van gevulkaniseerd rubber, en de manier waarop hij met de wereld omging was rechtstreeks afkomstig uit dat leven: hij wilde amuseren, charmeren. Toen hij om haar dochter kwam – Fanny heette ze – had hij ook geflirt met de grootmoeder, en daardoor stond ze altijd met haar mond vol tanden in zijn aanwezigheid. Eén keer, toen ze een bosbessentaart had gemaakt die hij bijzonder verrukkelijk vond, had hij haar beetgegrepen om met haar over de geboende houten vloer van haar boerenkeuken te walsen. Dat had haar zo van haar stuk gebracht – zijn energie en kracht en haar hulpeloosheid daartegen – dat ze in tranen van schaamte was uitgebarsten.

Dat zou ze nu ook het liefst doen, huilen; ze maakte zo'n warboel van de dingen die ze wilde zeggen. Het had haar zo duidelijk geleken in haar eenzame dagen toen haar dochter op sterven lag, en daarna. De kinderen hadden haar nodig. Ze móchten niet meer door de week alleen gelaten worden. Zoveel verantwoordelijkheid kon niet van de meisjes gevergd worden, de zorg voor zichzelf en ook nog eens voor hun kleine broertje. Het was te veel. Het was gewoon te veel. Ze hadden een thuis nodig: iemand om voor hén te zorgen. Ze zou aanbieden hen vrijdags naar de stad te brengen zodat ze het weekend met hem konden doorbrengen. Of hij kon bij hen komen logeren op de boerderij. O, ze zouden hem gastvrij ontvangen!

Al dat plannen maken had het beeld van haar dochter – uitgeteerd, ineengedoken op haar zij, alleen bij bewustzijn om het uit te schreeuwen van de pijn – uit haar hoofd gebannen; hoewel ze veel tegen Fanny had gepraat, een andere versie van Fanny, toen ze alles voorbereidde: het extra beddengoed uitschudde, de ingelijste foto's van haar neerzette in de ongebruikte kamers die ze voor de kinderen had bestemd. 'O, lieve meid,' had ze gefluisterd, 'het zal allemaal goedkomen met ze, dat zul je zien. Ze hebben nu alleen iemand nodig om voor hén te zorgen, dat is alles, en ik ben degene die dat gaat doen.'

Haar schoonzoon wachtte even, uit vriendelijkheid en verdriet, voordat hij antwoord gaf. Toen schraapte hij zijn keel en zei dat hij de dingen een beetje anders zag. Zijn oudste dochter was bijna zestien, de jongste dertien – niet echt kinderen meer. Het waren grote, verstandige meiden. Hij had hun hulp nodig, zei hij.

Natuurlijk was dat precies haar argument. Maar ze zette niet door. Ze bleef zwijgend zitten en knikte, één keer maar, woedend op zichzelf. Ze gaf het al op. Zonder slag of stoot.

En bovendien, ging hij mild verder (erg mild: hij was gesteld op zijn schoonmoeder, deze broodmagere, strenge oude vrouw), waren het zíjn kinderen.

Ze stond op en draaide zich om, maar niet voordat hij haar mond naar beneden zag trekken, grimmig en verslagen.

Fanny had er een paar jaar over gedaan om dood te gaan, aan kanker, hoewel niemand dat woord ooit had uitgesproken in het huis of in het bijzijn van de kinderen. En, zoals de grootmoeder zou hebben toegegeven als ze niet blind was geweest van verdriet dat omsloeg in een soort zelfverwijt, het viel niet te ontkennen dat Fanny zo'n ongebruikelijke jonge en vervolgens bijna middelbare vrouw was geweest dat de meisjes het huishouden al bestierden lang voordat iemand kon vermoeden dat ze ziek was. Dus daar ging hun kindertijd.

De meisjes heetten Georgia en Ada. Georgia, de oudste, herinnerde zich hoe ze zelfs in de jaren dat haar moeder nog gezond was tussen de middag thuiskwam uit school, een voorrecht van kinderen die in de stad woonden, in een doodstil huis waar Fanny nog in haar ochtendjas op de bank in de woonkamer lag te lezen, precies zoals ze had gelegen toen Georgia wegging. Dan keek ze verrast en wazig op. Haar gezicht was rond en vol, met dikke, kinderlijke lippen en de verbaasde blauwe ogen van een baby: een aantrekkelijke, merkwaardig ongetekende jonge vrouw. 'Maar Georgia,' zei ze elke dag weer, 'hoe kun je nu al terug zijn?' En dan stond ze op en streek doelloos over haar haar of haar ochtendjas. Vaak was ze op blote voeten, zelfs in de winter. 'Zullen we dan maar eens kijken of we iets te eten voor jullie kunnen vinden, hè meisjes?'

Het was eigenlijk een schande, maar de kinderen vonden het niet erg, ze waren niet anders gewend. In de keuken stond het ontbijtservies nog op tafel, het vet gestold, het oppervlak van de plasjes stroop rimpelend door de onzichtbare beweging van de lucht. Boven lagen de bedden open, onopgemaakt. Toen de baby, Freddie, kwam, was het vaak Georgia's eerste taak tussen de middag om hem mee naar boven te nemen naar de kinderkamer en zijn vieze luier te verschonen. 'O poep-doos,' zei ze dan. 'Grote drollendraaier. Kijk nou wat je hebt gedaan, ondeugende jongen.' Ze liet een stroom van dit soort beledigende praat uit haar mond komen, zodat hij geboeid en geamuseerd stil zou liggen en het haar makkelijker zou maken, maar ook om niet te kokhalzen – ze wende nooit aan de doordringende geur van ammoniak en erger, die ze vrijliet elke keer dat ze zijn bungelende, zware doeken losspeldde.

Kort na Freddies komst – dat moest de tijd zijn geweest dat haar moeder ziek was geworden, bedacht Georgia later – kwam er eindelijk regelmatig hulp. Mevrouw Beston. Ze heette Ellen, maar niemand noemde haar ooit zo, zelfs hun moeder niet. Altijd en alleen mevrouw Beston, hoewel hun vader haar soms mevrouw De Beste noemde als ze het niet kon horen. Ze was lang en knokig en sterk. Volkomen humorloos, maar toch eindeloos, bodemloos opgewekt. Ze kwam op maandagochtend, op het moment dat hun vader voor de week vertrok. 'U moet die kinderen de teugel laten voelen, mevrouw Beston,' zei hij dan terwijl hij zijn jas aantrok. 'Ze zijn gruwe-lijk verwend. Dagelijks met de zweep, zou ik denken, en minimaal vier avonden per week gortepap.' De kinderen zaten op de trap te wachten om afscheid te nemen en keken elkaar met een ondeugende grijns aan.

'O meneer, dat moet u niet zeggen!' riep mevrouw Beston dan ongemakkelijk.

'Nee, nee, we rekenen op u, mevrouw Beston. Sluit ze op in hun kamer. Stuur ze zónder eten naar bed. Hang ze op aan hun duimen tot ze beloven gehoorzaam te zijn.'

'Meneer Rice toch!'

'Ik ga ervandoor, mevrouw Beston. Ik heb er alle vertrouwen in dat u ze tegen vrijdag enige godvrezendheid hebt bij-gebracht.'

Maar dat deed ze niet. Ze vergaf hun alles. Voor haar was

iedereen een arme schat, vooral hun moeder. Mevrouw Rice, de arme schat. Het drong maar langzaam tot Georgia door dat het meer was dan een merkwaardige uiting van affectie, dat mevrouw Beston refereerde aan iets specifieks, iets droevigs en verkeerds met haar moeder.

De afspraak was dat ze om halfvier of vier uur zou vertrekken – ze had haar eigen gezin om naartoe te gaan en voor te koken – maar vaak bleef ze nog als haar taak erop zat, gewoon om een paar stukjes van een puzzel met hen te leggen, nog één rondje bamzaaien, één spelletje pesten. Als ze eindelijk wegging, was het huis schoon, de was gedaan als het wasdag was, en stond er – toen hun moeder eenmaal echt ziek was – altijd iets klaar in de keuken en hadden de meisjes instructies gekregen hoe ze het moesten opwarmen en opdienen. Hoewel Fanny toen inmiddels niet veel eetlust meer had, brachten Ada of Georgia steevast een blad naar haar kamer voordat ze voor zichzelf en Freddie opschepten aan de keukentafel. En na het eten ging een van hen het bijna onaangeraakte blad weer naar beneden halen. Ze hielden het allebei goed bij, ze wisten altijd allebei of ze vandaag meer of minder had gegeten dan gisteren, hoewel ze er tegen elkaar nooit iets over zeiden.

In die tijd waren ze allemaal behendig geworden in nooit erkennen wat ze wisten, in doen of ze niet zagen wat ze zagen. Alles spande samen om dat aan te moedigen – mevrouw Bestons vastberaden opgewektheid, hun vaders geforceerde, soms wanhopige vrolijkheid, het beleefde stilzwijgen van hun buren over wat er in hun huis gaande was.

En hun moeder: ach, was die niet altijd zo geweest? Indolent, toch al de helft van de tijd in bed, lezend of dagdromend? O, ze was ziek, dat wisten ze wel, maar ze verwachtten allemaal – of deden alsof en vergaten vervolgens dat ze deden alsof – dat ze die lente weer zichzelf zou zijn; of anders die zomer, als ze naar Bucksport zouden rijden om ponden kreeft te kopen; of in ieder geval in de herfst, als ze nieuwe schoolspullen moesten gaan kopen in Pittsfield.

Op een namiddag in de zomer dat haar moeder op sterven lag, kwam Georgia de veranda bij de keuken op. Mevrouw Beston was al weg, maar ze had Fanny's lakens in de week gezet in een zinken teil met koud water. Door het bloed hadden ze een prachtige, egaal sorbetroze kleur gekregen. Ze zagen eruit als besneeuwde bergen bij zonsondergang. Geschrokken bleef Georgia staan en hapte naar adem. Haar hart bonsde. Maar toen voerde haar geest snel zijn bekende, nuttige truc uit: ze aten die avond kip en het bloed kwam natuurlijk van het slachten van de kip en was op de een of andere manier op deze lappen gemorst, maakte ze zichzelf wijs.

Ze moest een hele wereld van kennis negeren om deze gedachte vast te houden, te beginnen met het feit dat de kippen buiten werden geslacht, achter de kippenren, maar ze was erin getraind, het gebeurde allemaal in een paar seconden. Ze begon zo hard ze kon te fluiten, 'Where E'er You Walk'. Ze liep de overwoekerde tuin in waar de lupines en citroenlelies langzaam werden gewurgd door onkruid, en begon woest te plukken, zingend nu, zonder te letten op de kreten van haar moeder die door de ramen heen te horen waren, ook al moesten die altijd dicht blijven.

Ze wilde haar vader, dacht Georgia aan de bloemen rukkend. Ze wilde hem nu meteen thuis. Maar hij zat nog twee dagen op de weg, tot vrijdag, op zijn gebruikelijke ronde langs warenhuizen en ijzerwarenwinkels in een straal van een paar honderd kilometer. Hij had monsters van zijn artikelen bij zich in zijn automobiel, en die geur van rubber hing permanent in de auto, een geur die Georgia nog tot op hoge leeftijd geruststellend zou vinden.

Om de veranda te vermijden liep ze om naar de voordeur van het huis en bracht de bloemen binnen. In de keuken vond ze een kan om ze in te zetten. Ada kwam uit de woonkamer en ze zongen samen hard en tweestemmig tot hun moeder weer in slaap was gevallen; of hen misschien had gehoord en was opgehouden met geluid maken.

Toen hun moeder nog gezond was, was het patroon hetzelfde geweest: hun vader was weg van maandag tot vrijdag. Op die dagen hadden ze hun luie, slonzige gewoonten zonder hem – geïmproviseerde maaltijden, wat hun moeder 'picknickdiners' noemde. Dat was leuk, ze beschouwden het als een soort spelletje. Op vrijdagochtend vlogen ze wild rond om op te ruimen. 'Lieve help, het is hier een zwijnenstal!' zei hun moeder dan, alsof ze het net gemerkt had, alsof een grote groep rommel makende vreemdelingen binnen was geslopen en troep had gemaakt toen ze even niet keek. Meestal was hun vader thuis als ze die middag uit school kwamen.

Hun gezamenlijke weekends waren de spil van het gezinsleven. Er waren ritjes in de T-Ford als het mooi weer was; er waren echte picknicks en bezoeken aan de boerderij van hun grootouders; er waren arresleetochten en sleetjerijden en schaatsen in de winter en een eindeloze hoeveelheid verkleedpartijen, spelletjes, toneelstukjes. Er waren grote, uitgebreide ontbijten op beide weekenddagen en op zondag een lang, laat diner.

Natuurlijk was het oneerlijk dat de ouders niet naar de kerk gingen terwijl de kinderen er de hele ochtend heen moesten – het peuterklasje voor Freddie, zondagsschool en vervolgens de dienst voor de meisjes. Ze waren pas om halfeen, één uur weer thuis. 'Doe je ouders de groeten,' 'Groet je ouders van me,' zeiden de andere volwassenen, de kerkgangers, waarschijnlijk met een lichtelijk valse ondertoon. 'O ja,' zeiden ze dan op weg om Freddie op te halen, op weg naar huis over het dorpsplein. 'O, dat zullen we doen!' riepen ze, rennend langs de heg van boerenjasmijn, met zijn bedwelmende geur aan het begin van de zomer, als ze het tuinpad in liepen en de drie houten treden opdenderden op hun zondagse schoenen.

'We zijn uitgehongerd!' 'We gaan dood!' schreeuwden ze vanaf de voordeur. Vaak bleef hun moeder boven – je kon horen dat ze zich aan het wassen was – maar hun vader kwam meteen naar beneden, knap in zijn hemdsmouwen, nam hen mee naar de keuken en maakte boterhammen met boter en suiker voor hen, een alvast watje, zei hij dan. Als haar moeder verscheen, droeg ze haar zondagse kleren, alsof ze wél naar de kerk was geweest. Ze zag rood en rook naar lavendel, en hun vader riep iets dwaas: 'Wat is dat voor visioen, welk een schoonheid verschijnt daar? Meisjes, meisjes, jullie hebben een mooie oudere zus die jullie voor me verborgen hebben gehouden!'

Het was vreemd, dacht Georgia tijdens de dienst, hoe weinig ze nu voelde. Misschien was ze door de lange ziekte gewend geraakt aan het idee van de dood, van die van haar moeder in elk geval. Ze keek naar haar grootouders aan het eind van de voorste bank. Ze keken niet naar elkaar, maar ze zag dat hun knokige handen hecht verweven lagen op haar grootmoeders schoot. De schouders van de oude vrouw vormden een gebogen, afzakkende lijn. Haar jurk was vormeloos en glom van het strijken, de kanten kraag was geelbruin van ouderdom.

Na afloop bleven de grootouders niet voor het buffet dat mevrouw Beston had klaargezet in de eetkamer terwijl zij in de kerk zaten. In plaats daarvan wenkten ze hun schoonzoon verlegen naar de voorveranda. Toen hij afscheid van hen had genomen stuurde hij de meisjes naar buiten om hen uit te zwaaien. Hij had hun inmiddels verteld van hun grootmoeders plan, en terwijl hun grootouders wegreden, begonnen de meisjes weer te lachen, zo wild en onbeheerst – om de rare oude hoeden van hun grootouders, om het doorgezakte paard, de slagzij makende wagen – dat ze het hele veld achter het huis door moesten rennen om te kalmeren, voordat ze hun roze, glimmende gezichten weer konden laten zien.

Maar 's nachts droomde Georgia van haar grootmoeder, met haar dode moeder op schoot – als een piëta – ontroostbaar huilend. En toen ze wakker werd in het donker in het bed dat ze met Ada deelde, was ook Georgia's gezicht nat van de tranen.

TWEE

Mijn eigen grootmoeder was degene die me dit verhaal over de dag van de begrafenis vertelde, een van de vele verhalen. Want het ging over haar. Zij was Georgia, de oudste dochter. Ze groeide op tot een charmante vrouw – klein, mooi en beweeglijk – en ze vond het heerlijk mij en mijn broer de verhalen over haar leven te vertellen. Ze had een heel bijzondere manier van praten als ze dat deed, de ritmiek week bijna onmerkbaar af van haar dagelijkse taalgebruik. Het was een beetje als de vertelstem van de gebroeders Grimm, of sommige van de kindersprookjes van Rudyard Kipling. Als mijn vader ons die verhalen voorlas, keek ik meer dan eens mijn broer aan, herinner ik me, een glimp van herkenning, een wetend glimlachje. Als we iets gezegd zouden hebben, zouden we misschien alleen 'oma' hebben gezegd.

Georgia is achtentachtig geworden. Ze overleefde haar man tientallen jaren, en al haar kinderen op één na, mijn moeders enige zus, Rue. Toen Rue een jaar geleden haar eenzame dood in Frankrijk stierf, was het aan mij, aan mij en mijn broer Lawrence, om te beslissen wat er met Georgia's huis moest gebeuren.

Lawrence zei dat het hem niets kon schelen, maar het is mogelijk dat hij alleen aardig tegen mij wilde zijn. 'Ik zou de poen best kunnen gebruiken,' zei hij door de telefoon. 'Wie niet? Maar als je het wilt aanhouden vind ik dat ook best. Dan moet het wel zichzelf bedruipen. Het mag me geen cent kosten.'

Dat was geen probleem, want alle jaren sinds mijn grootmoeders dood had het huis zichzelf bedropen. Het stond in West Barstow, een vriendelijk plaatsje ongeveer vijfendertig kilometer van de rivier de Connecticut in het zuiden van Vermont, met uitzicht over de kalme heuvels naar de bergen in de verte die zeer ontoepasselijk de Groene Bergen werden genoemd – van hieraf waren ze blauw, een verafgelegen staalblauw. Na de dood van mijn grootmoeder had Rue het huis moeiteloos vier of vijf maanden per jaar als vakantiehuis kunnen verhuren, en de laatste paar jaar was er het hele jaar door een huurder geweest. Toen de notaris me liet weten dat Rue mij en Lawrence het huis had nagelaten, vertelde hij me ook dat deze huurder, een gepensioneerd academicus, verscheidene malen had aangeboden het van Rue te kopen, en toen hij van haar dood hoorde had hij gevraagd zijn aanbod over te brengen aan haar erfgenamen.

Ik wist niet wat ik wilde. Natuurlijk kon ik ook 'de poen wel gebruiken', hoogstwaarschijnlijk nog beter dan Lawrence, die het niet slecht deed, dank u, op zijn werk in Silicon Valley, waarvan me niet echt duidelijk was wat het inhield, alleen dat het met geld te maken had, niet met technologie. En waarschijnlijk zou het huis verkopen de verstandigste oplossing zijn geweest. Het was te ver weg; het was oud en vergde regelmatig onderhoud. Het probleem was dat ik er erg aan gehecht was, ook al had ik het in geen jaren gezien, niet sinds de dood van mijn grootmoeder in 1988. Ik beschouwde het als thuis – althans meer dan ik andere plaatsen als thuis beschouwde. In zekere zin was ik er opgegroeid, en nog steeds droomde ik soms van het huis als een veilige plek, precies zoals het eruit had gezien in mijn puberteit; en van mijn grootouders, die daarbinnen onzichtbaar maar tastbaar aanwezig op me wachtten. Dus nadat ik het bericht had gekregen dat het nu van ons was, en nadat ik met Lawrence had gepraat en me had gerealiseerd dat hij de beslissing aan mij overliet, leek alles in mijn hoofd ingewikkelder te worden.

Mijn verwarring werd gedeeltelijk veroorzaakt door het gevoel dat ik in San Francisco aan het eind van een soort levensweg was gekomen. Ik was een paar jaar geleden voor de tweede keer gescheiden. Nu hoorde ik mezelf in gesprekken soms verwijzen naar de man met wie ik twaalf jaar had samengewoond als 'mijn tweede man', woorden die me in mijn jeugd ondenkbaar zouden hebben geleken. En je zou verbaasd zijn hoe streng mensen naar je kijken als je dat zegt, wat ze niet doen als je zegt 'mijn eerste man'. Iedereen heeft recht op één echtelijke vergissing lijkt het, maar twee is te veel.

Bovendien, mijn kinderen, die al die jaren mijn leven in de stad hadden bepaald met hun vastigheden, hun scholen en hun hartstochtelijke interesses, waren nu het huis uit. Niet langer vast. Wijdverspreid zelfs, behalve de oudste, Karen, die weer in San Francisco terecht was gekomen.

Hoewel het me was opgevallen dat de scheiding hen allemaal emotioneel een beetje dichterbij had gehaald, waren ze er allemaal, dacht ik, een beetje bózig over. Ze hadden van Joe gehouden en hem vertrouwd, in tegenstelling tot hun eigen vader, die jaren eerder een verdwijntruc had uitgehaald – en nu was ik Joe ook voor hen kwijtgeraakt. Misschien had ik hun op het idee gebracht, maar ik had het gevoel dat ze me waren gaan zien als een bepaald soort persoon, een soort mislukkeling in feite. Ik had het gevoel dat ze het zorgelijk vonden, ik als alleenstaande. Ze vroegen me vaker, en bezorgder, hoe het met me gíng, wat ik van plan was. Ik stelde me hun e-mails en telefoongesprekken met elkaar voor. 'Moeten we voor haar gaan zorgen? Hoe óúd is ze nu?'

Maar misschien heb ik dat gedeeltelijk op die manier opgevat omdat ik me zelf zo'n mislukkeling voelde. Ik had Joe en onze hechte, diepe vriendschap vanzelfsprekend gevonden. Ik was geschokt en gekwetst geweest toen hij aankondigde dat hij op iemand anders verliefd was geworden. En vervolgens nog geschokter door zijn verbazing over mijn reactie.

Hij was ervan uitgegaan dat het me niet zoveel zou kunnen schelen. Hij had een even diepe onvrede en rusteloosheid van mijn kant verwacht. 'Je gaat me toch niet vertellen dat je gelúkkig was,' zei hij. We zaten in onze chique keuken. Ik stond te koken toen hij zijn aankondiging deed. Ik was eerst niet in staat om te antwoorden, zo verbijsterd was ik. Ik herinner me dat ik zorgvuldig en weloverwogen eerst het fornuis en toen de oven uitzette, alsof die, en niet zijn nieuws, het dreigende gevaar voor ons tweeën waren. Toen liep ik naar de tafel, vulde een glas tot de rand met wijn en ging zitten.

'Ik zou zeggen tevreden,' zei ik tegen hem. Ik had inmiddels het halve glas leeg.

'Tevréden?' vroeg hij, op een toon waaruit zijn enorme walging over dat begrip bleek. Hij schoof zijn stoel naar achteren en stond op. Hij liep door de keuken en leunde tegen de granieten aanrecht. Hij haalde zijn handen door zijn haar – bij Joe altijd een teken van grote geagiteerdheid. De dure, scherpe messen glansden in een rij achter hem. Alles leek me stroperig en traag. Hij praatte. Hij begreep het niet, zei hij. Hoe kon ik, waarom zou ik me bij zoiets neerleggen? Waarom zou ik denken dat híj zich bij zoiets zou neerleggen?

Het was een goed leven, zei ik. Een prettig leven.

Dat was niet het soort leven dat hij wilde.

We praatten nog wat. Hij werd boos, zijn stem zwol aan. Dat was eigenlijk goed, want het gaf mij de gelegenheid om ook boos te worden. Het gaf ons allebei de gelegenheid om te schreeuwen. Uiteindelijk gooide ik met een paar dingen. Glazen om precies te zijn, die een bevredigend explosief geluid maakten toen ze de tegelvloer raakten. Op een gegeven moment stormde ik de woonkamer in en hij kwam me achterna. Daar gooide ik zelfs met een stoel. Tot mijn grote verbazing brak die ook toen hij neerkwam, alsof het maar een filmrekwisiet was.

Joe was een man die absoluut niet tegen geweld kon en hij liep het huis uit. Maar na een paar uur, uren waarin ik, ongelooflijk maar waar, als een blok had geslapen op de bank in de woonkamer, kwam hij terug en maakte me zachtjes wakker. Hij zei dat hij wilde dat we vrienden bleven, voor altijd. We zaten voor de haard, dronken heel veel en praatten erover hoe we het moesten doen. We huilden allebei. Op een gegeven moment besloten we de kapotte stoel te verbranden. 'Ik heb het toch altijd een rotding gevonden,' zei hij.

En we deden het. We verbrandden hem, en toen, omdat het op dat dronken moment volkomen logisch leek – en ook grappig – verbrandden we nog een paar dingen, dingen die symbolisch leken voor ons huwelijk, waaronder een versleten uithangbord van een herberg waar we gelogeerd hadden zonder de kinderen toen we net verliefd waren – en die sindsdien gesloopt was – en al onze brieven aan elkaar.

Het was het soort scène dat had moeten eindigen met een vrijpartij, of met een verzoening, maar dat deed hij niet. We gingen apart naar bed, Joe sliep in de logeerkamer. De volgende ochtend hadden we allebei een kater en waren we boos op onzelf en elkaar, en allebei ook een beetje van streek over de dingen die we in onze dronkenschap hadden vernield. Ik herinner me dat ik wat van het stapeltje papier uit de as trok om te zien of er nog iets te redden viel. Midden op elke bladzij waren nog een paar verschroeide zinnen leesbaar, maar dat was alles.

Later voelde ik pas wat ik voor hem die avond had moeten voelen, een soort schaamte over mijn eigen tevredenheid, over mijn bereidheid om met zo wéínig genoegen te nemen, althans in zijn ogen. Later vroeg ik me af: Wat was er mis met me? Waarom was ik niet gretiger, gulziger? Waarom had ik niet meer seks, meer vrienden, meer interessante gesprekken gewild? Ik was gelukkig geweest met een soort parallelle levens.

Maar natuurlijk was hij ook gelukkig geweest, tenminste een deel van de tijd. In de maanden nadat we uit elkaar waren gegaan, speelde mijn geest de jaren van ons huwelijk af en bekeek ons nu eens hier, dan weer daar. Ik kreeg de indruk dat hij het rommelige, woeste eerste gedeelte het leukst had gevonden, toen de kinderen tieners waren, toen er altijd wel een drama was, altijd wel lawaai of muziek of een activiteit met een of twee of drie opgefokte, levendige kinderen. Ze waren van mij, uit mijn eerste huwelijk, al aanwezig toen hij me leerde kennen en maakten op een belangrijke manier deel uit van wie ik toen was.

Ik herinnerde me hoe hij een keer binnenkwam na het joggen op een kille, natte avond in december. Elke kamer van ons kleine huis was fel verlicht. Fiona had een plaat opstaan – de English Beat, met 'Stand Down, Margaret' – en ze danste in haar eentje in de woonkamer, een soort woest gespring. Jeff deed een computerspelletje in zijn kamer en gilde als hij scoorde. Karen was bij mij in de keuken en las me de conclusie voor van een werkstuk over Emily Dickinson dat ze moest maken. Ik was met het eten bezig. Het huis was warm, het rook lekker. We waren nog geen jaar getrouwd. Ik keek naar hem, mijn bijna kakelverse echtgenoot, zijn huid en baard glinsterend nat van de mistige kou. Hij had een kleur van het rennen, maar zijn gezicht was ook overgoten met een zichtbaar, verzadigd genoegen. Hij raakte mijn haar aan toen hij door de keuken liep op weg naar de douche, en op dat moment had ik het gevoel dat er een elektrische lading door zijn vingers in me stroomde.

Toen al die energie en al dat leven weggingen, zoals natuurlijk geleidelijk aan gebeurde, had hij geen herinnering aan ons samen alleen – of aan mij alleen, aan wie ik was zonder het lawaai, de kinderen – die hem bij kon blijven. Het was allemaal een witte vlek voor hem, denk ik. Een stil, leeg soort leven. Hij wilde eruit en hij vond een manier door weer verliefd te worden. De vrouw met wie hij trouwde na onze scheiding had al twee kleine kinderen, en ze hebben er snel nog twee bij gemaakt. Soms kan ik blij voor hem zijn.

Dus toen ik het nieuws over het huis kreeg, mijn grootmoeders huis, leek dat met dit alles verbonden op een manier die ik niet onder woorden had kunnen brengen en misschien niet begreep. Een soort antwoord misschien, hoewel ik niet precies wist waarop. Uiteindelijk besloot ik nog geen definitief besluit te nemen, maar naar het oosten te gaan en daar zou ik wel zien. Het huis zien en zien wat er gebeurde. Ik nam een halfjaar sabbatical van mijn baan als lerares; ik was toch allang aan de beurt. Ik verhuurde mijn eigen huis voor de herfstmaanden, wat verrassend makkelijk was: de makelaar had een gezin met drie tienerjongens die niemand graag in zijn afwezigheid door zijn huis wilde laten denderen. Ik zei tegen haar dat het me niets kon schelen, wat bijna waar was. Ik liet de makelaar in Vermont weten dat ik kort na 1 mei zou komen. De huurder moest dan weg zijn.

Mijn dochter Karen had beloofd me op te halen en naar het vliegveld te brengen. Ik was in mijn slaapkamer aan de voorkant van het huis toen ze aan kwam rijden. Ik bleef staan en zag haar uit de auto stappen. Ze was ongeveer drie maanden zwanger en begon een buikje te krijgen. Van mijn dochters was zij altijd de minst aantrekkelijke geweest, volgens conventionele maatstaven, lang en bottig en licht onbevallig, maar de zwangerschap had haar uiterlijk al verzacht.

Ze droeg vandaag een groot, helderwit mannenoverhemd op een zwarte legging. Haar lange donkere paardenstaart viel tot halverwege haar rug. Toen ze het pad opliep, bleef ze staan en bukte om iets tegen de kat van een van de buren te zeggen, zelfs daar maakte ze een soort muziek van – ze was componiste: een eenzaam, excentriek leven – hoewel de man met wie ze getrouwd was, Robert, het toppunt van stabiliteit was: een jurist. Hij was notaris – hij verdiende heel veel geld – en aanbad haar op een manier waar ik lichtelijk claustrofobisch van zou zijn geworden.

Ze liet zichzelf binnen, riep hallo en ik riep terug. Toen ik de laatste paar spullen uit de badkamer in mijn tas propte, hoorde ik haar door de andere kamers van het kleine huis lopen. Ze verscheen in de deuropening van de slaapkamer.

'Waar zijn al onze spullen?' vroeg ze. Ik keek haar aan. Van alle kinderen was zij degene die altijd wilde dat alles precies hetzelfde bleef in ons leven, en ze was waakzaam en kritisch ten opzichte van mij in mijn rol van behoeder van dat alles: haar verleden, haar geschiedenis.

'O, al die rotzooi!' zei ik. 'Allemaal weggegooid.'

'Moeder!' zei ze, en zweeg toen even nadenkend. 'Niet waar,' zei ze.

'Dat klopt.'

'Waar zijn ze dan?'

'In de kelder natuurlijk. Opgeborgen. Er komen hier tieners. Je weet hoe die zijn. Je bent er zelf een geweest.'

Ze verplaatste haar gewicht ongemakkelijk in de deuropening. 'Ik geloof niet dat ik zo'n soort tiener was, of wel?'

Ik dacht aan haar op die leeftijd, zo voorzichtig en nuchter en verantwoordelijk, altijd van mening dat ik strenger moest zijn voor de andere twee. 'Nee, dat was je niet,' zei ik.

Haar handen gingen toen naar de vage welving van haar buik, en ik had het gevoel of ik haar gedachteloop kon zien: Wat voor kind was ik? Wat voor kind krijg ik? Mijn hart stak voor haar.

Onderweg naar het vliegveld ondervroeg ze me herhaaldelijk over de verschillende maatregelen die ik had genomen voor mijn afwezigheid, alsof zij de ouder was en ik het kind dat het gevaar liep dingen te vergeten. Ze wilde ook mee tot aan de gate, maar ik wees erop dat ik alleen maar die ene koffer had, een koffer met wieltjes bovendien. Met tegenzin parkeerde ze langs de stoep van de vertrekhal en stapte uit. Haar haar begon in plukjes uit de paardenstaart te ontsnappen, en ze bloosde een beetje toen ze me omhelsde.

'Je ziet er zo mooi uit,' zei ik tegen haar en streek zacht het haar achter haar schouder.

Ze lachte. 'Dat zeg je omdat het je plicht is om dat te vinden, mam.'

'Dat zeg ik omdat het waar is, Karrie.'

Ze trok een gezicht en ik liep weg, de terminal in. Toen ik omkeek terwijl ik op de roltrap stapte, zag ik haar daar nog staan, met haar hand boven haar ogen, en ze zag er groot, meisjesachtig en bijna bang uit. Ik voelde een kleine steek van spijt om wat ik achterliet, een steek die bijna onmiddellijk verdween.

In elk geval was hij weg tegen de tijd dat ik in het vliegtuig mijn riem omdeed. En hoewel ik wist dat de vlucht lang en saai zou zijn, was ik opgewonden, alsof ik een nieuwe, onbekende wereld binnenging die mijn toekomst, mijn lot zou veranderen.

Ik vloog naar Boston waar ik een auto had gehuurd. Ik bleef daar twee dagen, het grootste deel van de tijd in het Bostoniahotel, niet ver van het vliegveld, in bed met een oude vlam, Carl Olney. Ik had hem opgebeld een paar dagen nadat ik van het huis had gehoord, en misschien was het gedeeltelijk zijn beschikbaarheid die me naar het oosten trok.

Beschikbaarheid, zeg ik. In werkelijkheid was hij helemaal niet beschikbaar. Hij was getrouwd, wat ik heel goed wist toen ik belde. Maar ik vroeg het toch, en hij zei ja. Ik vroeg het omdat ik wist dat hij zo'n soort rat was – hij had zich beslist als een rat gedragen tegenover mij in San Francisco jaren eerder – en ik het gevoel had dat dat me nu wel goed uit zou komen. Ik vroeg het omdat hij altijd enthousiast was geweest over vrouwen, over seks, en ik had behoefte aan enthousiasme. Ik had in de twee jaar sinds Joe geen minnaar gehad, en ons liefdesleven – ons gezellige, tamelijk functionele vrijen – was al een tijdje zeer sporadisch voordat we uit elkaar gingen. Ik vroeg het – ik wáágde het te vragen, een tweeënvijftigjarige vrouw – omdat ik ernaar snakte weer hartstochtelijk aangeraakt te worden, een ander lichaam, een andere huid, verlangend en hongerig tegen me aangedrukt te voelen, en ik dacht dat Carl, die me had gekend toen ik jong en aantrekkelijk was, misschien door alle veranderingen in me heen kon kijken en nog steeds zijn lichaam, zijn vlees tegen het mijne wilde drukken.

Carls lichaam was ook veranderd, hij had een rond buikje gekregen vlak onder zijn ribbenkast, en een kale plek breidde zich uit op zijn achterhoofd. Eerst was hij verontschuldigend over zichzelf, maar we pasten ons al snel aan elkaar aan en vonden onze oude ritmes terug, en zelfs onze oude frequentie, en uiteindelijk konden we grapjes maken over het gevoel van hongerig verdriet waarmee een middelbare vrijpartij begint.

Ik had Carl gebeld omdat ik seks miste, maar ik ontdekte dat ik het nog meer gemist had om gewoon naast iemand te liggen praten op die onsamenhangende post- of precoïtale manier. Op zo'n moment kon je overal over praten, en dat was ik vergeten. Ik vertelde hem hoe moeilijk ik het had gevonden hem te bellen. Hoe alle dingen van mezelf die ooit potentieel aantrekkelijk hadden geleken nu als handicaps voelden – bepaalde uitdrukkingen, bepaalde gewoontes. Hij praatte over zijn huwelijk met een moeilijke vrouw, iets wat ik normaal met een korreltje zout zou hebben genomen, maar ik had Carls vrouw in San Francisco gekend voor ze trouwden en ze wás moeilijk. Hij zei dat het nu beter ging met hem en 'dat gedoe van trouw'. Toen hij dat zei, lag ik toevallig bloot boven op hem en ik begon te lachen. Even later deed hij mee.

We lachten ook om het hotel. Onze kamer was klein en smaakvol en aangenaam, maar keek uit op de snelweg. De verkeersstroom met het bijkomende lawaai leek te horen bij de wereld van goedkope motels, dus maakten we grapjes over ons prullerige logement à raison van 250 dollar per nacht.

Het hele gedoe voelde illegaal, wat het ook was, en lichtelijk smakeloos, wat het ook was, maar ik moet zeggen dat dat voor mij een deel van de lol was. Ik had het rare gevoel dat ik Joe bedroog, maar probeerde daarvan te genieten. Ik genoot er ook echt van. Lekker puh! dacht ik een paar keer terwijl Carl en ik deinden en hotsten. Ik had eigenlijk nog wel meer willen hebben, hoewel ik me al na de eerste nacht gezwollen en door en door gebruikt voelde.

Vrijdagochtend stond ik op het punt om weg te gaan, ik was letterlijk al bijna de deur uit, toen Carl weer binnenkwam, me kuste, mijn rok omhoog trok en zijn vingers in me schoof. Ik was nat, van de vorige nacht, van mijn gretigheid nu, en zijn vingers in me maakten een zacht, soppend geluid. We vreeën nog een laatste keer, half gekleed, zittend op de rand van het bed, mijn rok omhooggeschoven om mijn middel, terwijl Carl enthousiaste kefgeluidjes maakte. Ik vond al deze activiteit zo heerlijk dat ik niet eens probeerde mijn slipje te vinden voor ik wegging. Carl moest het maar vinden als hij zijn verspreid liggende kleren opraapte, een soort visitekaartje.

Ik stapte in de huurauto met dijen die nog nat waren en langs elkaar glibberden als ik bewoog. Toen ik naar het noorden reed, was ik me van tijd tot tijd bewust van de vage geur van seks die uit mijn schoot opsteeg. Een paar keer stak ik mijn hand onder mijn rok en liet mijn vingers over mijn gezwollen vlees glijden. Ik werd opgewonden bij de gedachte hoe ik de laatste twee dagen had doorgebracht, maar dat was maar een deel ervan. Ik voelde een algemeen soort gretigheid, het gevoel dat je maar zelden in je leven hebt, om opnieuw te beginnen, een nieuw avontuur te beginnen, en die opwinding wond me ook seksueel op. Mijn eerste man had weleens over me gezegd dat ik dacht met mijn kut. Ongelooflijk. Hij bedoelde het als een compliment, en nog ongelooflijker, in die tijd – een heel andere tijd – voelde ik dat ook zo. Dat was voorbij. Om de een of andere reden herinnerde ik me dat nu plotseling en het ontnuchterde me. Het remde me.

Ter afleiding zette ik de radio aan: de nieuwszender, gepraat over de huidige politieke situatie. Ik luisterde braaf tot het signaal vervaagde. Toen zette ik de radio uit en reed verder in de stilte van de langsschietende weg. Ik was nu afgeslagen naar het noorden en de snelweg was leeg geworden; het was lang geleden dat ik op zulke lege wegen had gereden. De bossen, aangeraakt door een eerste zweem herfstkleur in de gloed van een esdoorn hier en daar, drongen op aan beide kanten van het asfalt.

Het was middag toen ik aankwam. Ik was onderweg een paar keer gestopt, een keer voor de lunch, een keer voor wijn, en toen nog een keer voor boodschappen. De lucht buiten was nu zo koel dat ik het laatste uur de verwarming aan had gehad.

Toen ik eenmaal een lelijk winkelcentrum aan de zuidkant van het stadje voorbij was, leek alles onveranderd. De begraafplaats lag er even keurig bij als altijd, hier en daar bloemen en vlaggen, geplant op de oude graven met hun scheefgezakte stenen. De houten huizen in de hoofdstraat leunden nog tegen elkaar als om elkaar warm te houden. Het was stil vanmiddag, niemand te zien. Er lag een grote gele hond op de weg te slapen. Hij stond langzaam op en liep weg toen ik toeterde. Ik sloeg rechtsaf bij het enige stopbord in de stad en reed de heuvel af in de richting van de rivier – en daar stond het opeens, het huis, met zijn witte planken, het puntige dak met de omkrullende houten dakpannen, de scheefhangende zwarte luiken die voor zover ik me kon herinneren nooit dicht waren geweest. De laagstaande zon liet de ramen aan de voorkant opgloeien.

De tuin was nogal overwoekerd, de oprit twee smalle stroken aarde tussen het hoge gras. De breed uitgegroeide blauwe asters onder de gloeiende ramen bloeiden nog. Toen ik het portier opendeed, werd ik getroffen door de kille lucht, en toen door de oeroude geur, een soort combinatie van dennen en het boerenleven op de velden die vlak buiten het stadje begonnen. Ik bleef even staan, alleen om in te ademen. Ik stak het vochtige gras over. De sleutel lag op de lantaarn rechts van de ingang, waar ik de makelaar had gevraagd hem achter te laten, en ik draaide de deur van het slot. Een muffe, vertrouwde lucht kwam me tegemoet toen de deur openzwaaide: vooral houtrook en as. Jarenlang had ik gedacht dat mijn grootvader het huis deze geur gaf; hij was degene die het vuur verzorgde, en die lucht hing permanent in zijn kleren. Pas toen hij gestorven was, realiseerde ik me dat het huis zo rook, in combinatie met jaren en jaren van bepaalde geuren, bepaalde soorten thee, bepaalde kookluchtjes.

Toen ik de hal binnenstapte, schrok ik onmiddellijk van iets wat ik in de kamer links van me voelde. Ik keek om en bleef staan, waarschijnlijk met open mond.

Hij was helemaal veranderd.

Wat ik me het beste herinnerde van deze kamer – deze voorkamer – waren de jaren dat hij dienst had gedaan als slaapkamer van mijn grootmoeder. De laatste tien jaar van haar leven was ze hier beneden gaan slapen omdat de steile trap te lastig voor haar werd. De kamer was toen behangen geweest en had dikke gordijnen aan de straatkant.

Nu was hij weer omgevormd tot woonkamer, met salonmeubilair. Maar niet alleen dat had mijn oog getrokken – al het andere ook. De muren waren gestuct en witgeschilderd, voor de ramen zaten halfdichte, witgeschilderde luiken. Ik zag nu dat de vloer helemaal tot achter in het huis geschuurd en gelakt was. De oude donkere beits was weg en het grenen was nu licht amberkleurig. Het nieuwe oppervlak glansde dof.

Het huis had een transformatie ondergaan. Het zag eruit als het zomerhuis dat het was, en niet als de waardige oude residentie van een plattelandsdokter. Ik ging naar de achterkamer en vond de thermostaat. Hij klikte toen ik hem hoger zette en na een paar seconden hoorde ik het gerommel van de oude ketel die in de verte aansloeg. Ik keek om me heen, liet ook de kaalheid van deze kamer tot me doordringen. Eerst dacht ik dat mijn tante Rue het grootste deel van de oude meubels in de loop der jaren moest hebben vervangen, maar toen realiseerde ik me opeens dat de mooie stoel waar ik naar keek die van mijn grootmoeder was: een brede schommelstoel. Ze vond het heerlijk om er hier in te zitten toen de kamer nog behangen was met steeds terugkerende palmtakken. De stoel was toen zwartgeschilderd geweest, of misschien donkergroen of bruin, dat herinnerde ik me niet precies. Nu was hij wit, met grote felroze tulpen op de kussens.

Langzaam liep ik terug door de kamers en suite, en nam alles in me op, maakte een soort inventaris. De oude vloerplanken kraakten toen ik de ronde deed. Een paar stukken waren precies hetzelfde, onveranderd, ongerenoveerd. Andere – de meeste – waren getransformeerd door verf of nieuwe bekleding of losse hoezen. Het was overal hetzelfde: dingen waren lichter gemaakt – geschuurd, wit geschilderd – en daarna waren kleuraccenten aangebracht: groen-met-wit gestreepte gordijnen, een hoes met woeste bloemen, fuchsia kussens, lichte rieten matten.

Ik liep terug door de keuken, langs de voorraadkamer achter en twee treden af naar de kleine aanbouw aan het huis waar ooit de praktijk van mijn grootvader was geweest. Ook hier waren de donkere, oude kasten en gordijnen weg, de kale muren waren wit. Wat eens een sombere, mistroostige praktijkruimte was geweest – hoewel ik dat toen niet vond – was een mooie, lichte kamer geworden.

Ik voelde een steek van verlies. Mijn grootmoeder had deze kamer altijd precies zo gelaten als hij was toen mijn grootvader stierf, en in die vorm had hij iets magisch voor mij, en voor mijn broer ook, geloof ik. Hij studeerde er altijd als hij thuis was van de universiteit. Ik herinner me dat ik bij hem ging zitten. Hij zat dan aan het cilinderbureau, het licht van de groene glazen lamp viel wit op zijn handen en boeken en liet zijn gezicht in de schaduw. Hij en ik praatten urenlang; hij leek het nooit erg te vinden dat ik hem stoorde. Achter hem, op de donkere planken, stonden de chemicaliën, de instrumenten, de organen. De witte emaillen weegschaal stond toen nog in de hoek van de kamer, met de metalen arm die uitzwaaide boven je hoofd en je vertelde hoe lang je was; en de rare stoel, een soort tandarts- of een barbiersstoel, waarin grootvader amandelen had geknipt of tanden had getrokken. Mijn grootmoeder was in de begintijd zijn assistente geweest. Zij had de ether toegediend, die je toen gaf door het op een gazen masker over de neus van de patiënt te druppelen. Toen ik zo rondkeek, herinnerde ik me de ingelijste academische diploma's van mijn grootvader die aan de muur hadden gehangen, met daarnaast de enorme kaart van het menselijk lichaam – mannelijk, natuurlijk. Er hadden ook, merkwaardig genoeg, een paar opgezette dieren hoog op zijn planken gestaan – een das en een grote blauwe reiger. Hun vacht en veren waren ook toen al dof en mottig. Ze waren nu allebei weg. Verkocht, of misschien gewoon weggegooid.

Ik ging ervan uit dat de renovatie Rues keuze was geweest. Hoewel ze misschien iemand had betaald om het te doen. Ze had haar hele volwassen leven in Parijs gewoond, en ik dacht niet dat ze na de reis voor de begrafenis van haar moeder ooit terug was geweest. Ik had niet veel contact met haar gehouden. Het bericht van haar dood had me geschokt en daarna voelde ik me schuldig dat ik haar niet had geschreven, dat ik niet geïnteresseerd genoeg was geweest.

Het punt is dat ik Rue niet aardig vond. Jarenlang had ik een beeld van haar dat ze in haar eentje in haar appartement op de Rive Droite kritisch uit het raam zat te kijken naar iedereen die langskwam, iedereen die misschien een of andere sociale fout maakte, in haar ogen tenminste. Op een gegeven moment realiseerde ik me waar dit beeld vandaan kwam: een foto die ik had gezien van de hertogin van Windsor, die op haar oude dag als weduwe met verbitterde lijnen op haar gezicht uit háár raam in Parijs keek. Toen ik dat verband had gelegd begonnen mijn broer en ik Rue 'de Hertogin' te noemen. Soms ontving een van ons een levensteken van de Hertogin, of een kerstkaart, of, onverwacht en vaak niet eens begeleid door enige uitleg, een of ander stuk familiegeschiedenis: een stapeltje foto's, een bundeltje van zes zilveren lepeltjes met monogram, samengebonden met een lint. Na haar dood vervaagde ze in mijn geest tot het lichte steekje van antipathie dat ik voelde als ik haar naam – of bijnaam – hoorde.

Ik ging terug naar de hal en de protesterende trap op. Op de bovenverdieping van dit deel van het huis, het oudste deel, waren oorspronkelijk drie slaapkamers geweest onder het schuine dak, maar een ervan was al lang geleden omgebouwd tot een grote badkamer. De deur stond open en daarbinnen was nog een deur te zien die uitkwam op de twee zolderkamers in de aanbouw daarachter. Deze kamertjes waren van mij en Lawrence geweest als we kwamen logeren en later toen we er woonden. Er was nog een trap, een steilere, die tussen die twee kamers in naar de keuken beneden leidde. Lawrence en ik lieten 's nachts die deur altijd open: onze kamers waren onverwarmd en we zeiden dat we profijt wilden hebben van de opstijgende warmte. Maar ik denk ook dat we troost putten uit de avondlijke geluiden van mijn grootouders die beneden rondscharrelden en met tussenpozen vredig met elkaar praatten.

Dezelfde renoverende hand die beneden aan het werk was geweest, was hier te zien. De brede vloerplanken, toen bruin, waren licht blauwgroen geschilderd. En ik zag dat onze donkere oude nachtkastjes nu een mooie kleur grijs hadden.

Een vage schroeilucht van de verwarmingsbuizen verspreidde zich door het huis. Ik zette een paar ramen open om de boel te luchten, ging toen weer naar beneden, naar buiten, en begon de auto uit te laden: boodschappen, drank en de ene koffer die ik mee had genomen – ik had een paar dozen met kleren, boeken en dingen die ik nodig dacht te hebben aan mezelf opgestuurd zodat ik er niet mee rond hoefde te zeulen. De lucht was nu nog killer, en ergens in de verte blafte een hond onophoudelijk.

Terwijl ik dingen opborg in de keuken zette ik koffie in een elektrische percolator die ik op de aanrecht had aangetroffen. Toen de koffie klaar was, ging ik met mijn kopje aan de tafel in de eetkamer zitten. De koffie was verschrikkelijk – ik vroeg me af hoelang het blik er al stond – maar ik kreeg een paar slokken naar binnen terwijl ik keek naar het licht door de rozige esdoorn voor het raam. Het was jaren geleden dat ik bomen van die kleur had gezien. Toen ik uit het raam keek werd ik overvallen door een soort verdriet, alsof deze wereld, ook al was ik nu hier en keek ik ernaar, al verloren was.

Belachelijk, dacht ik. Ik stond op en bracht mijn kopje naar de gootsteen. Ik gooide het leeg en ging terug naar de hal waar ik mijn koffer had achtergelaten. Ik sleepte hem de steile trap op en begon langzaam uit te pakken in de kamer die van mijn grootmoeder was geweest toen ik jong was. Ik borg mijn spullen in haar oude ladekast. De laden waren gevoerd met papier dat misschien nog uit haar tijd was; het was bruin en verpulverde van ouderdom aan de randen.

Ik schrok op toen de klopper op de voordeur klonk. Terwijl ik op weg was naar beneden, werd er nog vier keer hard geklopt.

Ik deed de deur open.

Er stond een oude vrouw op de granieten stoep. Ze was klein en een beetje kromgegroeid, zodat ze schuin omhoog moest kijken om me te zien. Het gaf haar een sluw aanzien, en ik had een kort raar moment van een bijna kinderlijke angst voor haar. Ze stelde zich voor – mevrouw Kips – en pas toen herkende ik haar. Natuurlijk. Mevrouw Kip, Kip, Kip, noemden we haar als kinderen, op de manier waarop je kippen roept. Ze woonde twee huizen verder.

Mary Kips, zei ze, toen ik probeerde haar mevrouw te noemen. Ze had koffiebroodjes meegebracht voor mijn ontbijt morgen; ze had een dubbele hoeveelheid gemaakt en had die niet allemaal nodig, zei ze. Ze gaf me het zware pakket in aluminiumfolie.

Ik bedankte haar uitvoerig. Ik bood haar koffie aan. Als het niet te veel moeite is, zei ze. Ik hing haar jas op en nam haar mee naar de keuken. Ik pakte een kopje voor haar en vulde het en vulde vervolgens het mijne bij, hoewel ik eigenlijk niet meer wilde, terwijl ik de hele tijd doelloos kwebbelde over ditjes en datjes; mijn reis, hoe gemakkelijk het was gegaan, dat alles in het stadje er precies hetzelfde uitzag.

'Ach, dat zal wel, in jóuw ogen,' zei ze.

We namen onze koffie mee naar de achterkamer en ik deed een paar lampen aan, nog steeds zenuwachtig babbelend, nog zenuwachtiger door haar zwijgen, door haar ogen die sluw over alles heen gingen.

In de vage wolk die opsteeg toen ik ging zitten rook ik weer seks, en ik vroeg me af of mevrouw Kips dat had gemerkt toen ik voor haar uitliep. Of ze het zou herkennen als dat zo was. Toen ze na de eerste slokjes haar kopje neerzette, zei ze: 'Flink veranderd, nie?' met een knikje, een vinnig rukje van haar kin.

'Het huis?'

Ze knikte weer.

'Heel veel,' zei ik. 'Ik weet dat het prachtig is, maar ik kan er niet aan wennen.'

'Je grootmoeder zou zich in haar graf omdraaien als ze het zag.'

We keken allebei de kamer rond. In het warme lamplicht zag alles er fris en uitnodigend uit. 'Ik weet niet,' zei ik. 'Misschien zou ze het mooi vinden.'

Ze trok haar mond tot een rechte streep, alsof ze beledigd was. 'O nee, zij niet,' hield ze vol. 'Waar is mijn…' – ze keek om zich heen – 'Waar is mijn schommelstoel? Waar is mijn oude sofa? Waar is mijn donzen poef? O, ze moest haar oude spullen hebben.'

Ik keek naar haar, ze zat zo verwaand naar me te lachen. Mijn grootmoeder had haar nooit aardig gevonden, herinnerde ik me nu. Dat was op de een of andere manier een geruststellend idee. 'Heeft u enig idee wat er met al die spullen is gebeurd?' vroeg ik.

Ze snoof. 'Je tante heeft van alles meegenomen, dat weet ik. Zilver en dergelijke.'

'O. Nou, daar hebben wij ook wat van, eerlijk gezegd. Lawrence en ik.'

'Hm!' zei ze.

'Denkt u dat ze de rest verkocht heeft? Wat er niet meer is?'

'Sommige dingen wel. Ze hebben een veiling gehouden, heb ik gehoord. Ze heeft alleen verkocht wat echt geld waard was, denk ik. Nog wat zilver. Wat tapijten, zeggen ze. Weet je wel, die oude oosterse die ze had. En ook wat voddenkleden. Die zijn tegenwoordig heel wat waard. Wij dachten altijd dat het een handige manier was om je oude kleren op te gebruiken.' Ze glimlachte grimmig, en ik glimlachte terug.

Er viel een korte stilte. Ze verschoof en haar stoel protesteerde. 'Ben je van plan te blijven?' vroeg ze ten slotte, met haar schuine blik. Haar oren waren ietwat te groot en puntig, zag ik. Misschien was ze echt een kobold. Een gnoom.

Ik haalde mijn schouders op. 'Ik weet het nog niet,' zei ik. 'Dat hangt van een heleboel dingen af.'

'Ik neem aan dat je familie het niet prettig zou vinden,' zei ze op een inleidend toontje.

'Ach, er is niet zoveel familie over om het aan te vragen.' Ik zette mijn koffie neer. Ik kon het gewoon niet drinken. 'Helemaal geen, eigenlijk.'

'Nou, maar ik kan me voorstellen dat je man er het een en ander over te zeggen zou hebben.'

Aha, daar was het. De roddel had kennelijk zelfs deze uithoek van het land bereikt. Goed dan. 'Toevallig zijn mijn man en ik gescheiden.' Ik probeerde nog een glimlach naar haar. 'Dus ook al heeft hij dat, dan hoef ik noch naar het een noch naar het ander te luisteren.'

'Ha!' zei ze, waarderend leek het even. Ze zweeg om haar kopje op te tillen en nog een slok koffie te nemen voor ze mijmerend, met lege nietsziende ogen zei: 'Als ik me goed herinner ben je ook van de eerste gescheiden?'

'Goh, wat een goed geheugen!' Ik probeerde mijn stem onschuldig enthousiast te houden.

'Een paar jaar geleden,' zei ze.

'Dat klopt.'

'Er waren ook kinderen, herinner ik me.'

'Ja. Drie.'

Ze draaide met haar hoofd. 'Niet van deze, neem ik aan.'

'Drie leek me wel genoeg,' zei ik. 'Soms zelfs een beetje veel.' Ik probeerde van toon te veranderen, haar mee te krijgen in een soort vermoeide-oudersgrapje.

Ze hapte niet. 'Nou,' zei ze, 'het zal wel de manier zijn waarop jullie tegenwoordig dingen doen.' Haar mond trok samen in een bundeltje rechtschapenheid. 'Ik ben in februari tweeënzestig jaar getrouwd. Maar één manier om dat voor elkaar te krijgen.'

'Verbluffend,' zei ik. Ik stond op. 'Weet u, het spijt me vreselijk,' zei ik, 'maar ik ben bang dat ik door moet, anders raak ik nooit uitgepakt.'

Toen ze weg was, ging ik meteen naar de keuken en gooide het zware pakket koffiebroodjes weg. Ik zou ze toch niet hebben opgegeten – een en al suiker en boter, niet echt iets waar een vrouw van middelbare leeftijd die nog steeds last heeft van ijdelheid op zit te wachten – maar het gaf me voldoening het deksel van de vuilnisbak boven ze dicht te doen. Ik nam de achtertrap naar de eerste verdieping met twee treden tegelijk. Wild van irritatie ging ik de badkamer in en waste mijn gezicht. Terwijl ik me schrobde dacht ik aan de sluwe, schuinse blik van mevrouw Kips.

Opeens herinnerde ik me dat mijn grootmoeder altijd gekke verhalen maakte van haar bezoekjes, haar overvallen. Ze had ons allemaal vermaakt met haar nabootsing van mevrouw Kips' zelfgenoegzame oordelen. 'Ze zeggen,' imiteerde ze dan. 'Wie? Wie zegt wat, mevrouw Kipsie? Wie behalve u?' Dát was de toon die ik aan moest slaan, de houding waar ik naar moest streven.

Maar het leek me zo'n gedoe. En opeens dacht ik dat ik er verkeerd aan had gedaan hierheen te komen. Deze wereld was toch te klein, te geïsoleerd, te vol oordeel en geschiedenis voor mij, ik paste er niet meer in. Was ik er niet voor gevlucht toen ik besloot in Californië te gaan studeren? Was ik niet opzettelijk aan de andere kant van het land blijven wonen, op een plek waar mensen steeds opnieuw konden beginnen als ze dat wilden?

Natuurlijk dacht ik er indertijd niet zo over. Indertijd bleef ik omdat ik verliefd was geworden op Peter, mijn eerste man. Omdat ik volledig was opgenomen in zijn verleidelijke wereld. Omdat ik, als ik bij mijn grootouders op bezoek kwam, het gevoel had of ik in de tijd reisde, en ik wilde in het nú leven, het nu van Peters leven, met hem. Hij was politicoloog. Hij was mijn begeleider geweest in mijn eerste jaar, en ik voelde me door hem uitgekozen, uitverkoren, erkend op een diepe, belangrijke manier, toen hij me vroeg koffie te gaan drinken, toen hij me aanraakte, toen ik bij hem introk en zijn leven ging delen – een leven vol van zijn politieke overtuigingen, van vergaderingen die hij voorzat. Van artikelen die hij schreef en interviews die hij hield. Van mensen die ineens opdoken om een week of een maand op onze bank te slapen, een week of een maand waarin het leek of het praten en het drinken en de dope en de muziek nooit ophielden.

We waren getrouwd in mijn wereld, mijn oude wereld, hier in West Barstow, in de parochiekerk boven aan het dorpsplein waar de zon door de heldere ramen binnenstroomde en alle vroege zomerbloemen op het kerkhof gloeiden als juwelen in het frisse licht.

Mijn vader en ik waren een week van tevoren naar het oosten gekomen om te helpen alles te organiseren en om mijn grootouders te zien voordat ik mijn nieuwe leven in het westen begon. Ik had daar naar uitgekeken toen ik nog in Californië was, maar eenmaal hier, geïnstalleerd in mijn kamer boven de keuken, werd ik bijna gek van ongeduld, van honger naar en behoefte aan Peter, van verlangen om weg te zijn. Toen hij aankwam, twee dagen voor de bruiloft, haalde ik hem op bij het station in de auto van mijn grootvader. We zetten de auto op de parkeerplaats van het wildpark – veel grappen daarover – en bleven urenlang woest vrijen, klommen en drapeerden onszelf op alle mogelijke manieren over de stoelen. Toen we te laat voor het eten bij mijn grootouders kwamen, waren we zo duidelijk postcoïtaal – ons haar in de war, mijn lippen gezwollen, mijn gezicht geschaafd; ik weet zeker dat we zelfs gistig en seksueel roken – dat niemand de moeite nam te vragen waarom we zo laat waren.

Na de plechtigheid namen we de trein naar New York, waar Peter vergaderingen bij de universiteit had. Terwijl we voortrolden staarde hij door het raam naar de glooiende velden bezaaid met rotsen, naar de oude dorpjes waar we doorheen kwamen. Op een gegeven moment zei hij: 'Je moet je soms voelen alsof je uit een ander land komt, Cath.'

'Nee, niet echt,' antwoordde ik.

'Nou,' zei hij, 'het is niet hetzelfde land als waar ik vandaan kom.'

Ik was klaar met het opbergen van mijn weinige bezittingen en bleef boven in de gang van kamer naar kamer kijken. Ik ging terug door de badkamer naar de kamers die van mij en Lawrence waren geweest. Elke kamer had één raam, in de dakkapel. Het licht dat nu binnenlekte in wat mijn kamer was geweest, was gedempt en melancholiek – een zachte grijze rechthoek.

Ik dacht aan mijn leven in San Francisco, het heldere licht dat daar de keuken binnenviel aan het eind van een herfstmiddag, de vrolijke harde geluiden van mijn Latijns-Amerikaanse buren die hun eeuwige autoreparaties op hun oprit uitvoerden. Ik dacht aan Joe, aan hoe hij vanaf de voordeur riep als hij thuiskwam in onze gelukkiger dagen, aan zijn gewoonte destijds om een paar keer per week kleine cadeautjes voor me mee te nemen – vier lekkere koekjes in een wit doosje met een strik van een bakkerij in Green Street, of een paar antieke oorringen, of een boek waarvoor ik belangstelling had getoond, of een bruin papieren zakje met een specerij waarvan we geen van beiden ooit gehoord hadden, van de Syrische markt. Ik dacht aan de kinderen. Aan Karen, zo gelukkig, maar zo onrealistisch, in mijn ogen; hoe zou ze het redden als de baby er was. Aan Jeff, die vanuit Ecuador had geschreven dat hij op de evenaar had gestaan en van de ene kant naar de andere was gesprongen. Aan Fiona, op de universiteit in New York en verliefd op de stad. Al dat leven. Al dat verleden. Allemaal van mij.

Voor zover ik kon voelen hield niets van dat alles enig verband met het hongerige, eenzame meisje dat in deze kamer was komen wonen.

DRIE

Ik ging voor het eerst bij mijn grootmoeder logeren toen ik zeven was. Lawrence was negen. Mijn moeder had voor het eerst in de elf jaar dat ze getrouwd was een aanval gehad, maar de familie was zo goed voorbereid dat het leek of iedereen het al heel lang had verwacht.

Ze had ons 's nachts wakker gemaakt. Mijn vader was weg. Hij was vaak weg toen we klein waren. Hij was jurist. Hij deed bedrijfsfusies en moest vaak in een bepaalde fase van de onderhandelingen op reis om te helpen kwesties van anciënniteit en salarisschema's uit te werken.

Moeder zei dat we ons aan moesten kleden. Zijzelf droeg een oude tweedjas, en overschoenen waar de pijpen van haar pyjama overheen bobbelden. Ze was erg vrolijk, erg gelukkig en opgewonden, dus protesteerden we niet al te hard, hoewel Lawrence me later vertelde dat hij meteen wist dat er iets mis was. Het was alsof hij op dat moment, toen hij wakker werd uit zijn diepe slaap en haar zag aandringen, kon voorspellen hoe alles van toen af aan met haar zou lopen.

We gingen een lange wandeling maken in het pikkedonker van onze buitenwijk. Eerst leek alles erg ordelijk, goed voorbereid, ondanks de tijd en de diepe stilte van de donkere straten. 'Zien jullie, kinderen? Nu gaan we hier naar links,' zei ze vergenoegd; en dan gingen we naar links. Maar er kwam geen einde aan, er kwam geen einde aan, en moeder leek steeds wanhopiger naarmate wij lustelozer werden. Bepaalde dingen móésten op bepaalde manieren gedaan worden. We konden niet stoppen! We konden niet rusten. Hier moesten we naar rechts. Het was toch rechts? Misschien was het links. Ze begon een beetje in zichzelf te kreunen toen haar onrust en on-zekerheid groeiden.

Lawrence was ten slotte degene die ontsnapte, bij iemand aanbelde – inmiddels begon de hemel bleekroze te worden – en tegen de angstig uitziende vrouw die de deur opendeed ver-telde dat we hulp nodig hadden, dat er iets mis was met onze moeder. De vrouw kwam naar buiten in haar ochtendjas, ze kwam de oprit af en probeerde met moeder te praten, maar dat hielp niet, dat konden we meteen zien. Moeder begon schel en boos te praten. 'Ik kan jouw – ik kan jouw stomme be-moeizucht niet tolereren! Bemoei je godverdomme met je ei-gen zaken. Jij… bemoeizucht. Jij… stupiditeit!'

Een poosje later kwam de politie langzaam naast onze vreemde processie rijden, glimlachend en welwillend. We stapten allemaal in. Moeder dacht dat ze waren gekomen om ons te helpen de plek waar ze heen moest te bereiken, dus ze protesteerde niet. En daarna verliep alles volgens een soort plan. Wij gingen naar vrienden van de familie en brachten daar de dag door, hoefden tot onze verrukking niet eens naar school. Die middag kwam vader vroeger terug van zijn reis en nam ons mee naar huis en de volgende dag stapten we met z'n allen op de trein in het centrum van Chicago om naar mijn grootouders te gaan. Onze kamers in hun huis stonden voor ons klaar en een paar dagen later gingen we al naar de dorps-school.

Wat ik me herinner van de vreemde nacht die deze veran-dering in ons leven teweegbracht, was de lange wandeling tus-sen de ver uit elkaar staande lantaarnpalen door de brede, groene straten van Oak Park, elk licht een oase die ons verder riep, waar we voorbij moesten om weer in het zwart te dui-ken. Dat, en hoe mijn moeder tegen de vriendelijke vrouw die ons probeerde te helpen een toon en woorden gebruikte die ik nog nooit had gehoord. En de politie die zo plotseling naast ons opdook – de mildheid, de vriendelijkheid van de grote mannen in hun uniformen en hoe hun auto vanbinnen rook: leerachtig, mannelijk, geruststellend.

Ik kan ook beelden oproepen van de magische treinreis. We hadden onze eigen slaapcoupé. Lawrence en ik deelden de couchette boven onze vader. We sliepen ieder met ons hoofd aan een kant, en 's ochtends hielden we een poosje een beenworstelwedstrijd voordat we opstonden; de kruier noemde me 'juffie' toen we uit de trein op het perron stapten, en dat vonden Lawrence en ik een giller.

Ik geloof niet dat ik ooit iets heb gevraagd over mijn moeder toen we eenmaal bij mijn grootouders waren geïnstalleerd – op de een of andere manier leek dat niet de bedoeling. Ik dacht daar later over na, toen ik zelf kinderen had, hoe onmogelijk het voor mij als kind was om iets ter sprake te brengen in die behoedzame leegte. 'Wacht tot ze ernaar vragen,' 'Wacht tot ze het willen weten,' zeggen de boeken en adviescolumns. Maar mijn theorie is dat iedereen altijd alles wil weten, zelfs als hij geen idee heeft waar hij iets over wil weten. Ik legde alles uit aan mijn kinderen, lang voordat hun vragen zich gevormd zouden kunnen hebben. Voornamelijk de scheiding en hun vaders afwezigheid uit hun leven, maar ook de betekenis van vloeken, de reden waarom mensen zo vaak onaardig tegen elkaar zijn, zwangerschap en geboorte, seks en de fijne kneepjes daarvan. Karen zei altijd dat zij voor zover ze wist de enige was die van haar moeder had geleerd wat pijpen betekende. Beter van mij dan van sommige anderen, dacht ik. Zij was daar nog niet zo zeker van.

Die eerste keer bleven we het hele jaar bij mijn grootouders, gezwachteld in een dik niet-weten, veilig. Mijn moeder kwam in april uit het ziekenhuis, maar men vond dat haar overgang terug – naar ons, het onuitgesproken doel – geleidelijk moest gaan. En men vond dat we het jaar op één plaats af moesten maken. Dus bleven we bij onze grootouders in hun betoverde dorp. Moeder kwam de laatste schoolweken om bij ons te

47

zijn, en toen gingen we allemaal terug naar het Midwesten – mijn grootmoeder ook, om moeder een poosje te helpen. Ze bleef niet lang. Moeder leek kalm. Ze leek, zoals iedereen steeds zei, weer 'zichzelf'. Zichzelf, maar ook op de een of andere manier anders, vond ik.

Ik weet niet precies wat voor behandeling ze kreeg, maar ik vermoed shocktherapie of insuline. En ze kreeg medicijnen, ook toen ze weer terug was.

Maar ze werd nog steeds snel boos. 'Waar zit jij naar te kijken?' zei ze op een dag opeens boos tegen me.

'Niets,' antwoordde ik. Een leugen. Ik had naar haar gestaard.

'Hou je grote dikke koeienogen dan bij je,' zei ze. Maar ze ging verder met wat ze aan het doen was – naaien – en de volgende woorden die ze tegen me zei waren onopvallend en normaal, iets over wat ze aan het maken was.

Het had geleken of ze bezeten was toen ze ziek was, en na die eerste aanval (het was eigenlijk haar tweede, ze had er al een gehad toen ze studeerde, hoewel Lawrence en ik dat pas veel later hoorden), werd het steeds frequenter, zodat ze op onvoorspelbare momenten in de loop van ons leven plotseling een paar seconden in woede of woeste, ruwe of dreigende taal kon uitbarsten. Het was als een tic. Als Tourette. We leerden allemaal het te negeren, ons af te wenden en door te gaan alsof het niet gebeurd was: de woede, de kwetsende, kinderachtige woorden, soms het slaan.

En de liefde die Lawrence en ik voor haar voelden werd er niet door aangetast, werd er zelfs door verdiept. Je leest soms dat misbruikte kinderen voor de rechtbank smeken om terug te mogen naar een ouder die hen heeft geslagen of met sigaretten gebrand. Het lijkt bijna onbegrijpelijk, maar ik begrijp het. Onze band met onze moeder was dieper, feller, intenser nadat ze ziek was geworden. De momenten dat ze lachte, dat ze ontspannen en gemakkelijk met ons omging zijn in mijn herinnering verlicht met een gouden lantaren. Het duurde jaren voordat ik mezelf duidelijk kon maken dat dingen die mij zo bijzonder hadden geleken in de meeste gezinnen doorgaan voor de gewoonste daden van ouderschap: de tafel gedekt, de bedden opgemaakt, de vraag hoe het op school was, de glimlach als reactie op uitingen van affectie, de bereidwillige aanraking van een hand op iemands haar of wang, het eten klaargemaakt en opgediend.

Ik weet nog steeds niet wat er met haar aan de hand was. Niemand heeft het tegenover Lawrence en mij ooit een naam gegeven, en ik denk dat de naam – de diagnose – in de loop van de jaren ook veranderde, afhankelijk van de veranderende ideeën in de psychiatrie en de geneeskunde over mensen als mijn moeder. Maar indertijd hadden wij het gevoel dat het onze schuld was. Het leek of ze iets van ons wilde, van Lawrence en mij, dat we niet konden geven. Iets wat je eenvoudig méér zou kunnen noemen. Het was waarschijnlijk het minst ernstige van haar symptomen, realiseer ik me nu, maar het was het symptoom dat ons het meest raakte, die behoefte van haar om het brandpunt van onze aandacht te zijn: onze oogappel.

Het is moeilijk voor een moeder om dat voor elkaar te krijgen; meestal geldt het omgekeerde: de aanbiddende ouder, het onbewuste kind. Maar we probeerden het, Lawrence en ik. We deden ons best om haar te geven wat zij misschien genoeg vond. En op de een of andere manier ergerde haar dat ook, als ze behoefte had om boos te zijn.

Mijn eerste ochtend in West Barstow was koud en vochtig. Buiten hing laag boven de grond mist, alsof die uitgeademd werd door de aarde. Rijp zilverde de sprieten van het weelderig woekerende gras. Ik zette nog wat van de gruwelijke koffie, ging met dikke wollen sokken aan in de kille, lichte woonkamer zitten en vroeg me af wat ik met de dag zou doen. Als ik me had voorgesteld hoe ik hier zou wonen, was ik altijd buiten geweest in de zon, aan het wandelen, bladeren aan het harken; of aan het rijden over beschaduwde landweggetjes, met hier een stop om bramen te kopen, daar voor appelcider. Dat leek allemaal niet mogelijk vandaag, het was bewolkt. Ik zou activiteiten voor mezelf moeten improviseren.

In mijn andere leven – wat ik nu beschouwde als mijn échte leven – zou ik al aan het werk zijn, in de lerarenkamer met Emily LaFollette, met Ellen Gerstein, met Carole McNamara en Bob Wilburn. Ik zou mijn laatste slokken koffie opdrinken en luisteren naar hun gepraat voordat we allemaal op weg gingen naar de kapel en de dagopening. We zouden bespreken of Liddy Dole tijdens de voorverkiezingen last zou hebben van de advertenties van haar man over erectiele disfunctie. Maakte dat haar op de een of andere manier lachwekkend voor de politiek? Of vetvervangers kankerverwekkend waren. Of Potrero Hill 's nachts veilig was. Of Bob echt zijn kinderen katholiek moest opvoeden nu hij ze had, alleen maar omdat hij dat ooit beloofd had voor het zover was. Ik miste het, realiseerde ik me, zelfs de vervelendste aspecten. Bobs verschrikkelijke schuine moppen, Emily's vermogen om woord voor woord lange en oninteressante gesprekken tussen haar en haar kinderen of haar man te reproduceren, Ellens slepende, onsmakelijke scheiding.

Het was een particuliere school, een meisjesschool, eentje die vasthield aan tradities als het uniform, de formele staande begroeting van de leraar aan het begin van de les (hoewel de meisjes wisten hoe ze die net iets te enthousiast uit konden blaten, om hun verachting voor de gang van zaken te laten zien), en de kapel – natuurlijk niet langer specifiek religieus. Nee, meer een tijd voor een snelle preek van onze directrice over het morele leven, en soms alleen voor aankondigingen. Ik had er twintig jaar lesgegeven, gedeeltelijk omdat dat betekende dat mijn eigen dochters er gratis les konden krijgen in een tijd dat ik geen geld had, en gedeeltelijk omdat ik daar kon werken zonder de lesbevoegdheid die ik nodig zou hebben gehad voor een openbare school – wat beter betaalde – en gedeeltelijk omdat ik gewend was geraakt aan de ritmes en de vaste sleur en omdat het werk makkelijk was. Tijdrovend gedurende het schooljaar, maar makkelijk. Ik vond de meisjes ook aardig, de meeste tenminste. En literatuur was een manier om met hen over het leven te praten, ze te laten nadenken over wie ze waren, over wat voor keuzes ze hadden.

Als ik naar Vermont verhuisde, was er geen garantie dat ik iets vergelijkbaars zou vinden. Waarschijnlijk niet op een particuliere school in de buurt in elk geval. Was er eigenlijk een particuliere school in de buurt? Ik wist het niet. Ik had genoeg geld om me een poosje geen zorgen te hoeven maken – Joe was gul geweest bij de scheiding – en als ik mijn huis in San Francisco verkocht, zou ik er zelfs tamelijk warmpjes bijzitten. Maar ik kon me geen leven voorstellen zonder een of ander werk. Hier komen zou betekenen opnieuw beginnen, mezelf opnieuw creëren. Toen ik hierover nadacht in San Francisco waren er momenten geweest dat ik ernaar verlangde, ongeduldig zelfs. Maar nu ik in mijn grootmoeders woonkamer zat, zonder een flauw idee wat ik moest doen met deze bewolkte dag, wist ik het niet meer zo zeker.

Ik had langzaam de kamer om me heen geobserveerd, terwijl ik over dit alles nadacht – intussen dronk ik behoedzaam van de koffie, zag weer het veranderde licht in het huis, zelfs op een donkere dag als deze, bewonderde de goedgekozen uitbarstingen van kleur, de soberheid – tot ik opeens dacht: Nu is het genoeg. Ik bracht mijn kopje naar de keuken en goot het restant van de koffie in de oude spekstenen gootsteen. Ik ging weer naar boven en kleedde me aan, waste mijn gezicht en maakte me op. Het was inmiddels halfelf, buiten nog steeds vrij donker alsof het veel vroeger was, maar het regende niet echt, nog niet. Ik besloot een wandeling te gaan maken.

Ik had geleerd beweging te respecteren, al was het maar voor de vorm, toen Joe eenmaal weg was. Ik was toen een tijd lang bewegingloos geweest, en ik werd al bang van de herinnering alleen, mijn wezenloosheid, mijn vermogen om urenlang zonder enige beweging te blijven zitten, uit een raam te kijken, te luisteren naar geluiden op straat of het tik... tik... tik... tik... van een klok die seconden afstreepte. Ik herinner me dat ik dankbaar was dat het geen vakantietijd was, dat ik elke dag moest opstaan en presteren, in elk geval in die context, en ik presteerde voldoende, zij het misschien niet goed; maar ik had zoveel goodwill opgebouwd doordat ik het eerst wel goed had gedaan dat zelfs de meisjes meededen aan mijn maskerade. Ze bleven doorwerken en zich gedragen, terwijl er bij een nieuwkomer met zo weinig energie als ik had opstandjes zouden zijn ontstaan. Briefjes doorgeven. Die nauw verhulde onfatsoenlijkheid en ongehoorzaamheid die een voorbode zijn van chaos in het klaslokaal.

Ik stortte elke dag in nadat mijn werk afgelopen was. Als ik de moeite nam om te eten deed ik dat staand in de keuken. Ik gebruikte nooit de dure apparatuur maar stelde rare maaltijden samen uit restanten van mijn kwijnende voorraden: pindakaas op oudbakken crackers, of cornflakes, of soep uit blik. Ik maakte niet meer schoon. Als vrienden belden die dingen wilden gaan doen, verzon ik leugens, redenen waarom ik niet kon. De gedachte alleen al: in de auto stappen, naar de schouwburg rijden of naar een restaurant of een museum, parkeren, dan praten, kijken, eten, glimlachen – dat leek allemaal zo'n onoverkomelijk zware opgave.

Een auto-ongeluk maakte daar een einde aan, aan deze periode van wezenloze ellende waarin ik me bevond.

Ik reed in noordelijke richting over de 101 op weg naar huis na een vergadering in het huis van een mededocent. Ik reed op de inhaalstrook en zat bijna naast een auto op de rechterbaan toen ik in de achteruitkijkspiegel een gek op me af zag stormen, ook op de rechterbaan. Ik wist dat hij me rechts zou passeren en me zou snijden. Ik wist het. Ik zag het aan zijn agressieve snelheid en voelde het instinctief. Ik minderde vaart om hem ruimte te geven voor zijn manoeuvre.

En hij deed het, hij sneed me scherp van rechts, en haalde het nauwelijks in de ruimte die ik had opengelaten. Maar hij deed het te snel, hij reed te hard; zijn auto begon traag te slingeren – in mijn herinnering bijna elegant – links, rechts, links, ik remde en begon ook te slingeren. Alles gebeurde tegelijkertijd heel snel en heel langzaam: ik was me ervan bewust dat hij een lange zijwaartse slip maakte voor de auto die ik had geprobeerd te passeren, dat die auto ook slingerde en remde, dat ik zelf uit alle macht remde, scherp naar links stuurde, weg van wat er met hen zou gebeuren; dat ik de vangrail raakte, hem nog een keer raakte toen ik vaart minderde, dat ik draaide en tot stilstand kwam met het scheurende geluid van metaal, het piepen van mijn eigen banden en remmen en die van anderen; en wat ik dacht terwijl ik reageerde, terwijl ik handelde, was in de eerste plaats hartstochtelijk en agressief boos: Niet ík! Niet ík! Niet nú!

Ik zat in de tijdelijke stilte – voordat verscheidene andere auto's begonnen te remmen en te slippen en elkaar raakten, toen het voorbij was, waren er zeven auto's bij betrokken – en in die paar seconden hoorde ik mezelf lachen, dwaas en licht hysterisch. Meisjesachtig. Wat ik voelde, naast het besef dat mijn lichaam werkte – hartslag, ademhaling, zenuwen – was overweldigende opluchting en dankbaarheid dat ik nog leefde.

En dat was eigenlijk alles. Ik maakte die middag een afspraak met mijn dokter en hij verwees me naar een psychiater. Ik kreeg pillen, en had een stuk of tien consulten bij haar. Dat hielp allemaal. Het was nuttig, ja. Maar in tweede instantie, voelde ik. In tweede instantie, na mijn ruk aan het stuur, na mijn scherpe zwaai naar links terwijl ik remde, na mijn wanhopige en reflexieve wens om in leven te blijven, om door te gaan met bewegen en doen, die prachtige werkwoorden.

Beneden vond ik een plastic regenjas, gebarsten van ouderdom. Ik trok hem aan en ging naar buiten.

De lucht was doodstil, zwanger van vocht. Een auto siste langs door de hoofdstraat, met zijn lichten aan. Ik liep dezelfde kant op. Ik kwam langs het postkantoor en toen langs de vier of vijf winkeltjes – een apotheek, een ijzerwarenwinkel, een antiekwinkel (alleen in het weekend en op afspraak geopend, stond op het bordje), en een supermarktje waar ze, wist ik, kranten, basis-etenswaren, koffie en tijdschriften verkochten. ('Ren even naar Grayson's om wat gist voor me te halen,' zei mijn grootmoeder dan. 'En hier is een penny voor de enorme last die ik je bezorg.' Met de penny kon ik iets kopen uit de plompe glazen potten die op kinderooghoogte voor de kassa stonden.)

De mist begon meer aan te voelen als regen. Er waren geen andere wandelaars te zien, maar voor Graysons stond een lege auto stationair te draaien met zwak kwakende radio. Ik liep het plein op dat aan de hoofdstraat lag. Het was de plek van mijn sociale leven in mijn puberteit, de plaats waar de jeugd zich na school verzamelde om te roken, te flirten en de oudere jongens langs te zien rijden in auto's en pick-ups. Aan de drie gesloten zijden was het omzoomd met gebouwen, met de hoge, witte Congregatiekerk waar ik de eerste keer getrouwd was er prominent tussenin. Vroeger hadden er iepen gestaan, een stuk of tien, zwaar over het gras gebogen. Nu stonden er drie grote esdoorns die licht geeloranje opgloeiden door de zachte regen heen.

Ik begon de ronde te maken. Ik staarde naar de elegante, zwijgende huizen waar ik langsliep. Het gevoel was er nog steeds – dezelfde charme, dezelfde aantrekkingskracht die het stadje op me had toen ik hier vroeger kwam, iets wat ook te maken had met de aantrekkingskracht van het leven van mijn grootouders, de belofte van een geordende en ouderwetse manier van leven waarvan ik best wist dat ik hem idealiseerde: een wereld die ik in mijn verbeelding had geschapen, waar woorden als 'sering' en 'trouw' evenveel gewicht en kracht hadden.

Het was nu serieus gaan regenen. Ik zette mijn capuchon op en ging sneller lopen, terug naar de beschutting van mijn grootmoeders huis. Ik rende bijna over het gras naar de zijveranda – het goot nu – zodat ik niet zag dat er een auto achter de mijne op de oprit stond. Maar toen hoorde ik het portier dichtslaan en ik keek om naar de vrouw die op me af rende en me vervolgens passeerde. Ze bleef staan zodra ze de beschutting van de veranda had bereikt en richtte zich tot mij.

Ze glimlachte en gebaarde naar boven toen ik dichterbij kwam. 'Niet zo'n leuk welkom,' riep ze. Ze was een jaar of veertig en knap. Of niet echt knap, zag ik, maar goedverzorgd, en mooi en leuk gekleed. Haar haar een elegant, maar duidelijk geverfd asblond, gedekte maar geraffineerde make-up, een dure wollen broek en een zijden blouse onder haar jas. Het enige dat uit de toon viel vanuit mijn stedelijke perspectief waren de lelijke grijze rubber schoenen die ze droeg. Maar ik benijdde haar daarom. Mijn voeten waren nat en koud.

'Hallo,' zei ik toen ik de veranda opstapte en mijn capuchon wegklapte. 'Ik ben Catherine Hubbard. Cath. En u bent...?'

'Leslie Knox. Wacht even, ik heb een kaartje.'

Ik herkende haar naam: de makelaar die het huis beheerde. We hadden over en weer geschreven en gemaild.

En toen zag ik de dozen, de drie kartonnen dozen met kleren en bezittingen die ik mezelf vanuit Californië had gestuurd. 'O, ze zijn er!' zei ik.

'Ja, ik heb tegen die man gezegd dat hij ze rustig achter kon laten, ik hoop dat u het niet erg vindt.' Ze had het kaartje gevonden en gaf het aan mij. 'Ze zagen eruit of ze in orde waren.' Ze lachte. 'En dat hoop ik zeker, nu ik er verantwoordelijk voor ben.'

'Ja. Dank u,' zei ik. 'Leuk om kennis te maken.' Ik deed of ik naar het kaartje keek en stak het in mijn zak. 'Komt u even binnen?'

Ik ging voor haar uit naar binnen en trok mijn parka uit. Ik hing hem aan de deurknop om uit te druipen.

Ze bleef in de deuropening om zich heen staan kijken. 'Ik vergeet altijd dat dit zo'n ontzettend aantrekkelijk huis is,' zei ze. 'Ik moet zeggen, mocht u ooit besluiten het te verkopen, het zal een hoop opbrengen.'

'Alstublieft!' zei ik. Ik was verbijsterd. Daar hadden we het eigenlijk helemaal niet over gehad. 'Daar ben ik nog lang niet aan toe!'

'O, dat weet ik. Ik weet het. Let maar niet op mij. Dat is gewoon de makelaar in me aan het woord. Ik denk altijd in die termen.'

'Wilt u gaan zitten?' Ik gebaarde naar de bank. 'Kan ik koffie aanbieden? Ik heb ook sap.'

'Nee hoor, dank u,' zei ze. 'Ik reed alleen langs en ik zag dat de bezorger net weer weg wilde gaan, dus heb ik hem teruggeroepen. En toen dacht ik, laat ik een paar minuten wachten, want uw auto stond er, voor het geval dat u er net aankwam. Ik wilde alleen even hallo zeggen en kijken of u zich al thuis begint te voelen.'

Ik zei dat ik me meer thuis zou voelen nu mijn dozen er waren, en we praatten over het belang van je eigen dingen om je heen. Ze haalde uit haar enorme handtas een informatiepakket over de omgeving: 'gedeeltelijk informatie, gedeeltelijk felicitatiedienstachtig spul,' zei ze. Ze babbelde verder toen ik het materiaal doorbladerde. De hele tijd zag ik haar ogen rusteloos en taxerend door de kamer gaan. Maar ik praatte terug, dankbaar en geïnteresseerd, geloof ik.

Eindelijk kwam ze terzake: ze zou het huis zo dolgraag willen laten zien – zou ik dat kunnen verdragen? Terwijl ik er net was? – aan een echtpaar dat volgende week uit New York overkwam. Niet dat ze zou zeggen dat het op de markt was, alleen om ze een idee te geven hoe deze oude huizen eruit konden zien met een beetje liefdevolle aandacht. En misschien ook om een indruk te krijgen van de respons op dit huis. Dat kon nooit kwaad.

'Maar ik dacht dat we een koper hadden als we wilden verkopen. Een potentiële koper.'

'O, Eliasson. Ja. Maar aan de andere kant wilt u het toch ook niet zomaar van de hand doen? Ik bedoel, het zou leuk zijn om te weten dat er anderen in de coulissen staan te wachten, als het ware. We willen er tenslotte zo veel mogelijk voor vangen.'

Ja. Ja, dat begreep ik. Maar ik wilde haar eraan herinneren...

O ja, ze wist het. Het was niet te koop. Geen probleem. Dat zou ze duidelijk maken.

Ze was weer teruggelopen naar de deur en draaide zich om voor een laatste blik. 'Het is gewoon ook zo'n geweldig verhaal, weet u. Dit huis' – haar handen beschreven een cirkel – 'generaties lang in de familie. Beide grootouders die hier tot op hoge leeftijd hebben gewoond, enzovoort.'

'Maar dat is helemaal niet waar!' protesteerde ik.

'Nee?'

'Nee, het is niet generaties lang in de familie. Helemaal niet. Mijn grootouders hebben het ergens in de jaren twintig gekocht. Ze zijn hierheen verhuisd vanuit Maine. Ik heb geen idee van wie het daarvoor was.'

Ze lachte. 'Dat zijn nog steeds genoeg generaties om er een goed verhaal van te maken voor de gemiddelde New Yorker. Uw grootouders, uw ouders, u, uw kinderen...'

Ik nam niet de moeite om haar verder tegen te spreken.

Toen ik haar door de tuin zag lopen vroeg ik me af waarom ik zo instinctief was teruggedeinsd voor haar versie. Misschien, dacht ik, stond het me gewoon tegen om mezelf te beschouwen als vertegenwoordiger van een generatie, zo'n klein, afgeraffeld gedeelte van het verhaal, zo gemakkelijk afgedaan.

En toen dacht ik, nee. Nee, dat was het niet. Het punt was dat ik niet op die manier over ons allemaal wilde denken: mijn grootouders, mijn moeder, mijzelf. Ons leven hier niet wilde laten gebruiken als verkoopargument – al die pijn en verdriet en vreugde – om het huis zelf aantrekkelijker te maken. Wij waren niet het verhaal van het huis, geen van allen. Dat was waar ik bezwaar tegen had. Dat, en het feit dat het verhaal zoveel ingewikkelder was dan zij kon weten.

Ik ging weer naar de veranda en schoof de zware dozen een voor een over de drempel het huis in. Uit de keuken haalde ik een mes om ze open te snijden. Hoewel ik ze net een week geleden had ingepakt, voelde ik een soort kinderlijke opwinding om wat erin zat eruit te halen – een plaatsje te vinden voor de dingen die ik had gekozen om me het huis eigen te maken, ongeacht hoelang ik zou blijven.

Ik was er een paar uur mee bezig, stalde de ingelijste foto's uit op de piano in de eetkamer, zette de boeken op mijn grootvaders planken. Ik pakte het espressomachientje, de bonen en de koffiemolen uit en zette voor mezelf een kopje koffie dat die naam waardig was. Ik sleepte de kleren naar boven, hing ze uit of legde ze in laden. Ik vulde de planken in het medicijnkastje met mijn toiletspullen en medicijnen. Het mercurochroom dat ik daar vond, de verroeste haarspeldjes in een klein kopje en het antiek aandoende potje aspirine gooide ik weg.

Ik werd afgeleid door een oude doos foto's die ik mezelf had toegestuurd – ik was van plan lange, eenzame avonden door te brengen bij de haard om ze in te plakken. Hier waren zo'n twintig jaar van mijn leven, het leven dat nu voorbij was –

foto's van de kinderen in diverse fases, foto's van Joe voor en tijdens ons huwelijk.

Ik pakte een foto van mijn vader met zijn tweede vrouw, Rosalie, in de overwoekerde wijngaard achter hun senioren-gemeenschap even buiten Calistoga een jaar of twee voordat zijn lange sterven begon – een reeks valse, kleine beroertes, die elke keer kwamen op het moment dat hij net begon te her-stellen van de vorige, wanneer hij net hoop begon te krijgen, als om te zeggen: Dat had je gedacht! Zo was ik ze gaan zien: bezield van moedwillige kwaadaardigheid. Ik was woedend over zijn dood, en nog weken ontroostbaar. In die periode, toen ik soms stond te koken of schoon te maken terwijl de tra-nen over mijn gezicht stroomden, zei Fiona op een avond te-gen me: 'Nou, het was eigenlijk zijn eigen schuld, mam.' En vervolgens, als reactie op mijn ongeloof: 'Ik bedoel, hij had op kunnen houden met roken, dan had hij waarschijnlijk nog ge-leefd.' Ik deed een stap naar voren en gaf haar een klap – ik, die er prat op ging dat ik mijn kinderen nooit sloeg.

Op de foto ziet mijn vader er gezond en sterk uit, en Rosa-lie, met haar enorme bos overduidelijk geverfd zwart haar, is net bezig geanimeerd iets tegen hem te zeggen.

Ze verhuisden naar het westen toen hij met pensioen ging, om dicht bij mij en Lawrence te wonen. Later was ik blij dat hij stierf voordat Joe en ik gingen scheiden. Hij zei een keer tegen me: 'Het doet me goed dat je gelukkig bent. Ik heb me na je scheiding altijd zorgen gemaakt dat je moeder – je weet wel, haar ziekte – je op een bepaalde manier beschadigd zou hebben, voor de liefde.'

Een willekeurige verzameling foto's: veel van Jeff met zijn middelvinger opgestoken naar de camera, jarenlang zijn fa-voriete pose. Veel van mijn achtertuin, om te zien wat ik daar zou kunnen veranderen. Een paar van mij, als iemand de ca-mera uit mijn handen wist te wringen. Hier is er een waarop ik omkijk van de aanrecht, kennelijk pratend – mijn mond staat op een onaantrekkelijke manier open. Het was een periode waarin ik mijn haar kort droeg, een grote vergissing, en het schort dat ik aanheb maakt me vormeloos en dik. Wat je ziet op deze foto is een vrouw die misschien door haar man zal worden verlaten, die op middelbare leeftijd misschien in haar verleden staat te grabbelen op zoek naar antwoorden voor haar toekomst. Ik heb hem in tweeën gescheurd, vervolgens in vieren, en weggegooid.

De laatste keer dat ik naar mijn grootmoeder ging, de keer dat ik er bleef wonen, was ik vijftien. Mijn moeder had eindelijk haar eigen dood georganiseerd, en ze had het goed gedaan, bedacht ik me toen ik ouder was, in zoverre dat geen van ons haar had hoeven vinden.

De maanden voordat het gebeurde was ze steeds meer geïnteresseerd geraakt in Egyptische hiërogliefen. Als onderdeel daarvan had ze een symposium ontdekt dat ze wilde bijwonen, aan het Instituut voor Oriëntalistiek aan de Universiteit van Chicago: twee dagen wetenschappelijke verhandelingen. Mijn vader dacht erover na – ze had in wezen zijn toestemming gevraagd – en zei toen ja. Het was een poosje goed met haar gegaan, hoewel ik denk dat mijn vader zich zorgen maakte over haar quasi-bezetenheid met deze tekentaal, het idee van tekens en symbolen die tot haar spraken. Toch organiseerde ze alles efficiënt en schijnbaar kalm, en dat stelde hem gerust. Ze reserveerde een hotel voor twee nachten, met uitzicht op het meer, vlak bij de universiteit, zodat ze niet elke dag de lange reis op en neer hoefde te maken, zei ze. Dat klonk ook volkomen logisch. Goed dan.

Toen ze hem de eerste avond opbelde, was alles schijnbaar in orde. Maar de tweede avond belde ze niet, en hij kon haar niet bereiken. Toch had ze de vorige avond zo opgewekt geklonken dat hij zich geen zorgen maakte. Hij hoopte dat ze uit was met andere mensen, mensen die ze op het symposium had ontmoet. Hij hoopte – dat hoopte hij altijd; dat is de ziekte waar mensen die van zieke mensen houden aan lijden – dat dit een keerpunt voor haar zou zijn, dat van nu af aan alles anders zou zijn. Ze zou vrienden maken, ze zou een werelds leven leiden dat haar zou opeisen en bezighouden.

Het hotel belde hem de volgende dag op zijn werk. Toen ze naar haar kamer waren gegaan, na de tijd dat ze uitgecheckt had moeten zijn, hadden ze haar gevonden. Ze was iemand met toegang tot vele pillen, en die had ze ook gebruikt.

Mijn vader liet me mijn keuze, mijn vrijheid. Ik mocht bij hem blijven, maar hij erkende dat het misschien een wat eenzaam leven zou zijn nu Lawrence het huis uit was en studeerde, en zijn eigen werk als advocaat zo veeleisend was; of ik kon de tweeënhalf jaar tot ik ook ging studeren bij mijn grootouders gaan wonen. Ik nam mijn besluit met een duizelingwekkend egoïsme en een snelheid die de adem beneemt als ik eraan te-rugdenk – hoewel het handig was om te onthouden toen mijn eigen kinderen op die leeftijd waren. Ik koos mijn grootou-ders, waar ik me veilig voelde, waar de lucht lichter leek, hel-derder. Waar mensen tegen elkaar praatten op een schijnbaar onschadelijke en transparante manier. En liet mijn vader ach-ter om zijn eenzame leven te leiden.

Mijn grootmoeder wees meer dan eens op de overeenkomst – hoe ik bij haar was gekomen na de dood van mijn moeder, precies zoals zij naar haar grootmoeder had kunnen gaan na de dood van háár moeder. Was dat geen vreemd toeval? Ze zei toen, en schreef me later, dat haar vreugde over het feit dat ik daar woonde, naast haar liefde voor mij, naast de band met haar eigen droevige dochter die ik vertegenwoordigde, gedeel-telijk te danken was aan het gevoel dat ze eindelijk in staat was het meisje, en vervolgens de jonge vrouw die zij zelf was ge-weest toen precies hetzelfde haar overkwam, te troosten en te helpen. 'Wie weet hoe alles voor mij gelopen zou zijn als ik had gedaan wat jij deed – als ik naar mijn oma Parsons was gegaan met Ada en Fred toen moeder gestorven was. Natuurlijk, oma stierf maar een paar jaar later, tegelijk met grootvader tijdens de griepepidemie. De ene ochtend nog kiplekker en de volgende ochtend dood. En ze namen al die vriendelijkheid en liefde met zich mee. Dus je weet het maar nooit, hè?'

Dat schreef ze me tijdens mijn eerste studiejaar in Californië, waar ik heen was gegaan om los te komen van mijn geschiedenis en de verwarrende banden van gehechtheid en schuld en behoefte die ik toen voelde – voor haar en mijn grootvader, voor mijn vader, en zelfs voor mijn moeder. Ik stond daar in mijn studentenkamer gulzig de brief te lezen en voelde weer het verlangen naar haar, naar hen, waar ik nooit overheen zou groeien.

Ik herinnerde me een moment uit de lente van het eerste jaar dat ik bij hen woonde, vier of vijf maanden nadat mijn moeder gestorven was. Ik lag op mijn bed op zolder te kijken naar een onweer dat plotseling opstak. De hemel werd zwart, de vogels verstomden, de bomen deinden en huiverden, toonden de zilveren onderkant van hun bladeren. Een houten stoel schoof dronken over het erf, bleef staan, haastte zich toen verder. Opeens verschenen mijn grootouders op het erf onder me, vanuit mijn gezichtspunt verkort en beenloos – ik hoorde hun stemmen voordat ik hen zag, en mijn grootmoeders lach. Ze begonnen de woest klapperende was van de lijn te halen: de handdoeken, de witte lakens. Ze werkten snel en geoefend samen, hielden samen een laken vast, vouwden het op, liepen naar elkaar toe, uit elkaar, dan weer naar elkaar toe: de grote bollende lap eerst in tweeën, dan in vieren en kalmer, dan verdwijnend tot een compact pakje tussen hen in. Ze waren net klaar – en van het toneel verdwenen – toen de hemel openscheurde met bliksem en donder, bijna gelijktijdig, en het kletteren van de grote druppels begon aan te zwellen tot een dof gerommel op het dak boven me.

Maar ik had het gezien – hun snelle gespiegelde dans, de armen gelijktijdig omhoog als ze naar elkaar toeliepen, naar beneden als ze achteruit liepen, de magie van de woeste witte lap die kleiner en kleiner werd tussen hen in op het donkere gras – en voor mij vanaf mijn eenzame uitzichtspunt boven hen zag het eruit als de zuiverste vorm van liefde.

VIER

Georgia's oude grootmoeder had gelijk gehad: de kinderen werden snel groot na de dood van hun moeder – Georgia sneller dan de anderen. Het was niet zo dat haar last zwaarder werd. Eigenlijk was ze nu vrijer dan ze was geweest, er was door de week zoveel tijd gaan zitten in de zorg voor haar moeder. En ze voelde het, het was een opluchting niet 's nachts wakker te worden van haar moeders gekreun of woeste gejammer, of van de bel die betekende dat ze hulp nodig had.

Maar natuurlijk voelde ze zich ook verloren en alleen. Want hoe raar Fanny ook was geweest toen ze gezond was, hoe ziek ze ook werd, hoeveel volwassenheid ze ook nodig had gehad van Georgia, ze was toch Georgia's moeder, en haar bestaan, onder wat voor omstandigheden dan ook, had toch betekend dat Georgia nog een kind was. En binnen de eisen van haar ziekte had Fanny haar best gedaan Georgia daaraan te herinneren, had ze geprobeerd moederlijk te blijven – en misschien was ze daardoor toen ze op sterven lag eigenlijk moederlijker geweest dan ooit daarvoor. Ze raakte haar dochter vaak aan, streelde haar lichte gevlochten haar of haar zachte handen. Als ze tegen Georgia sprak, werd haar stem vaak dieper van tederheid. Ze zei: 'Het spijt me voor je, liefje, dit zou je allemaal niet moeten hoeven doen,' als Georgia haar de trap op of het bad in hielp of, later, haar po naar binnen of naar buiten droeg. Zo lang mogelijk deed ze haar best zich met het huishouden te bemoeien: bedenken wat er gegeten moest worden, het dagschema met mevrouw Beston bespreken, activiteiten of speelkameraadjes bedenken, speciaal voor de jongste twee – en wanneer ze maar kon Georgia vrijheid geven.

In de laatste stadia probeerde ze haar kinderen te beschermen tegen haar ziekte. De laatste vier of vijf maanden van haar leven kwam dokter Holbrooke bijna dagelijks op haar verzoek om haar morfine te geven, zodat de kinderen niet bang zouden worden voor haar pijn – ze realiseerde zich niet hoe afschrikwekkend haar gedrogeerde, trage afgestomptheid was. En de zomer dat ze op sterven lag, stond ze erop dat de ramen van haar kamer gesloten bleven, in weerwil van de hitte, zodat haar geschreeuw niet de tuin in zou drijven waar mevrouw Beston probeerde de kinderen bezig te houden in die lange, lege dagen van wachten.

Nu voelde Georgia zich verlaten en extra verantwoordelijk, verantwoordelijker dan toen ze veel meer te doen had. Weliswaar heerste er een grote, vredige stilte als ze 's nachts wakker werd, maar zeker in het begin voelde ze dit als haar verdriet, haar last. Zij had de leiding hierover – de vrede, het zwarte niets. Ze was alleen.

Maar ook dit leven had zijn genoegens, en langzaam leerde Georgia die kennen. In de loop van de lange maanden begon ze er een eer in te stellen haar huishouden goed te bestieren. Elke week gesteven fris ruikende lakens op de bedden, de nieuwe gaten keurig gestopt. Dagelijks de zwabber gebruiken, zelfs onder de bedden, terwijl Freddie hem tussendoor krachtig uit mocht slaan op de rand van de voorveranda. Minstens één keer per maand het weinige zilver dat ze hadden poetsen. En zij kookte zelf het eten waar de twee andere kinderen en haar vader speciaal van hielden: maïspudding, citroencake, maïssoep, bonenschotel, bramenpannenkoeken, zandkoekjes.

Langzamerhand begon haar leven zich aan te passen aan haar nieuwe rol. Misschien om het eenzame wakker worden om drie of vier uur 's ochtends te vermijden, begon ze steeds later op te blijven als haar vader weg was. Lang nadat Ada en Freddie naar bed waren gegaan zwierf ze door het huis. Om redenen die ze niet had kunnen uitleggen genoot ze ervan op stoelen te zitten die ze normaal niet gebruikte. Hier ben ik, dacht ze dan en keek naar de donkere kamer vanuit dit nieuwe gezichtspunt. Dit ben ik, die dit ziet. Die dit voelt. Op die momenten leek de wereld precies passend om haar heen geordend te zijn.

Ze keek graag naar het lege dorpsplein op een tijd dat ieder ander veilig lag te slapen, zich intens bewust van haar afzondering. Ze las, soms tot ver na middernacht. Er stond een klok op de schoorsteen in de woonkamer onder een glazen stolp waarin bloemen geëtst waren, en als ze hem die paar losse tonen hoorde slaan in het dode tij van de nacht voelde ze een rijk, melancholiek besef van haar eigen eenzaamheid.

In haar laatste jaar op de middelbare school werd ze verliefd op Bill March, die aan de andere kant van het plein woonde. Ze hadden afgesproken elkaar precies om tien uur een signaal te geven met een kaars, hij vanuit de donkere zolderkamer in zijn huis, zij vanuit de voormalige naaikamer van haar moeder. Ze vond het heerlijk hem daar te zien staan in zijn witte nachthemd in het flakkerende licht, zijn gezicht een bleke vlek, zoveel romantischer dan de lange, stevige Bill die ze overdag kende, met zijn vierkante kaak, en zijn gestotter af en toe. Hij vertelde haar dat hij meteen daarna naar bed ging, vervuld van gedachten over haar. Maar Georgia bleef op. Ze was rusteloos van gedachten over hem, dat wel, maar ze maakte zich ook zorgen om haar toekomst: hoe kon ze ooit denken aan trouwen? Haar vader verlaten? Wie zou er voor iedereen zorgen? Op die momenten voelde ze zich middelbaar, al een oude vrijster.

Op andere momenten begon ze juist meer een kind te lijken dan toen ze een kind was, leek ze terug te gaan. Er was tenslotte niemand meer om haar eraan te herinneren dat ze nu een jongedame was, dat er bepaalde fatsoenlijke manieren waren om je te gedragen. Moeders in het stadje en andere oudere vrouwen leverden daar commentaar op, dat het jammer was, een schande eigenlijk, hoe ze nog steeds met Freddie en Ada over het plein rende na de kerk, gillend en zich aanstellend. Zoals ze stampte als ze liep, je moest de andere kant op kijken, echt waar. Zoals ze betrapt was in een boom in de voortuin van de familie March, en je kon recht onder haar rok kijken en ze leek er geen idee van te hebben.

Ze deed ook wilde spelletjes in huis met Ada en Freddie, hun eigen driepersoonsversie van verstoppertje of pakkertje of blikkietrap die doorgingen tot lang nadat de jongste kinderen in bed hadden moeten liggen. Op een avond ver na negenen hoorde mevrouw Mitchell 'bloedstollende kreten' uit het huis van de familie Rice komen, vertelde ze aan iedereen die het wilde horen, en ging erheen om te zien wat er gebeurde, of ze kon helpen. Toen ze aanklopte viel er een stilte in huis, en pas na een minuut of twee deed Georgia – hijgend, blozend van opwinding en nat van het zweet – de deur op een kiertje open. Nee, zei ze. Nee, er was niets mis. Het speet haar vreselijk als Ada of Freddie lastig waren geweest; ze zou onmiddellijk met hen praten. En toen gooide ze veel te snel de deur weer dicht, recht in het gezicht van mevrouw Mitchell.

Maar het wildste spel was gericht op hun vader, om hem te vermaken, zijn verdrietige last te verlichten. Door de week bereidden ze hun verrassingen voor: hun toneelproducties, hun speurtochten, hun patriottische tableaux vivants of concerten, hun variétévoorstellingen, hun woonkamerparades, één keer met hun kat, Napoleon, verkleed als baby in een kinderwagen vooraan. De vrijdagavonden waren soms waanzinnig vrolijk. En als hun vader lachte, als hij zich weer overgaf aan het leven met zijn gezin, aan de mogelijkheid daar plezier te vinden, ook zonder Fanny, voelde Georgia zich vervuld, beloond: zij, zíj had dit mogelijk gemaakt, met haar inspanningen. Dat moest toch voor altijd genoeg zijn.

Het was in ieder geval het enige waarvan ze wist dat ze het wilde.

En dus ging ze na haar eindexamen niet, zoals ze eerder van plan was geweest, naar de universiteit met Bill March, of zelfs maar naar de kweekschool zoals zoveel van haar vriendinnen. Ze bleef thuis, nam meer huishoudelijke taken op zich, kookte vaker, en mevrouw Beston hoefde nog maar twee keer per week te komen.

Het was net zoals haar grootmoeder had gezegd; haar meisjestijd was voorbij.

Maar zoals ze door ziekte in dit speciale hokje van geluk gevangen was, zo werd ze ook door ziekte gered. De derde winter na de dood van haar moeder was Georgia een paar maanden verkouden, met een hoest die nooit op leek te houden. Ten slotte stond vader erop dat ze naar de dokter ging, en omdat hij de dag van de afspraak niet in de stad zou zijn, sprak hij met een vriend af dat die haar naar Pittsfield zou rijden. De dokter was hun huisarts, dezelfde man die voor haar moeder had gezorgd. Hij kende Georgia natuurlijk goed, hoewel hij haar al drie jaar niet had gezien. Hij verwelkomde haar, vroeg of ze wilde gaan zitten. Zijn spreekkamer rook sterk naar zeep en desinfecterende middelen, en naar nog iets, iets aangenaams. Wintergroen misschien.

In de tijd sinds ze hem voor het laatst had gezien leek dokter Holbrooke op de een of andere manier veranderd. Volkomen veranderd zou hij hebben gezegd. Hij was in de oorlog in Frankrijk geweest. Als dokter weliswaar, maar dat maakte het misschien nog erger. Wat Georgia dacht toen ze op de houten stoel tegenover hem ging zitten en naar hem keek over zijn bureau, was dat hij intussen oud was geworden, maar in feite zonder lichamelijk erg te veranderen. Ze keek eens goed; er moest toch iets zijn waar ze het aan toe kon schrijven. Er was inderdaad hier en daar wat grijs in zijn donkere haar waar het eerst niet was geweest. Er waren wat meer lijnen om zijn bruine ogen en zijn mond leek naar beneden getrokken. Misschien waren die regelmatige trekken, de tamelijk grote neus iets scherper uitgehouwen. Maar het was vooral de indruk van een man die gebukt gaat onder een kennis en een verdriet die hij vroeger niet had bezeten.

Als ze had geweten hoe ze het had moeten vragen, en als hij de gewoonte had gehad zijn gedachten tegen iemand uit te spreken, zou hij misschien tegen haar hebben gezegd dat hij had geleerd hoe tijdelijk de mens is. De mens of het leven. Hij had het al geweten sinds hij een mes oppakte om het geel geworden vlees van zijn eerste lijk in de anatomieles open te snijden. Hij had het al geweten toen hij elke dag bij Georgia's stervende moeder kwam, toen hij langs de drie kinderen liep die hun spelletjes of hun buitenklusjes opschortten om naar hem te kijken en terug te knikken als hij zijn hoed optilde, de twee knappe *jeunes filles* en het stevige jongetje; toen hij de trap opklom achter de bedrijvige mevrouw Beston aan; toen hij de bedompte kamer binnenkwam en zijn weggeteerde patiënte hem begroette met een onaardse schreeuw, terwijl een kramp van blijdschap en pijn over het broodmagere gezicht trok. Hij had het geweten, ja, maar toen had hij voldoende tijd gehad – voldoende vrije tijd eigenlijk – om elke dood, elk verlies uitvoerig te overwegen. Ze te tellen. Zichzelf er verantwoordelijk voor te voelen. Dat, wist hij nu, was een geschenk geweest.

Want nu dacht hij anders over de dood: als een enorme ongeïnteresseerde zeis, die ons achteloos, wreed neermaait. Die hier een half mens laat sterven, daar een half mens laat leven. Die hem in het bloed van beiden voor de beslissing liet staan over het lot voor elke helft en waarom en hoe.

Zonder hier iets van te weten had Georgia medelijden met hem.

En hij had medelijden met Georgia. Ze was veel magerder dan ze had moeten zijn. Ze had geen kleur behalve de twee koortsblosjes op haar wangen. Haar oren, die toch al groot waren, leken te groot nu haar gezicht smaller was geworden.

Het knappe jonge meisje dat naar hem opkeek vanuit het gras als hij het huis binnenging, dat tegenover hem aan haar moeders graf stond, zonder tranen en dapper, was veranderd in deze verzwakte, uitgeteerde jonge vrouw, met haar slordig opgestoken haar, de vervellende neusgaten, de diepe kringen onder haar ogen. Toch was het woord dat hem inviel toen hij naar haar keek 'heldhaftig'. Hij vond haar mooier dan hij had kunnen zeggen.

Ze praatten een poosje in zijn spreekkamer voordat hij haar vroeg zich uit te kleden. Terwijl hij vragen stelde en zij hem vertelde over haar leven – haar dagelijkse taken, haar dieet, haar slaapgewoonten – voelde hij een koude, energieke verontwaardiging opwellen in plaats van de emotieloze afstand die hij zich had aangewend ten opzichte van zijn patiënten.

Ze was er niet op uit geweest zijn sympathie op te wekken. Georgia had geen moment medelijden met zichzelf. Eigenlijk had haar gebrek aan aandacht voor emotionele nuance, voor het effect dat haar leven en haar woorden op anderen hadden bijna iets meedogenloos. Dat voelde ik af en toe toen ik veel later bij hen woonde. Ze had een bijna aangeboren opgewektheid en was altijd een beetje verbaasd als anderen die niet hadden.

Nu had ze geen idee van het effect van haar droeve verhaal, geen idee van de harde oordelen die de dokter velde over elk detail dat ze beschreef. Vrolijk ging ze verder. 'Ik zou me moeten schamen, geloof ik,' zei ze. Ze had hem net verteld dat ze Ada en Freddie tijdens het avondeten aan tafel liet lezen, dat bijna elk boek dat je in huis opensloeg een lading kruimels op je schoot liet glijden. 'De muizen eten ze zelfs weleens: de boeken!'

'Schaamte is niet op z'n plaats,' zei hij. Hij hief zijn hand als om dat begrip weg te vegen, en ze zag hoe lang en elegant ze waren, zijn handen. Mooier dan de hare, dacht ze toen ze neerkeek op haar afgekloven nagels.

De dokter had Georgia's vader nooit gemogen. Hij was zelfs geschokt geweest over de regelingen die hij trof – of niet trof – tijdens Fanny's ziekte: dat een zwaar zieke de leiding had over het huishouden, dat de kinderen 's nachts met haar alleen werden gelaten. Terwijl hij aantekeningen maakte over zijn patiënte, begon hij al te denken in termen van redding: wat er gedaan kon worden, zelfs als deze jonge vrouw niet werkelijk ziek was, om haar te bevrijden van de ongepaste eisen van haar situatie, van de manier waarop die luchthartige, oppervlakkige man, haar vader, haar beroofde van haar jeugd en gezondheid.

Zij op haar beurt was getroffen en opgewonden door zijn zorg, zijn vriendelijke stem die vragen stelde, zijn ogen die op haar gericht waren, geamuseerd en mild. Zelfs het feit dat hij opschreef wat ze zei, alsof elk detail van haar doodgewone leventje van groot belang was voor hem wond haar op. Bezorgde aandacht! Daar was ze niet aan gewend. Ze voelde het als een balsem die over haar uit werd gegoten. Ze wentelde zich erin. Ze vertelde hem meer dan ze van plan was, meer dan ze iemand, zelfs Bill March, had verteld over de precieze toestand thuis, over haar eenzame, trotse leven.

Toen het uitkleden. Voor haar was het natuurlijk moeilijk, maar waarschijnlijk niet moeilijker dan het idee zich uit te kleden voor elke willekeurige dokter zou zijn geweest. Het zou tenslotte altijd een man zijn geweest. O, ze had wel gezien dat hij knap was. Ze had genoten van zijn tedere zorg voor haar. Maar in haar ogen was hij oud. Hij was toen negenendertig en zij pas negentien.

Ze zat in haar witte katoenen onderrok en hemdje op de onderzoekstafel en toen hij het haar vroeg, liet ze de brede banden van haar schouders glijden en schoof haar armen eruit. Het hemd zat nu in een prop om haar middel, en haar schouders kromden zich naar voren, alsof ze probeerde haar borsten te beschermen. Ze probeerde inderdaad haar borsten te beschermen.

Hij stond met zijn rug naar haar toe terwijl ze dit deed. Toen hij zich omdraaide om naar haar toe te lopen had hij zijn stethoscoop al geheven. Hij vermeed haar blik.

Voor hem was dit een moment van bijna ademloze spanning, een moment waarin hij erkende wat hij voor haar voelde, wat hij al voor haar had gevoeld als ze in het gras stond, die zomermiddagen bijna vier jaar eerder, van achteren belicht door de zon, stil naar hem kijkend als hij het huis binnenging. Erop rekenend, voelde hij, dat hij iets zou kunnen doen, haar kon helpen – wat hij natuurlijk niet kon. Hij vond haar nu onuitsprekelijk verrukkelijk, met haar bleke gezicht, haar bleke huid – haar tepels en neusgaten getint met hetzelfde vage roze, de bleekblauwe sporen van aderen in haar borsten, de gladde glans van de huid van haar ingevallen witte schouders, de zware last van het opgestoken bruine haar, de slierterige lus van losgevallen haar dat vrijelijk over haar rug stroomde. Hij hief de stethoscoop. Hij raakte haar van koorts brandende vlees aan.

Hij onderzocht haar zwijgend, ernstig, zijn ogen steeds van haar afgewend. Ze ademde diep voor hem. Ze kuchte. Ze voelde zijn koele, droge vingertoppen toen hij op haar hol klinkende borst tok-tokte.

Toen hij klaar was ging hij aan de andere kant van de kamer staan en meldde dat hij vond dat ze een mantouxtest moest doen, dat het mogelijk leek dat ze op de een of andere manier met tuberculose besmet was. Ze had zich weer aangekleed en haar hand rees naar haar boezem toen hij dit zei. Hij bleef rusten waar ook zijn vingers haar hadden aangeraakt. Hij leunde tegen zijn eikenhouten archiefkast en keek naar die hand, ruw van het werk maar nog zo jong. Hij dacht aan haar borsten, haar longen daaronder. Ze stemde in met de test en probeerde luchtig en onbevreesd te klinken, maar zijn woorden waren aangekomen als een klap.

Terwijl zij haar mouw openknoopte om de huid van haar

arm te ontbloten zodat hij zijn krasje kon geven, praatte hij. Ze zou over drie dagen terug moeten komen om de test te laten bekijken – zaterdag. Was er dan weer iemand die haar kon brengen?

Haar vader, zei ze.

Hoewel ze in wezen heel goed begreep wat het betekende toen het begon op te komen – de rode zwelling op haar onderarm waar dokter Holbrooke de test had gedaan – hoopte Georgia dat ze het mis had, ze hoopte misschien dat het niet helemaal rood genoeg was, niet helemaal gezwollen genoeg om op iets ergs te wijzen. Aan dokter Holbrookes ernstige gezicht toen hij het die zaterdag bekeek, zag ze dat die hoop vergeefs was geweest.

En toen ging alles te snel voor haar. Hij vertelde haar vader dat ze niet meer thuis kon wonen, dat ze moest rusten om krachten op te doen om de ziekte te bestrijden. Er moesten meer tests worden gedaan: fluoroscopische onderzoeken, sputumkweekjes. Hij wilde haar direct vanuit zijn spreekkamer doorsturen naar het sanatorium.

'O, nee, niet vandaag!' riep ze. Ze keek hulpzoekend naar haar vader, maar zag dat ze van hem geen hulp zou krijgen. Er lag al iets straks en verdrietigs, iets geslotens in zijn brede jongensachtige gezicht.

Ze keek de dokter aan. 'Ik kan echt niet vandaag,' smeekte ze.

Hij glimlachte vriendelijk terug. 'Waarom niet?'

Waarom niet? Er was te veel te doen. En ze begon haar plichten op te sommen: de schoolkleren moesten versteld worden, de kleden geklopt, het zondagse diner voor morgen, de boodschappenronde die voor deze middag gepland was, na haar afspraak hier. Maar terwijl ze sprak, terwijl het beeld van elke taak in haar hoofd opdoemde, waren het niet zozeer die dingen die aan haar trokken, als wel de onuitgesproken beelden

waar ze zich nauwelijks van bewust was: haar lange verrukkelijke nachten alleen, de vertrouwelijke sfeer in de slaapkamer
die ze met Ada deelde, hoe die eruitzag bij lamplicht, de on-
getemde vrijheid van haar eenzaamheid, de blije voorberei-
dingen voor vrijdagavond, het gorgelende geluid van haar vaders automobiel die de schuur in reed. Hoe kon ze dat allemaal
opgeven? Hoe kon ze weggaan? Ze kon het gewoon niet, niet
vandaag.

Toen ze klaar was met haar opsomming – haar lijst taken –
glimlachte hij weer vriendelijk naar haar. 'Maar zie je,' zei hij,
'dat is nu precies waarom je weg moet.'

Hij bleek alles al geregeld te hebben. Dat had hij gedaan
omdat hij voorbereid wilde zijn als de test positief was, om alle bezwaren van haar vader te pareren. Hij wilde klaar zijn om
haar weggaan zo nodig als fait accompli te presenteren.

Nu wilde het geval dat haar vader stiekem dankbaar was dat
het allemaal zo makkelijk, zo snel geregeld kon worden. Hij
richtte zich tot zijn dochter en ook hij begon zachtjes aan te
dringen: ze moest gaan, er was geen discussie over mogelijk.
Het was iets wat ze moest doen voor hen allemaal.

Holbrooke keek hoe hij tegen zijn dochter sprak. Alle gemak en jovialiteit waren van het brede, vlezige gezicht van de
man gewist. Hij zag er zelfs verslagen uit. Asgrauw. Heel even
stond de dokter zich toe te denken aan het verlies van de andere man, aan de angst die hij moest voelen. Medelijden met
hem te hebben.

Er zijn maar een paar foto's van Georgia in het sanatorium,
genomen door vrienden denk ik, of door Ada of haar vader
als ze bij haar op bezoek kwamen; en vervolgens, later, tegen
het eind van haar verblijf, door de man met wie ze trouwde –
haar dokter. Dokter Holbrooke. Mijn grootvader. Het verschil
tussen haar verschijning op deze foto's en die van haar in haar
vroegere leven is een openbaring. In de oude tijd droeg ze lan-

ge jurken, wit in de zomer, donkere ruiten of strepen of effen kleuren in de winter. Ze droeg het haar in het midden gescheiden, naar achteren getrokken in vlechten of, later, in een wrong in haar nek, vaak vastgemaakt met een lang, afbungelend lint. Ze had een stralende, open lach: de lach van een meisje.

Het sanatorium transformeerde haar. Natuurlijk, ook andere vrouwen zagen er anders uit, gedroegen zich anders, aan het eind van een soort nationale onschuld; na de oorlog stapte iedereen een nieuwe wereld binnen. Maar het was duidelijk dat mijn grootmoeder de verandering gretig omhelsde, duidelijk koos. Op de sanatoriumfoto's is haar haar kortgeknipt en waait het in losse krullen om haar gezicht. Het is gebleekt door het vele in de zon zitten, op een chaise longue op het terras, zodat ze op die vervaagde foto's opeens blond is. Ze draagt de nieuwe smalle rokken tot op de kuit en een lang, wijd vest. Om haar hals is nonchalant een sjaal geslagen. Op sommige van deze foto's lacht ze, flirt ze zelfbewust met de camera. Ze ziet eruit zoals ik me haar ook in haar latere leven herinner: vol zelfvertrouwen, evenwichtig, onafhankelijk.

Maar ze zei van niet. Ze zei dat ze rusteloos als een kat was, wild van voortdurende beheerste emotie. 'Ik was een beetje gek, denk ik,' vertelde ze me eens. 'Dat waren we allemaal. En natuurlijk was iedereen verliefd, zelfs degenen die op sterven lagen. Zelfs sommigen van de patiënten die we als oudjes beschouwden, hadden merkwaardig genoeg hun romances. Romantiek.' Ze gaf een merkwaardig groot gewicht aan het woord. Toen glimlachte ze, een droeve glimlach. 'Zo sloegen we ons door de dagen heen.'

Zoals ze het ons beschreef, deed haar verblijf in het sanatorium nog het meest aan een lange reis op een boot denken – diezelfde gedwongen intimiteit van de kleine privéwereld binnen de grotere. Het overdonderende belang van mensen aan wie je geen moment aandacht zou besteden als je je eigen leven leidde.

Zo voelde ze het, alsof ze niet haar eigen leven leidde. En ze had niets meegenomen om haar aan haar oude leven te herinneren, haar vertrek was zo overhaast geweest. Pas de derde dag kwamen haar vader en Ada met een paar dozen vol spullen die ze voor haar hadden ingepakt. Waaronder de quilt van haar bed, die door haar grootmoeder was gemaakt. Haar schone maanddoeken, door Ada opgevouwen en discreet in een wollen sjaal gewikkeld. Een paar jurken, een paar truien, grote hoeveelheden van het noodzakelijke ondergoed. De foto van haar als drie maanden oude baby in haar moeders armen, haar moeder 'vet als een varken' zoals ze zelf zei. Door Ada gebakken koekjes en haar vierjarendagboek, waarin ze in het laatste jaar was.

Ze had er trouw in geschreven en voelde een steek in haar maag, elke keer dat ze de bladzijden opende op de lege dagen die ze had gemist toen ze net weg was gestuurd, en toen ze niet mocht schrijven in het sanatorium. Haar eerste aantekening na een hiaat van bijna een maand:

14 april. Mooi weer, maar koud. Nieuws: ik ben ziek, zegt de dokter, en moet hier blijven, in het Bryce Sanatorium, tot ik beter ben. Ik maak me zorgen om Ada en Fred, maar vader zegt dat ik dat niet moet doen, misschien trouwt hij met een aardige weduwe om mijn plaats in te nemen, haha! Ik heb eerst een paar dagen gehuild, maar toen hebben hij en Ada mijn spullen gebracht en me opgebeurd. Toch ben ik sindsdien somber.

Op dezelfde dag drie jaar eerder:

Mooi weer. Na school gewied en de moestuin omgespit. Vader neemt vrijdag zaadjes mee, dus is het prettig klaar te

zijn. Moeder heeft een slechte nacht gehad. Mevrouw
Beston heeft Spaanse rijst gemaakt voor het avondeten.
Fred wilde het niet eten.

Twee jaar eerder:

Merkwaardig warm vandaag. We hebben op school buiten
geluncht, zij het met onze jassen aan, en John Mitchell
kwam naast me zitten en vroeg of ik met hem wilde fietsen.
Ik ben een oude jurk van moeder aan het vermaken voor
Ada – de zachte bruine wollen die ze in de winter voor
netjes droeg. Eerst zei Ada dat ze hem niet wilde, maar nu
ze ziet hoe mooi hij wordt wil ze wel.

En het jaar daarvoor:

Een grijze dag, winters en naargeestig. Winnie vertelde dat
ze verloofd is! Met Harold natuurlijk. Het is nog geheim. Ze
trouwt in de herfst als hij niet de oorlog in moet – en tegen
die tijd is het natuurlijk over, met al onze jongens overzee!
Ze wil graag dat ik bruidsmeisje ben. Ik heb gezegd dat ik
dat leuk zou vinden. Ze is alles al aan het organiseren. We
gaan allemaal in appelgroen taf, denkt ze. Niet mijn beste
kleur, maar ik klaag niet, ik ben zo blij voor haar.

Georgia's vader hertrouwde toen ze net uit het sanatorium was
ontslagen – toevallig bestond de weduwe over wie hij grapjes
had gemaakt echt. Ruim drie maanden later verloofde Georgia zich met mijn grootvader, en zij trouwden ook, na een
schandalig korte verlovingstijd. Als je oppervlakkig naar dit
verhaal keek, zou je kunnen denken dat ze een leven had georganiseerd dat zichzelf herhaalde, dat ze zichzelf weer aanbood als verzorgster van een veel oudere man. Maar zo was
de verhouding niet, voor zover ik me herinner.

Ik vond mijn grootvader wel erg oud toen ik een jong meisje was; hij was toen in de zeventig. Maar desondanks leek hij de verzorgende in de familie: hij was altijd ongelimiteerd beschermend en zorgzaam voor mijn grootmoeder. Het was alsof zij een tere bloem was, alsof ze makkelijk beschadigd kon raken. En dat vond ik vreemd. Want ze was – iedereen die haar kende zei het – een ongelooflijk flirterige, speelse, energieke vrouw. Hij was degene die kwetsbaar leek: broos en beverig.

Mijn grootvader was lang en grijs. Hij liep een beetje voorovergebogen en stijfjes. Zijn handen trilden als hij aan een klus begon, maar in de uitvoering was hij altijd stabiel en nauwkeurig. 's Avonds las hij, Hardy of George Eliot, af en toe Raymond Chandler, maar vooral zijn favoriet, Dickens. Op een gegeven moment begon hij dan zwaarder te ademen, gleed het boek uit zijn handen en viel zijn hoofd voorover. 'Geef hem een por, mop,' zei mijn grootmoeder dan als ze door de kamer kwam op weg naar een of andere bezigheid. 'Het is te vroeg om naar bed te gaan, en hij ligt er niet in.'

Dan liepen mijn broer of ik zachtjes, bijna angstig door de kamer en schudden aan zijn schouder tot hij wakker werd.

'Aha! Dank je, lieverd,' zei hij dan en pakte het trillende boek weer op.

Maar toch was hij degene die vriendelijk om haar heen drentelde, en haar eraan herinnerde elke dag te rusten. Die ons mee uit nam zodat zij dat kon doen, altijd met dezelfde tekst: 'Jullie oma heeft haar schoonheidsslaapje nodig.'

Maar wat kon ik toen werkelijk weten van hen of van hun huwelijk? Mijn oude grootmoeder, mijn stokoude grootvader. Ik zag alleen wat zij me wilden laten zien, wat ze de wereld wilden laten zien. En ze waren daar even zorgvuldig in als in hun uiterlijk – hoe ze zich elke dag kleedden, bijvoorbeeld. Ik denk dat het belangrijk was dat mijn grootvader elke ochtend als hij opstond een colbertje aantrok en een das omdeed, ook toen hij allang gepensioneerd was. Dat mijn grootmoeder een jurk droeg – of een rok en blouse – en kousen en schoenen met een bescheiden hak. Elke dag weer. (Die kousen werden omhoog gehouden door een jarretelgordel of een kousenband, ze droeg nooit een panty. Je kon die ingewikkelde constructie af en toe zien als ze onhandig ging zitten, en je zag die dingen 's zomers aan de lijn hangen – zakelijk, verblindend wit: geen onzin. Hoewel het iets grappigs had, vond ik altijd, de manier waarop de lusjes zo vrolijk, zo ongeordend dansten in de wind.)

Het was, denk ik, belangrijk omdat uiterlijk, buitenkant zoveel waarde voor hen had. Omdat dat in grote mate de manier was waarop ze leefden. Omdat ze, leek me toen – en lijkt me nog steeds – niet de gewoonte hadden naar hun leven te kijken, onder het oppervlak te zoeken naar wat donker of moeilijk was. Hun dagen samen waren voorspelbaar en geordend vanaf het moment dat ze opstonden. Mijn grootmoeder maakte elke ochtend een uitgebreid, stevig ontbijt: versgeperst sinaasappelsap – hoewel ze zichzelf de bevroren soort veroorloofde toen die op de markt kwam – gebakken eieren met spek, of pannenkoeken, of muffins, of wafels, met ahornsiroop. Ze bewoog zich door haar keuken zoals ze zich door het leven bewoog, zoals een kolibrie zich beweegt: een snelle uitval naar een bepaald punt en daar vervolgens geconcentreerde rust voor haar werk. Dan weer een uitval, en de concentratie op wat er vervolgens gedaan moest worden.

En al die tijd bleef ze luchtig, gemakkelijk babbelen, een soort voortdurende warme uitnodiging tot haar kijk op de wereld. Aha! Ze herinnerde zich opeens dat ze die nacht gek had gedroomd, wie nog meer? Hoeveel pannenkoeken trouwens? Lawrence? John? Cath? Kijk nou toch eres, Lawrence moet zich niet zo door z'n grootvader in de luren laten leggen, hij kan er vast wel tegenop, prop er nog een paar bij. Nou, die droom, als ze zich goed herinnerde was het zo'n rakker – je kent ze wel – waarin je op het eind in je nachtpon midden op het kruispunt in het dorp staat. Ze was met een schok wakker geworden, en schaamde zich dood.

'Welke nachtpon was het?' vroeg mijn grootvader.

'Hoezo? Wat maakt dat nou uit?'

'Het maakt mij wat uit,' zei hij.

Mijn grootmoeder lachte, en wij ook, al wisten we niet waarom. 'Foei,' zei ze en raakte zachtjes zijn schouder aan toen zij naar voren boog om een stapel pannenkoeken op zijn bord te schuiven.

In ons huis gebeurden veel zwaardere dingen, en Lawrence en ik zogen met genoegen het licht, de lucht, en de speelsheid op van de sfeer in het huis van mijn grootouders, de sfeer die mijn grootmoeder omringde al had ze het nog zo druk met haar bezigheden. En dat we geen aandacht besteedden aan de geladen stilte die soms tussen hen viel, een plotselinge uitbarsting van ongeduld jegens hem, of een enkele keer een lange strenge blik, wie kon ons dat kwalijk nemen? We hadden alle reden om het volmaakt te vinden – hun leven – om het als een veilige haven, een schuilplaats te beschouwen. Voor ons was het dat ook.

'O, je grootvader!' zei ze weleens. 'Zijn ideaal was om me op te sluiten in een kasteel met een grote gracht eromheen – de gracht moest tuberculose heten, snap je – en hij was de enige die over de ophaalbrug mocht. Nou! Is hem dat even tegengevallen!'

Dan lachten we allemaal, mijn grootvader ook.

Pas later dacht ik: Wat? Wat was hem tegengevallen?

VIJF

Natuurlijk idealiseerde ik hen. Uit de stukken van hun verhaal die ik kende bouwde ik een grote, ongecompliceerde romance, een toonbeeld van diepe, duurzame trouw en toewijding, waarover ik mijn grootmoeder in mijn hoofd hoorde vertellen met haar ritmische stem. Was het een wonder dat ik het graag op die manier wilde geloven, zoals ik was opgegroeid? En naarmate mijn leven zich in mijn ogen met steeds meer onsmakelijke volwassen complicaties vulde, herzag ik die opvatting niet. Integendeel, ik idealiseerde hen nog meer. Dat wilde ik. Ik wilde dat er een wereld was waar dingen eenvoudiger en schoner en prettiger waren dan de wereld waarin ik terechtgekomen leek te zijn toen ik mijn eigen weg begon te gaan.

Een enkele keer hoor of lees ik nog iets over mijn eerste man, Peter. Hij was een poosje beroemd als politiek activist; zelfs nu nog wordt hij af en toe van stal gehaald – opgegraven als het ware uit de plaats waar hij zich in zijn huidige leven heeft begraven – om commentaar te leveren op die tijd, de tijd van zijn vluchtige roem. Ik zag een keer een televisiedocumentaire over die tijd en daar was hij, jong en oud tegelijk. Jong, ongeveer zoals ik me hem herinnerde, maar met die sluier van belachelijkheid – haar, kleren, manier van praten – die zich heeft gehecht aan mensen die we toen kenden, ook aan onszelf, wanneer we oude foto's of films terugzien. In het geheugen gebeurt dat natuurlijk niet. Daar zijn we gewoon wie we waren, jong, mooi en hartstochtelijk. Maar in de opname die ervan is gemaakt dragen we het absurde uniform van die tijd: harig, woeste patronen, opzettelijk gerafeld en versleten, hippie. We praten op een manier die we in dit ironischer tijdperk belachelijk zijn gaan vinden.

Maar ik zou Peter in deze documentaire niet hebben uitgelachen. Alles wat hij zei – over het leven, over de regering, over Vietnam – was waar ik toen in geloofde.

De oudere versie was een schok. Hij is nu dik. Die sombere, fijne trekken zijn pappig en vet geworden. Zijn haar is glad naar achteren gekamd en ziet er nat uit. Hij draagt een montuurloze bril. In deze documentaire had hij het over het lot van Jerry, van Abbie en Rap. Hij had het over zijn verloren vertrouwen in politieke antwoorden, over het belang van zelfverwezenlijking en van bewust leven.

Ik wil niet zeggen dat hij stom klonk. Voor mij klonk hij niet stom. Hij klonk gewoon verdwaald. Hij klonk eigenlijk gebroken. Verwoest door wat er in de loop van al die tijd was gebeurd.

In de tijd dat we uit elkaar gingen, zei hij dat ik hem kapotmaakte.

Ik had net Fiona gekregen. Ik verkeerde in een roes van voeden en slapen en babyverzorging. Mijn hechtingen waren gezwollen en pijnlijk. Mijn lichaam was gigantisch en slap. Ik zag er eigenlijk nog steeds zwanger uit, op een uitgezakte, wekere manier. Maar dat was niet het enige waar hij klachten over had. Er was ook nog de manier waarop ik het huishouden deed, of niet deed. Elke keer dat hij naar de wc ging, stonden daar vieze luiers in de week. Ik had een zak bloem in de keuken laten vallen en het kostte me drie dagen om het op te ruimen – drie dagen waarin de twee oudste kinderen in het meel speelden alsof dat daar voor hun genoegen was neergelegd, zoals zand in een zandbak. Het huis droeg er de sporen van, op de meubels zaten witte handjes. Het kon mij niet schelen, en dat was voor hem onvergeeflijk.

Niets kon me eigenlijk veel schelen, behalve elke dag door

zien te komen. Dagenlang was er geen koffie in huis, niets voor het avondeten behalve wat ik voor de kinderen maakte: boterhammen met pindakaas en jam, macaroni met kaas. Iemand had op de muren van de woonkamer gekrast met een markeerstift. Het kon me niet schelen. Hij zei dat leven met mij als leven met een zombie was.

Ik voelde een pijnlijk besef van verraad. Hij was de eerste twee geboortes vergeten; allebei de keren had hij met me meegezombied. Toen stond hij nog midden in de nacht op om de baby – Karen of Jeff – te verschonen en bracht hij haar of hem bij me om gevoed te worden. Soms praatten we nog een poosje gemoedelijk voor we weer in slaap vielen. Soms vielen we tegen elkaar aangeleund in slaap terwijl de baby dronk. 's Ochtends ontbeten we met z'n allen in bed. Ik herinner me die dagen als de gelukkigste van ons huwelijk.

Deze keer had hij daar geen geduld voor. We waren net terugverhuisd naar Californië, omdat zijn tijd als postdoc-onderzoeker in het Midwesten erop zat. Hij wilde zich met alle geweld bewijzen aan zijn begeleider aan de San Francisco State University. Bovendien had de timing van Fiona's geboorte niet slechter kunnen zijn. Peter moest nog een hele maand tot het eind van het semester, de drukste maand van het jaar voor hem: scripties beoordelen, examenvergaderingen, voorbereiden voor de herfst. Dat alles gaf hem een duidelijk afstandelijk perspectief op mij en de kinderen en wat wij hadden gedaan met zijn mooie, interessante leven.

Dit is hoe het afliep.

Op een zonnige middag besloot ik met de kinderen naar het park vlak bij ons huis te gaan. Uit schuldgevoel voornamelijk – ik had al drie dutjes gedaan die dag, ik had ze voor beide maaltijden cornflakes gegeven, ze hadden de hele middag met elkaar gekibbeld en gevochten. Oké, zei ik tegen een uur of drie. Oké. Dit gaan we doen. We gaan naar buiten. We gaan wandelen.

Ik vond schoenen voor ons allemaal. Dat duurde even. Ik was zo verstandig – en vond mezelf reuze verstandig – Fiona een hemdje aan te trekken en een zonnehoedje op te zetten. Ik liet haar kar van de treden voor het huis bonken en we stapten allemaal het felle middaglicht in.

De kinderen waren uitgelaten door hun gevoel van bevrijding. Waarschijnlijk ook door de opwinding – toen de ijscoman bij de speeltuin kwam staan gaf ik ze allemaal een roomijsje. En toen nog een, met de gedachte dat ik zo misschien kon volstaan met alleen fruit en melk voor het avondeten. Kleverig en zweterig renden ze rond en schommelden en groeven in het zand. Ik weet niet precies hoe laat we op weg gingen naar huis – ik had geen horloge om – maar de meeste andere kinderen en moeders waren al weg en we wierpen lange, scherpe schaduwen op de stoep.

De kinderen waren nu aan het jengelen en zeuren, maar de baby lag rustig te slapen. In de hal begonnen ze te vechten, trokken elkaar aan hun haar, sloegen elkaar. Ik ging met de baby tegen me aan op mijn hurken zitten en probeerde hen uit elkaar te halen, gaf een ruk aan elk onderdeel dat ik te pakken kon krijgen. Jeff had een metalen Matchboxvrachtauto in een knuistje. Hij sloeg me in mijn gezicht, tegen mijn mond. Ik schreeuwde het uit van verbijsterde pijn, en opeens verstijfden ze en staarden me aan. Ik proefde bloed, voelde het toen in mijn mond en over mijn kin lopen. Er kwam een grote druppel op het hemdje van de baby, toen drie druppels, toen één groter wordende vlek. Karen begon te huilen.

Ik greep een schone luier uit de wandelwagen en drukte die tegen mijn mond. Met een schrille stem stuurde ik de twee oudste kinderen naar hun kamer. In hun angst gehoorzaamden ze me.

Ik legde de baby op ons bed en ging naar de badkamer. Over mijn bovenlip liep een diepe snee die al vanbinnen uit begon op te zwellen. Ik waste hem uit met zeep. Ik drukte er een handdoek tegenaan. De baby begon schril te huilen. Toen ik me over haar heen boog om naar haar luier te kijken, vielen er weer druppels bloed op haar. Ik verschoonde haar, met een handdoek tussen mijn tanden. Toen ik klaar was en zij weer stil, ging ik terug naar de badkamer en vond een van Peters aluinstiften. Het bloeden vertraagde langzaam tot een opwellen van geronnen bloed.

Ik bracht de baby naar de keuken. Daar zocht ik wat bananen en appels bij elkaar. Ik nam ze mee naar de kinderkamer en ging tegen Karens kussen zitten om Fiona de borst te geven terwijl zij het fruit aten. Ik zong heel lang zachtjes voor hen: 'Door de straat rijdt de autobus'; 'Het geitje in de wei zegt'; 'Poessie mauw'; 'Haasje, haasje'. De zon wierp schuine strepen door de kamer, werd vervolgens roze en verdween. De kinderen lagen in elkaar verstrengeld. De baby was met open mond, versuft van slaap, van mijn borst gezakt. Nog even, dacht ik, en dan zou ik opstaan en een bad voor Jeff en Karen laten vollopen. Nog even, en dan zou ik hun schone seersucker pyjamaatjes pakken. Ik zou hun een verhaaltje voorlezen en hen instoppen, en even bijkomen voor Peter thuiskwam.

En toen stond opeens zijn donkere gedaante in de deuropening, het ganglicht fel achter hem.

'Jezus Christus!' zei hij, en was in drie stappen bij me, greep de baby. 'Wat is er godverdomme...?'

Karen kreunde en ging op haar zij liggen met haar handen tussen haar dijen. De baby begon te huilen: 'Sst, stt...' begon ik.

'Ga weg!' zei hij. 'Donder op.'

Hij had de baby vast en stond onder het ganglicht. Ze zat onder het bloed. Ze zag er vreselijk uit, dat zag ik. De snee moest weer open zijn gegaan toen ik sliep. Er zat nu zelfs bloed op haar gezicht. 'Het is niet van haar,' zei ik. Ik deed de deur achter me dicht voor de vieze slapende kinderen.

'Wat is hier in godsnaam aan de hand?' vroeg hij. Hij draaide de baby ruw om en om, probeerde erachter te komen waar het bloed vandaan kwam, en ze was gaan krijsen – een droog, rasperig geluid.

'Hier,' zei ik en probeerde haar van hem af te nemen om haar te troosten.

Hij peutte zijn elleboog hard in mijn ribben en ik struikelde en viel. Mijn hoofd raakte de deurpost en ik schreeuwde het uit. Hij keek meedogenloos op me neer, naar mijn gezwollen, bloederige mond, mijn open blouse, mijn zware borsten, mijn vieze blote voeten. In zijn gezicht zag ik dat hij het mogelijk achtte dat er gebeurd was wat hij dacht dat er gebeurd kon zijn – dat ik de baby kwaad had gedaan, veel kwaad, en het nauwelijks had gemerkt, of het misschien niet eens erg vond.

Hoe veranderen die dingen? Dat je gaat haten waar je van hield? Dat alle liefde verdwenen is? In elk geval rolde het allemaal uit hem – dat hij er niet meer tegen kon: mijn verdwaasde incompetentie, mijn onoplettendheid, hoe ik verzonk in mijn lichaam, in de kinderen. Ik droeg natuurlijk ook mijn steentje bij. Hij had ons in de steek gelaten sinds we naar Californië waren verhuisd. Er was geen auto, geen mogelijkheid om boodschappen te doen, trouwens ook geen geld om boodschappen te doen. De baby was twee weken oud. Hoe zou ik niet in haar verzonken kunnen zijn? Wat dacht hij dat ik anders zou moeten doen?

Op een gegeven moment zei hij: 'Ik heb dit allemaal niet gewild', en dat vond ik zo'n grote belediging – dit waren onze kinderen! – dat ik zei dat hij weg moest gaan. We vochten nog een paar ronden voordat hij dat deed. Mijn lip bloedde inmiddels weer, ik gaf de baby nog een keer de borst. Maar ten slotte pakte hij de autosleutels en liep naar de deur.

'Laat de auto hier,' zei ik. Toen wist ik dat het voorbij was. Mijn praktische inzicht. Mijn hardheid.

Hij was verbijsterd.

'Ik heb drie kinderen. Ik moet winkelen, boodschappen doen, naar dokters. Je laat de auto hier.'

'Jezus Christus,' zei hij. Maar hij liet de auto achter en liep naar buiten. Er waren kennelijk andere plekken waar hij de nacht kon doorbrengen, wat ik voor mezelf niet kon zeggen.

In alle eerlijkheid – ach, eerlijkheid! Die kwam veel later – was het voor hem ook een moeilijke tijd. Alle andere dingen in zijn leven waren in elkaar gestort. De oorlog was voorbij, Watergate was opgelost, Nixon was weg, Saigon was gevallen en schaamteloos in de steek gelaten. De gloriedagen van de academische politicus waren voorbij. Zijn jeugd was voorbij. Nu was hij een docent die hoopte een vaste aanstelling te krijgen, wanhopig wachtte op wat hij ooit had beschimpt, een burgerlijk leven. De arrestaties, de interviews in tijdschriften, de borrels, de nachtelijke strategiebesprekingen, de tv-optredens, toegang tot de beroemden en beruchten, tot vrouwen, tot drugs, tot gratis maaltijden – dat was voorbij, allemaal voorbij.

Toen we elkaar leerden kennen begon dat allemaal net, en ik mocht meerijden op de supersexy rit, aanbiddend en plooibaar. Een bolleboosje. Een van die slimme meiden die Stokely Carmichaels taal verbeterden toen hij zei dat de beste positie voor vrouwen in de beweging op hun knieën was. Hij bedoelt natuurlijk op hun rug, zeiden we en gunden onszelf die korte huivering van superioriteit, kennelijk zonder te letten op de betekenis van wat er gezegd was of hoe het werd opgevat door onze vriendjes en minnaars: als een verdomd goeie grap. Tja, en toen het gelach wegstierf, zat ik alleen met de kinderen.

In de paar weken nadat Peter was vertrokken waren we overeengekomen dat ik de zomer in het oosten zou doorbrengen en hij weer in het huurhuis aan Alabama Street zou trekken. In de herfst zou hij een ander huis hebben gevonden en zou ik terugkomen en dan zouden we bedenken hoe we moesten scheiden. Ik was zevenentwintig en had het gevoel dat mijn leven afgelopen was. Gestrand.

We deden er zes dagen over naar Vermont. Ik reed als de kinderen sliepen, meestal tot een of twee uur 's nachts. Dan zocht ik een parkeerplaats op, voedde de baby en ging zelf slapen. Als het licht werd, startte ik de auto en reed nog een paar uur tot ze wakker werden. Dan stopten we om te ontbijten, gingen ballen, vliegeren, uitstapjes maken. We neusden rond in Las Vegas, zagen Mesa Verde National Park, het Museum voor Wetenschap en Industrie in Chicago, de zandduinen van Indiana. Ik deed meer met hen dan ik in maanden had gedaan. Ze waren gelukkig. Na de lunch gingen zij een dutje doen en reed ik weer verder. We picknickten langdurig ergens langs de weg en stapten dan weer in de auto voor de nacht.

Wat ik hun niet liet zien was hoe doodsbang ik was: voor wat er van me zou worden, voor wat er van hen zou worden. Dat hield ik verborgen. Ik liet het over me heen stromen als ik 's nachts reed. Ik liet de bange, obsessieve gedachten steeds weer opborrelen. Ik moest een baan zoeken, maar wat kon ik? Ik kon niet eens typen. Wie zou er voor de kinderen zorgen? Hoe moesten we alles betalen? Wie zou er voor mij zorgen?

Begin juni waren we bij het huis van mijn grootmoeder. Ze kwam naar buiten om ons te begroeten in de koele avondlucht, haar haar opgestoken in haar nek, een schort over haar trui en rok, oudedamesschoenen met de bescheiden hak, en kousen. De sering bij de voordeur begon net in bloei te komen. Mijn grootmoeder rook naar lavendel en misschien vanille, naar alles wat maar schoon en troostrijk was. Toen ze me omhelsde, begon ik te huilen.

Dat was de laatste keer dat ik langere tijd bij haar logeerde, die lange zomer. Een zomer waarin mijn oeverloze behoefte aan slaap eindelijk bevredigd werd, waarin mijn kinderen zich snel en makkelijk aan al haar gewoonten aanpasten, leerden om 'alstublieft' en 'dank u' te zeggen en hun bordjes naar de keuken te brengen na het eten. Waarin we allemaal urenlang diep sliepen na de lunch en vervolgens naar de vijver achter het maïsveld gingen om pootje te baden en padden te vangen en met de andere kinderen te spelen. Waarin ik na het avondeten een uur ging wandelen met de baby, waarin ik mijn haar knipte en fietste en afviel, waarin de baby 's nachts door ging slapen, waarin 's avonds om negen uur het licht in het huis al uit was en ik wakker werd van het zonlicht en de geur van ontbijt, van de geluiden van Karen en Jeff en mijn grootmoeder in de keuken, en de klokkende kreetjes van de baby in het kampeerbedje naast mijn bed. Ik werd weer gezond, denk ik nu. Ik herstelde van alles wat er gebeurd was, met mij en de wereld. De snee op mijn mond werd een diepe korst, en vervolgens een rood litteken, en daarna de witte streep over mijn lip die ik nog steeds heb.

In de herfst ging ik terug naar het kleine huis in San Francisco. De eerste paar jaar onderhield Peter ons bij vlagen. Lawrence hielp me ook, en ik had een reeks parttime baantjes met flexibele werktijden. Ik verzorgde de planten voor Barbara's Botanicals, en dribbelde door groene kantoorlobby's in heel San Francisco met Fiona in een draagzak op mijn rug, om te snoeien, te benevelen, te begieten, te mulchen, smaakvolle eenjarige onderbeplanting aan te brengen. Ik werkte thuis voor een cateringbedrijf en werd bij een vaste clientèle vermaard om mijn schuimtaart, om mijn citroencake. Ik werkte voor een bedrijf dat bijlessen organiseerde en hielp middelbareschoolkinderen met hun toelatingstoetsen voor de universiteit en hun scripties.

Via een van de ouders bij het bijlesbedrijf hoorde ik van de tijdelijke baan bij de Frye Meisjesschool. Ik werkte er een semester als invalster en toen er een jaar later een echte vacature kwam, solliciteerde ik en kreeg de baan. Karen en Jeff zaten inmiddels de hele dag op school en Fiona op de crèche, dus dat redde ik wel. Opeens had ik een echt salaris en we voelden ons rijk. Datzelfde jaar besloot de eigenaar van het huis dat hij het wilde verkopen. Mijn vader leende me de aanbetaling, Lawrence ondertekende mede voor de hypotheek – inmiddels hoorden we nog maar zelden van Peter – en het was van ons.

Je kunt wel zeggen dat ik mijn leven in die periode heerlijk vond. Ik hield van de kinderen met een soort verterende aanbidding – voor alles wat ze zeiden, voor hun fysieke wezen alleen al: hun stemmen, hun lichaampjes, hun zinswendingen, zoals ze zich bewogen, zoals hun geest werkte. Ik hield van het huis. Ik vond het heerlijk dat het van mij was. Ik vond het heerlijk er aan het eind van de dag binnen te lopen, ik vond het heerlijk het te schilderen en opnieuw in te richten. Ik hield van mijn werk en van het gevoel van onafhankelijkheid dat het me gaf. Niets anders was belangrijk, vooral mannen niet. Ik ging misschien twee of drie keer per jaar uit. Een paar keer begon ik een verhouding – mijn minnaar Carl, die later naar Boston verhuisde, viel in die categorie – maar die duurden allemaal maar kort. Ze voelden als ruis, als een complicatie en storing in mijn volle en gelukkige leven.

Vier jaar later leerde ik Joe kennen. Karen was toen bijna dertien en muzikaal begaafd, hadden we ontdekt. Ik besloot in een verkwistende bui een piano voor haar te kopen; tot dan toe was ze elke dag na de les op school gebleven om daar op de piano te oefenen.

Engle and Sons was een enorm doolhof van kolossale vleugels. De showroom was koel en donker; het rook er naar stof en hout. De piano's, vertelde de oudere man met het Oost-Europese accent ons, stonden achterin.

Terwijl Karen ze uitprobeerde, op haar precieze en zorgvuldige manier de ene na de andere aan haar muziek onderwierp, hoorde ik de man met iemand ruzie maken in het kantoor waar hij zich had teruggetrokken – ruzie maken over geld, een lening. Ruzie maken met zijn zoon. Papa, zei de stem van de andere man steeds. Papa, je hebt altijd...; papa je hebt nooit....

Karen speelde toonladders. Ze tokkelde wat bij de bastonen, deed arpeggio's in de bovenregionen. Ze was snel en besluitvaardig, alsof ze dit haar hele leven al deed, alsof het haar werk was om piano's te beoordelen. 'Jak, deze voelt zó afschuwelijk.' Ik las prijskaartjes en luisterde af. Fiona tokkelde wat op de vleugels in de voorkamer, stukjes 'Vlooienmars' en dergelijke. 'Jesses, die bromt!' zei Karen. De zoon wilde geld, een of andere investering die gegarandeerd veel zou opleveren. De vader had het allemaal al eens eerder gehoord en had het bovendien niet. De zaken liepen slecht. Kijk daar maar. Niemand kocht. Iedereen wilde een koopje. En hoe zat het met zijn eigen pensioen? Waar moest hij van leven?

De zoon was goedmoedig en volhardend. Hij had het ook allemaal al eens eerder gehoord. 'Weet je wat,' zei hij. 'Je krijgt mijn eerstgeboren kind erbij.'

'Voor een kind heb je eerst een vrouw nodig,' zei de oude man.

'Deze is wel aardig,' zei Karen. 'Hij kost maar twaalfhonderd dollar.' Ze sloeg een dramatisch akkoord aan, het begin van een sonate van Beethoven die ze aan het instuderen was voor een optreden, en ging verder met de lichte loopjes die daarop volgden. Ik ging op een van de banken zitten luisteren. Even later kwamen de oude man en de zoon naar de deur van het kantoor, aangetrokken door de muziek. De zoon, lang, met een keurig getrimde zwarte baard, stond achter de oude man. Naast hem leek zijn vader verschrompeld en broos. Toen Karen klaar was, barstte hij los in wild applaus en gefluit.

Dat was Joe.

Karen bloosde. Ze had niet geweten dat er iemand luisterde. Maar toen, in een ongebruikelijke opwelling van elegantie, stond ze op en boog plechtig, met een stralend gezicht. Haar verlegen plezier maakte haar op dat moment mooi. Joe zei altijd voor de grap dat hij op het eerste gezicht verliefd op haar was geworden, dat verliefd worden op mij wat langer duurde.

Wat zal ik zeggen over Joe? Dat ik me door hem gered voelde van iets waarvan ik niet had beseft dat ik ervan gered moest worden? Dat ik hem vertrouwde? Het was allebei waar. Het kwam nooit bij me op dat ik hem misschien redde. Het kwam nooit bij me op dat ik hem een veilig en comfortabel pakket aanbood: een gelukkige vrouw, een vrouw met een huis, met prettige, slimme kinderen, met een baan, met een inkomen, met vrienden en gewoonten.

Hij trok bij me in. We trouwden. We bouwden een uitbreiding aan het huis, die de architect de ouderslaapkamersuite noemde. Joe's investering – in een wijngaard in de Sonomavallei – deed het erg goed. Toen het zover was, konden de kinderen naar universiteiten die ik nooit had kunnen bekostigen. Joe investeerde in een restaurant in de stad. We leerden kookliefhebbers, wijnliefhebbers kennen. We verbouwden de keuken en gaven diners en weekendlunches die tot de avond duurden. Joe had het druk. Hij had tientallen vrienden. Ik merkte eerst niet dat hij steeds vaker ergens ten noorden van de stad overnachtte, hoe verstrooid en afstandelijk hij leek.

Ik had haar natuurlijk ontmoet – Edie, de vrouw met wie hij trouwde na onze scheiding. Ik had gezien hoe hij haar tijdens een diner bij een vriend thuis betoverde met de verhalen die altijd werkten, de verhalen die bij mij hadden gewerkt. Verhalen over de vlucht van zijn ouders uit Polen naar Zuid-Amerika aan het begin van de Tweede Wereldoorlog, over hun aankomst in San Francisco, zonder een woord Engels, zonder geld en zijn vader die pianostemmer was. Hoe hij Joe mee had genomen om te vertalen toen hij zijn eerste winkel huurde.

'Het is moeilijk te bevatten,' had Edie die avond tegen me gezegd. 'Die totale ontwrichting van je verleden, van alles wat vertrouwd was. En wat een belasting voor een kind. Arme Joe.

Om alles te moeten overbruggen voor zijn ouders. Dat gevoel van verbanning.'

'O, Joe,' had ik afwerend gezegd. Ik had dit verhaal iets te vaak gehoord, en te vaak gezien hoe onaangenaam Joe tegen zijn vader of moeder deed naar aanleiding van dezelfde dingen die hij voor Edie had beschreven – hun afhankelijkheid van hem, hun soms haperende Engels, hun gezeur over wat voorgoed voorbij was. 'Hij speelt altijd die vluchtelingenkaart uit,' zei ik. 'En het werkt bijna altijd.'

Later, toen Joe me vertelde dat hij verliefd op haar was geworden, dat hij van mij wilde scheiden om bij haar te zijn, dacht ik aan dat diner, hoe ik mijn vrienden aan het lachen gemaakt had met mijn opmerking – ze kenden Joe ook zo goed – en hoe ik voor Edie moest hebben geklonken: een harteloos, onaangenaam en hard mens. Dat zou natuurlijk deel uitmaken van haar idee over Joe. Dat hij een vrouw had die de dingen die voor hem belangrijk waren belachelijk maakte, die de spot dreef met zijn geschiedenis en de betekenis van het leven van zijn ouders – hoe ze het gered hadden in deze nieuwe wereld, hoe ze op een pijnlijke afstand hadden moeten leven van alles wat thuis en troost voor hen betekende.

Zo was ik niet, wilde ik haar vertellen. Ik hield langer en beter van hem dan hij van mij. Ik hield van zijn vader en moeder, ik hield van wat ze van hun verbanning hadden gemaakt. Ik was degene die bij zijn moeder zat tijdens haar lange sterfbed, toen ze weer alleen Jiddisch en Pools sprak, toen ze terug leek te drijven in de tijd naar een plaats waar ze uiteindelijk thuishoorde. Het kwam me niet vreemd voor, dat drijven. Het leek hoe het moest zijn, hoe we zijn. Het zette me aan het denken over grenzen die we allemaal overschrijden, over de afstand die we allemaal hebben afgelegd van wat als thuis voelt. Wie leeft er thuis, in Amerika, nu?

Toen ik voor de laatste keer bij mijn grootmoeder woonde, die zomer nadat ik Peter had verlaten – of hij mij – zaten we nog laat op de zijveranda.

Nou ja, niet echt laat. Het was misschien hoogstens negen uur. Maar het was augustus en om negen uur donker, hoewel de maan scheen en alles in het heldere, zedige licht baadde.

Ik had net de twee oudste kinderen ingestopt in hun bedjes op de warme zolder. Ik had een laken over hen heengetrokken en hen gekust bij hun vochtige oren waar het haar nog nat was. In de badkamer spoelde ik onder de oude gele plafonnière het zand uit het bad en deed hun felgekleurde plastic speeltjes in een mand.

Nu zat ik in een schommelstoel in het donker, als een oude dame – als mijn grootmoeder – en luisterde naar de geluiden van de nacht, de nachtvogels en nachtinsecten die pas nu begonnen te roepen. En opeens dacht ik over teruggaan. Hoe ik over een paar weken weg zou moeten, naar huis. Dacht ik hoe het zou zijn om alleen te wonen met de kinderen. Hoe chaotisch het huis nog was, sommige dozen nog onuitgepakt sinds de verhuizing in januari. Hoe vreselijk het zou zijn om Peter weer te zien. Hoe ver het allemaal verwijderd leek van deze rust, deze orde, deze diepe vrede.

Ik zuchtte. 'Mijn leven moet u zo vreemd lijken,' zei ik tegen mijn grootmoeder.

Het duurde even voor ze antwoordde. 'O, ik weet niet,' zei ze toen. Ze schommelde nog wat. Ze was zo klein dat haar voeten van de grond kwamen als ze naar achteren schommelde. 'Als puntje bij paaltje komt is ieders leven vreemd, vind je niet? Als je het gewoon sec vertelt.'

'Ja, maar ik bedoel mijn huwelijk. Ik bedoel, drie kinderen en dan scheiden. Het lijkt zo helemaal niet op wat u en grootvader hadden.'

'Natuurlijk, dat is waar.'

Dat vond ik niet genoeg. Ik porde nog verder. 'Het moet u

heel... buitenissig zijn voorgekomen. Dat we het opgaven. Heel... ik weet niet. Nieuwlichterig of zoiets. Heel modern. Op een slechte manier.'

Toen ze weer sprak, klonk ze vriendelijk. 'Ik heb niet het gevoel dat je het niet voldoende hebt geprobeerd, Cath, als je dat bedoelt.'

'Ik geloof het wel.'

In het zilveren licht gloeide haar witte haar bijna, als een krans rond de vage bleke cirkel van haar gezicht. Ze had haar bril afgezet, en in dit licht was ze weer mooi, misschien zelfs mooier dan ze als jonge vrouw was geweest. Even later zei ze: 'Weet je, ik ben misschien niet zo ouderwets als je denkt.'

'Dat zal wel niet.' In de hoofdstraat blèrde een auto met open dak langs, een spoor van muziek achterlatend.

'Heb ik je ooit verteld over de tijd dat ik in het sanatorium lag,' zei ze opeens, 'voordat ik met je grootvader trouwde?'

'Een beetje.' En dat was zo. Maar de manier waarop familieverhalen je als kind bereiken is natuurlijk altijd onvolledig, want hoe kunnen volwassenen ooit echt uitleggen wat de wereld toen voor hen betekende? De andere vorm. Hoe hij voelde. Toen ik klein was waren de grote mensen in mijn leven gul met hun verhalen, vooral mijn grootmoeder natuurlijk. Ze legde me alles uit wat ik haar vroeg en nog meer. In die zin was er geen kennis die niet beschikbaar was voor me. Maar weten is iets anders dan begrijpen.

Dit is wat ik wist: mijn grootmoeder had tbc gehad. Ze had een poosje in een sanatorium gelegen. Maar voor mij als kind was dat hetzelfde als zeggen: 'Ze had waterpokken,' 'Ze had de bof.' Ik begreep niets van de doodsangst, van het gevoel van besmetting en schade die de diagnose met zich meebracht. Het gevoel dat ze allemaal moeten hebben gehad – mijn grootmoeder, haar vader, haar zusje en haar kleine broertje – dat het leven van hun gezin voorgoed veranderd was – en in die verandering tegelijkertijd beschamend zichtbaar was gemaakt.

En dat wilde ze me vanavond duidelijk maken.

'Het duurde niet lang,' zei ze. 'Nog geen zes maanden, geloof ik. Waarschijnlijk zo ongeveer het gemiddelde van wat er in die tijd voor een verblijf stond. En later bleek dat ik er misschien niet eens zo lang had hoeven blijven.' Ze sprak het uit als *schien*. 'Had er misschien helemaal niet hoeven zijn. Dat heeft je grootvader me verteld. Later. Hij heeft gewacht met het vertellen. En toen was ik zo boos op hem dat hij het liever niet had verteld. Ha!' riep ze.

Ik kon haar gezicht niet zien, omdat het van me was afgewend in het donker. Ik kon niet uitmaken of er ook plezier lag in haar uitroep.

Even later ging ze verder. 'Maar zo is het gegaan, en opeens zat ik daar. Ik was eigenlijk nog maar een jong meisje. Jong en dwaas. En ik was eerst zo ongelukkig.' Toen beschreef ze het voor het eerst voor me, hoe ze erheen ging als naar een gevangenis, hoe ze zich moest laten uitkleden en wassen, hoe ze na aankomst drie weken lang bewegingloos moest liggen, zonder praten of lezen of schrijven; het veeleisende programma en het dieet, het gevoel van schaamte, van verloren, verlaten zijn. Hoe ze gehuild had, de eerste dagen. 'Ik kan je niet vertellen hoe onrein ik me voelde. Hoe erg het gevoel was dat ik tekort was geschoten in alles wat ik tot dan toe in mijn leven had geprobeerd te doen.'

Hoe ze vervolgens langzamerhand was opgehouden met huilen en haar nieuwe leven had aangevangen. Hoe dat belangrijk voor haar werd. 'Dat is wat er gebeurde,' zei ze. Haar stem klonk nu anders. 'Het gebeurde met ons allemaal, geloof ik. We begonnen die wereld leuk te vinden, en het was een hele rare wereld. En ik had denkelijk verstandiger of slimmer moeten zijn, maar weet je, eigenlijk was ik op de een of andere manier jónger gebleven, minder bewust van de dingen van het leven, doordat mijn moeder zo vroeg was gestorven. Je zou denken dat ik daardoor snel zou zijn opgegroeid, en op een bepaalde manier was dat waarschijnlijk ook zo. Maar het hield me ook jong. Ik bleef gewoon in een bepaalde leeftijd hangen, geloof ik. Ik was niet verstandig of slim.' Ze schudde haar hoofd. Ze fronste haar wenkbrauwen. 'In ieder geval, zo was ik toen ik naar het sanatorium ging. Tamelijk achterlijk en jong. Simpel. En het sanatorium… ach, dat was een plek die buiten de tijd stond, zou je kunnen zeggen. De mensen waren zomaar uit hun gewone levens en gewoonten geplukt en daar neergeplant, weet je wel, net zoals ik. We hadden allemaal dat gevoel van schaamte, geloof ik. O! En heel veel van hen hadden eigenlijk geen hoop. Dus was er een soort – hoe zou je dat moeten noemen… gretigheid naar het leven, naar alles wat we hadden gemist of zouden missen of achter hadden gelaten. Of nooit meer terug zouden krijgen. Dat maakte mensen wild. Roekeloos.' Ze glimlachte. 'Het maakte ons erg modern, zou jij zeggen. Mensen werden verliefd. Iedereen. Iedereen had een romance.' Haar stem klonk opeens bitter, en ik schrok een beetje, niet zozeer door wat ze zei maar door haar toon. Dat moet ze hebben gevoeld want het was weg toen ze verderging. Haar stem was zachter geworden en ik moest vooroverbuigen om haar te horen boven het gestage zagen van de krekels uit. 'We gedroegen ons echt schandalig,' zei ze.

Ik gaf geen antwoord.

Even later praatte ze verder, luider, normaler. 'En dan, wanneer je genezen was – als je genas – leek het alsof je teruggging naar een andere wereld dan die van het sanatorium. Je moest… heel veel afleren. Terug naar de oude regels, de oude manieren. Niet makkelijk.

Het was alsof,' ze schommelde naar voren en glimlachte tegen me – die stralende, brede glimlach, 'alsof we door toverij naar de toekomst waren verplaatst, waar de regels die we kenden aan gruzelementen waren geslagen. Of in elk geval anders waren. En daar een poosje woonden. Net lang genoeg, geloof ik, om eraan te wennen. En daarna werd de betovering verbroken en lag díé hele wereld aan puin, en moesten we de weg terug naar ons oude leven weer vinden.

'Het was in twee opzichten moeilijk, begrijp je. Eerst werden we weggestuurd. En dan, net als we daaraan gewend waren, net als we hadden ontdekt hoe we daar troost konden vinden, werden we teruggestuurd. En ik geloof dat ik dat op een bepaalde manier altijd heb gevoeld. Dat idee dat ik een ander leven heb geleid. Of misschien een paar andere levens. Ver weg. Een plek waar ik nooit meer naar terug zou kunnen. Een plek die niet alleen ver weg is, maar verdwenen. Het heeft me veranderd,' zei ze. 'Op die manier leven.' Het schommelen was opgehouden en begon nu weer. Na een paar tellen zei ze: 'Dus je begrijpt.'

Ja, inderdaad begreep ik het. Een gedeelte begreep ik. En dat was genoeg. Genoeg om niet te vragen wat ik niet begreep, hoewel ik nu begrijp dat ze me daar misschien toe uitnodigde – het zelfs wilde. Maar ik deed het niet. Ik vroeg niet wat ze bedoelde met romance. Met schandalig. Ik weet niet eens zeker of ik toen over die dingen nadacht of het verband legde met wat ik eerder over haar leven had gehoord van mijn tante Rue, de Hertogin. Nee, het geschenk dat ze me gaf was me voldoende op dat moment: het geschenk van haar vergelijkbare falen, van haar verlies. Het heilzame geschenk van haar eigen schaamte. Ik dacht niet aan het geschenk dat ik haar had kunnen geven, door meer te vragen of haar dit alles tegen me te laten zeggen. In plaats daarvan zat ik zwijgend naast haar en keek hoe de maan rees en witter werd, en in de donkere tuin knipperden de vuurvliegjes hun stille lied.

ZES

Het was een vloek. Er was een vloek over hen uitgesproken en de tekenen van die vloek waren voor iedereen zichtbaar: de verpleegster die langskwam om Ada en Freddie te onderzoeken en vast te stellen of zij niet ook besmet waren. De instructies die mevrouw Beston kreeg om alles wat met Georgia in contact was geweest te reinigen, steriliseren of verbranden. Het gevoel bij de buren en in het stadje dat er al heel lang iets niet pluis was in dat huis; lang voordat de moeder ziek was geworden, liepen de zaken daar al heel merkwaardig.

Ze hadden allemaal verhalen die ze zich nu herinnerden en doorvertelden. Ada hoorde de roddels; het kwam hard aan en ze gaf dat door aan Georgia toen ze voor het eerst bij haar op bezoek kwam in het sanatorium. En Georgia voelde zich nog meer afgesneden van alles waarvan ze had gehouden. Hoeveel ze ook had opgegeven in haar eigen leven, ze had het kennelijk slecht gedaan. Ze was ziek geworden, ze had haar familie te kijk gezet.

Haar fout, haar fout, haar fout.

De eerste weken in het sanatorium bracht Georgia door in een soort rouw die ze nooit had gekend. Ze huilde om alles wat ze kwijt was: haar leven, haar trots, haar redenen om elke dag door te gaan. Ze huilde eindelijk ook om haar moeder – om de ziekte van haar moeder, de dood van haar moeder. Ze had het gevoel dat niets, niets van dit alles haar zou zijn overkomen als haar moeder nog had geleefd. Ze huilde omdat ze haar vader en Ada en Freddie miste, die maar één keer per maand op bezoek mochten komen. Ze huilde omdat ze alleen was, zonder vrienden, en ze was bang dat ze het niet zou overleven. Of als ze het overleefde, dat ze nooit zou kunnen trouwen, kinderen krijgen en een normaal leven leiden. Ze huilde omdat ze nog nooit met regels had geleefd, en hier werd ze ieder uur van de dag ingekapseld door regels. Ze had al haar kleren uit moeten trekken om geboend te worden met brui- ne zeep toen ze aankwam, hoewel ze verwoed had uitgelegd dat ze zich had gewassen, zelfs haar haar had gewassen, voor ze naar de dokter ging. Maar toch, zo waren de regels. Ze moest de eerste drie weken dag en nacht in bed blijven en mocht niet eens naar de wc. Dat was een schrijnende vernedering voor haar – ze deelde haar slaapveranda met vijf andere vrouwen.

Ze mocht die drie weken niet lezen, schrijven of zelfs met iemand praten. De rust, de eerste stap naar haar genezing, moest absoluut zijn. Het kwartier dat haar vader en Ada aan haar bed mochten zitten, toen ze voor het eerst kwamen, werd als een grote, genereuze uitzondering gezien.

Het resultaat hiervan was dat ze verrukt was toen ze einde- lijk een paar keer per dag op mocht staan en rondlopen – naar de badkamer, naar haar kastje om een schone nachtpon te pak- ken. Ze was duizelig en zwak van het lange stilliggen, en een van de zusters moest haar helpen de eerste paar keer dat ze overeind kwam, maar toch voelde ze zich 'aan de beterende hand', zoals haar moeder zou hebben gezegd. En het was waar dat haar hoest minder was, bijna verdwenen.

En inmiddels was ze ook bijna uitgehuild. Haar natuurlij- ke energie en nieuwsgierigheid begonnen langzaam weer de overhand te krijgen. Ze voelde zich tot leven komen – ze be- schouwde het als wakker worden – in dit vreemde, nieuwe oord.

Ze herinnerde zich de ommekeer, het moment dat ze die in zichzelf opmerkte. Ze lag in bed. De vrouwen met wie ze haar kuurveranda deelde waren aan het praten. Praten! Ter- wijl het de bedoeling was dat ze hun longen rust gaven, zwij- gend en stil lagen, zoals Georgia gehoorzaam deed, en keken hoe de grijze regen neerdruppelde door de grijsgroene naalden van de dennenbomen die langs de horren streken en schuurden. De dampige lucht leek rechtstreeks de veranda op te zijn gedreven en als een mist om de schimmige figuren in elk ijzeren bed, om elk meubelstuk te hangen. Niets leek echt. Georgia's neus was ijskoud. Ze haalde steeds een hand onder de dekens uit om hem verbaasd aan te raken, maar dan werd haar hand ook koud en moest ze hem terugdoen, tegen de verhitte huid houden waar ze haar nachtpon had opengeknoopt. Ze had drie zware dekens tot over haar kin opgetrokken, plus haar grootmoeders quilt van thuis, die in het sanatorium was gewassen en nu naar desinfecterende carbol rook. Drup-drup-drup deed de regen, en de naalden schudden en dansten door de klappen die ze van het water kregen.

'Ze hebben haar eruit gegooid,' zei de vrouw die mevrouw Priley heette. 'Die zien we niet meer terug.' Er klonk diepe bevrediging in haar stem.

Wie? dacht Georgia.

'Het is niet waar!'

'Wat konden ze anders? Ze hebben ze samen gevonden.'

Georgia ging op haar rug liggen en keek op naar het kraaldelen plafond. Wie? dacht ze.

'Maar wanneer hadden ze dan de kans?'

'Achtergebleven na de lunch, heb ik gehoord, en toen – de idioten! – hebben ze zo'n herrie gemaakt dat iemand erheen ging om te zien wie er bezig was dood te gaan.'

'Ik zou m'n neus niet ophalen voor zo'n dood.' Ze lachten, als ondeugende meisjes – hoewel ze geen van allen onder de dertig waren, dacht Georgia – en door hun gelach, de stiekeme donkere ondertoon, begreep ze dat ze het hadden over dingen die mannen en vrouwen samen in bed deden. Een beeld kwam bij haar op: haar vader die beneden kwam in bretels en een kraagloos overhemd op zondag als ze naar de kerk waren geweest, roze als een sappig stuk vlees en ruikend naar scheerschuim; en dan de boterhammen met boter en suiker die hij voor hen maakte, de witte kristallen glinsterend als kleine diamantjes op de bleekgele kluiten dik gesmeerd vet. Daarin bijten, de tegengestelde substanties, de smeltende zoete korreligheid.

Doodgaan noemde je het als je samen ging liggen. Nou, dat had ze niet geweten. Hoewel ze zich soms een beetje zo had gevoeld, als ze de hand van Bill March op haar rug of haar arm voelde, alsof ze doodging – een zinkend, loerend gevoel van-binnen. Maar ze vond het niet zo prettig als ze kusten: de verrassende natheid en smaak van zijn mond, en dan zijn rubberige lippen.

'Wie?' vroeg ze nu hardop, en de vrouwen keerden zich verbluft naar haar.

'Hoor, daar komt een vogeltje op bezoek tijdens de rust,' zei mevrouw Priley. 'Wie, wie, wie.' Ze lachten weer, maar niet onvriendelijk.

Hierna ontdekte Georgia dat ze dingen om zich heen hoorde en zag die haar belangstelling wekten, die haar begerig maakten om meer te weten. Die maakten dat ze hier wilde wonen, tussen deze vreemd aandoende mensen. Haar verlorenheid en haar verdriet gaven haar juist een bijzondere energie, een soort wanhopige aandacht voor wat voor haar neus lag.

Soms kwamen een of twee van de mobiele patiënten voor een praatje naar hun veranda en brachten roddels mee, briefjes van andere patiënten, nieuws. Iemand was ervandoor gegaan, ziek als ze was – had de artsen op hun nummer gezet en haar koffers gepakt. Iemand anders was doodgegaan, en ze hadden geprobeerd het lichaam 's nachts weg te halen zodat niemand het zou merken, maar zijn medepatiënten bleven wakker en zongen hymnen toen de gedempte voetstappen langskwamen door de gang. Een ander was twee nachten geleden de vrouwenzaal opgeslopen, met champagne die iemand voor hem mee had gesmokkeld.

Langzamerhand werden bepaalde namen vertrouwd. Juffrouw Farraday, een verpleegster voor wie iedereen bang was. Meneer Bethke, een patiënt die voortdurend ruzie maakte en de regels overtrad. Ze hoorde dat men dacht dat juffrouw Shepard, van het bed naast haar, met hem scharrelde; en twee keer toen ze 's nachts wakker werd en om zich heen keek, leek het bed van juffrouw Shepard platter dan het had moeten zijn: misschien plat genoeg om helemaal leeg te zijn. Maar 's ochtends lag ze er altijd en wachtte samen met de anderen tot de bekers volvette warme melk werden rondgedeeld.

Soms droomde ze nu van mensen van wie ze had gehoord maar die ze nog niet had ontmoet, en in hun gezichtloosheid, in hun vage maar dringende seksualiteit, waren ze fascinerender dan iedereen die ze in haar leven had gekend, iedereen die ze uit haar geheugen kon opdiepen.

En toen Ada en haar vader voor de tweede keer op bezoek kwamen, merkte Georgia tot haar verbijstering dat hun nieuws en de namen die ze noemden – zelfs die van Bill March – minder echt voor haar waren. Ze leken zelf afkomstig uit een droom die ze misschien ooit had gehad, een vredige, nostalgische droom over dat oude leven.

Ze mocht nu 's middags rusten op het terras, op een van de chaises longues die in keurige rijen naar het westen gericht stonden, en de aanraking van de warme zon op haar gezicht, de beweging en de geur van de lucht, en het verre uitzicht over het grasveld en de donkere heuvels gaven haar het gevoel dat ze weer in de wereld was.

Maar wat een andere wereld! Wat een mysterieuze wereld!

Toen ze een keer terugkwam op de slaapveranda na een van die rustuurtjes, stoorde ze een behandeling die bij mevrouw Moody werd uitgevoerd. Haar overhemdblouse was naar beneden geschoven en Georgia zag de witte huid van haar rug. Er liep een diepe, rode operatiesnee over de welving van haar schouderblad, en een stompe roze buis stak gruwelijk, obsceen uit de gezwollen open wond in het vlees. Iedereen – mevrouw Moody, de dokter en de verpleegster – verstijfde toen ze de veranda op kwam, en ze bleven onbeweeglijk, alsof er een foto van hen werd gemaakt, tot ze zich snel weer terugtrok. Ze praatte er nooit met iemand over, ze begreep nooit wat ze had gezien, maar haar weerzin en schrik bij de aanblik werden onderdeel van haar gedachten over haar eigen ziekte en maakten haar nog vastbeslotener om beter te worden, alles te doen wat haar opgedragen werd. Elke benauwende regel te gehoorzamen.

De vierde zaterdag dat Georgia in het sanatorium was, een koude avond in april, mocht ze naar een muziekavondje dat door de patiënten was georganiseerd. Dit zou de eerste avond zijn dat ze op was, met anderen. Ze was duizelig van verrukking. Al dagen van tevoren kon ze aan niets anders denken. Na het eten trok ze een schone jurk aan, een die ze hier nog niet had gedragen, en liet mevrouw Priley haar haar opsteken op een nieuwe, volwassen manier. De vrouwen op haar veranda bewonderden allemaal het effect toen het klaar was. Ze zag er ouder uit. Ze zag eruit als een modeplaatje. Georgia draaide en paradeerde voor hen. Ze voelde zich bemoederd, gekoesterd in hun lof en liep toen in hun roddelende midden door de lange, donkere houten gangen. Ze had geen idee dat er iets licht wellustigs, iets van de geamuseerdheid van de ingewijde ten opzichte van de oningewijde in hun aandacht lag. Zij hadden geen idee hoezeer ze snakte naar wat zij haar zo achteloos en met zulke gemengde bedoelingen boden.

De muziekavond werd gehouden in een ruimte die de bibliotheek heette, hoewel er weinig boeken stonden en de boeken die er stonden waren voornamelijk vroom en stichtelijk. Niemand las ze, behalve om er grapjes over te maken; de ruimte leek nog het meest op een soort wachtkamer waar patiënten zich mochten verzamelen voordat ze in de eetzaal daarnaast werden gelaten voor de maaltijd.

Georgia at daar pas een week, sinds ze een gedeelte van de dag uit bed mocht. Het was voor het eerst dat ze de algemene bevolking van het sanatorium had gezien, en ze was geschrokken hoe ziek sommigen van hen waren – ze had het gevoel dat ze daar niet hoorde. Hoe mager en bleek ze ook was, vergeleken bij hen voelde ze zich groot, grof en blozend. Ze voelde zich gezond. De tweede dag was tijdens het middageten een van de vrouwen aan haar tafel zo vreselijk gaan hoesten dat ze haar stoel met een ruk achteruit had geschoven en de zaal was ontvlucht. Je hoorde haar onder het zachte gedruis van kletterende, schrapende lepels wegrennen door de lange gang, terwijl de hoest inmiddels gepaard ging met een gruwelijk kokhalsgeluid. Helemaal niemand zei er iets over. Niemand hield op met eten.

De zachte fauteuils in de bibliotheek waren vanavond in een soort rommelige rij geschoven, naast een diepe sofa tegenover de stenen haard. Vooraan in het midden was een piano gezet, tussen de haard en de sofa. De houten eettafelstoelen stonden in vier of vijf rijen achter deze chique zitplaatsen. Georgia en haar vriendinnen kwamen binnen en liepen door naar achteren. Van daaruit kon je alles beter zien, vertelde mevrouw Priley, en Georgia begreep dat ze daarmee de andere patiënten bedoelde, niet degenen die optraden. En inderdaad, toen de anderen in kluitjes en groepjes binnendruppelden, bogen de oudere vrouwen, die een soort verantwoordelijkheid voor Georgia leken te voelen, naar haar over en fluisterden haar namen en relevante informatie toe. Die daar was net op, die andere was een paar maanden weggeweest – zie je die nieuwerwetse jurk? Bij die heer moest ze uit de buurt blijven, die zat achter alle nieuwe meisjes aan. Bij die daar waren net twee ribben verwijderd en ze zeiden dat het had geholpen, maar moest je zien hoe krom hij was! Toch zeiden ze dat hij gauw weg zou gaan.

Terwijl mevrouw Priley praatte, gingen Georgia's ogen de kamer rond. Niemand was echt oud, zag ze, maar er leken er maar weinig zo jong als zij. Desondanks riepen ze over en weer, lachten en plaagden en verschoven hun stoelen. Alsof ze in de vijfde klas zaten, dacht ze. Ze had nog nooit grote mensen zich zo kinderachtig zien gedragen, en na de eerste schok schiep ze er een pervers soort genoegen in. Misschien waren er buiten haar keurige dorp andere manieren van bestaan, andere manieren van leven mogelijk.

Er was zelfs, realiseerde Georgia zich, een soort onderling geflirt gaande, het soort speels aanraken dat ze kende uit het begin van haar romance met Bill March en uit dwaze spelletjes die ze met anderen had gespeeld, voordat ze Bill koos. En toch droegen veel van deze vrouwen trouwringen. Ze dacht aan het gesprek dat ze had afgeluisterd toen ze wakker werd uit haar verdrietige verdoofdheid, en toen aan andere gesprekken die ze had genegeerd of met een half oor gehoord tijdens die verdoofdheid en daarna. Geluiden die ze 's nachts had gehoord. Gelach. Toen mevrouw Priley opstond om met iemand anders te gaan praten, keek ze zorgvuldiger om zich heen.

Daar was Rosanna Moody, mevrouw Moody, van wie ze de naakte, gewonde rug had gezien en die Georgia had verteld dat ze drie kleintjes thuis had. Ze stond geanimeerd te praten met een lange, licht gebogen man met woest rood haar en een ouderwets tweedpak aan. Twee felle plekken brandden op mevrouw Moody's wangen en haar handen waren voortdurend in beweging, haar vingers dansten licht op de mouw van de man, fladderden naar haar eigen boezem en dan weer terug naar zijn elleboog, alsof ze wenkten, alsof ze zeiden: Hier, ik zal wel voor je aanraken. Haar lach was helder en scherp, steeg uit boven de golven stemmen, gelach, stemmen die door de kamer deinden in een aanzwellen en wegebben van geluid.

Georgia zag opeens de handen van de mannen, hoe ze overal waren, de vrouwen aanraakten. Hoe ze rustten in tailles van de vrouwen terwijl ze hen naar hun stoelen leidden. Hoe ze het naakte vlees van een binnenkant van een arm bij de elleboog of vlak onder de manchet van een mouw indeukten. Ze zag een man, misschien even oud als haar eigen vader, die juffrouw Shepard bij de schouders greep en haar omdraaide, waarbij hij haar een beetje achterover trok – bijna tegen zijn borst – terwijl hij naar voren leunde om haar iets aan te wijzen: Zie je? Daar! Zijn gezicht lag bijna op juffrouw Shepards schouder; ze zag er even uit alsof ze twee hoofden had. Georgia had kunnen zweren dat hun wangen elkaar raakten, heel even maar. Ze hijgde ervan; ze werd overvallen door een vreemde honger. Snel keek ze weg.

Nu kwamen de eerste artiesten, een man met een viool die naar voren liep, en een plompe vrouw die na uitgebreide aanpassingen op de pianokruk ging zitten.

Na een minuutje stemmen stortten ze zich in een reeks liederen van Stephen Foster. Je kon de diepe ademhaling van de man horen sissen in zijn neusgaten terwijl hij zijn bovenlichaam licht bewoog bij het strijken. Ze sloten af met 'Aura Lee', een lied dat Georgia's vader weleens voor hen zong. Ze voelde een steek van heimwee.

Daarna kwam een jonge vrouw, misschien jonger dan Georgia, naar voren en ging bij de piano staan. Ze had geen muziek bij zich. Ze was extreem mager en droeg een botergele jurk – een onverstandige keuze, dacht Georgia, want hij maakte haar bloedeloze huid ongezond en blauw. Het zwarte haar, dat in de nek was opgenomen en vandaar tot haar middel viel, glansde met een weelderigheid die vergeleken bij haar huid bijna obsceen aandeed. Georgia vond opeens haar eigen haar in het kapsel dat ze mevrouw Priley had laten maken, goedkoop en kunstmatig. Ze schaamde zich voor zichzelf.

En het werd nog erger toen de muziek begon. Het meisje had de stukken aangekondigd voor ze ging zitten, diverse preludes van Chopin. Georgia had de naam Chopin weleens gehoord, maar nooit zijn muziek. Toen het meisje begon te spelen werd Georgia tot pure aandacht gedwongen door de schokkende overgangen van piano naar forte, door de ontroerende, wiegende ritmes. De muziek leek tegen haar te spreken – te zingen – over dingen die ze had gevoeld zonder het te weten, over een leven waarnaar ze altijd had gehunkerd zonder het te begrijpen, een leven dat verband hield met de stilte, de eenzaamheid van haar vaders huis 's nachts. Ze bleef roerloos, gebiologeerd zitten, tranen prikten in haar ogen, tot de muziek afgelopen was. Toen ze klapte voor het uitgemergelde meisje – iemand die door haar moeder 'dat scharminkel' zou zijn genoemd – had ze het overweldigende gevoel dat ze al haar kansen had verspeeld, dat ze niets had gedaan met haar leven dan ronddobberen, uit ramen staren, muffins bakken of sokken en kousen stoppen. Als zij morgen doodging, wat had ze dan verwezenlijkt?

Niets, dacht ze.

En toen schrok ze van zichzelf, walgend en verward door deze nieuwe, vreemde manier van denken.

In de pauze waren er punch en koekjes. Een man kwam op Georgia af en bood aan haar punch 'een beetje smaak te geven' uit een heupflesje dat hij even omhoog hield, maar ze schudde haar hoofd. 'O nee, dank u,' zei ze.

'Dan niet,' antwoordde hij beledigd en liep weg.

Mevrouw Priley stelde haar voor aan mensen en trok haar soms midden in een gesprek weg om het volgende te beginnen. Op een bepaald moment hoorde Georgia haar eigen opgewonden stem aanzwellen om boven het gegons om haar heen uit te komen, en opeens was ze verbaasd over zichzelf; ze was nu al een van hen geworden! Het verwarde haar. Ze verontschuldigde zich en ging alleen zitten. Langzaam dwaalden de anderen ook terug naar hun stoelen.

Er waren nog twee optredens na de pauze. Eerst kwam de

directeur van het sanatorium, dokter Rollings, de man die haar had onderzocht de dag dat ze aankwam. Hij zong ballades en drinkliederen met een stem die diep klonk, bijna gedempt door zijn dikke baard.

Daarna droeg een jonge vrouw een lang gedicht van Tennyson voor. Er klonk beleefd applaus toen ze klaar was.

Er viel een stilte waarin langzamerhand verwarring groeide. Was het afgelopen? Was dit het einde? En als dat zo was, waarom zei niemand dat dan? Deze groep mensen was inmiddels gewend om van de ene plaats, activiteit of non-activiteit naar de andere geleid te worden – gedreven eigenlijk. De kamer begon te gonzen van hun boze passiviteit. Iemand zou de leiding moeten nemen. Wie zou dat zijn?

En toen sneed een schrille kreet door de lucht, een gejammer, en toen nog een aangehouden toon, die zich daarmee vermengde. Het geluid leek dwars door Georgia's hart te gaan. Een doedelzak! Ze wist het bijna meteen, hoewel ze er nog nooit een had gehoord, er alleen over had gelezen. Bijna in één beweging keek iedereen in de kamer om – en Georgia ook – om te zien waar de woeste muziek vandaan kwam.

Daar was de doedelzakspeler, hij liep langzaam langs de zijkant van de kamer door het pad tussen de stoelen en de muur met de ramen die uitkwam op het terras. De gezwollen blaas en het stekelige assortiment pijpen gaven hem een in Georgia's ogen exotische, atavistische vorm, zoals hij naar voren liep, bijna in silhouet uitgelijnd tegen het wegstervende licht van buiten. Daar liep hij het lamplicht in en werd van vlees en bloed, driedimensionaal. Ze zag dat het geen man was. Het was een bleke jongen, waarschijnlijk een paar jaar jonger dan zij, lang, met een bos dik donker haar dat over zijn voorhoofd viel. Heel even werden zijn pompende wangen plat en Georgia zag de vorm van zijn kaak, de lichte, bijna dierlijke ogen die vanonder zijn zware wenkbrauwen de kamer opnamen. Toen ze de hare ontmoetten, voelde ze zich gevangen; ze kon niet wegkijken, zelfs niet toen mevrouw Priley zich naar haar toe boog – ze werd weer omhuld door het seringenparfum van de vrouw – en zei, zonder enige moeite te doen om haar stem te dempen: 'Seward Wallace. Ik heb gehoord dat hij op de drempel van de dood heeft gestaan en terug is gekomen.'

Anderen knikten somber instemmend terwijl de tragische muziek weer begon. Georgia boog haar hoofd om zichzelf erin op te sluiten.

De volgende dag, tijdens de rust, boog juffrouw Shepard zich naar Georgia over vanuit haar bed en gaf haar de wekelijkse nieuwsbrief voor de patiënten, hoewel dat tegen de regels was, Georgia mocht nog steeds niet lezen. Hij was opengevouwen op dit stukje rijmelarij:

> *Georgia Rice*
> *Is nu in Bryce*
> *En laat de harten sneller slaan.*
> *Maar welke harten zijn*
> *Geraakt door zoete pijn*
> *Dat zal met ons het graf ingaan.*
>
> *Ze zijn hanig, niet zo kranig*
> *En reutelen danig*
> *Ze houden het misschien niet lang.*
> *Maar nu zij hier is*
> *Zijn ze optimistisch.*
> *Als ze sterven, is het onder gezang.*

Georgia gaf het zwijgend terug en voelde een diepe blos over haar gezicht trekken, hoorde het lichte bonken van haar hart in haar beschadigde borst.

ZEVEN

Pas half oktober, nadat ik de dagboeken van mijn grootmoeder had gevonden, maakte ik – in een vlaag van nieuwsgierigheid die door haar dagboeken werd opgewekt – mijn bedevaart naar Maine om haar leven daar te traceren. Het kostte me bijna een dag over de slingerende tweebaanswegen dwars door New Hampshire en Maine. De bladeren waren gaan vallen, en er hing een vage tint van troosteloosheid onder de felle kleuren van het herfstlandschap, het kale skelet van alles dat bloot kwam te liggen.

Bryce Sanatorium bestaat nog – althans het gebouw – hoog op zijn heuvel bijna midden in Maine, maar in de loop der jaren zijn de functie (hotel, gekkenhuis, meditatiecentrum) en zelfs het uiterlijk van het gebouw steeds weer veranderd. De talloze bijgebouwen zijn allang verdwenen, en de aangetimmerde bovenveranda's, waar mijn grootmoeder een volle maand bijna bewegingloos lag, zijn eraf gesloopt. Misschien ziet het oude gebouw met zijn schuine dak er nu weer bijna hetzelfde uit als rond de eeuwwisseling, voor de sanatoriumhausse, toen het een particulier vrouwenseminarie was, in het bezit van en geleid door de zeer deugdzame, zeer christelijke dames Bryce.

Maar de steile heuvel, een weide op een van de foto's van mijn grootmoeder, vol hoog gras en wazige, brede bloemen – margrieten? fluitekruid? – is nu een zorgvuldig gemaaid gazon. Middenop staat een bordje van een conferentieoord, en er is een geasfalteerde parkeerplaats vol auto's in de nieuwste modellen, waar vroeger een hoefijzervormige oprijlaan van grind was. (Mijn grootmoeder vergat nooit het krakende geluid van haar vaders auto die keerde en wegreed en – toen hij onder aan de heuvel was gekomen – het diepe hese gebalk van zijn afscheidsgetoeter.)

Het conferentieoord dat nu het gebouw bezit, heeft het van-binnen helemaal gesloopt en gerenoveerd. Ik hoef het nauwe-lijks te beschrijven – de chique vloerbedekking, de gedempte, smaakvolle kleuren, de indirecte, subtiele verlichting overal. Toen ik het zag was het moeilijk om niet teleurgesteld te zijn, en vervolgens eigenlijk geamuseerd. Mijn lange reis met als eindpunt dit fantasieloos opgedirkte gebouw.

In de tijd van mijn grootmoeder moet het interieur druk en donker zijn geweest; de eraan vastgespijkerde kuurveran-da's zullen bij bijna elk raam het licht hebben weggenomen. De harde vloeren in de lange gangen zullen van uitgesleten hout zijn geweest. Esdoorn misschien, of grenen, bleker in het midden waar de mahoniekleurige beits was weggeschuifeld door jaren van langslopende voeten. In de gangen zullen wandlampjes met kapjes hun bruinige licht hebben laten doorsijpelen. Alleen in de grote zalen op de benedenverdie-ping zullen er lucht en zon zijn geweest en een doorkijk naar de wijde vergezichten vanaf de heuvel. Alleen daar, en op de slaapveranda's zelf waar Georgia de hele lente lag te kijken hoe de berken gevuld raakten, hoe de esdoorns teer gifgroen wer-den en de sparren onzichtbaar maakten – op de donkere pun-tige toppen langs de verste rand na.

Half juni moest ze aan het eind van elke middag ongeveer een uur beweging nemen, en een paar weken nadat ze haar eerste schuchtere wandelingen buiten had gemaakt met Se-ward (Seward deed wat hij wilde en hield zich niet aan de sche-ma's die voor hem waren opgesteld), gingen ze die sparren-bossen in, waar de zware, donkere takken een baldakijn vormden boven hun hoofd, waar ze vrij konden dwalen over de roestbruine naalden. De eerste keer dat Georgia het zag, leek het een betoverde nieuwe wereld die zich plotseling voor haar opende toen de onderbegroeiing wegviel in de zware, donkere schaduw. Het was alsof ze in geheime, grote kamers kwam die verborgen lagen in de bossen.

'O, ik wou dat ik weer een kind was!' zei ze tegen Seward. 'Ik zou Ada meenemen hierheen en spelen dat we theevisite hadden. Of een dansfeest!' schreeuwde ze en tolde bij hem weg.

Hij leunde tegen een boom en keek hoe ze ronddraaide. Even later stond ze stil midden op de open plek, haar armen wijd, een beetje wiegend van duizeligheid en plezier. Hij deed een stap naar voren en stak zijn handen omhoog. 'Daar hebben we Ada toch niet voor nodig,' zei hij.

Zonder aarzelen liep ze in zijn armen en liet hem langzaam, ernstig met haar dansen over de zachte, fluisterende naalden. Ze hoorde zijn adem fluiten in zijn borst en zijn handen die haar vasthielden voelden warm aan. Ze hield haar hoofd een beetje opzij, afgekeerd van zijn vaste, vragende blik.

Langzaam kwamen ze schuifelend tot stilstand. Hij liet haar los. 'Georgia,' fluisterde hij, zijn hoofd naar het hare gebogen.

Steeds weer waren ze de laatste paar weken bij dit moment beland. En gestopt, zoals nu. Het wond Georgia op – zijn toon alleen al – maar het had ook iets erg ongemakkelijks. Misschien doordat ze wist dat ze al de reputatie hadden te scharrelen, terwijl ze elkaar nog niet eens hadden gekust. Maar iets, de onvermijdelijkheid ervan, gezien het geroddel, gezien de wereld waarin ze leefden, maakte haar doodsbang; het zou zo'n onmogelijk idee zijn geweest voor die andere Georgia, de Georgia die ze volkomen achter zich gelaten leek te hebben. Die zo vrolijk, zo zorgeloos had geflirt met Bill March, vol vertrouwen dat ze de situatie beheerste, dat hij haar in elk geval nooit meer dan een kus zou vragen. Dat zou werkelijk ondenkbaar zijn geweest. Ze wist bijna zeker dat hij het niet eens zou hebben gewild.

Hier, in deze nieuwe wereld, leek het alsof er niets was wat niet voorgesteld kon worden – en getolereerd, en openlijk besproken – tussen mannen en vrouwen. Het was zelfs door zo'n gesprek dat Georgia kortgeleden precies had geleerd wat seks inhield. Haar dagboek op die gedenkwaardige dag meldt:

> 20 mei. Zonnig en koel. Heerlijke broodpudding voor de lunch. Tijdens de rust op de veranda hoorde ik een gedetailleerde beschrijving van de seksuele daad, die me tot dan toe altijd een beetje onduidelijk was geweest. Nou! Mijn kijk is helemaal veranderd.

Wie zou er in haar bijzijn zo openlijk, zo plastisch over gepraat hebben? Mevrouw Moody? Juffrouw Shepard? En wat veranderde er? Ze klinkt eigenlijk niet eens zo heel erg verrast – ze moet een gedeelte al geraden hebben. Haar aantekening heeft misschien zelfs iets geamuseerds. Ze was, zoals mevrouw Priley soms half bewonderend tegen haar zei, een koele kikker.

Maar doordat die informatie en het begin van haar verhouding met Seward samenvielen, raakte ze verward in haar gevoelens voor hem – leek hij bijna gevaarlijk. En dat iedereen ervan uitging dat ze daar op uit wáren! Dat er gedacht werd dat het de bedoeling, het doel van hun tedere, onhandige aantrekkingskracht op elkaar was om als paar bij elkaar te liggen, op de manier die ze nu had begrepen, dat, dat leek haar bijna beledigend, en in elk geval gênant.

'Je danst heerlijk, Seward,' zei ze nu opgewekt. 'Hebben ze jou ook op les gedaan?' Ze stapte weer bij hem weg en walste in haar eentje achteruit met haar armen omhoog als om een denkbeeldige partner in de dansles vast te houden. 'Een-twee-drie, een-twee-drie,' zong ze terwijl ze diep doorzakte op de eerste en omhoog wentelde op de laatste twee maten.

Georgia was inmiddels volledig getransformeerd. Ze was onherkenbaar als het meisje dat drie maanden eerder in het sanatorium was gekomen. Haar lange haar was afgeknipt en wat over was krulde in dikke golven om haar gezicht en liet haar slanke hals vrij. Ada had nieuwe kleren voor haar meegebracht, want ze was uit haar oude gegroeid door het dieet met veel melk en boter dat de patiënten kregen. De rok die ze nu droeg, was bijna recht, geribbeld en kwam tot halverwege de kuiten. Ze had haar lange vest dichtgeknoopt toen ze het bos ingingen, waar de lucht opeens zoveel koeler was. Een brede rand vlak bij de zoom liep als een laaghangende ceintuur om haar heupen.

Seward keek even naar haar en begon toen te hoesten. Het ging maar door en Georgia bleef stilstaan in het midden van de open plek. De lucht hier was schemerig, hoewel het pas een uur of vier 's middags was op een van de langste dagen van het jaar. Seward had zich van Georgia afgekeerd en leunde voorovergebogen met een hand op een boom. Ze zag dat hij met de andere een glimmend zilveren voorwerp bij zijn mond hield, een sputumbakje of flesje. Hij droeg die dag een zwart pak, zoals altijd, en zo voorovergebogen zag hij er opeens uit als een broos, krom oud mannetje. Je zou geen vermoeden hebben van de felle energie die hij normaal uitstraalde. Ze ging dicht bij hem staan en raakte even later zijn schokkende rug aan.

Hij rukte zich woedend los. Op de grond om de boom onder hem zag ze een verzameling glinsterende bloeddruppels, de dieprode kleur vloekte bij de oranje naalden.

'Ga weg!' zei hij heftig. En toen ze bleef staan, met open mond en verward: 'Ga weg! Donder op!'

Die avond na het eten vond Georgia een briefje in haar postvak. Ze bleef in de schemerdonkere gang staan lezen, terwijl mensen pratend en lachend achter haar langsliepen.

Lieve Georgia,

Het spijt me dat ik vandaag zo tegen je schreeuwde, maar ik kon het niet verdragen dat je me zo zag. Vooral nadat je je opnieuw van me had afgekeerd.

Ik zeg dat het me spijt. Dat is misschien niet waar, want ik ben ook nog steeds boos op je. Waarom? Omdat je me steeds weer lijkt aan te moedigen. Je zoekt me op. Je begint gesprekken. Jij was tenslotte degene die de wandeling van vandaag voorstelde, nadat ik je over de bossen had verteld. En als ik je aanraak of teder tegen je praat, word je een en al zenuwen en vrolijkheid.

Ik denk dat je me misleid hebt over je gevoelens. Je hebt me laten geloven dat je misschien om me geeft terwijl dat niet zo is, terwijl wat je voelt medelijden is, of een soort verdwaasdheid dat je zo gemakkelijk gevoelens bij me wakker kunt maken. Dat kan ik niet verdragen. Ik zie je liever helemaal niet, dan dat ik het gevoel heb dat er op deze manier de spot met me wordt gedreven.

Natuurlijk heb jij ook iets te zeggen in deze zaak. Voor het geval ik je verkeerd heb begrepen of beoordeeld, wil ik je de gelegenheid geven dat recht te zetten. Er is zoals je weet een film morgenavond. Ik zal er niet zijn, maar een kwartier na het begin zal ik buiten wachten, precies onder het terras, tussen de appelbomen. Als ik ongelijk heb over je, moet je komen. Als ik gelijk heb, blijf dan alsjeblieft weg. Ik zal niet meer gekwetst zijn door je afwezigheid dan ik al ben door je aanwezigheid.

Je Seward

Nog maar een paar weken voor deze gebeurtenissen had Georgia bezoek gehad van haar vader en Ada en Freddie. Het was eind mei, pas de vierde keer dat ze op bezoek mochten komen, en ze had er dagen naar uitgekeken. Bij die gelegenheid had Ada de twee nieuwe kledingstukken voor haar meegenomen, in de winkel gekocht en – in Georgia's ogen toen ze de dingen omhooghield – vreemd. Maar Ada verzekerde haar dat dit de nieuwe stijl was. Zij droeg er ook een versie van, en Georgia moest toegeven, Ada zag er leuk uit.

Bovendien was het praktisch, merkte haar vader op. Niet meer dat gestruikel over lange rokken, geen lagen ondergoed meer, geen korsetten meer.

Natuurlijk hadden de meisjes geen van beiden ooit een korset gedragen, dus brulden ze allebei van het lachen. Hun vader zat daar naar hen te kijken en Georgia dacht dat hij zelfs bloosde. Toen, alsof hij een gedachte vervolgde, keek hij haar aan. Hij zei: 'Ik wilde wachten tot we weer samen bij jou waren om jullie allemaal iets te vertellen, lieverds.'

Ze zaten in een hoek van de woonkamer. Juffrouw Duffy, een van de vrouwen van haar veranda, speelde piano: 'The Lost Chord'. De stem van Georgia's vader was zo ongebruikelijk ernstig dat ze onmiddellijk ontnuchterden en afwachtten.

'Ik ben van plan om te hertrouwen,' zei hij.

Na een paar seconden stilte ging hij verder.

'Het is iemand die jij nog niet hebt ontmoet, Georgia, maar Ada en Freddie wel, en ik weet dat je net zoveel van haar zult houden als zij als je haar leert kennen.'

Er heerste een gespannen afwachting. Niemand zei iets. Georgia voelde een vreemde ademloosheid in haar borst knijpen. Haar vader keek haar strak aan. In zijn handen draaide en draaide de strohoed die hij daarnet op had.

'Is het mevrouw Erskine, pap?' vroeg Ada ten slotte.

'Ja, natuurlijk is die het.' Hij keek naar zijn tengere jongste dochter en grinnikte opeens. 'Hemel, Ada, je praat alsof ik elke avond van de week een andere vrouw mee naar huis sleep! Natuurlijk is het mevrouw Erskine.' Hij hield zijn hoed tegen zijn hart. 'Mijn enige echte.'

Freddie zag iets vreemds in het gezicht van zijn oudste zuster. Hij schoof dichter naar Georgia toe op de bank. 'Ze is reuze aardig, Georgie.' Zijn stem was zacht en vertrouwelijk. 'Ze heeft me een bouwpakket voor een vlieger gegeven en ik heb hem helemaal zelf in elkaar geplakt.'

'Echt waar, Fred?' Georgia probeerde terug te glimlachen. Ze kon niet naar haar vader kijken, hoewel ze hem duizend vragen te stellen had. En ik dan, vader? wilde ze zeggen. En ik dan?

'Komt ze bij ons wonen?' vroeg Ada.

'Heb ik een koppel ganzen opgevoed?' Hun vaders stem klonk nu geknepen van de pret, en Ada en Freddie lachten al bij voorbaat. 'Een kudde dikhuiden? Natuurlijk, meisje van me. Dat is wat trouwen inhoudt. Ze komt bij ons wonen en zal mijn vrouw en jullie moeder zijn.'

'En hoe moeten we haar noemen, pa?' vroeg Fred. 'Moeten we haar onze moeder noemen?'

'Ik weet zeker dat ze dat graag zou willen, Freddie, maar we zien wel. Misschien willen de meisjes haar anders noemen, omdat ze ouder zijn. Maar dat zien we wel als het zover is.'

Georgia voelde zijn ogen weer op haar gericht, voelde dat hij op een reactie van haar wachtte, op een vraag van haar. Het was niet aardig van haar om zo stil te zijn, wist ze, zo afgewend van hem en zijn nieuws. Maar iets zwaars en dofs en geschokts vanbinnen belemmerde haar geest om te werken.

Freddie en Ada waren daarentegen maar al te bereid om haar zwijgen goed te maken. Ze bestormden hun vader met vragen – over de hond van mevrouw Erskine, over haar auto, over welke kamers in het huis zij zou krijgen.

Ten slotte haalde ze diep adem toen er even een stilte viel en wist uit te brengen: 'En wanneer denkt u te gaan trouwen?' haar hart bonkte in haar keel.

Hij keek haar dankbaar aan. 'We wachten natuurlijk tot jij erbij kunt zijn, lieverd. Tot je beter bent.'

Dat was precies, dacht ze later – en bitter – tijdens het rustuur, wat haar genezing tegen zou houden. Want waarom zou ze haar best doen om beter te worden als ze alleen maar thuiskwam voor een bruiloft? Als ze terugkwam in een huis dat niet meer van haar was? Thuiskwam om misplaatst, vervangen, nutteloos en overbodig te zijn gemaakt?

Voordat ze weggingen, maakte Georgia een wandeling met hen over het terrein. Onder aan het weiland was een vijvertje, bedekt met een laagje lichtgroen kroos en gedeeltelijk verborgen onder het fijne groen van twee oude lariksen. Ze gooiden om beurten steentjes eroverheen. Georgia's steentjes haalden steeds de overkant niet en belandden met een diepe weergalmende plons in het donkere water.

'Je bent hier je werparm kwijtgeraakt, Georgie,' zei haar vader, en ze herinnerde zich die zin toen ze hen uitzwaaide, toen de auto kleiner en kleiner werd naar het eind van de oprijlaan toe en toen toeterde en links afsloeg naar huis. Mijn arm, mijn hart, dacht ze.

Er was geen plaats om te huilen, geen plaats om alleen te zijn. Georgia ging terug naar de woonkamer en verzamelde haar nieuwe kleren. Ze bracht ze naar de slaapveranda.

De vrouwen daar waren opgewonden, opgetogen over de afleiding. Nieuwe kleren! Dat was iets om te delen, eigenlijk een vorm van nieuws uit de buitenwereld. Ze stonden erop dat Georgia ze aantrok. Mevrouw Moody bood aan haar haar in de nieuwe stijl te knippen. Iemand haalde een kruk, en hun verpleegster, juffrouw Farraday, leende hun een laken om over Georgia's schouders te hangen. Ze haalde de spelden uit haar haar en liet het los vallen – 'je grootste sieraad' had haar moeder het genoemd – en keek hoe de lange lokken fluisterzacht op de grond gleden.

Toen het klaar was, ging ze voor de spiegel in de gang staan. Ze herkende zichzelf bijna niet, maar dat leek haar ergens wel terecht, want de omstandigheden van haar leven leken ook volledig veranderd te zijn. Ze stapte op blote voeten naar haar spiegelbeeld toe in de stijlvolle kleren, haar ogen schitterden.

Mevrouw Moody, die achter haar stond, zag Georgia's tranen in de spiegel en dacht dat het om haar korte haar was. 'O, liefie, je hoeft niet te huilen,' zei ze. 'Iedereen voelt zich zo als hij net een nieuw kapsel heeft, maar het gaat over. Je ziet er geweldig uit, weet je.'

'Ik weet het,' zei Georgia. Ze draaide zich om en omhelsde de oudere vrouw. 'Natuurlijk heeft u gelijk.' Ze deed een stap naar achteren, haar handen nog op mevrouw Moody's armen, en met trillende kin. Toen, alsof ze op het toneel stond, alsof ze een rol speelde – Georgia: de nieuwe versie – maakte ze langzaam een diepe, omslachtige buiging en het groepje vrouwen dat toekeek vanuit de deuropening naar de veranda gaf haar een applaus.

Dokter Holbrooke kwam een paar dagen nadat haar vader was geweest op bezoek. Toen Georgia naar beneden werd geroepen dacht ze heel even dat het misschien haar vader was die terug was gekomen om te vertellen dat het allemaal een vergissing was, dat hij van gedachten was veranderd over mevrouw Erskine.

Er waren vier of vijf vreemden in de woonkamer toen ze binnenkwam. Georgia herkende dokter Holbrooke natuurlijk onmiddellijk, maar hij knikte alleen even naar haar, dus nam ze aan dat hij voor iemand anders was gekomen en ging zitten tot haar bezoeker haar kwam opeisen – alsjeblieft, laat het vader zijn! Laat hij het zijn! Ze keek uit het raam, zocht ingespannen het terrein af en verwachtte elk moment zijn zware, energieke gedaante in hemdsmouwen te zien toen ze een aanwezigheid naast zich voelde en zich omdraaide.

'Je bent het toch!' zei dokter Holbrooke. 'Ik herkende je eerst niet.'

Haar hand ging naar haar blote hals, zoals voortdurend de

laatste paar dagen. 'Ja, ik heb mijn haar helemaal afgeknipt. Nou,' zei ze en stond onhandig op. Ze stak haar hand uit en hij nam hem aan, maar in plaats van hem te schudden, wat haar bedoeling was geweest, hield hij hem in beide handen vast en keek op haar neer.

'Je ziet er erg goed uit,' zei hij ten slotte en liet haar los. 'Ik ben zo blij dat te zien.'

'Dank u.' Ze boog haar hoofd. 'Ik heb mijn best gedaan een goede patiënt te zijn.'

'Dat is te zien. Dat is te zien,' zei hij knikkend. 'Je nieuwe kapsel is ook erg aantrekkelijk, als je het niet erg vindt dat een oude man dat zegt.'

'U bent toch niet oud!' zei ze. Ze voelde haar gezicht warm worden. 'Maar dank u wel. En voor wie bent ú hier?' vroeg ze.

'Voor jou, natuurlijk,' zei hij.

'O!' Ze kon het niet helpen, ze klonk teleurgesteld. 'O, nou ja. Wat een onverwachte... verrassing.'

Hij lachte. 'Dat is aardig van je. Misschien hoopte je op een spannender iemand.'

'Nee, echt, ik dacht dat het misschien mijn vader was, dat is het enige.'

'Maar hij is toch net geweest?'

'Ja. Twee dagen geleden. Hoe wist u dat?'

'Waarom gaan we niet zitten?' vroeg hij. 'Daar bij het raam, misschien.' Toen Georgia achter hem aanliep ving ze zijn geur op. Hij rook naar wintergroen. Maar vooral rook hij op de een of andere manier gezond. Hij rook naar gezondheid, realiseerde ze zich, op een manier die opviel en haar nu vreemd was.

'Je bent nog steeds mijn patiënt, weet je dat?' zei hij toen ze gingen zitten. 'Ik ben voor ik je heb laten roepen even bij dokter Rollins langsgegaan om te vragen hoe het met je gaat. Hij vertelde dat je familie op bezoek was geweest. Dat moet je humeur onmetelijk verbeterd hebben.'

'Natuurlijk,' zei ze gehoorzaam.

'Gaat alles goed met hen?'

'Ja,' zei ze. Ze praatte even over Ada en Freddie. Ze zei niets over haar vader of mevrouw Erskine. Holbrooke leek op een beleefde, vriendelijke manier geïnteresseerd, hoewel zijn geamuseerde, intelligente bruine ogen strak op haar gericht bleven. Hij droeg nu een gekreukeld blauw met wit gestreept seersucker pak, een zomerpak, en het deed Georgia denken aan de keren dat hij bij hen thuis was gekomen de zomer dat haar moeder op sterven lag, aan haar opluchting als hij er was aan het eind van de dag – de vermoeide maar aantrekkelijke dokter in zijn lichte, gekreukelde zomerkleren, soms hier en daar besmeurd met iets waarvan zij vermoedde dat het bloed was, die gekomen was om haar moeder een paar uur te laten slapen.

Hij vroeg naar haar leven in het sanatorium, wat ze overdag zoal deed, en ze vertelde: hoe blij ze was dat ze weer uit bed mocht, en, blozend, hoe heerlijk haar eerste echte bad was geweest.

'Water is... nou, je mist het vreselijk als je je alleen met een spons mag wassen. Ik ben dól op baden,' zei ze nuchter, en hij lachte, zo te zien verrukt, waardoor zij ook moest lachen, hoewel ze niet precies wist waarom.

Toen werd haar gezicht ernstig.

'Wat ik me nu afvraag, geloof ik,' zei ze bruusk, 'is hoe het met me gaat.'

'Hoe bedoel je?'

'Kijk, als u nog steeds mijn dokter bent, ik vraag me af hoe het met mijn ziekte is. Ik voel me nu zo goed, ik vraag me af of ik niet al snel kan gaan denken over naar huis gaan.' Er had zich een halve gedachte in haar hoofd gevormd: als ze nu snel en onverwacht naar huis kon, kon ze op de een of andere manier het huwelijk van haar vader tegenhouden. Hij zou gewoon zien dat hij het helemaal niet door hoefde te zetten.

Holbrooke leunde naar voren. 'Ik weet hoe je ze allemaal moet missen…' begon hij.

Ze schudde haar hoofd. 'Het is meer dan dat,' zei ze. 'Ze missen mij. Ze hebben me nodig, echt waar. Alles schijnt in het honderd te lopen zonder mij.' Ze bloosde bij de leugen. 'Natuurlijk kan ik niet beweren dat ik een erg goede huishoudster ben geweest, vooral niet tegen u, aan wie ik precies het tegenovergestelde heb opgebiecht. Maar ik hield thuis de boel min of meer bij elkaar voor mijn vader.' Ze was nu zo op haar doel gespitst dat ze niet merkte dat zijn mond zich had verhard en de warmte uit zijn gezicht was getrokken, toen ze het over haar vader had.

Even later zei hij: 'Ik denk dat dat precies de reden is waarom je hier terecht bent gekomen.'

'Ja, maar nu heeft het zijn werk gedaan. Het heeft me gezond gemaakt. Ik weet dat ik gezond ben. Kijk!' riep ze en tilde haar handen theatraal op. 'Kijk dan! Mijn koorts is weg. Ik ben zo vet als een varken. Ik hoest bijna helemaal niet meer. Ik ben gezond: wilt u het niet zeggen?' Ze boog naar voren en lachte flirterig naar hem, in een onbewuste imitatie van het gedrag dat ze overal om zich heen in het sanatorium zo zorgvuldig had bestudeerd. 'Tenslotte bent u een soort goede fee voor me – u hoeft me alleen maar één keer aan te raken,' en hierbij stak ze haar hand uit en legde haar vingers lichtjes, speels op zijn arm, 'en ik ben genezen.'

'Lieve meid,' zei hij met een stem die ze niet herkend zou hebben, 'dat ligt bepaald niet in mijn macht.' Zijn gezicht was volledig veranderd. Hij leek bijna bang voor haar, voor haar aanraking.

Georgia voelde zich gegriefd, afgewezen, zowel door zijn toon – plotseling zo formeel, zo koud – als door wat hij zei. Ze schaamde zich opeens voor zichzelf. Ze wendde zich snel van hem af om ergens anders heen te kijken, door het raam waar de zon laag over het terras scheen. En daar stond Seward

Wallace roerloos naast een chaise longue in zijn zwarte pak, met die donkere bos haar die over zijn voorhoofd viel, en keek naar haar met een vreemde uitdrukking op zijn gezicht.

Ze schraapte haar keel. 'Tja. Ik vraag me af of u me dan kunt vertellen wanneer... hoelang het zal duren tot ik vrijgelaten word.'

Hij schudde zijn hoofd. 'Dat kan ik echt niet,' zei hij. Ook hij keek uit het raam. Nu keerde hij zich weer naar haar. 'Dat is iets wat we in ogenschouw moeten nemen, dokter Rollins en ik. Er is een hele reeks factoren waar we rekening mee houden, die we bekijken als we zo'n beslissing nemen.' Ze ontmoette zijn blik. De lichte, geamuseerde blik was uit zijn ogen verdwenen. Hij was nu haar dokter, en alleen dat. Hij zei: 'Soms kan iemand helemaal gezond lijken terwijl hij in wezen erg teer is. Het is heel, heel moeilijk te zeggen.'

'Dus u kunt me niet eens bij benadering zeggen wanneer ik naar huis mag.'

'Ik ben bang van niet,' zei hij, vriendelijker nu.

'Wat een teleurstelling,' zei ze. Ze ontdekte dat ze woedend op hem was. Alsof het zijn schuld was dat ze ziek was. Toch kon ze de kilte in haar toon niet voorkomen. Ze stond op en hij kwam ook snel overeind. 'Nou, het was aardig van u even langs te komen,' zei ze. Het enige dat ze wilde was aan hem ontsnappen, aan zichzelf ontsnappen, aan de kamer ontsnappen. Ze stak haar hand weer uit en deze keer schudde hij die.

'Het was geen vriendelijkheid,' zei hij, alsof hij hun gesprek wilde verlengen, opnieuw beginnen.

'Ja, dat was het wél,' zei ze ferm. 'Het was vreselijk vriendelijk. En nu moet ik naar boven. Om te rusten. Om mijn al te slome genezing te versnellen.' Ze wilde luchthartig klinken, ze wilde de spot met zichzelf drijven, maar zelfs zij kon horen dat dat mislukte, dat ze verbitterd klonk.

Maar ja, wat kon ze eraan doen? Ze was ook verbitterd.

'Tot ziens dan,' zei ze, en hij antwoordde, en zij draaide zich om en liep weg, liet hem achter tussen de andere bezoekers en patiënten.

Seward Wallace praatte voor het eerst met haar de dag na dit bezoek. Ze wachtten met z'n allen in de bibliotheek tot de ontbijtbel zou gaan toen hij naar haar toekwam, met een glimlach die Georgia kunstmatig leek, met veel te veel tanden.

'Je hebt jezelf getransformeerd, zie ik,' begon hij.

Georgia deed een stap naar achteren, weg bij zijn dreunende stem. 'Ach, mevrouw Moody heeft mijn haar geknipt, als je dat bedoelt.'

'Maar je draagt ook andere kleren, of niet?' Zijn toon had iets beschuldigends. Hij leek boos.

Maar misschien, dacht Georgia, kwam het door zijn wenkbrauw, de sterke, donkere, enkele wenkbrauw, die alleen wat dunner werd midden boven zijn neus, waardoor hij er gedreven en onverzettelijk uitzag, zelfs in rust. 'Dat is wel zo.' Ze haalde haar schouders op. 'Maar ik was uit alle oude kleren gegroeid. Ze pasten niet meer.'

'Aha!' zei hij. 'Toch zie je er heel anders uit.'

'Ja, dat weet ik.'

'Ik ben Seward,' zei hij opeens. 'Seward Wallace. Ik weet hoe jij heet: Georgia Rice.'

'Mooi,' zei ze. 'Dan hoef ik me niet meer voor te stellen, daar heb ik namelijk een grondige hekel aan.'

Hij lachte niet terug. 'Heb je het voor hem gedaan?'

'Hoe bedoel je?'

'Voor hem. De man die gisteren bij je op bezoek was. Heb je je voor hem zo veranderd?'

Zijn toon was onaangenaam, dacht Georgia, alsof hij iets verachtelijks beschreef. Wat een brutaliteit eigenlijk! 'Hoe kom je in godsnaam op dat idee?' vroeg ze. 'Hij is mijn dokter, die man. Dokter Holbrooke.'

Hij zweeg even. 'Ik begrijp het,' zei hij. 'Je kent hem tamelijk goed, neem ik aan.' Zijn stem klonk stijf.

'Ja, natuurlijk. Hij is onze huisarts sinds ik een klein meisje was. Hij heeft mijn moeder behandeld toen ze ziek was. Jarenlang.'

'Ik begrijp het,' zei hij.

'Dat zou ik ook denken,' zei ze en liep weg.

Maar ze was niet boos, dacht ze tijdens het ontbijt: koffie met gele room, havermout met stroop en melk, eieren met spek en dikke sneden beboterde toast die je, als je wilde, kon bestrooien met een mengsel van kaneel en suiker dat in blikken strooibussen op de tafels stond. Ze dacht wél dat hem duidelijk gemaakt moest worden dat hij onbeleefd was geweest. Zo kon je gewoon niet tegen mensen praten.

Terwijl ze met de anderen aan haar tafel praatte, zag ze Seward Wallace aan de andere kant van de eetzaal zwijgend zitten eten terwijl hij af en toe een blik in haar richting wierp.

Hij deed haar aan Freddie denken! dacht ze opeens. En tegelijkertijd voelde ze een stroom tederheid voor hem. Hij leek eigenlijk zo jong, zo onhandig.

Dus toen hij haar na het eten weer aansprak, bijna niet in staat om zijn blik naar haar op te slaan, en vroeg of ze de volgende dag een wandeling met hem wilde maken, stemde ze toe.

Als Georgia later in haar leven nadacht over deze periode leek het haar dat ze Seward achter zich aan had laten lopen, zoals ze in het sanatorium zeiden – dat ze verliefd op hem was geworden – omdat ze zich alleen en verlaten had gevoeld en hem had aangegrepen als troost.

Maar ze hield wel van hem. Toch?

Als ze me vertelde over haar tijd in het sanatorium, leek ze soms te zeggen dat niets daarvan, niets van wat ze toen voelde en dacht, echt was.

Ze vertelde me natuurlijk alleen zijdelings en indirect over

Seward. Dat ik überhaupt iets over hem en zijn verhouding met mijn grootmoeder weet, komt voornamelijk door haar dagboeken en de brieven die ze bewaarde. (En door mijn tante Rue natuurlijk, die haar eigen versie van het verhaal had.) Maar toen ik eenmaal de grote lijnen had – van het verhaal – hoorde ik weer al die opmerkingen of terzijdes over haar leven van toen die mijn grootmoeder in de loop der jaren tegen mij had gemaakt, en kon ik ze interpreteren.

Wat ik zeker weet, is dat Seward minstens twee jaar jonger was dan zij, hij zestien of zeventien en zij negentien, en dat hij al een paar jaar ziek was toen zij verliefd op hem werd. Sewards veelbelovende leven werd in tweeën gereten toen hij een jaar of veertien was en in de eerste klas van de Andover Academy zat – als beursscholier; zijn vader was hoofdredacteur van een krant geweest voor ook hij aan tuberculose bezweek. Op het footballveld klapte Seward tijdens een wedstrijd plotseling dubbel en hoestte bijna een kwart liter helderrood bloed op. Hij werd onmiddellijk naar de ziekenboeg gebracht en zijn familie werd verzocht hem de volgende dag te komen halen.

Zijn zusters, van wie de ene lerares was en de andere zelf ook niet gezond, moesten kostgangers nemen om hem naar het sanatorium te kunnen sturen. Hij was daar sindsdien geweest op een maand na, kort voor Georgia's komst. Hij was toen vertrokken zonder toestemming van de artsen – weggelopen eigenlijk. Zijn zusters hadden moeten bidden en smeken om hem weer terug te krijgen, vertelde hij Georgia tijdens een van hun eerste gesprekken. 'Zeuren,' zei hij, 'het grote talent van mijn familie,' en ze hoorde aan zijn stem dat hij van zijn zusters hield met de gemakkelijke, minachtende liefde die je je kunt permitteren als je het lievelingetje van de familie bent. Hij had haar verteld dat hij de jongste was, de enige jongen.

Ze had toen geglimlacht en weggekeken, haar blik getrokken door een beweging in de verte. Ze hadden die dag naast elkaar op de houten chaises longues op het terras gelegen. Hoog in de lucht boven de boomlijn zweefden lui twee haviken op de wind, nu eens de ene, dan de andere kant op kantelend om op de stroom te blijven drijven.

Na een poosje zei ze vriendelijk: 'Maar de artsen zouden je toch niet hebben buitengesloten als je echt ziek was?'

Zijn mond vervormde zich tot zijn karakteristieke bittere glimlach. 'Natuurlijk wel, ik was echt ziek. En ik heb het idee dat ze er genoegen in scheppen je buiten te sluiten als ze daar zin in hebben. Je op te sluiten. Je te vertellen wat je allemaal wel en niet mag doen.'

Georgia verschoof onder haar lichte wollen deken. 'Maar dat is toch allemaal met de bedoeling jou gezond te maken.'

'Geloof je dat echt?' vroeg hij, alsof zoiets niet mogelijk was, alsof ze niet zo simpel kon zijn.

'Natuurlijk geloof ik dat,' zei ze. 'Natuurlijk, anders zou ik hier niet zijn.'

'Maar waarom worden er dan evenveel mensen niet beter als wel beter?' Hij keek haar aan. 'Denk daar eens over na, dan zul je zien dat ik gelijk heb. Ze hebben geen idee wat werkt en wat niet.'

Er stonden aan weerszijden van hen nog meer stoelen, netjes op een rij in het zonlicht. Mompelende stemmen, luie gesprekken stegen op van hier en daar uit de rij. Ergens links hoestte iemand.

'Maar sommigen worden beter, Seward. Dat weet je net zo goed als ik.'

'En sommigen, die even hard kuren, gaan dood. Kijk naar meneer Briscombe. Niemand werkte er harder aan dan hij.'

Ze was even stil. Ze had meneer Briscombe aardig gevonden, een kleine, stevige, kalende man die aan iedereen die maar wilde één onafscheidelijke, versleten foto van zijn kinderen liet zien, zeven waren het er, allemaal niet van elkaar te onderscheiden, zelfs niet of ze vrouwelijk of mannelijk waren, allemaal net kleine versies van hemzelf, maar dan met haar natuurlijk. Hij had haar een boek gegeven, *Het lied van de leeuwerik*, van een schrijfster die zij moest kennen, vond hij, Willa Cather, en Georgia had het prachtig gevonden.

'Aan de andere kant,' zei ze ten slotte, 'kijk naar mij. Ik ben al beter. Ik weet dat ik beter ben.'

Hij keek inderdaad naar haar met zijn verrassend lichte ogen, en toen keek hij snel weer weg. De wind, die die dag onverklaarbaar zilt rook, floot zachtjes in de bomen.

Zou hij gelijk hebben? vroeg Georgia zich af. Het was toch ondenkbaar dat de hele structuur van hun leven hier gebaseerd was op een valse premisse. Ze zag dokter Holbrookes geamuseerde ogen, dokter Rollins' vriendelijke, bebaarde gezicht. Volwassen mensen tenslotte.

Nee, dit maakte gewoon deel uit van Sewards donkere kant, zijn behoefte, zoals zij het zag, om tegen alles te zijn.

In feite was Seward de eerste boze persoon die Georgia ooit had ontmoet, de eerste die ze woede had zien uiten over het lot dat het leven hem had toebedeeld; en zij, die niet in staat was tot zo'n emotie, voelde zich, althans gedeeltelijk, juist daardoor tot hem aangetrokken. Het moet toen ongebruikelijk zijn geweest voor iemand van zijn leeftijd, al die zelfbewuste woede, die beredeneerde verachting voor het volwassen, hoogopgeleide universum, een universum dat Georgia zelf, ook al was ze ouder, nooit ter discussie zou hebben gesteld. Ze had bewondering voor hem, hoewel ze ook de tedere, beschermende aantrekkingskracht voelde die zijn leeftijd en toestand in haar opwekten.

Dat waren allemaal nieuwe gevoelens voor haar. Haar liefde voor Bill March was gebaseerd geweest op het gevoel van veiligheid dat hij haar gaf, zijn vertrouwdheid, zijn voorspelbaarheid. Hij was een vriendje uit haar jeugd geweest, eigenlijk een speelkameraad. Hij was knap op zijn breedkakige manier, betrouwbaar, een tikje humorloos. Als ze zich een

huwelijk met hem voorstelde, wat ze zichzelf af en toe had toe-
gestaan, zag ze hen samen een leven leiden dat een voortzet-
ting zou zijn van het leven dat ze in het huis van hun ouders
hadden geleid.

Sewards aantrekkingskracht op haar hield geen enkel verband met die dingen. Met iets veiligs, of voorspelbaars. Met
iets blijvends. De band had te maken met zijn ziekte zelf, en
ook met zijn woede daarover. En met alles wat ze exotisch
vond in zijn geschiedenis: de vader die journalist was, de ex-
clusieve kostschool, dat hij was weggelopen uit het sanatorium.

En ook met een hele reeks kleine dingen aan hem die ze
zichzelf nooit zou durven bekennen. Het katachtige, bijna
dierlijke groen van zijn ogen. Zijn lange, benige vingers, wanneer hij piano speelde of de doedelzak vasthield – hij was won-
derbaarlijk muzikaal. Zijn sloffende, vertederende manier van
lopen. Hoe hij zijn schouders licht gebogen hield, als om zijn
magerheid te verbergen. De diepe resonantie van zijn stem,
die verrassend was bij zo'n jong iemand. Een soort brandende, donkere energie die hij overbracht.

Het is zelfs mogelijk dat het feit dat hij stervende was Georgia aantrok. Want er was een fenomeen dat zo gebruikelijk
was in de laatste stadia van tuberculose dat de artsen er een
naam voor hadden: *spes pthistica*, een soort opleving en verraderlijke vitaliteit die merkwaardig genoeg vaak voorafgin-
gen aan de uiteindelijke neergang. Het maakte dat bepaalde
eigenschappen van Seward werden overdreven, en hij min of
meer werd wie hij was, voor zolang het duurde, in die geïso-
leerde omgeving.

De dag van de film was het winderig en regenachtig. Zelfs
tijdens het rustuur lagen de vrouwen op Georgia's veranda te
praten en te speculeren over de avond. Wat ze gehoord hadden over de film. Wat ze aan dachten te trekken. Of meneer
Bethke, berucht om zijn wispelturigheid, achter iemand an-

ders aan zou gaan nu juffrouw Shepard in de ziekenboeg lag en er zo slecht aan toe was. Hun stemmen klonken her en der op, zonder lichaam en gedempt door de natte, mistige lucht en het dikke beddengoed dat tot over hun kin was opgetrokken.

'Ik zou hem niet te dicht in mijn buurt laten komen,' zei juffrouw Duffy. 'Hij is de kus des doods. Zij is ongeveer de derde die hij heeft bemind en overleefd.' Buiten roffelde de regen dof op het dak en op de bomen die doorbogen onder de wind.

'Pas op, Georgia, misschien ben jij de volgende,' riep iemand.

Georgia had niets gezegd, gedeeltelijk omdat ze nog steeds probeerde de regels te volgen, en gedeeltelijk omdat ze niet kon praten over haar gedachten: Seward, Seward.

'O, Georgia heeft andere potjes op het vuur,' zei juffrouw Duffy.

'Georgia heeft kléínere potjes op het vuur.' Ze lachten.

Tijdens de film zat Georgia in haar eentje op de achterste rij. Mevrouw Priley wenkte haar naar voren met een vragend gezicht, maar Georgia schudde haar hoofd en wees op de lege stoel naast haar. Mevrouw Priley knikte en Georgia hoopte dat ze ervan uitging dat Seward daar zou komen zitten.

Juffrouw Duffy, die de film begeleidde, speelde zich warm op de piano. Er was het gebruikelijke heen-en-weergeroep over de rijen stoelen heen, het gebruikelijke van stoel wisselen en opnieuw wisselen. ('Mag ik hier zitten?' vroeg meneer Huls gretig, en Georgia zei: 'Het spijt me, maar ik moet hem voor iemand vrijhouden.') Toen begon Lewis Lunt, die de projector bediende en een verschrompeld been had, door de kamer te hompelen, lichten uit te doen, en werd het stil, op de kabbelende piano en een enkele lach- of hoestaanval na.

De film was *Tillie's Punctured Romance*, een lachfilm van Mack Sennett. Charlie Chaplin in de hoofdrol speelde een sluwe stadse gladjanus en Marie Dressler was Tillie, groot en lief, onhandig grappig, ontroerend in haar hoopvolle lelijkheid. Zo'n tien minuten na het begin kwamen ze bij een scène waarin Chaplin en Dressler gevaarlijk balancerend op een houten schutting zaten te flirten en er om de beurt afvielen om vervolgens weer terug te klauteren. Dit was het moment, dacht Georgia. Ze hoestte, één salvo. Toen nog een. Toen een lange aanval. Ze stond op en ging de kamer uit terwijl ze de hele gang door bleef hoesten voor het geval iemand luisterde.

Ze duwde de voordeur open en stapte naar buiten, het natte, zwarte tumult in. Ze liep om naar de achterkant van het sanatorium, de terraskant. Haar voeten en kleren waren onmiddellijk doorweekt, dus lette ze niet op waar ze liep, maar hobbelde gewoon door over de geplette graspollen naar het groepje knoestige oude appelbomen. Ze keek niet één keer om naar de terrasramen waarachter het grijze licht van de film danste en flikkerde. Ze kneep met haar ogen om Seward onder de bomen te zien. Het leek of hij er niet was en ze overwoog of ze terug zou gaan toen zijn vorm zich een beetje losmaakte van de dikste stam. Ze had de vreemde gedachte dat het leek alsof hij deel had uitgemaakt van de boom en eruit opdook. Een beeld uit haar mythologieboek op school kwam in haar op: Daphne die veranderde in een laurierboom om te ontsnappen aan Apollo's liefde. Ze rende naar hem toe en stapte ook onder de neerhangende dikke takken.

Toen ze overeindkwam onder de tent van bladeren gingen zijn armen om haar heen en voelde ze zijn adem warm op haar wang, in haar hals. En toen kuste hij haar, voor het eerst, zijn lippen drukten hard tegen de hare, zijn hele benige lichaam omhelsde het hare. Hij rook naar zijn ziekte, naar de bruine zeep die ze in Bryce gebruikten, naar menthol, naar regen, naar huid en koortswarmte. Georgia ging op haar tenen staan om haar lichaam tegen het zijne te drukken in honger en angst en een soort moedwillige overgave.

Haar dagboek voor die dag zegt:

De hele dag druilerig. 's Avonds de film. Ik ben
weggeslopen en naar Seward gegaan zoals hij me had
gevraagd, tussen de appelbomen in de stromende regen. We
gingen samen naar het kleine tuinschuurtje. Doorweekt. We
trokken onze natte spullen uit. Ik behoor hem nu voor
altijd toe.

ACHT

Mijn grootmoeder gaf me eens een dagboek. Een vierjaars-
dagboek, zoals zij dat ook had bijgehouden als meisje en jonge vrouw. Het was op mijn verjaardag, het eerste jaar dat ik
bij hen woonde, en ik herinner me dat ze uitgebreid de voor-
delen ervan uitlegde – dat je, als je het trouw bijhield, terug
kon kijken en een beeld kon krijgen van jezelf in je eigen leven: hoe je was gegroeid of veranderd in de loop der jaren. Als
ze teleurgesteld was dat ik het niet echt gebruikte, heeft ze dat
nooit gezegd.

Toen ze het uitlegde, vertelde ze me over de dagboeken die
zij had bijgehouden: hoe strikt ze zich aan de dagelijkse taak
had gehouden toen ze jong was, ook als ze geen zin had, ook
als ze ziek en uitgeput was en alleen maar wilde slapen, voor
eeuwig slapen aan het eind van elke drukke dag. Toen schets-
te ze een beeld voor me van zichzelf, als enige die wakker was
in haar vaders huis. Hoe heerlijk ze dat had gevonden, het
verrukkelijke gevoel zich bewust te zijn van zichzelf, zoals ze
dat overdag niet was. Zich bewust van haar gevoelens en van
zichzelf als degene die die gevoelens had. En toen zei ze verontschuldigend: 'Ach, je weet hoe het is, wanneer je jezelf
voor het eerst als het centrum van je eigen heelal ziet. Misschien zelfs als een soort schepper ervan. Dat was ik ten voeten uit.'

Het was ook de keer dat ze me vertelde over het verbod op
lezen en schrijven de eerste weken in het sanatorium, en hoe
pijnlijk de blanco bladzijden uit die periode in haar dagboek
waren. 'Alhoewel die gaten misschien op een bepaalde manier
net zo goed waren als woorden. Sommige dingen voelen ge-

woon leeg, denk ik, en die tijd – die eerste weken in het sanatorium – was dat zeker voor mij.'

Het was toen niet bij me opgekomen dat haar dagboeken
er nog zouden zijn. Hoewel ik dat best had kunnen bedenken,
als ik had gedacht aan de manier waarop mijn grootouders
leefden – ze bewaarden alles zorgvuldig: touwtjes, pakpapier,
kurken, oude kleren, oude meubels. Maar ik vond ze bijna per
ongeluk.

Het eerste weekend dat ik in Vermont was, werd ik ziek. Ik
voelde het zondagmiddag toeslaan, een middag die ik nog wel
doorbracht met rijden over landwegen, ergens stoppen om
mijn eigen appels te plukken – ik weet nog dat ik op de houten ladder stond en omhoog reikte door de knoestige, ge-
schubde takken, met een soort trots over de manier waarop
ik mijn nieuwe leven omhelsde, naar buiten stapte in mijn
nieuwe wereld. Maar in de auto op weg naar huis begon het:
de droge keel, het strakke gevoel in mijn borst. Ik wist dat het
erg zou worden. Kijk nou, dacht ik met een soort afstandelij-
ke verbazing, alsof het iemand anders overkwam. Kijk nou.
Het komt er aan. Het slaat toe.

Tegen de tijd dat ik thuis was, had ik koorts en ging meteen naar bed. De hele nacht wisselden slapen en waken elkaar
af en stond ik op om aspirine te nemen en water te drinken
elke keer dat ik de koorts en de rillingen weer voelde opko-
men. En een van de keren dat de koorts net was gedaald, terwijl ik daar in mijn grootmoeders bed lag te genieten van de
heilzame dankbaarheid dat je je gewoon een beetje béter voelt,
dacht ik na over ziekte zelf. Hoe onbevreesd we nu ziek worden. Onze ziekte is onschuldig. We zijn eraan gewend dat het
niets betekent. We kunnen ons ellendig voelen, maar we weten dat het 'alleen een griepje, alleen een koutje' is. De ervaring is niet gekoppeld aan een gevoel van sterfelijkheid, aan de
doodsangst die deel uitmaakte van ziek worden toen mijn

grootmoeder jong was. 'De ene ochtend nog kiplekker en de volgende dag dood.'

Ik mijmerde over kinderen krijgen, wat ik drie keer zo achteloos had gedaan. Altijd met angst voor de pijn weliswaar, altijd met de zorg dat ik het niet aan zou kunnen, dat ik op de een of andere manier mezelf te schande zou maken voor de verzamelde menigte in de verloskamer (en waarom waren daar altijd zoveel mensen? Dat begrijp ik tot op de dag van vandaag niet), maar nooit met het idee dat ik eraan dood zou kunnen gaan. Of erna, later. Nooit.

Polio was de laatste van de ziektes die me op die manier bang hadden kunnen maken, dacht ik, en mijn herinneringen eraan waren vaag. Het was vermoedelijk de reden voor onze reisjes naar het oosten elke zomer, voor onze lange scheidingen van mijn vader in het huis van mijn grootouders. West Barstow, begrepen we, was op de een of andere manier een schonere plaats, een veiliger plaats dan thuis. Een plaats waar we vrij met andere kinderen konden spelen en zwemmen in de afgedamde rivier, waar we 's avonds met z'n allen naar buiten konden rennen met doorzichtige glazen potjes om vuurvliegjes te vangen, zonder angst voor besmetting.

En toen was het opeens die angst ook weg, verbannen: de ijzeren long, de rolstoel, de dikke, scharnierende beugels. Het leek of er niets was dat je kon bedreigen en dat de artsen niet konden genezen.

Hoe anders was het leven voor mijn grootmoeder! Wat moet ze bang zijn geweest voor de dood elke keer dat ze koorts kreeg, hoestte, warme wangen had. Hoe beangstigend waren bevallingen en baby's; ze verloor een kind voordat het een jaar oud was. De dood lag overal op de loer – dood en schuld.

En vervolgens mijn moeder die, zoals zij het zag, zwichtte voor dementie, zo lang nadat ze dacht haar taak goed volbracht te hebben. Wat moet dat afschrikwekkend zijn geweest, mijn moeders gesloten gezicht, in trance, tijdens haar puberteit, haar behekste gepraat over de instructies die ze had ontvangen en de noodzaak om op bepaalde manieren te handelen. (Die eerste keer, op de middelbare school, was het zelfverloochening – niet eten, niet in bad, geen haar kammen of tanden poetsen, geen schone kleren.)

En wat was mijn grootmoeders geschut tegen dit alles beperkt, zwak. Bedrust. Voedzaam eten. Elke dag een dutje. Dat deed zij zelf haar hele leven, direct nadat de afwas van de lunch was gedaan en weggeborgen. Het hele huis viel stil om haar rust niet te verstoren. Ik zuchtte onder dit regime toen ik bij hen woonde. Ik herinner me mijn rusteloosheid in mijn warme kamer onder het schuine dak in de zomer, zweten, luisteren naar het zoemen van de horzels in hun nest buiten het raam, mezelf doelloos seksueel betasten terwijl ik wachtte op verlossing van de stilte en de hitte. 'Zo, dat is gelukkig achter de rug,' zei mijn grootmoeder opgewekt als ze weer te voorschijn kwam, geurend naar rozenwater, haar haar keurig opgestoken – klaar voor de strijd, zoals mijn grootvader het noemde.

Ze vertelde me dat ze mijn moeder altijd naar haar kamer stuurde als ze het had over de stemmen die haar leidden. 'Dan zei ik: "Ik wil er geen woord meer over horen, Dolly. Er praat hier niemand anders dan jij en ik, en ik wil niet dat je te voorschijn komt voordat je gekalmeerd bent." Het arme kind, alsof zij er iets aan kon doen.'

Die angst, de angst dat ik deze besmetting, deze afwijking zou doorgeven aan mijn kinderen, ging vaak door me heen, vooral toen ze tieners waren, want ik had inmiddels geleerd dat dat de tijd is waarin schizofrenie vaak de kop opsteekt. Maar ze kwamen allemaal door die periode heen, soms boos en raar, maar duidelijk gezond. Ik moet zeggen dat dat me een bepaalde afstandelijkheid gaf bij de problemen die ze wél hadden, een afstandelijkheid die hen soms woest maakte van irritatie. 'Kan het je dan helemaal niets schélen?' gilde Karen een keer tegen me omdat ik niet boos werd toen Jeff te laat thuiskwam.

Hoe moest ik het uitleggen? Eigenlijk niet, nee.

Tegen de ochtend viel ik in slaap. Ik werd wakker toen het licht was, weer koortsig, van het geluid van de klopper.

Ik besloot het te negeren. Het was gewoon iemand die zijn burenplicht deed – misschien de charmante mevrouw Kips. Of een bezorger. Ze zouden wel een briefje achterlaten, zei ik tegen mezelf. Ze zouden wel terugkomen.

En toen hoorde ik mensen in het huis. Ik was heel even verbijsterd, maar toen herkende ik de stem die voornamelijk aan het woord was: Leslie. Leslie Knox, de makelaar – natuurlijk! – leidde het stel uit New York rond. Ik dacht aan de afwas die ik in de keuken had laten staan – te laat. Ik stond snel op, deed de gordijnen open, gooide de door de kamer verspreid liggende kleren in een la en trok mijn ochtendjas aan. Ik klom weer in bed en trok de dekens netjes over me heen. Een ordelijke ziekenkamer: meer konden ze niet van me verwachten, dacht ik, in mijn toestand.

Ze bleven heel lang beneden. Ik hoorde Leslies stem stijgen en dalen, het gemompel van een vraag af en toe waardoor zij weer op gang kwam. Toen ze boven aan de trap waren, riep ik haar. Ze verscheen in de deuropening, keurig gekapt en verzorgd, een zwart-witte sjaal zwierig over de schouder van haar tweedjasje geknoopt.

'Ach, arm mens, u had moeten bellen!' zei ze toen ik uitlegde dat ik griep had.

'Ik was vergeten dat u zou komen, eerlijk,' kraakte ik.

Ze zei nadrukkelijk dat ze de slaapkamer helemaal niet hoefden te zien. 'O, nee, nee, nee, nee. We willen alleen een idee krijgen, het huis is immers niet eens op de markt. Ik doe gewoon de deur dicht, wat vindt u daarvan, dan neuzen we hier supersnel rond en laten u vervolgens met rust.' De deur ging achter haar dicht en toen weer open. 'Heeft u nog iets nodig? Ik kom straks even langs met soep en zo.'

Niets, niets, verzekerde ik haar. Ze babbelde nog wat en ik hoorde haar zeggen, nadat ze de deur weer had gesloten: 'Ongelooflijk hè? Zo is het. Ach, we snuffelen snel even rond. Dit is nou de badkamer. Reusachtig, hè? Omdat het vroeger een slaapkamer was, natuurlijk. U zou veel met deze ruimte kunnen doen, niet dat hij niet al een zekere landelijke charme heeft...'

Toen ze weg waren – de voordeur sloeg dicht en Leslies stem kwam nu van buiten – stond ik op om nog wat aspirines te pakken. Ik bleef even in de badkamer staan en keek vandaar naar de zolderkamers terwijl ik probeerde alles zo te zien als de New Yorkers het hadden gezien. Toen zag ik dat de smalle deur in de vroegere kamer van Lawrence – een deur die naar de zolderberging leidde – open was blijven staan. Ik liep erheen om hem dicht te doen. Maar toen ik er was, stapte ik in een impuls de zolder op. Het was er donker en koud. Ik stak mijn hand uit, tastte rond in de bedompte lucht en vond het trekkoord. Het zwakke licht ging aan en ik schreeuwde het bijna uit. Daar, op twee koffers, stonden de grote blauwe reiger en de das uit mijn grootvaders spreekkamer me aan te staren met borende blikken, onvriendelijk en nachtmerrieachtig, veel groter dan ik me ze herinnerde.

Toen ik een beetje gekalmeerd was, keek ik rond. Er stonden vier of vijf oude koffers weggeschoven onder het schuine dak en een paar wasmanden opgestapeld in een hoek. Er waren natuurlijk de dieren, en mijn grootmoeders trapnaaimachine en haar keurige maar weelderige paspop. Er stonden twee dronken uitziende stoelen met gebroken poten, de ene een Queen-Annestoel met een stoffige geborduurde zitting. Er lagen wat opgerolde tapijten en hier en daar kleinere rolletjes van iets wat eruitzag als behang. Er waren diverse dozen met spullen, een ervan met een etiket waarop stond BREEKBAAR: VERSIERINGEN.

Dus hier was alles gebleven: wat de Hertogin niet had verkocht, wat niet in het nieuwe decor paste. Ik voelde een soort warm, groeiend plezier van hebberigheid, van gretigheid. Het was er dus allemaal nog, mijn verleden, mijn moeders verleden, mijn grootvaders leven.

Toen ik de deur achter me had dichtgetrokken en weer in bed was gestapt lag ik daar een poosje te dagdromen over de schat voordat ik weer in slaap viel.

Een paar dagen later, toen ik weer beter was, op een periodieke aanval van vermoeidheid na, droeg ik de reiger en de das naar de gang. Bij daglicht zagen ze er bijzonder triest uit, als hoogbejaarde, doodzieke dieren, maar ik wilde ze toch ergens beneden hebben, als herinnering aan hoe het geweest was.

Ik ontdekte dat de koffers allemaal op slot zaten – voor de huurders misschien, of de dieven. Ik doorzocht het huis op passende sleutels. Die waren er niet, alleen extra huissleutels en lopers voor de binnendeuren. Uiteindelijk nam ik een schroevendraaier mee naar boven en klikte daarmee de sloten open. Ik voelde de roekeloosheid van een vandaal toen ik de mechanismen binnenin voelde meegeven.

In de eerste koffer zat allerlei wollen goed. Een oud pak van mijn grootvader, truien, een paar dikke dekens die ik me uit mijn jeugd herinnerde – aan het eind van de zomer, als de nachten koud begonnen te worden, kwamen ze te voorschijn, ruikend naar kamfer. Net zoals ze nu deden, de zware stoffen, toen ik ze eruit tilde. Helemaal op de bodem lag zo'n vossenbontje dat elegante vrouwen als mijn grootmoeder in de jaren veertig en vijftig droegen, de kop van de vos er nog aan, de onderkaak vastgezet met een veer. Om het bontje op z'n plek te houden hing je het zo dat de vos, die in dit geval een beetje loenste, in zijn eigen staart beet. 'Alsof het niet erg genoeg is dat hij dood is,' zei mijn grootvader altijd. 'Hij moet er ook nog eens tot in alle eeuwigheid als een idioot uitzien.'

140

'Altijd commentaar,' zei mijn grootmoeder dan. Ze zei dat vaak tegen hem en hij moest er altijd om lachen.

Ik deed de wollen spullen terug en ging naar de tweede koffer. Die zat vol papieren, voornamelijk bankafschriften, kasboeken, belastingformulieren, en rekeningen, allemaal opgeborgen in mappen met etiketten: HUISHOUDEN, AUTOMOBIEL, HOBBY'S, KINDEREN, BRUILOFTEN. Die laatste twee mappen hield ik apart om later beter te bekijken.

In de volgende koffer zat linnengoed: gesteven servetten en slopen en lopers en tafellakens, licht vergeeld door de tijd. In de resterende koffers en manden zaten nog meer linnengoed, juridische documenten, stapels brieven van hun kinderen en kleinkinderen, keurig gesorteerd – ik herkende mijn eigen handschrift in één stapel, dat van mijn moeder in een andere. Hier was een ontleedset; een dof geworden klarinet, zorgvuldig uit elkaar gehaald en in zijn foedraal gelegd; een doos met vistuig, de vliegen in rijen gerangschikt als kleurige botanische specimen. De kerstversieringen, zoals beloofd, ouderwets en eenvoudig.

De laatste koffer bevatte ingewikkeld oud ondergoed en nachtponnen die van mijn grootmoeder als jonge vrouw moesten zijn geweest. Ik pakte een onderjurk op, een lange, wijde petticoat met een gehaakte zoom. Ik bedacht dat dat precies het soort dingen was die Fiona zou dragen, niet als ondergoed maar als kleren. En ze zou het weekend van Columbus Day komen. Ik legde ze terug. We konden er samen naar kijken.

Ik begon moe te worden. Ik nam wat van de pakjes brieven mee, waaronder de mijne natuurlijk. Pas toen Fiona een maand later kwam, waagde ik me weer op de zolder.

Ze kwam op vrijdag met de trein uit New York. Ik reed naar Rutland om haar op te halen. Ik had in geen jaren in de trein gezeten en alleen al het station maakte me nostalgisch. Fiona zelf was hevig opgewonden over de reis, en zo ongeveer van-af het moment dat ze het perron op stapte ratelde ze over hoe geweldig het was geweest, de kijkjes in al die steden en plaat-sen die je anders nooit zou zien. 'Maar ik bedoel hun áchter-kant, ma,' zei ze.

Ik had haar niet meer gezien sinds het begin van de zomer toen ze een paar weken thuis was geweest voordat haar baan in het oosten begon. Ze was magerder geworden en haar haar was een stuk langer dan het gemillimeterde koppie van het jaar daarvoor. Ik vond dat ze er prachtig uitzag. Ze was klein en levendig en had haar vaders fijne huid en gelaatstrekken. Ze droeg een grote lammy jas die openwapperde op de kortst mo-gelijke rok, zwarte kousen en zware laarzen. Haar rugzak hees ze achter in de auto voor ze instapte.

Toen ze haar riem had vastgemaakt draaide ze zich opzij om naar mij te kijken achter het stuur en zei: 'Vertel alles, *s'il vous plaît.*'

Ik lachte; dit was zo typisch iets voor haar. Ze was mijn laat-ste kind en verreweg het meest uitgesproken, het zonnigst. Het leven, vond ze, was ingericht voor haar genoegen. Ze was open en nieuwsgierig en in iedereen geïnteresseerd. Als klein meis-je sleepte ze altijd de meest onwaarschijnlijke speelkameraad-jes mee; op de middelbare school had ze sulletjes én populaire kinderen als vrienden. 'Fiona is breed georiënteerd,' zeiden we vaak als we weer een van haar adoptiekinderen hadden ont-moet.

'Nee, vertel jij maar,' zei ik. En dat deed ze. Gedeeltelijk ten-minste. Tegen de tijd dat we thuis waren, wist ik van de pier-cingshop waar ze heen was gegaan voor haar oren (PIJN FA-CULTATIEF stond er op het bordje), wat je kon spelen op de jukebox in haar favoriete café ('Lili Marlene', 'Ain't Nobody Here but Us Chickens'), over de jongen met wie ze die zomer was gegaan, de jongen met wie ze nu ging, en eh – o, ja! – over haar studie.

We gingen de volgende ochtend naar de zolder en zoals ik had gehoopt was ze wild enthousiast over het oude ondergoed. Samen trokken we de stukken wit katoen te voorschijn, en terwijl ze ze bejubelde en er een paar aantrok over haar spijkerbroek en trui, dacht ik aan mijn grootmoeder in haar jeugd, het opgestoken zware haar, de bleke gladde huid, het fijne kleine lichaam, terwijl ze deze kledingstukken aantrok. Ze zouden Fiona ook goed staan, al was het een merkwaardige combinatie, haar ongeëpileerde wenkbrauwen, haar wijnrode lippenstift, in het mooie ondergoed van een ander tijdperk als zomerse opschik.

We haalden de bovenste bak van de hutkoffer leeg en tilden hem eruit. Toen werkten we ons door de tweede laag heen. 'Meer, meer. Ik ben een hebberig meisje,' zei Fiona, pakte de handvatten van de tweede bak en tilde hem eruit.

We keken. Geen kleren meer. Alleen een gewatteerde deken, oud en verbleekt. 'Bah,' zei ze.

'Maar hij is prachtig, Fi. Kijk.' Ik boog me eroverheen. En toen ik hem optilde, gleden een paar dingen uit de vouwen terug in de koffer en kwamen met een bons op de bodem terecht.

'*Qu'est-ce que c'est?*' zei Fiona en tuurde naar binnen. 'Hé, boeken!' Ze viste er een paar op. Ze waren klein, in leer gebonden, zwart en donkerrood. Ze sloeg er een open. Ik zag de bleke inkt, het ritmische schuine schrift.

'God, het zijn dagboeken!' zei ik. Ik dook in de koffer om er nog een te pakken. Het was een vierkant bruin boek, duidelijk het dagboek van een jong meisje; het handschrift was kinderlijk. Ik herkende de naam op het schutblad als die van een van mijn grootmoeders tantes. Verspreid tussen de korte notities stonden vage potloodtekeningen: huizen, vergezichten, bloemen.

Ik bukte me weer en pakte een stel kleine, dunne opschrijfboekjes, samengebonden met lint. Ik maakte ze los en sloeg het bovenste open. Het was van mijn betovergrootmoeder, Sally Parsons, de vrouw die met paard en wagen was gekomen om Georgia te redden toen haar moeder was gestorven, en die met lege handen weer weg was gereden. Hier was de inkt verbleekt tot bleekbruin, en sommige bladzijden barstten in de hoeken. De dagboeken bestreken zeven jaar, 1869-1876.

'O, ik snap het!' zei Fiona opeens. 'Het is het wéér!'

'Wat?' vroeg ik. Ik keek naar haar. Ze had in het boek dat ze het eerst had gepakt gelezen. Ze zat op een koffer onder het zwakke licht van het enige kale peertje, en droeg een lange, witte, katoenen onderjurk over haar trui, spijkerbroek en zware laarzen.

Ze grinnikte naar me. 'Zie je, ik kon er eerst niet uitkomen. Elke notitie zegt: "Mooie dag," "Mooie dag," en ik dacht, dát is nog eens een opgewekt type! En dan is er een die zegt "Bewolkte dag," en nog een, "Grijze dag."'

'Van wie is die?' vroeg ik.

'Het dagboek?' Ze bladerde terug naar de voorkant. 'Georgia Rice. En daarna heeft ze er Holbrooke aan toegevoegd.' Ze keek naar me op. 'Oma.'

Ze hield het boek omhoog en las voor:

12 januari. Mooie dag. John de hele dag in de spreekkamer. Maudie Osbourne kwam langs en we gingen samen naar Laura Kendall. Ze wordt beter, maar is nog niet buiten geweest. 's Avonds heb ik gebreid. John heeft hoofdstuk 8 en 9 voorgelezen.

13 januari. Mooie dag. Het sneeuwde vanavond een beetje, John het grootste deel van de dag weg, reed van hot naar her. Een hele tijd bij mevrouw Wood, maar de baby kwam uiteindelijk toch. Maar wat had ze geschreeuwd, zei hij. Dat zou jij ook doen, zei ik tegen hem. Ik heb een trui

afgemaakt en ben begonnen aan kousen. John las. Ik zal blij zijn als Hardy uit is.'

Fiona keek glimlachend op. 'Nou, Anaïs Nin is ze niet.'

Ze boog haar hoofd weer en wilde verdergaan. 'Fi,' zei ik. Ik kon het niet verdragen. Ze keek me verbijsterd aan. Ze hoorde het ongemakkelijke in mijn stem. 'Niet verder lezen, schat,' zei ik. 'Het betekent gewoon te veel voor me.'

'O! Ja. Natuurlijk, mam. Het was maar voor de lol. Ik dacht er verder niets van.'

'Dat weet ik. En ze zijn vast lollig. Ze zullen lollig zijn. Maar ik geloof dat ik eerst de tijd zou willen hebben om het tot me door te laten dringen.'

'Ja, natuurlijk.'

'Vind je het erg?'

'Nee. Nee, natuurlijk niet. Ik heb mijn schatten,' zei ze en verzamelde haar berg ondergoed, 'en jij hebt de jouwe.'

En terwijl ze haar kostbaarheden samenraapte en tegen me babbelde over elk afzonderlijk stuk, maakte ik een klein stapeltje van de boeken en bleef ermee op mijn schoot zitten, alsof ik het helemaal niet erg vond om te wachten.

Natuurlijk las ik ze allemaal. Ik was ook een hebberig meisje. En toen las ik ze nog eens en nog eens. Dat was het enige dat ik deed, een paar dagen lang, na Fiona's vertrek. En langzaam begonnen stukjes van de puzzel op hun plaats te vallen. Niet alle stukjes, niet alle puzzels. Maar het ene verhaal tussen alle andere in de koffer, het verhaal dat ik wilde begrijpen, die paar jaar uit mijn grootmoeders leven, dat verschoof en werd helderder en kreeg perspectief. Gedeeltelijk. Genoeg om me het te kunnen voorstellen. Genoeg om de afzonderlijke verhalen die ze me in de loop der jaren had verteld tot één lang verhaal te rijgen, en zelfs om een paar van de verhalen die anderen me hadden verteld erbij te betrekken. Rue bijvoorbeeld. Of mijn grootvader. Of mijn moeder, de paar keer dat ze duidelijk over haar verleden of haar ouders had gesproken.

Later, toen ik het verhaal beter kon overzien, vroeg ik me af waarom mijn grootmoeder haar dagboeken had bewaard. Als ik zulke documenten had gehad, zou ik ze vernietigd hebben. Ik zou nooit hebben gewild dat mijn kinderen – of hun kinderen toen die kwamen – wisten hoe ik de beslissingen had genomen die tot hun levens hadden geleid, wisten hoe ik dacht en voelde toen ik jong was.

Maar aan de andere kant zou mijn dagboek alles onthuld hebben, terwijl dat van mijn grootmoeder, op het eerste gezicht tenminste, dat niet leek te doen. Mijn dagboek zou meer zijn gegaan over de persoon die de dagen meemaakte dan over de dagen zelf – het weer, de gebeurtenissen – zoals het hare leek te doen. En toch hoorde ik haar toon in dat zorgvuldige verslag. Ik kon me voorstellen hoe haar stem de gecomprimeerde versie die ik las uitbreidde, ik kon me voorstellen hoe ze het verhaal zou vertellen. Ik had het gevoel, denk ik, toen ik de dagboeken las en herlas, dat ik haar op de een of andere manier leerde kennen, dat ik leerde begrijpen wat haar diepere gedachten waren onder het alledaagse oppervlak. Ik had het gevoel dat ik, als ik deze dunne boekjes begreep, ook uit kon puzzelen wat er schuilging onder het latere, liefhebbende oppervlak van het leven van mijn grootouders samen.

Je zou kunnen zeggen dat in onze hedendaagse levens al onze e-mails bij elkaar een soort dagboek vormen: informele momentopnamen van het leven zoals het voorbijglijdt. En soms, als ik mijn verstuurde e-mails op de computer bekijk om te zien wat ik iemand heb geschreven over een datum of een tijd of een gebeurtenis in mijn leven, word ik getroffen door dat idee van een vastgelegd verslag. Mijn computerbrieven uit Vermont aan mijn kinderen en vrienden bijvoorbeeld, hadden daar beslist toe kunnen dienen. Vooral mijn briefjes aan Karen. Omdat ze voortijdig weeën kreeg, was ze door haar artsen voor de rest van haar zwangerschap naar bed gestuurd –

niets om je zorgen over te maken, verzekerde ze me. Maar ik kon me haar verveling, haar rusteloosheid voorstellen, dus schreef ik haar vaak, soms een paar keer per dag, en bracht verslag uit van dingen die me opvielen of interesseerden in wat ik zag of las of deed. Als ik nu over die aantekeningen nadenk – wat ik schreef, wat ik zei – geloof ik dat ze net zo over het oppervlak dansten als mijn grootmoeders dagboeken. Anaïs Nin was ze niet, en ik natuurlijk ook niet. Wie wel? Zelfs Anaïs Nin niet. Toch voelde ik af en toe zelfs een vaag gevoel van verlies als ik ze in de prullenbak deed. Maar wat zou het voor nut hebben ze te bewaren? Wie zou ooit de moeite nemen een leven te reconstrueren uit zulke details? Er zou iemand voor nodig zijn die even geobsedeerd was door mij als ik door mijn grootmoeder, om een diepere betekenis te vinden in die briefjes van mij. En voor zover ik wist, was niemand zo door mij geobsedeerd. Niemand van wie dat te verwachten viel. Niemand met een reden voor zo'n obsessie. Mijn kinderen begrepen mijn leven. Er was niet die voortdurende scheiding tussen het oppervlak en de diepte daaronder; en waar dat wel zo was, had ik ze de verschillen zorgvuldig uitgelegd.

Ik had mijn redenen voor mijn fascinatie voor grootmoeder. Alleen al omdat ze een vrouw was die opgroeide in een andere tijd, een ander universum zelfs. Begrijpen wie ze was en wat ze was, betekende voor mij ook dat onbekende universum begrijpen. En dan was er natuurlijk het mysterie dat tussen ons lag, het mysterie van mijn moeder, van haar ziekte; over de betekenis daarvan had ik me mijn hele leven zorgen gemaakt. Dit voedde mijn verlangen naar alles wat af te leiden viel uit de verslagen over het schijnbaar normale leven van mijn grootmoeder.

Ik installeerde me in de studeerkamer van mijn grootvader. Daar legde ik alles keurig neer in een soort tijdslijn: de dagboeken, de dagboeken van haar familieleden, de brieven van mijn grootmoeder en van anderen aan haar, de mappen met rekeningen en reçu's, de financiële archieven. Terwijl mijn leven in Vermont zich ontwikkelde, terwijl ik het leefde en erover schreef aan vrienden en aan de kinderen ('Lieve Karen, het is vandaag een prachtige dag, precies zoals je je New England in de herfst voorstelt'), leefde ik ook haar leven, het stroomde gestaag als een onderaardse rivier onder het mijne.

En mijn leven? Ik maakte het natuurlijk ingewikkelder. Ik zocht manieren om me hier te hechten, want dat was toch de bedoeling? Zien of ik dat kon. Zien wat er was om me aan te hechten.

Ik ontdekte op rijafstand een paar bioscopen waar draaide wat mijn kinderen vroeger 'fillums' noemden – alles behalve actie en geweld en spektakel. Ik kocht de plaatselijke krant. Ik kocht de regionale krant. Ik zocht informatie op de aanplakborden in het gemeentehuis, op het postkantoor, in Grayson's. Ik gaf mezelf opdrachten. Zette mezelf in beweging. Ik sloot me aan bij een leeskring die wekelijks bij elkaar kwam in de bibliotheek. Ik ging naar een ciderfestival, een bonendiner. Ik hielp bedienen tijdens een buffet in de kerk. Langzamerhand begonnen mensen me bij naam en toenaam te groeten als ik door het stadje liep. Ik nodigde Leslie en haar man uit om bij me te komen eten als dank voor haar vriendelijkheid tijdens mijn ziekte – ze had inderdaad soep gebracht, en bloemen.

Ik dronk een paar keer koffie in een kleine salon aan het plein. Ik praatte een keer met mijn vriendje van de middelbare school, Sonny Gill, toen ik stopte om te tanken. Hij was nog hetzelfde als hij heel snel na school was geworden: dik, onelegant, zijn gezicht schijnbaar diep doorgroefd door zorgen, maar dat was waarschijnlijk niet zo, hij leek bijzonder opgewekt. En erg luidruchtig, wat hij toen beslist niet was geweest. Ik herinnerde het me niet in elk geval. Er ontbraken een paar van zijn tanden. Hij rookte nog. 'Kom nog eens langs,' zei hij toen ik wegging.

Ik kreeg ook een soort betaalde baan. Ik ging naar het stads-blad – een weekblad – en bood mezelf aan als verslaggever. Ze hadden niet echt iemand nodig, zei de man aan de balie (de hoofdredacteur, bleek later). Behalve (gelach) voor sport – met de onuitgesproken suggestie dat ik niet in aanmerking zou komen voor sportverslaggever. Dat irriteerde me, die vanzelf-sprekendheid, dus zei ik natuurlijk dat ik het zou doen, en we spraken af dat ik een proefcolumn zou schrijven: ik zou de volgende zaterdag een belangrijke footballwedstrijd van de Barstow Catamounts verslaan, een uitwedstrijd in een stadje net voorbij Rutland.

Toen ik thuiskwam, belde ik Samuel Eliasson om te vragen of hij mee wilde.

Samuel was mijn huurder, van Rue geërfd samen met het huis. De man die ik had gedwongen te verhuizen zodat ik erin kon, de man die mijn grootmoeders huis wilde kopen. Hij woon-de tijdelijk in een ander groot huurhuis aan het dorpsplein, het huis van de Gibsons. Het was een lange man van in de ze-ventig met een kop zilverwit haar, en ik was hem inmiddels een paar keer tegengekomen – de eerste keer toen hij zich aan me voorstelde tijdens het kerkbuffet. Sindsdien was hij een keer langsgekomen om te zeggen dat hij graag van dienst zou zijn, mochten er problemen of toestanden in het huis zijn die ik zelf niet kon oplossen. Dat hij het inmiddels tamelijk goed kende. Ik vond hem aardig om de complimenteuze, hoffelij-ke charme die oudere mannen soms tentoonspreiden tegen-over vrouwen van mijn leeftijd. En in dit geval dacht ik dat hij, aangezien hij op een college les had gegeven, misschien iets over football wist. Ik eigenlijk niet. Jeff had gevoetbald toen hij op school zat.

We gingen erheen. We vermaakten ons. Er waren geen tri-bunes, geen zitplaatsen, dus je golfde met de actie heen en weer langs de zijlijn en probeerde door de woest maaiende lichamen heen te zien wat er gebeurde. Het begon bijna meteen te regenen. De jongens in het veld raakten langzaamaan overdekt met modder. Aan het eind kon je hun nummers niet meer zien, laat staan de kleur van hun shirts. Ik schreeuwde me hees. Barstow won.

We stopten onderweg naar huis in Rutland om wat te eten, en Samuel hielp me orde te scheppen in de rommelige aantekeningen die ik had gemaakt. De volgende paar dagen schreef ik aan de column. Ik liet hem eerst aan hem lezen. Hij zat tegenover me in mijn grootmoeders achterkamer, een lange, slungelige oude man, zijn lange benen voor zich uitgestrekt, grijzige tennisschoenen aan zijn voeten, en tuurde door zijn halve bril naar mijn kladversie.

'Luister eens, Cath, dit is een vorm die volkomen voorspelbaar moet zijn,' zei hij. 'Niemand wil iets nieuws, iets heel persoonlijks.' Hij lachte. 'Zelfs niets interessants eigenlijk. Dus de beschrijving hier: het weer, het publiek' – hij schudde zijn hoofd en keek me aan over zijn bril – 'schrappen.' Hij zag eruit als een strenge oude schoolmeester.

'Tot uw orders,' zei ik.

Hij suggereerde gewelddadiger alternatieven voor al mijn werkwoorden: sloeg, beukte, ramde, plette, verpletterde, onderuit haalde. 'Die zijn echt *de rigueur*,' zei hij. Hij voegde er een reeks afgezaagde adjectieven aan toe, altijd voorafgegaan door een lidwoord: 'de potige O'Connor,' 'de snelle Evans,' 'de onbedwingbare Reed.' 'Hier!' zei hij toen hij klaar was en het aan me teruggaf. 'Dát is nou sportverslaggeving.'

Ze vonden het prachtig. Ik was aangenomen, voor vijfentwintig dollar per column. Toen ik de volgende schreef – nu helemaal zelf – hield ik zijn redactionele advies in mijn achterhoofd en lapte mijn eigen taal al schrijvend op.

We namen Fiona mee naar een wedstrijd het weekend dat ze bij me was. Ze was verrukt van Samuel, van zijn manier van praten. 'Stel je voor, iemand die zegt: "Ik sta geheel tot uw beschikking, mevrouw."' Ze was aan het afruimen, nadat zij en ik samen gegeten hadden, en imiteerde Samuel, zijn antwoord toen ik hem aan de wedstrijd van volgende week herinnerde. 'Ga maar na, mam. Geen jongen met wie ik ga, zal dat ooit tegen me zeggen.'

'Ik gá niet met Samuel.'

'Zei ik dat dan? Prikkelbaar hoor. Zou ik moeten zeggen… te prikkelbaar?'

'Nee, dat zou je niet,' antwoordde ik. 'Hij is oud genoeg om mijn vader te zijn.' Ik rekende het na. 'Nou ja, bijna.'

We stonden een paar minuten naast elkaar aan het aanrecht te werken. Toen zei ze: 'Over vaders gesproken. Of over mensen die ouder zouden moeten zijn dan ze zijn. Ik heb Joe gezien.'

'Echt waar? In New York?'

'Yes. Hij had daar iets te doen. Hij belde en we zijn gaan eten.'

'Ging het?'

Fiona was van de kinderen het boost geweest op Joe over de scheiding. Ze was zelfs woedend geweest, en dat was helemaal niets voor haar, zodat we allemaal een beetje bang waren. En stiekem ook opgelucht, denk ik. Ze handelde voor ons allemaal. Noemde hem een klootzak, sloeg met deuren. Nadat hij weg was gegaan, weigerde ze hem te ontmoeten, 'redelijk te zijn', zoals hij het noemde.

'Ik bén redelijk,' zei ze. 'Die lul laat me in de steek. Hij zegt: "Flikker op," en ik zeg tegen hem: "Nee, sorry, sorry, flikker jíj maar op."'

'In wiens wereld gaat dat door voor redelijkheid?' had Karen gevraagd.

'O, je hebt alleen bezwaar tegen het taalgebruik,' zei ze. 'Daar moet je doorheen kijken. Denk eens na over wat ik zeg. Je weet dat ik gelijk heb.'

Toen ze er eindelijk in toestemde Joe te zien, was ze sar-

castisch en onaangenaam. Ze tiranniseerde hem meedogenloos. Ze had ook geen behoefte om Edie te ontmoeten. Joe had
zich, geloof ik, verbeeld dat hij ons allemaal kon hebben. Niet
echt allemaal tegelijk, maar wel allemaal binnen zijn emotionele kader, allemaal toch nog zijn familie. Fiona was degene
die duidelijk 'nee' zei. Nee. Hij had haar in de steek gelaten en
zou geen kans krijgen dat te vergeten.

Ze haalde nu haar schouders op. 'Ik geloof van wel. Het was
een beetje beleefd, als je begrijpt wat ik bedoel.'

Ik lachte. 'Even kijken of ik me dat kan voorstellen. Jij. Beleefd.'

Ze glimlachte terug. 'Nou, voornamelijk hij, bedoel ik eigenlijk. Hij was beleefd. Voorzichtig, zou ik zeggen.'

Ik wachtte een minuut voor ik vroeg: 'En gaf dat je een
triomfantelijk gevoel, liefje?'

'Nee.' Ze zuchtte. 'Het maakte me zelfs treurig.'

Ik zei niets.

Ze stond nu met haar rug naar me toe, haar lange hals elegant maar ook een beetje kwetsbaar. Ze deed de deksels op de
potten en flessen die nog op het aanrecht stonden. Ze zei: 'Hij
heeft me foto's laten zien van het kind. Mariel.'

'Schattig, hè?'

'Alle kinderen zijn schattig, mam.'

'Niet waar. Hoewel jullie, natuurlijk, enzovoort, enzovoort.'

Ze liep naar de koelkast en begon de room en het mine-
raalwater op te bergen. Toen ze zich omkeerde, waren haar
wenkbrauwen gefronst. 'Was dat niet dat gedoe met die Cu-
baanse boot, weet je wel, met al die misdadigers? De Mariel?'

'Dat zou kunnen.'

'Hoe dan ook,' zei ze.

'Het is toch een mooie naam.'

'Dat zei ik ook.' Ze leunde tegen het aanrecht en keek me
aan. 'Ik zei ook: "En wat doe je als ze niet zo schattig en klein

meer is en je nieuwe baby's wilt om ta-ta tegen te zeggen? Opnieuw beginnen?"'

'En hij verstarde helemaal en zei, je kent het wel: Dit was
zijn kind, hoe kon ik zoiets zeggen? En ik zei: "Ach, ik denk
dat ik mezelf ook heel lang als jouw kind heb beschouwd."'

'O, Fi,' zei ik.

'Ja,' antwoordde ze somber.

Ondanks mijn defensieve reactie tegen Fiona ging ik in de loop
van de herfst inderdaad steeds meer uitzien naar mijn zater-
dagen met Samuel, merkte ik. De lange rit naar de wedstrijd
deed me denken aan ritjes naar hot en her die ik met mijn
grootvader had gemaakt toen ik een tiener was – uitstapjes die
hoogstwaarschijnlijk bedoeld waren om mijn grootmoeder
wat tijd voor haarzelf te gunnen. Samuel leek zelfs een beetje
op mijn grootvader: wit haar, knap, zonder een spoor van kaalheid. Hij had dezelfde sterke, kromme neus, dezelfde olijf-
kleurige teint. Hij torende boven me uit, al begon hij, ook net
als mijn grootvader, een beetje gebogen te lopen. Hij kleedde
zich zelfs een beetje zoals hij. O, niet zo formeel, Samuel was
tenslotte een academisch type. Corduroy broek, tweedjasje, en
bijna altijd de oude tennisschoenen. Maar hij droeg het jasje
elke keer dat we samen waren, en bij speciale gelegenheden
– en de wedstrijden waren kennelijk speciaal voor hem – droeg
hij ook een das.

En als we op die zaterdagochtenden op weg waren naar een
of ander stadje in een wijde kring rond Barstow praatten we
op dezelfde onsamenhangende en toch diep bevredigende manier als ik met mijn grootvader praatte.

Waarover?

Boeken, herinner ik me. Hij vond alles van Edith Wharton
mooi, wat me verbaasde. Behalve, vertelde hij, *Ethan Frome*.

'Mee eens,' zei ik.

Hij bracht soms een paar boeken mee die ik mocht lenen.

Af en toe geschiedenis – ik herinner me dat ik *Changes in the Land* van William Cronon las met zijn precieze, bijna onlees- bare, aantekeningen in de kantlijn – maar hij hield ook van moderne fictie. Ik las Penelope Fitzgerald pas toen hij haar on- der mijn aandacht bracht. 'Zo'n scherpzinnige spaarzaam- heid,' zei hij bewonderend, toen hij me twee dunne boekjes gaf. 'Geen geringe opgave.'

Natuurlijk kan ik me beter herinneren wat hij mij heeft ver- teld dan wat ik hem heb verteld. Welke dingen kon ik hem niet onthouden? Mijn omstandigheden, ja. Ik weet dat ik die in algemene termen heb beschreven, voornamelijk door hem uit te leggen hoe verward ik was over het huis – het huis dat hij wilde. Voor zichzelf wilde. 'Als ik hier kwam... ik weet niet,' zei ik tegen hem, 'zou het mijn leven veranderen. Mijn werk, mijn vriendschappen. En ook wat van mijn slechte eigen- schappen, geloof ik.'

Ik weet nog dat hij daarom moest lachen. 'Jij hebt vast geen slechte eigenschappen,' zei hij.

Ik zal hem zeker verteld hebben over de kinderen: Fiona, die hij zou ontmoeten; Jeff, die zo ver weg was, zo blij dat hij zo ver weg was en over de mogelijkheden voor zijn toekomst; Karen, die me via e-mail vanuit haar bed verslag uitbracht over de pas ontdekte geneugten van tv overdag, een openbaring voor haar.

En Samuel? Die praatte met me over zijn werk, herinner ik me, hoewel ik moest porren om details te krijgen. 'Wát schrijf je dan?' vroeg ik.

'O, het is maar een klein projectje, ik weet niet of ik het ooit afkrijg. Het soort klusje dat een oude schoolmeester onder- neemt als hij gepensioneerd is.'

'En wat voort soort klusje is het dan?' Dit was helemaal aan het begin van onze vriendschap, herinner ik me, toen ik nog ongeduldig werd over zijn traagheid, zijn indirectheid.

Hij hoorde het. 'Het spijt me. Ik ben niet opzettelijk ontwijkend.' Hij glimlachte. 'Maar het gaat misschien vanzelf. Dat had mijn vrouw zeker gezegd.' Op dat moment, bij die woorden, was zijn gezichtsuitdrukking vermengd met een soort berouwvolle spijt. Hij was weduwnaar, en ik zag dat complexe verdriet op zijn gezicht elke keer dat zijn vrouw ter sprake kwam. 'Het zijn essays. Over de dood van een reeks stadjes in Massachusetts in de jaren dertig. Ik geloof dat ik er tot nu toe ongeveer drieëneenhalf heb geschreven. Dat heeft twee jaar gekost.' Hij glimlachte.

'Wat is je, eh… invalshoek?' Toen ik mezelf hoorde, trok ik een gezicht. 'Rotwoord, hè?'

'Het is een modern woord. En het is een vraag die een uitgever me zou stellen, kan ik me indenken, als het ooit zover zou komen.' Hij was even stil. Toen zei hij: 'Dat is misschien het probleem. Ik geloof dat ik er geen heb. Ik wil het alleen optekenen. De geschiedenis van de stadjes, iets van de dingen die er gebeurden toen ze doodgingen. Je weet wel, verhalen.'

'Het klinkt verdacht veel als een boek.'

'Dat wordt het misschien ook, denk ik. Hangt ervan af waar het eerst een einde aan komt, het boek of mij. Voorlopig zijn het essays.'

Hij vertelde hoe gehecht hij was geweest aan het huis van mijn grootmoeder. 'Ik beleefde veel genoegen aan de rommelige plattegrond,' zei hij. 'Zoals ik elke dag door alle kamers moest lopen om bij de paar die ik gebruikte te komen. Van slaapkamer naar keuken, waar ik at, en dan naar dat kamertje naast de keuken dat ik gebruikte als studeerkamer toen ik er woonde. Geen kamer bleef onbezocht, als het ware.' Hij zweeg om naar buiten te kijken. We reden langs een kleine waterval. 'Dat mis ik bij de Gibsons, daar heb ik geen idee wat er gaande is in de meeste kamers.' Nu grinnikte hij tegen me. 'Er zouden zonder dat ik het weet nog meer mensen kunnen wonen.'

Dat vond ik een leuke gedachte, en ik glimlachte terug.

Het bleek dat zijn vrouw degene was die – met toestemming van mijn tante Rue – de nieuwe inrichting had gedaan. Ik vroeg hem een keer hoe zijn vrouw was geweest. We waren op weg naar huis. Ik reed altijd. Ik was de gastvrouw op deze reisjes. Ik haalde hem op, hoewel hij me nooit wilde laten betalen voor de consumpties die we meestal namen – softijs bij de ijssalon, bier in een plattelandskroeg.

Hij bleef lang stil, ik keek niet naar hem. Ten slotte zei hij zachtjes: 'Ze was een goed mens. Opmerkzaam, zou ik willen zeggen.'

'Dat is nog eens een mooi woord. Opmerkzaam.'

'Ja. En waar. Waar over haar. Ze merkte op wat mooi was. Wat goed was.

Ik denk dat ze vaak ongelukkig met me was,' zei hij even later. Hij schraapte zijn keel. 'Ze miste natuurlijk de gelegenheid om te werken, om dat soort leven te leiden; dat was moeilijk voor veel vrouwen van haar leeftijd, weet je. Te zien hoe het leven en de kansen van het leven zo drastisch veranderen als je net al je keuzen hebt gemaakt – moeilijk. Het maakte haar dubbel zo kritisch over míjn keuzen. Maar ik denk dat ze me, nog afgezien daarvan, een beetje… slordig vond, zou ik zeggen. Dat ik genoegen nam met iets wat zo weinig ambitieus was, de wereld waarschijnlijk niet veel goed zou doen. Een oude docent, aan een lerarenopleiding. Niet eens aan een universiteit.'

We reden een poosje zwijgend verder. Hij verbrak de stilte.

'Maar ik had natuurlijk het gevoel dat ik in de wereld stond, dat ik me haar fijngevoeligheid niet kon veroorloven.' Ik knikte. 'En ik vermoed dat zij het gevoel had dat ik mijn ziel had verkocht. En uiteindelijk kreeg ze, denk ik, het gevoel dat het academische leven een schamele beloning was.'

Hij keek me aan. Ik voelde zijn aandacht en keek naar hem. Hij glimlachte.

Ik wist niet wat ik moest zeggen, wat hij me vertelde.

'Ik mis haar,' zei hij. Zijn stem klonk opeens rasperig en vermoeid. 'Ik mis de strijd op zich.'

'Ja,' zei ik, want ik wist niet wat ik anders moest zeggen.

Zelfs dit deed me op de een of andere manier aan mijn grootvader denken. Als ik nadacht over die opmerkingen en hoe Samuel had gekeken toen hij ze maakte, herinnerde ik me de momenten tussen mijn grootouders wanneer een verbittering die meestal verborgen bleef, opeens aan het oppervlak kwam. Ik herinnerde me hoe verbluft ik daarover was als kind, en daarna, als puber, de gêne die ik voelde, voornamelijk voor mijn grootvader, denk ik, omdat hij beschaamd leek door iets erin.

Het zette me aan het denken over mijn huwelijken. Als Peter en ik bij elkaar waren gebleven, of Joe en ik, was de prijs dan geweest dat we alles zouden hebben onderdrukt wat ons boos maakte of teleurstelde in de ander? Of zouden we een vergevende vrede hebben bereikt, waarin de boosheid besloten lag?

Was dat wel vergiffenis, als de woede nog leefde onder de vrede?

Toen Samuel praatte, wilde ik hem op de een of andere manier troosten, maar ik zei niets. Vermoedelijk omdat ik bang was dat het zou lijken of ik kritiek had op zijn vrouw.

Op een dag hadden we het over de dagboeken. De dagboeken en het andere materiaal. Ik vertelde hem hoe dwangmatig ik ze las en herlas.

'Ha, je hebt het virus,' zei hij.

'Is dat het?' vroeg ik. 'Voelt het zo voor jou als je ergens onderzoek naar doet?'

'Lijkt er veel op.'

'Maar dan zonder de persoonlijke band.'

'Nee, absoluut met. Als je geen band voelt, als je niet het

gevoel hebt dat wat je aan het uitpluizen bent een persoonlijke vraag zal beantwoorden, dan doe je het niet, denk ik. Ik kan
me in elk geval niet voorstellen dat ik het zou doen.'

'Wat voor persoonlijk antwoord heb jij dan gevonden door
over spoorwegen te schrijven?' Ik doelde op zijn beroemdste
boek: *The End of the Line*. Ik had het opgezocht in de bibliotheek, waar ze een gesigneerd exemplaar hadden. 'Ruimhar-
tig' werd het genoemd op de kopie van het omslag die aan de
binnenkant was geplakt. 'Magistraal en veelomvattend.' Op de
ingeplakte foto uit het omslag was hij misschien begin veertig, een enorm aantrekkelijke man in een theatrale pose: ogen
half dichtgeknepen, in de verte starend, een half opgerookte
sigaret zonder filter gedeeltelijk naar zijn gezicht geheven tussen gebogen vingers. Een tweedjasje natuurlijk, maar het overhemd eronder open bij de hals. Het deed me genoegen om te
zien dat hij toen ijdel was geweest; dat hij wilde dat de wereld
deze romantische versie van hem zag. Later vroeg ik me af wat
zijn vrouw van deze foto had gevonden – van de overduide-
lijke ijdelheid.

'Aha!' zei hij. 'Jij hebt ook in míjn verleden rondgeneusd.'

'Ach, ik ga ervan uit dat je wilt dat mensen rondneuzen in
dat gedeelte van je leven.'

'Natuurlijk is het geschreven om gelezen te worden, ja.
Maar niet op de manier van een dagboek.'

'Maar een dagboek is dat toch niet?' vroeg ik. 'Geschreven
om gelezen te worden? Door iemand anders dan de schrijver,
bedoel ik.'

'Nee?'

'Nee. Absoluut niet. Je schrijft het voor jezelf.'

'Maar waarom bewaar je het dan?'

'Om terug te kijken op je eigen leven. Om te zien hoe dingen voor jou waren in een bepaalde tijd, wat je erbij voelde en
hoe je ze toen zag.'

'Maar als het echt alleen voor jezelf is, waarom vernietig je het dan niet op een bepaald moment, als je oud bent, laten we zeggen?'

'Ach, wie zal het weten?' zei ik. Ik vond dat hij moeilijk deed. 'Misschien ben je te ziek. Of moe. Of ben je het vergeten, door alle andere dingen die zich opdringen.'

'Maar wat dringt zich sterker op dan het verleden als je oud bent?'

'Ik weet het niet. De gedachte aan de dood, misschien?'

'Aha, maar juist daardoor dringt het verleden zich op.'

'Wat bedoel je nou?'

'Alleen dat ik me kan voorstellen dat jouw grootmoeder zich voorstelde hoe jíj haar dagboek las.'

'Nee.' Ik schudde mijn hoofd. 'Nee, dat denk ik echt niet. Als je ze zou zien. Ze zijn niet erg intiem, maar op de een of andere manier… echt privé.

Nee,' ging ik verder. 'Ik kan me zo voorstellen dat het zou zijn alsof je je verleden vermoordde, alsof je jezelf vermoordde, in zekere zin, als je ze vernietigde. En dus doe je het gewoon niet. Je komt er niet aan toe. Je zou tegen jezelf kunnen zeggen dat je het morgen zult doen. Of als je er bijna niet meer bent. Maar het is moeilijk te geloven dat het ooit gebeurt, denk ik. Dat je echt dóód zult zijn. En vervolgens lig je echt op sterven en dan is het te laat.'

'Maar weet je, dat kan allemaal wel zijn, toch denk ik dat je grootmoeder op een of andere manier de bedoeling heeft gehad dat je ze zou lezen.'

'Maar Rue heeft het huis als eerste geërfd, weet je nog. Ik niet. Als zij ze had gevonden waren ze allang weg geweest.'

'Maar dat lag veel minder voor de hand.'

'Wat?'

'Dat zij ze zou vinden of zelfs maar zou zoeken.'

'Hoe weet je dat over Rue?'

'Je vergeet dat ik een paar jaar lang contact met haar heb gehad via de post. Een minder sentimentele vrouw, althans op papier, ben ik nog nooit tegengekomen. Zij zou nooit door dingen hebben geneusd op zoek naar haar verleden. Toen Maggie het huis opnieuw wilde inrichten trok zij haar handen overal van af. Wat haar betrof hadden we alles weg mogen gooien. "Tuurlijk, doe maar wat je wilt": dat was haar toon. En dat was natuurlijk heerlijk voor ons, om het ons min of meer toe te eigenen. Maar zo stond ze ertegenover. Maggie was degene die het gevoel had dat we niets weg mochten gooien, en ik was degene die het meeste naar zolder sleepte, op haar aandringen.'

'Dus jíj hebt het allemaal boven gezet.'

'Nou, een gedeelte stond er al. Je grootmoeders paspop bijvoorbeeld. Charmant.' Hij glimlachte. 'Het deed me denken aan het huis van de professor.'

'Welke professor?'

'Die uit *The Professor's House*. Die roman van Cather.'

'O.' Ik knikte en voelde me stom.

'In dat boek staat ook een paspop op zolder, er staan er zelfs een paar geloof ik, en de professor uit de titel, die zich daarboven min of meer verstopt voor zijn eigen leven, put troost uit ze, voor zover ik me kan herinneren.'

'Ja, ik weet het weer,' zei ik. Even later zei ik: 'En ben jij dat? Ben jij op een bepaalde manier die professor?'

Hij lachte. 'Nee.' Toen versomberde zijn gezicht. 'Nee, ik was tamelijk gelukkig beneden.'

Toen we die middag terugkwamen, vroeg ik hem binnen. Ik maakte warme cider voor ons, met een scheut whisky – het was die dag tijdens de wedstrijd koud geweest en tegen het einde bewolkt – en we gingen naar de studeerkamer van mijn grootvader. Ik liet hem zien hoe ik de documenten gegroepeerd had. Ik wilde zijn goedkeuring, denk ik: ja, dat is precies hoe een historicus te werk zou gaan. Maar hij leek zich nergens over te verbazen, behalve over de dagboeken zelf. Die pakte hij eerbiedig op en sloeg ze voorzichtig open.

Later vroeg ik hem de haard voor ons aan te steken in de achterkamer, en daar zaten we een poosje van de cider te drinken en crackers met kaas te eten. Ik vroeg me af of hij dacht aan vergelijkbare donkere herfstmiddagen die hij hier met zijn vrouw had doorgebracht. Ik vroeg me af waar ze het over zouden hebben gehad.

Ik vertelde hoe ik steeds meer vat kreeg op het leven van mijn grootmoeder, vooral door alles wat ik had geleerd over tuberculose en de schaamte en de fascinatie van het sanatorium, en wat een openbaring dat voor me was. 'Dat moet toch de taak van een historicus zijn? Uitleggen hoe het leven voelde toen het geleefd werd. Niet alleen wat gebeurde, maar wat een andere betekenis het kreeg: wat gebeurde.'

'Ja, dat klopt,' zei hij. 'Ik heb het vaak als antropologie beschouwd. Als het uitleggen van de regels van een andere cultuur, een ander land. Wat het verleden me in zekere zin lijkt te zijn.'

Hij dacht een poosje na. Het vuur siste.

'Ik weet zeker dat er talloze andere dingen zijn die even openbarend zouden zijn als je wist dat ze er waren. Als je ernaar zocht. Ze zouden de basis onder het verhaal veranderen.'

'Aan wat voor soort dingen denk je?'

'Ach. Laten we mijn vrouw als voorbeeld nemen. Zij was gelovig. Religieus. En dat was altijd aanwezig in haar leven op een manier die ik soms niet kon duiden, want ik ben het niet. Althans niet op de manier waarop zij het was. Voor haar was het, hoe zal ik het zeggen, het centrale, onzichtbare gegeven van haar leven. En toch zou je haar levensverhaal kunnen schrijven zonder het erin op te nemen als je er het fijne niet van wist. Het lag gewoon onder al het andere. Zoals dat ook heel goed het geval kan zijn geweest bij je grootmoeder. Waarschijnlijk het geval is geweest, zelfs.'

'Denk je dat?'

'Eigenlijk kan ik het niet weten. Maar ze ging tot het laatst naar de kerk. Dat herinner ik me. We zagen haar daar elke zondag, tot haar dood, de zomers dat we hier waren, met een van haar hoeden op. Veel hoeden.' Hij glimlachte naar me. 'Die zul je je wel herinneren.'

'Ja,' zei ik. Ik strekte mijn benen naar het vuur.

'Misschien ging ze voor de gezelligheid, of gewoon omdat ze altijd was gegaan. Maar misschien, heel misschien, was ze gelovig. Echt gelovig. En als dat zo was, zou dat andere vragen opwerpen. Je zou bijvoorbeeld moeten weten wat voor soort geloof ze had. Zag ze elk moment van haar leven als een geschenk van God: hier een beproeving, daar een moment van genade? Of zag ze hem alleen als een weldadige aanwezigheid? Die op de een of andere manier, misschien zelfs terloops, de leiding over alles had.'

'Ik begrijp het,' zei ik. 'Tja. Dat zou allemaal uitmaken, hè?'

'Inderdaad. Maar het ligt niet voor de hand dat het iets is waar ze expliciet over heeft geschreven.'

'Nee,' zei ik. 'Nee, ik geloof niet dat ik het ben tegengekomen. Expliciet.' Ik had in het vuur zitten staren, zoals je dat doet. Nu keek ik naar hem, omdat hij zweeg. Hij keek me fronsend aan.

'Wat?' vroeg ik.

'O, sorry. Ik vroeg me, geloof ik, alleen iets af. Wat jij het centrale gegeven van jóúw leven zou noemen. Datgene wat ik niet kan zien.'

'Misschien zie je het allemaal,' zei ik.

Hij lachte en schudde zijn hoofd.

'Nee, serieus. Ik ben tenslotte een door en door moderne vrouw. Misschien is wat je ziet' – ik stak mijn armen omhoog – 'alles wat er is.'

Hij zette zijn beker neer en zei: 'Dat is iets dat ik ten zeerste betwijfel.'

Ik glimlachte. We bleven een hele tijd zwijgend zitten. Een blok hout verschoof en verspreidde vonken door de haard.

'Het moet raar zijn om hier met mij te zitten,' zei ik ten slotte. Ik gebaarde rond met mijn kopje.

'Nee. Op wat voor manier raar?'

'O, ik bedoel dat het zo lang van jou is geweest. Ik heb het in zekere zin van je gestolen.'

'Nou, gestolen kun je het nauwelijks noemen.'

'Ja, maar je weet wat ik bedoel.' Ik ging rechterop zitten. 'Kom op, Samuel, ik zeg dat het me spijt.'

'Dat hoeft niet.' Hij glimlachte. 'Als ik mijn zin had gekregen had ik het allemaal van jou gestolen. Maar dan zouden we hier precies zo zitten.'

'Hoe bedoel je?'

'O, alleen dat ik jóú dan iets te drinken had aangeboden.'

Ik grijnsde naar hem. 'Je had Rue te pakken moeten krijgen voor ze stierf,' zei ik. 'Slechte planning.'

'Ik heb het geprobeerd. Geloof me. Nee, eigenlijk geloof ik dat ze een soort verplichting ten opzichte van jou voelde. Dat ze het vast moest houden voor jou.'

'Zei ze dat?'

'Ik heb het geconcludeerd. Wat ze zei was dat er anderen waren – andere erfgenamen – aan wie ze het moest vragen. Ik heb zelfs uitgezocht wie die anderen zouden zijn – ik wilde proberen ze zelf te benaderen – maar natuurlijk was het van haar alleen. Er waren geen anderen. Dus óf ze dacht aan jou als erfgenaam, ook al was je dat technisch gezien niet, óf ze loog gewoon om van me af te zijn.'

Ik dacht aan Rue. 'Het zou echt erg vreemd zijn als ze er zo over dacht. We hadden al heel lang geen contact meer. Ik vond haar niet zo aardig. Ik heb een poosje bij haar gewoond,' vertelde ik. 'Een zomer. In Parijs. Ik mocht bij haar logeren.'

'Dat klinkt niet zo slecht. Eigenlijk erg tanteachtig.'

'Ach, ik geloof dat ze me wilde herscheppen. Ik was meer haar project dan haar gast. Ze keurde de manier waarop ik opgroeide af. En tot op zekere hoogte is het haar gelukt. Me te herscheppen, bedoel ik. Nieuw kapsel, nieuwe manier van kleden.' Ik schudde mijn hoofd. 'Toen ik hier terugkwam was ik totaal ongeschikt voor de hoogste klas van de middelbare school in het landelijke Vermont. Maar het zal voor later wel nuttig zijn geweest, dat ik die andere wereld had gezien. Die andere manier van bestaan.' Ik glimlachte naar hem. 'Ik was erg chic op school.' Ik dacht aan hoe ik toen was, met rokken en hakjes terwijl iedereen een spijkerbroek droeg.

'Dat kan ik me voorstellen,' zei Samuel. 'Je bent nog steeds chic.'

'Aha, maar ik ben weer in het landelijke Vermont. Dat helpt enorm.'

'Onzin. Je zou overal oogverblindend zijn.'

'Nou. Dank je wel,' zei ik na een korte pauze. Ik voelde me opeens ongemakkelijk. Ik hoopte dat ik niet bloosde. Was dit een soort ouverture? Of gewoon een oudere man die hoffelijk, vriendelijk was tegen een wat jongere vrouw? Ik wist het niet, realiseerde ik me, en daardoor voelde ik me niet op mijn gemak. Ik dacht aan wat Fiona had gezegd bij haar vorige bezoek. Gíng ik in zekere zin met Samuel? Had hij dit beschouwd als een echt afspraakje? Was dat waarom hij nu bleef zitten, terwijl de ramen donkerder werden?

'Wil je nog cider?' vroeg ik.

Alsof hij mijn gedachten had gelezen stond hij op. 'Nee,' zei hij. 'Nee, het is tijd om naar huis te gaan.'

Toen Samuel weg was, warmde ik wat soep op voor het avondeten terwijl ik over hem nadacht. Was hij geïnteresseerd? Was ik geïnteresseerd?

En toen dacht ik: Nee, en dat ik alles verkeerd interpreteerde. Dat ik in eerste instantie gelijk had gehad, wat interesse leek was gewoon een soort hoffelijkheid, Samuels manier van beleefd zijn. Maar toch, toen ik mijn kom soep meenam naar mijn grootvaders studeerkamer, aan het oude bureau ging zitten en voor de zoveelste keer in mijn grootmoeders dagboeken begon te lezen op zoek naar toespelingen, specifiek of indirect, naar religie, bleek ik van tijd tot tijd aan Samuel te denken – alleen aan zijn gezicht, en de manier waarop zijn glimlach plotseling de melancholieke trekken kon verlichten.

Er stonden maar een paar notities in het dagboek die te maken hadden met geloven of niet-geloven. Georgia beschreef natuurlijk dat ze naar de kerk ging en, ja, ook wat ze aanhad naar de kerk. Af en toe noemde ze iemand die ze daar had ontmoet. Soms schreef ze over het onderwerp van een preek: de verloren zoon, of de tekenen van Gods goedheid om ons heen.

Ze schreef over een ruzie die ze een keer met Bill March had over de vraag of God wilde dat de geallieerden de oorlog wonnen.

Ik kan me niet voorstellen dat Hij partij zou kiezen in zo'n kwestie die mij alleen een ruzie tussen mensen lijkt. Bill zegt dat ik het mis heb, dat Hij altijd aan de kant van het gelijk staat. We vonden het naar het oneens te zijn, dus praatten we er niet meer over.

Meer dan eens was ze verward door Seward Wallaces' twijfel aan het bestaan van God.

Seward vindt het dwaas dat ik voor zijn herstel, of het mijne, bid. Als er een God is, dan is Hij zo wreed dat iets dergelijks Hem onmogelijk zou kunnen schelen, denkt hij. Ik weet niet of dat zo zou kunnen zijn, maar ik denk het niet graag.

Op nieuwjaarsdag 1920, vier maanden na haar thuiskomst uit het sanatorium, schreef ze:

Zo eindigt dit jaar, een jaar van zoveel tumult en verandering in mijn leven. Zoveel hoop en angst en vreugde en verdriet. Ik wilde dat ik onze reden om op deze wereld te zijn beter begreep en dat ik een beter voorbeeld zou kunnen zijn voor Ada en Fred. Dat ik beter voorbereid was op het leven, en dus ook op de dood natuurlijk. G.L.R.

Twee weken later trouwde ze met mijn grootvader.

DEEL TWEE

NEGEN

Colorado. Dat was Sewards droom. In Colorado was de lucht
zachtblauw, wolkenloos en droog, boven de torenhoge Rocky
Mountains. Hij had een ansichtkaart waarop je zag hoe groots
het was. Duizenden mensen waren daarheen gegaan en genezen, vertelde hij Georgia. En er ook gebleven, om een nieuw
leven te beginnen op een plaats waar je alles kon doen, alles
kon zijn. Kon ze zich hen daar niet voorstellen? Hoe het daar
kon zijn?

Ze lagen samen in de stoffige gereedschapsschuur, op het
smalle veldbed dat daar stond voor de dutjes van de tuinman.
Het was na het avondeten, bijna tijd om terug te gaan voor
hun avondrituelen: de thermometer, de bekers volle melk, en
dan het lange, rusteloze wachten op de slaap op de kuurveranda's, terwijl de hemel nog vaag licht was tot negen uur of
later.

Georgia's hoofd rustte op Sewards borst, en daarbinnen
hoorde ze het gonzen, het ratelen van zijn ademhaling, en wat
aanvoelde als het overdreven langzame gebons van zijn hart
bij elke klop. Ze waren aangekleed. Ze hadden zich nooit meer
uitgekleed in elkaars aanwezigheid na die eerste avond; er was
altijd te veel gevaar voor ontdekking. Hun vrijpartijen waren
nu een kwestie van hier en daar iets openknopen, Georgia's
rok tot haar middel omhoogschuiven, stof opzij duwen. Seward staarde hongerig naar Georgia's huid waar die ontbloot
was, maar Georgia had geen behoefte om Sewards lichaam te
zien. Ze voelde de magerte – zijn heupbotten die in haar boor-
den als hij tussen haar benen lag, de harde boog van zijn ribben die zijn verzwakte longen beschutten, de knobbels van zijn

ruggengraat onder haar handen als ze hem omhelsde, de scherpe richel van zijn sleutelbeen waar haar vingers nu op rustten. Ze vond het hartverscheurend hem aan te raken door zijn kleren heen, zijn overhemd open te knopen en haar hand op de brandende oven van zijn borst te leggen, te voelen hoe zijn lichaam schudde door het kloppen van zijn hart.

Maar dat was niet het enige waarom ze niet wilde kijken, en ze wist het. Het was niet alleen zijn ondraaglijke bottigheid, het teken van zijn ziekte. Het was ook de seks zelf. Het was het verwarrende ervan. Ze begreep werkelijk niet waar het allemaal om begonnen was. De gedeelten waarvan ze genoot en die ze langer zou willen laten duren – het uitdagen van tevoren, het zachte aanraken – die waren nu altijd overhaast, te snel voorbij. En dan was er al dat wanhopige hijgen en puffen, en – zo snel daarna! – Sewards gepijnigde kreten, een, en dan nog een, en nog een.

Dan omhelsde ze hem, ze hield van hem om zijn geschreeuw, om zijn behoefte aan haar, om de manier waarop hij zich omhoog duwde als hij klaar was en zo intens naar haar keek, alsof hij haar dan het helderste zag, haar gezicht in zijn geheugen wilde branden. En hier hield ze ook van, misschien het meest van alles – het stilliggen erna en het dromerige praten.

Maar daartussenin… ach, dat leek soms zo dwaas. En zijn stijve lid eigenlijk een raar soort grap. Georgia beschouwde het als een soort hulpeloos dier, hoe het in haar prikte, soms zo blind dat Seward haar vroeg het aan te raken, hem te helpen het in haar te steken.

Zijn stem baste nu onder haar hoofd. Hij was een ingewikkeld verhaal aan het verzinnen, een variatie op een verhaal dat hij haar talloze malen had verteld – een verhaal dat ze elkaar hadden verteld, want Georgia had er soms haar verfraaiingen aan toegevoegd, en soms haar verbeteringen. Ze zouden er met de trein heen gaan, in hun eigen slaapcoupé, en het beboste groen van het oosten zien vervagen als ze bij de vlakten kwamen, die weidse graslanden. En dan zouden ze ze zien oprijzen als een rij lage, verre wolken aan de horizon, de Rocky Mountains! Maar eerst zouden ze het niet geloven. Kilometer na kilometer zou dat donkere waarvan ze eerst dachten dat het wolken waren op z'n plaats blijven, bewegingloos maar steeds groter, grootser, tot hun ogen de vertaalslag zouden maken: geen wolken, maar bergen! Blauw, met witte toppen, net als op de ansichtkaart.

En dan hun leven daar. Een klein hutje, eigenlijk een schuurtje; meer zouden ze niet nodig hebben. Een stroompje in de buurt, waar Seward vis zou vangen voor hun avondeten. De droge, ijle, makkelijk in te ademen lucht zou de beschadigingen aan zijn longen doen verschrompelen en Georgia haar kracht teruggeven.

In één versie die hij had verzonnen zou zij bijna meteen gezond zijn – ze was ook gezond, had Seward volgehouden, alleen die stomme artsen wisten dat niet – en zou ze misschien pianoles geven om hen te onderhouden tot zijn genezing voltooid was.

Georgia had toen gelachen en met een hand de dennennaalden van haar rok geslagen; de vrouwen op de veranda hadden een scherp oog voor dat soort dingen.

'Dat zou ik nooit kunnen, Seward,' zei ze.

Ze waren die dag op de open plek geweest, hadden op de zachte grond gelegen. Georgia leunde over Seward heen, op een elleboog gesteund.

'Waarom niet?'

'Waarom niet? Omdat ik geen piano speel, sufferd.'

'Natuurlijk speel je dat wel. Iedereen kan dat. En iedereen kan beginners lesgeven.'

'Maar ik speel echt geen piano. Geen noot. Ik kan geen muziek lezen, alleen zo grofweg. "Da, da, dá": hier gaat het omhoog. "Da, da, da": hier gaat het naar beneden. Zoveel noten in een maat. Maar alleen van het zingen in het koor, niet van pianospelen.'

Toen had hij haar aangekeken alsof hij iets nieuws en verbijsterends in haar gezicht zag. 'Je speelt geen piano,' zei hij.

'Nee.'

'Wat gek. Wat verbazend. Wat een rare manier om op te groeien. Zonder piano.'

Georgia had weer gelachen, maar ze was gekwetst, zoals haar zo vaak overkwam in het sanatorium. Om alles wat ze niet wist, waarvan ze het bestaan niet eens had vermoed, tot ze hier kwam. Om haar gevoel altijd te laat te zijn. Ze stond langzaam op, boog zich voorover en klopte haar rok af. Na een poosje zei ze nonchalant: 'Eigenlijk is het raar van jou dat je denkt dat ik natuurlijk pianospeel. Dat je denkt dat iedereen precies zo is opgegroeid als jij. Als een paard met oogkleppen dat denkt dat er niets anders op de wereld bestaat dan wat hij voor zich ziet.'

'O, ben ik nu een paard?' Hij ging zitten om naar haar te kijken.

'Ja. Helemaal geen zicht opzij.'

Toen had ze haar rok opgehesen en haar jarretels weer vastgemaakt, waardoor de witte kous strak om haar been trok. Ze was zo dik geworden dat er een rolletje vet over de bovenkant bubbelde toen ze hem ophees.

'Ik heb geen zicht opzij nodig om te zien wat ik nu zie.'

'O?' Ze streek haar rok glad. 'En wat is dat dan? Wat denk je te zien?'

'Ik zie jou, Georgia.' Hij was ook opgestaan en kwam naar haar toe. Nu bukte hij en tilde de zoom van haar rok op. Zijn hand grabbelde langs haar been omhoog. Ze voelde zijn vingers op de huid boven haar kous, en nu gleed zijn duim in haar step-in, waar ze nog vochtig was. 'Ik zie precies wat ik wil. Jou.' Hij duwde haar langzaam naar achteren tot ze tegen een boom leunde, en toen begon hij haar weer te kussen.

Dat was de oplossing voor alle moeilijkheden tussen hen: meer kussen, meer aanraken, meer samen liggen. Maar soms dacht Georgia aan de dingen waaruit bleek dat Seward haar bijna niet kende. Hoe kon hij zoveel van haar houden als hij beweerde, wanneer hij zo weinig nieuwsgierig naar haar was, naar hoe ze had geleefd vóór het sanatorium? Hij wist eigenlijk niets van haar leven, van wat belangrijk voor haar was geweest. Soms, als Georgia een mening formuleerde, wuifde hij die weg, maar zo achteloos dat het leek alsof hij het niet mogelijk achtte dat ze dat echt kon denken.

Hoe kwam hij zo zeker van zichzelf op zijn zeventiende?

Misschien, dacht ze soms, kwam het door de manier waarop hij was opgevoed, in een huis vol vrouwen die hem aanbaden, zijn moeder en zijn oudere zussen. Hij was degene op wie ze al hun hoop hadden gevestigd, degene die voor hen allen de wereld in zou trekken en iets groots en verbazingwekkends zou doen, degene die het gezin zou compenseren voor de dood van hun vader. En misschien dachten ze op de een of andere manier zelfs dat ze uiteindelijk van positie zouden wisselen, dat hij degene zou zijn die in de loop der jaren steeds meer voor hen zou zorgen, zodat zij op een dag konden rusten en kijken naar zijn duizelingwekkende prestaties: Seward, de garantie voor een comfortabele oude dag.

Het zou ook alleen door zijn ziekte kunnen komen, dacht ze, die op hem het tegenovergestelde effect scheen te hebben van wat met haar was gebeurd. Ze had ontzag voor zijn snelle woede, zijn opstandigheid, terwijl ze er tegelijkertijd een moederlijke superioriteit voor voelde – voor hem eigenlijk – die deel uitmaakte van haar liefde en tederheid voor hem.

Nu had hij het over zijn ergernis over zijn zussen. Georgia luisterde en keek naar het licht door de stoffige ramen van de schuur. Het stoorde hem dat ze niet wilden toegeven dat Colorado een goed idee was, dat het zo lang duurde voordat ze het geld bij elkaar hadden dat ervoor nodig zou zijn – 'Eigenlijk is het niets!' zei hij tegen Georgia – om hem daarheen te sturen en op gang te helpen. Hoewel ze er wel mee bezig waren geweest: ze hadden brieven geschreven en naar een passende omgeving voor hem gezocht.

Hij begon te praten over hoe het zou zijn als Georgia met hem meeging, hoe dat zijn zussen gerust zou stellen, hen zou bevrijden van hun zorgen over zijn situatie. Als hij hun over haar kon vertellen, zou het geld waarschijnlijk ook sneller vrijkomen.

Georgia voelde haar vertrouwde reactie hierop: een soort lui plezier om de fantasie, een verlangen om die te laten voortduren, maar ook de spanning omdat ze wist dat het voor haar alleen maar een ijdele droom was, terwijl het voor hem min of meer de hoop op redding was.

'Zal ik het dan doen?' vroeg hij.

'Wat doen?'

'Het hun vertellen,' zei hij ongeduldig. 'Ze vertellen dat je met me meegaat.' Bonk deed zijn hart onder het gereutel van zijn borst.

Ze draaide zich om en ging op haar rug naar de spinnenwebben boven haar liggen staren. 'Ik zou niet weten hoe ik dat zou moeten doen, Seward.'

Abrupt schoot hij overeind en zwaaide zijn benen naar beneden. Hij zat met zijn rug naar Georgia. Na een poosje zei hij: 'Waar hebben we het dan over, vraag ik me af?'

Ze raakte zijn rug aan. 'Seward,' zei ze. Hij antwoordde niet en bewoog niet. 'We hebben het over wat kán zijn. Wat zou kúnnen zijn.'

'Nee. Dat is niet waar, Georgia. Ik heb het over ons. Over wat zou moeten zijn.' Hij hoestte. Hij stond op en liep naar het lage, stoffige raam. Hij legde zijn handen op de vensterbank en hoestte weer, zijn benen zetten zich schrap. Na een poosje werd hij stil. En toen zei hij: 'Ik ga. Ik ga, of je meegaat of niet.'

174

'Ik weet het.'

Hij draaide zich om. Zijn ogen fonkelden. 'En het kan je niet schelen. Je gaat niet mee.'

Ze ging nu zitten. 'Seward, hoe kan ik nou meegaan? Ik moet blijven. Ik moet blijven tot ik gezond ben. Tot mijn vader trouwt. En waarschijnlijk nog een poos daarna. Voor Ada, en Freddie.'

Hij schudde zijn hoofd heftig. 'Je hebt het mis. Je hebt het helemaal mis, Georgia. Ten eerste ben je gezond. Je bent gezond. En je vader trouwt toch wel, wat jij ook doet, en Ada en Freddie zullen dat prima vinden. Het zal voor niemand ook maar iets uitmaken of je er bent of niet.'

Ze gaf geen antwoord. Ze keek niet naar hem. Ze wachtte, wachtte tot ze weg kon.

'Je bent bang, hè?' vroeg hij zachtjes.

Even kon ze niet antwoorden. Ze was niet bang, helemaal niet. Maar, realiseerde ze zich opeens, dat kwam doordat ze niet echt van plan was het te doen – met Seward naar Colorado gaan. Ze was het nooit van plan geweest. Het was niet echt genoeg om haar bang te maken. Uiteindelijk zei ze: 'Waarschijnlijk wel, ja.'

'Maar Georgia, wat kan er nou beangstigender zijn dan hier blijven? Hier nog een koude, vochtige winter meemaken? Niets proberen, deze kans niet aangrijpen.' Zijn vuisten balden zich terwijl hij dit zei. 'Je hebt de verhalen gezien.' Verhalen die hij haar had laten lezen, versleten krantenknipsels die hij had bewaard en steeds opnieuw opgevouwen: wonderbare genezingen, opnieuw begonnen levens. 'Het is een nieuwe wereld, Georgia, en wij zouden daar deel van kunnen uitmaken.'

Ze schudde langzaam haar hoofd. 'Ik moet de dingen hier eerst regelen, Seward.'

'Kun je niet aan mij denken? Kun je mij niet één keer laten voorgaan?'

175

De bel die hen binnenriep, begon ritmisch te beieren en Georgia bedacht dat ze er niets van geloofde, dat ze dat nooit had gedaan – niet van de nieuwe wereld waar hij het over had, niet dat zij erheen zou gaan. En vooral, realiseerde ze zich, geloofde ze niet dat Seward zou blijven leven. Hij was stervende. Hij was stervende en hij wist het niet, en dat was gedeeltelijk waarom ze van hem hield: zijn dappere, hardnekkige onwetendheid, zijn weigering om te zien wat er was. Het maakte deel uit van wie hij was.

Maar zíj zag het wel. Dat maakte deel uit van wie zij was, haar hardvochtige zien. Ze voelde het en ze voelde ook een soort walging om haar eigen praktische instelling, haar nuchterheid.

Ze stond op en streek haar haar glad. 'We moeten nu terug,' zei ze. 'Het is tijd.' De bel klingelde nog een paar keer en viel toen stil.

Hij gaf geen antwoord.

'Seward,' zei ze. 'Ik hou van je. Ik hou echt van je.' Ze ging dicht bij hem staan. 'Je bent me zo lief,' fluisterde ze.

Hij deed zijn ogen dicht en hoestte. Een keer. Ze voelde hoe hij zich inspande om zich te beheersen. 'Maar je gaat niet met me mee,' zei hij ten slotte.

'Ik kan het niet. Ik kan niet mee. Niet nu. Niet meteen.'

'Aha! Niet metéén.' Hij bespotte haar, met een verbitterde glimlach op zijn gezicht.

Ze liep naar de deur en deed hem open. 'Ik moet gaan.'

'Ga dan.'

'Seward.'

'Ik blijf. Jij gaat.' Hij lachte. 'Laten we het zo proberen.'

'Seward,' zei ze.

'Ga!' blafte hij.

Ze stapte naar buiten en deed de deur dicht. Toen ze de kleine open plek voor de schuur uitliep, hoorde ze dat het hoesten weer begon, lang en moeizaam, alsof het nooit zou ophouden.

Dokter Holbrooke kwam de volgende week op bezoek, zijn tweede bezoek aan het sanatorium sinds hij haar erheen had gestuurd. Het was laat in de middag. Hij was alleen in de bibliotheek toen zij beneden kwam, en zat voor de ramen die uitkeken op het westen met de zon in zijn rug, zodat ze zijn gezicht niet kon zien toen ze snel door de kamer naar hem toeliep, toen hij opstond om haar te begroeten.

'O! Ik ben zo blij dat u het bent!' zei ze met uitgestoken handen.

'Is dat zo?' vroeg hij. 'Ik vraag me af waarom.' Hij nam haar handen, schudde half de ene, maar hield de andere ook vast. Van zo dichtbij was zijn gezicht duidelijker, ze kon hem zien. Hij zag er absurd gelukkig uit, en jonger dan ze hem ooit had gezien.

'Omdat ik met u wilde praten,' antwoordde ze. 'Maar laten we naar buiten gaan. Het is hierbinnen zo donker en somber, vindt u niet?' Ze opende een van de hoge dubbele deuren naar het terras. 'Hier' – ze gebaarde naar de stoelen die in rijen stonden alsof het terras het dek van een machtig schip was en de glooiende weide daar beneden een diepgroene zee – 'kom, kuur met me mee,' zei ze.

Hij lachte en ging zitten. Er waren nog vier of vijf andere groepjes mensen die hier en daar op de kuurstoelen lui lagen te praten. Het was de lange vrije periode voor het avondeten, na de rust. Seward lag weer in de ziekenboeg, zoals al eerder deze zomer.

Toen Holbrooke zijn benen op de stoel zwaaide zei hij: 'Ahhh, ik voel me nu al beter.'

Georgia ging zijdelings op het voeteneinde van de stoel naast hem zitten. Ze boog zich naar hem toe met haar ellebogen op haar knieën.

'Zeg het eens,' zei hij. 'Waar wilde je met je dokter over praten? Hij luistert.'

Georgia keek hem een hele tijd aan. Om de een of andere

reden dacht ze opeens aan Sewards blauwige huid, de botten die hem van binnenuit leken te steken.

'Colorado,' zei ze, en belaadde het woord met de dromen die ze erover hadden gesponnen.

'Colorado?' Hij fronste zijn wenkbrauwen. 'Wat is daarmee?'

'Alleen: wat vindt u ervan? Voor tb bedoel ik. Als oplossing. Als kuur.'

'Dat meen je niet.'

'Nou, ik vraag het me af. Ik heb zoveel bijzondere dingen gelezen over mensen die daar hersteld zijn. Helemaal opnieuw begonnen.'

'En je overweegt het voor jezelf.'

'Ja, inderdaad. Ik denk er in elk geval over na.'

Hij schudde zijn hoofd. 'Als arts zie ik daar geen enkel voordeel voor een patiënt als jij.'

'Maar voor…? Kijk. Ik heb een kennis. Een kennis hier die behoorlijk ziek is. Veel zieker dan ik.'

'Ik begrijp het. Goed dan.' Hij legde zijn handen met de vingers tegen elkaar onder zijn kin. 'Ik denk dat we op dit moment kunnen zeggen dat het niets anders is dan een romantisch idee.'

'Maar hoe zit het dan met de genezingen waar je over leest?'

Hij schudde zijn hoofd. 'Ongetwijfeld zijn sommige patiënten beter geworden. Maar dat zou naar alle waarschijnlijkheid elders ook wel gebeurd zijn. En anderen zijn doodgegaan. En dat zou elders ook gebeurd zijn.' Hij draaide zijn handen om en hield ze naar haar op, vlak, gelijk.

'Maar de sanatoria daar, die moeten in elk geval even goed zijn als hier.'

'O, vast wel.'

'En dus zou een verblijf daar iemands kansen om beter te worden vergroten.'

'Niet het verblijf daar, nee.'

Georgia fronste haar wenkbrauwen. 'Maar het vergroot toch wel je kansen? Hier zijn? Is dat niet waarom ik hier ben? Op uw voorstel.'

'Dat is zo. Dat is echt zo. Maar niet voor iedereen. Zie je, wat we kunnen met tb is tijd winnen met het virus. We geven het lichaam de kans het zelf te bestrijden, het in te kapselen. Uiteindelijk zal er een geneesmiddel komen, daar twijfel ik niet aan. Maar intussen kunnen we mensen alleen in leven houden als hun lichaam hen wil helpen te blijven leven. En sommige lichamen zijn minder coöperatief dan andere. Sommige lichamen vechten minder goed, ook al krijgen ze alle hulp die een dergelijk oord kan geven. En vooral voor die lichamen zou ik de ontberingen van een lange reis naar het westen en alle inspanningen om zich daar te installeren niet aanraden.'

'Maar waarom heeft het dan zo'n reputatie? Waarom gaan mensen erheen?'

'Ik geloof niet dat het nog zo vaak gebeurt als eerst. O, voordat we de ziekte begrepen zoals nu, leek het zin te hebben. Vijftien of twintig jaar geleden zou ik je ongetwijfeld een heel ander antwoord hebben gegeven, en dat is de tijd dat de meeste patiënten die bedevaart maakten.'

'En sommigen genazen.'

'Dat staat vast. Maar anderen niet. En dan nog stel ik me voor dat de reis zelf ook levens heeft gekost.' Hij schudde weer zijn hoofd. 'Nee, ik zou het niet aanraden. En als ik jou was, zou ik tegen mijn kennis zeggen dat ze beter hier kan blijven.'

'Hij,' zei Georgia, haar ogen nu strak op Holbrooke gericht.

Hij keek verbijsterd. 'Hij?'

'Dat híj beter hier kan blijven. Mijn kennis is een heer. Een patiënt hier.'

'Aha!' zei hij. 'Ik begrijp het.' Hij keek opzij. 'Ach, het is erg aardig van je zo bezorgd om hem te zijn.'

Georgia voelde hoe ze bloosde. 'Hij is erg ziek.'

Holbrooke staarde een poosje naar de verre streep donkere naaldbomen. Toen zwaaide ook hij zijn benen van de stoel en ging rechtop zitten. Hij zat nu tegenover Georgia – hun knieën bijna tegen elkaar – maar nog steeds keek hij haar niet recht aan. Na een hele tijd zei hij, min of meer tegen het terras: 'Jijzelf ziet er heel goed uit.'

'Niet anders dan ik al een tijdje ben.'

Nu keek hij haar wel aan. 'Misschien zou je eens moeten denken over naar huis gaan.' Hij zei dit vragend maar opgewekt, alsof hij verwachtte dat ze de kans zou aangrijpen, alsof het een geschenk was dat hij haar aanbood.

'O, nu toch nog niet!' riep ze. Haar ogen ontmoetten de zijne, en hij zag tot zijn verbijstering dat ze bang, zelfs met afschuw keek, alsof dit het laatste in de wereld was dat ze wilde.

Uiteindelijk gebeurden de twee dingen met een paar dagen tussenpauze: Sewards vertrek naar Colorado en Georgia's terugkeer naar huis.

Het bleek dat de zussen het geld voor Seward allang bij elkaar hadden gespaard maar eerst een chirurgische ingreep wilden proberen, kunstmatige pneumothorax, het laten leeglopen van de long om hem rust te geven. Als dat werkte, en bij sommige mensen had het gewerkt, was Colorado niet meer nodig, en Bryce misschien ook niet meer. Aangezien dokter Rollins deze operatie niet uitvoerde – geen enkele operatie trouwens – hadden ze Seward aan het lijntje gehouden terwijl geregeld werd dat er een arts uit Boston kwam om hem te behandelen. Toen dokter Rollins het eenmaal had georganiseerd en de aankondiging was gedaan, tekenden verscheidene andere patiënten in voor de procedure, om te profiteren van het bezoek van de dokter.

Het gonsde en zoemde door het sanatorium toen de grote dag naderde; er deden verhalen de ronde over wonderbare genezingen en andere over fatale perforaties. Sommigen waren sceptisch over het geheel, anderen jaloers, weer anderen begerig en ongeduldig.

Sewards operatie mislukte. Hij beschreef hem later aan Georgia: de dokter was luidruchtig en joviaal aan het begin, een dikke man, zei Seward, met een brede, zorgvuldig verzorgde snor en merkwaardig kleine, fijne handen. Na de eerste poging was hij stil geworden, mompelde alleen: 'Moeilijk, moeilijk.' Hij had het nog twee keer geprobeerd. Het was een dikke naald, zei Seward. 'Het voelt of er een spijker zachtjes in je zij wordt gestoken.' De dokter kon geen zacht weefsel vinden, geen gedeelte zonder littekens. 'Hij is de eerste medicijnman die ooit sorry tegen me heeft gezegd,' zei Seward. 'Ik was daar zo door getroffen dat ik hem zelfs bedankte.'

Ze zaten bijna op dezelfde plaats als waar Georgia een paar weken eerder met Holbrooke had gezeten. Seward was ontslagen uit de ziekenboeg maar was nog zwak, moe. Hij had niet voorgesteld te gaan wandelen, hun eufemisme voor op zoek gaan naar een plek om samen te liggen – de schuur of het zachte naaldbed in de bossen. Tijdens hun gesprek was hij een paar keer weggezakt en wakker geworden zonder dat hij zijn eigen afwezigheid leek op te merken, en dat beangstigde Georgia. Ze hield zijn hand vast, het kon haar niet schelen wie het zag.

Ze had hem niets verteld over Holbrookes bezoek en zijn opmerkingen over Colorado of de risico's van de reis erheen; of over haar laatste onderzoek bij dokter Rollins waarbij hij verklaarde dat ze zo gezond was als een vis; en over het daaropvolgende telegram van het sanatorium aan haar vader met het verzoek haar te komen ophalen. Ze had twee dagen eerder van hem gehoord: hij zou de volgende week komen. Daar had ze allemaal niets over gezegd tegen Seward.

Ze had gezwegen omdat ze vond dat Seward naar Colorado moest gaan. Dat vond ze ondanks het risico. Omdat hij het zo vreselijk graag wilde, omdat het hem hoop gaf, en ze zag dat het bij Seward hoop was – en woede en opstandigheid – die hem in leven hield. Wat zou het anders kunnen zijn, bij longen die zo aangetast waren dat er geen plek meer was om een naald in te steken?

Op een merkwaardige manier geloofde ze nog steeds, los van de werkelijkheid die ze onder ogen zag, dat ze naar hem toe zou gaan. Ze geloofde dat hij dood zou gaan en dat ze hem kwijt zou raken en tegelijkertijd dat hij zou genezen en dat zij bij hem zou gaan wonen. Daar was ze handig in, tegelijkertijd in de wereld van de hoop en die van de wanhoop leven, van het leven en van de dood, vanwege haar moeder. Haar moeder, die nog maar een paar weken voor haar dood had gezegd dat ze met Georgia naar Bangor zou gaan om nieuwe sandalen voor haar te kopen. De oude, had ze gezegd op een dag dat ze opvallend helder was, waren een schande. Georgia liep erbij als een slons.

En Georgia had daar bijna tot het einde toe aan vastgehouden. Natuurlijk zou haar moeder niet doodgaan. Haar slonzige sandalen waren nog niet vervangen.

Nu met Seward was ze zich meer bewust van haar onmogelijke positie maar niet minder in staat eraan vast te houden, erin te geloven. Ze had hem ook nog nooit zo mooi gevonden als nu, de scherp gesneden neus, de doorlopende donkere wenkbrauw, de lichte, diepe ogen, nog dieper dan eerst. Zijn brede, volle mond leek het enige vlees dat hij nog overhad.

Hij glimlachte slaperig tegen haar. 'Wanneer kom je, denk je?'

'Na de bruiloft,' zei ze.

'Raadsels,' zei hij. 'En wanneer is de bruiloft?'

'Als ik thuis ben. Misschien aan het eind van de zomer.'

'Het eind van de zomer in Colorado,' zei hij dromerig. 'Ik ben benieuwd hoe dat zal zijn.'

'Het zal prachtig zijn,' zei ze.

Zijn ogen gingen dicht. Zijn adem raspte, en daarna klokte lichtjes een hoest uit hem. Zijn handen voelden heet en droog in de hare.

Zijn zussen kwamen hem de volgende dag halen, een verrassing waar hij verrukt over zou zijn, dachten ze. Hij zocht Georgia om afscheid te nemen, maar ze zat in bad, samen met de anderen van haar veranda, een langdurig en zelfs feestelijk sociaal evenement.

Toen ze weer aangekleed was, sterk ruikend naar de bruine carbolzeep, ging ze naar beneden en naar buiten. Ze stond op het terras toen meneer Cooper haar zag en moeizaam opstond uit zijn stoel met zijn katoenen deken achter zich aan. 'O, liefje, heeft Seward Wallace je gevonden?'

'Nu net?'

'Een uurtje geleden. Hij heeft je overal gezocht.'

'Nee, ik heb hem niet gezien.'

'Aha. Nou. Hij is nu weg. Hij is vertrokken, met zijn zussen. Ik weet zeker dat hij afscheid wilde nemen.'

'Is hij weg?' Ze keek hem ongelovig aan.

Hij knikte gretig. 'Ja, ze hebben hem meegenomen.'

'Maar daar wist ik niets van! Ik heb daar helemaal niets over gehoord!'

'Nee, hij geloof ik ook niet. Ze kwamen aanzetten en hebben hem als het ware weggetoverd.'

'Maar, hij is toch niet weg? Weg, naar Colorado?' Ze hoorde het woord opeens in heel zijn eenzame weerklank.

'O, dat zou ik niet weten. Als dat het plan was, dan is dat misschien zo. Maar ik weet het niet.' Hij kon zijn opwinding nauwelijks beheersen. Zijn lippen beefden.

Georgia bleef perplex staan en keek langs hem heen. Haar hand was naar haar opengevallen mond gegaan.

Meneer Cooper boog zich naar haar toe en zei vertrouwelijker: 'Het spijt me, liefje, dat ik degene was die het je moest vertellen.' Een leugen. Hij zou de komende week steeds weer genietend herhalen wat hij gezegd had, en hoe zij gereageerd had.

'Misschien heeft hij een briefje achtergelaten. Dat moet wel,' zei ze, en draaide zich al om.

'Misschien,' zei hij vaag en keek hoe ze snel wegliep, de bibliotheek in, het donkere hart van het sanatorium, een geestverschijning in haar witte zomerkleren. 'Ze zag er beslist spookachtig uit,' zou hij later zeggen in elk van de vele verslagen die hij ervan uitbracht.

Seward had een kort briefje aan haar geschreven, dat was alles waar hij tijd voor had; en toen Georgia's vader haar kwam halen, zat het opgevouwen en samen met zijn andere briefjes in een pakje gebonden onder haar kleren in een van de kartonnen koffers waar ze haar spullen in had gepakt. Het haastige handschrift was niet zo welgevormd als in zijn andere brieven. Maar naar onze maatstaven was het kalligrafie.

Georgia, Dit briefje moet voorlopig volstaan als afscheid. Ik zal op je wachten, aan je denken, elke dag, hopen dat de bruiloft snel geregeld en achter de rug is en dat je op weg bent naar mij.

Je toegewijde
Seward

Ze bewaarde deze dingen in haar ondergoedlade thuis, waar ze dacht dat ze veilig waren. Maar Ada, gekwetst door de veranderingen in haar zusje de weken na Georgia's thuiskomst – door haar nieuwe gereserveerdheid, haar snobisme, zoals Ada het zag – opende op een dag het pakje brieven en las ze allemaal uit een soort wraak. Toen vertelde ze een paar van haar vriendinnen haar vermoedens over Georgia's geheime leven in het sanatorium. Maar aangezien geen van hen met Georgia omging, was het niet zo erg, behalve als abstract schandaal; het had niet de echt schokkende diepere betekenis.

Nee, pas jaren later vond Ada eindelijk de volmaakte luisteraar: Rue, mijn tante, Georgia's dochter. Rue, de Hertogin, die toch al boos was op haar moeder om een lange lijst wandaden, en die het nieuws van deze brieven aangreep als bevredigend bewijs dat haar moeder haar vader had bedrogen en van een perfide gevoelloosheid was.

Wat was het vreemd om weer thuis te zijn! Om met Ada in het tweepersoonsbed te slapen onder de lichte dekens die roken naar bloemen en niet naar carbolzeep. Om zo dichtbij een ander lichaam te voelen dat niet van Seward was, dat niet betekende wat het zo kort geleden nog betekende. Ada wilde knuffelen – ze was blij dat Georgia thuis was – maar Georgia was bijna geschokt door haar zusjes aanraking, geschokt en op de een of andere manier gegeneerd. Na een paar minuten, toen Georgia stijf bleef liggen in haar omhelzing, keerde Ada zich gekwetst af.

Vreemd ook om wakker te worden voor een dag zonder vaste routine: geen melk, geen gereguleerde maaltijden, geen bedcontroles of afspraken of thermometers of verpleegsters of regels. Ze kleedde zich de eerste ochtend laat aan en ontbeet pas na tienen. Zij en Freddie speelden drie lange rondes menserger-je-niet. Toen hij honger kreeg, maakte ze zijn lunch voor hem klaar. Ada kwam rond die tijd thuis en maakte ook een boterham voor zichzelf, en toen ging Georgia naar boven om een dutje te doen. Ze had de opdracht gekregen dat elke dag te doen, de rest van haar leven, en 's nachts voldoende te slapen om op krachten te blijven. Het was belangrijk dat ze niet opnieuw uitgeput raakte.

Toen ze wakker werd in de warme, bedompte kamer, wist ze even niet waar ze was. Van buiten hoorde ze kinderstemmen in de verte en het onderbroken geratel van iemand die een grasveld in de buurt aan het maaien was. Ze likte haar lippen en bleef even liggen rondkijken naar de voorwerpen in de kamer. Ada had wat dingen verplaatst, haar verzameling poppen bijvoorbeeld op hun gezamenlijke ladenkast gezet. Een kleinigheid, naast andere kleinigheden, maar toen Georgia er naar keek, voelde ze zich misplaatst. Ze voelde zich over het geheel misplaatst, realiseerde ze zich. Het leek allemaal zo soepel te zijn gelopen zonder haar. Veel daarvan, wist ze, was te danken aan mevrouw Beston die vier of vijf dagen per week was gekomen toen zij weg was. Maar Georgia had ook gemerkt dat Ada nu makkelijk de leiding nam en Freddie en haar vader commandeerde op een manier die Georgia zelf nooit had gewaagd. Ze had zelfs achteloos Georgia aanwijzingen gegeven voor het dekken van de tafel gisteravond. Niet dat ze dat erg vond, zei Georgia tegen zichzelf, maar ze voelde zich overbodig. En hoewel Ada ongetwijfeld langzamerhand een stap terug zou doen en Georgia iets van haar gezag terug zou krijgen, wist ze dat dat nauwelijks iets uit zou maken. Binnen een maand zou haar vader getrouwd zijn en zou het aan mevrouw Erskine te danken zijn dat ze overbodig bleef.

Ze stond nu op en waste haar gezicht. Ze keek naar zichzelf in de spiegel. Er waren zo weinig spiegels geweest in het sanatorium en geen enkele met privacy. Je zag alleen glimpen van jezelf. Nu keek Georgia grondig. 'Mijn bruine schoonheid,' had Seward haar genoemd. En bruin was ze. Haar huid was honingkleurig van het buiten liggen in de zon, haar haar was bruin met zongebleekte gouden strepen, dik en speels bij haar kin. Haar ogen waren bruin met groene vlekjes. In het sanatorium, in bad, had ze gezien dat zelfs haar tepels bruin waren geworden. Op de een of andere manier had ze het gevoel dat het een gevolg was van Sewards aanraking, het teken van hun zonde op haar lichaam.

Seward! dacht ze. Wat was hij ver weg! Wat kon ze hier met haar leven doen dat verband hield met Seward? Dat iets zinnigs kon maken van alles wat zij en hij samen hadden gedaan? Van wat ze elkaar hadden beloofd? Ze dacht aan zijn geur, ze dacht aan zijn hongerige blik naar haar, zijn lange vingers op haar benen. Beneden sloeg een hordeur dicht.

Ze ging terug naar bed.

Toen ze weer wakker werd, was het laat in de middag; dat zag ze aan de zon in de westelijke hemel buiten haar raam. Ze hoorde stemmen beneden in de keuken, en toen ze de achtertrap af kwam en op het oude linoleum stapte, slaakte mevrouw Beston een kreet en rende de kamer door om haar vast te pakken, haar gezicht te omvatten en naar haar te kijken, haar haar aan te raken en haar steeds maar rondjes te laten draaien om bewonderd te worden. 'Je bent een nieuw meiske!' zei ze met tranen in haar ogen, en Georgia had het gevoel dat eindelijk iemand haar had gezien, had begrepen dat alles was veranderd in haar leven.

Een paar dagen later was er een feestje ter ere van haar. Het zou Georgia's kennismaking met mevrouw Erskine zijn, en ze keek er naar uit maar zag er ook tegenop. Als ze mevrouw Erskine eenmaal had gezien zou het echt zijn, wist ze, dan was het gedaan met het vluchtige gevoel dat ze zichzelf af en toe toestond dat alles gewoon door kon gaan zoals het altijd was geweest.

Mevrouw Beston arriveerde die dag 'bij het krieken', zoals ze dat noemde, om schoon te maken en alles voor te bereiden, en Georgia ging meteen na de lunch naar boven om uit te rusten. Vervolgens kleedde ze zich zorgvuldig aan, was een hele tijd bezig met haar haar, maakte de speelse lokken nat en speldde ze op hun plaats.

Mevrouw Erskine kwam vroeg in de middag, haar auto afgeladen met eten, en bloemen uit haar tuin, en een punchschaal van geslepen glas en vijfentwintig bijpassende kopjes, allemaal in vloeipapier in een enorme doos. Het was een slanke, knappe vrouw, dacht Georgia toen ze om de auto heen liep, met kroezig, vroeggrijs haar, dat ze in een wrong achter op haar hoofd droeg, onder de afhangende rand van haar strohoed.

Ze kwam de verandatreden op en omhelsde Georgia licht en elegant, raakte met haar koele wang die van de jongere vrouw heel even aan. 'Eindelijk,' zei ze tevreden en deed een stapje naar achteren. 'Hoewel ik het gevoel heb dat ik je al heel lang ken, je vader is zo dol op je.' Haar stem was licht en muzikaal, wat Georgia vreemd vond, ze zag er zo rijp, bijna bezadigd uit. Een groter verschil met Georgia's moeder was niet mogelijk geweest.

Georgia's vader was ook de veranda op gekomen en nu stapte hij naar voren, nam mevrouw Erskines handen en kuste haar, een van zijn luidruchtige, grote klapzoenen die de kus volbracht maar er tegelijk een grapje van maakte, merkte Georgia tot haar opluchting. Ze lachten hem allemaal uit, zelfs mevrouw Beston, die naar buiten was gekomen om te helpen de auto uit te laden.

Mevrouw Erskine had haar feestkleren aan, een bedrukte zijden jurk en witte schoenen, maar ze speldde haar hoed af, deed een schort voor en ging meteen aan het werk. Georgia probeerde te helpen, maar mevrouw Erskine en mevrouw Beston zeiden dat ze weg moest gaan – wat een schande, hulp aanvaarden van de eregast! – dus ging ze weg en zat op de schommel op de voorveranda te luisteren naar het gerammel van borden in huis, de voetstappen die heen en weer gingen, de stemmen die praatten en lachten. Op een gegeven moment hoorde ze mevrouw Erskine haar vader roepen. 'Davis?' zei ze met haar meisjesachtige stem. 'Davis, ik heb hulp nodig met deze tafel.'

'Twee telletjes,' riep hij terug van boven, en in zijn woorden hoorde Georgia een lichtheid die er jaren niet was geweest, sinds lang voor de dood van haar moeder – een lichtheid die zij doodeenvoudig nooit in zijn leven had weten te brengen.

En ze was blij voor hem – echt waar! dacht ze terwijl ze in haar eentje op de veranda langzaam heen en weer schommelde.

Wie er kwamen? Verscheidene oude vrienden van haar ouders en een paar buren. Mevrouw Erskine had haar eigen zuster en zwager en hun kinderen uitgenodigd, zodat er een jongetje van Freddies leeftijd was en een paar wat jongere kinderen, die allemaal wilde spelletjes deden op het veldje achter, dat nu gemaaid was, merkte Georgia. Ada had een paar mensen gevraagd, en er waren vroegere schoolvrienden van Georgia, onder andere Bill March en zijn verloofde, die zich eerst ongemakkelijk voelde tegenover Georgia maar vervolgens best leuk bleek om mee te praten. Zij en Bill zaten vol verhalen over de universiteit, over mensen die Georgia op school had gekend en van wie ze had gedacht dat ze hen altijd zou blijven kennen, mensen met namen die haar nu in de oren klonken als buitenlandse woorden.

Het huis werd vol en warm en ze sleepten allemaal stoelen naar de zijtuin. De vrouwen zetten hun hoed af en de mannen deden hun jasjes uit en ze zaten in de dansende schaduw onder de oude esdoorns en dronken de punch die mevrouw Beston had gemaakt. Toen de kinderen een wedstrijd touwtrekken gingen doen, deden een paar van de jonge mannen en vrouwen, onder wie Ada, mee, maar Georgia bleef bij de volwassenen zitten toekijken. Ze vond het allemaal merkwaardig flauw, maar ze wist dat het een succes was en dat mevrouw Erskine tevreden was. Zelf miste ze eigenlijk de structuur die dergelijke evenementen in het sanatorium hadden, waar muziek, of gedichten, of een film een centraal punt zouden zijn geweest. Dat, en het gevoel van wildheid, van een soort bandeloosheid onder de volwassenen waar ze aan gewend was geraakt. Dat besef van mannelijkheid en vrouwelijkheid in de lucht, van iets wat waarschijnlijk als perversiteit werd beschouwd. Iets wat het voor haar mogelijk had gemaakt Sewards minnares te worden en schaamteloos bij hem te gaan liggen, steeds weer opnieuw.

Nu ze hier zat en hoorde hoe haar stem Ada en Freddie en Bill March en een van de Simpsonkinderen toejuichte, viel het haar moeilijk te geloven in die andere wereld, in wat ze was geworden en had gedaan in het sanatorium. En toch kon ze ook nauwelijks geloven in deze wereld, ze voelde zich er zo van afgesneden. Alsof dit leven, deze gebeurtenissen, een droom waren die ze beleefde. Wanneer iemand tegen haar praatte, en ze antwoordde, verwachtte ze half en half dat er bellen uit haar mond zouden komen, ze voelde zich alsof ze onder water was, ze had het gevoel dat ze zich traag en sloom door deze dag bewoog.

Zou ze hier ooit overheen groeien? Zou haar eigen leven weer vertrouwd en prettig worden, zoals het leven in het sanatorium uiteindelijk geworden was? Of had ze zichzelf daar ongeschikt voor gemaakt, door alles wat ze had gedaan, alles wat ze had geleerd? De schaduw had zich verdiept naarmate de schaduw van het huis verder over de tuin viel.

Natuurlijk, dacht ze, het was haar eigen leven niet meer, niet zoals zij het had gekend. Misschien wat dat het enige probleem. Misschien moest ze alleen wennen aan mevrouw Erskine en de manier waarop het huishouden geleid zou worden. Ze keek naar de oudere vrouw. Een van haar nichtjes zat op haar schoot te spelen met mevrouw Erskines ketting, haar gezicht naar haar toe en haar benen om die van haar tante. De handen van mevrouw Erskine kwamen samen om de billetjes van het kind. Ze praatte met haar klokjesstem tegen mevrouw Mitchell, die naast haar zat. Beide vrouwen lachten. Mevrouw Erskines hoofd ging een beetje achterover van plezier. Nu gingen de handen van het nichtje naar het gezicht van haar tante. Het meisje omvatte mevrouw Erskines wangen even als om haar aandacht op te eisen. Mevrouw Erskine keek glimlachend op haar neer en boog haar hoofd even om een kus te drukken in een van de handjes van het kleine meisje voor ze zich weer tot mevrouw Mitchell wendde.

Een aardige vrouw. Een georganiseerde vrouw – dat zou het leven beslist anders maken dan het was geweest! Een vrouw die vriendelijk zou zijn tegen de buren, die feesten zou geven, die bridge en mahjong zou spelen.

Georgia zuchtte.

'Ben je moe, liefje?' vroeg mevrouw Erskine onmiddellijk oplettend, en Georgia moest zich opschroeven en nee zeggen, nee, natuurlijk niet, en vervolgens weer proberen te doen of ze luisterde.

Laat in de middag begonnen de mensen hun borden en kopjes naar binnen te brengen. Daarna hun stoelen. Ze gingen weg, twee, drie tegelijk, en opeens allemaal, en het huis werd weer stil. Mevrouw Erskine deed een van Fanny's oude schorten voor en begon rond te lopen en op te ruimen terwijl ze met mevrouw Beston, die ze Ellen noemde, praatte over de koekjes en sandwiches die het meeste succes hadden gehad. Georgia en Ada hielpen, zwijgend, luisterend naar de oudere vrouwen die met kameraadschappelijk genoegen babbelden terwijl ze in de keuken bezig waren. 'Ik vind dat op een warme dag als vandaag de komkommer niet knapperig genoeg blijft om de moeite waard te zijn,' zei mevrouw Erskine.

'Ja. En dan moet je je ook nog altijd zorgen maken over de dressing,' zei mevrouw Beston geanimeerd. 'Al die eieren.'

Georgia's eerste brief van Seward kwam bijna twee weken na het feestje en was doorgestuurd vanuit het sanatorium. Hij beschreef de treinreis, zijn aankomst in Denver, zijn verhuizing naar het kosthuis dat zijn zussen voor hem hadden gevonden aan de rand van de stad. Hij was eerst duizelig en slaperig geweest door de hoogte, schreef hij, maar hij begon er langzaam aan te wennen, en hij voelde dat de warme, ijle lucht verzachtend was voor zijn longen.

Ik ben benieuwd of je snel uit het sanatorium komt, en wanneer de trouwdag wordt vastgesteld. Ik heb het gevoel dat het evenzeer onze trouwdag is als de hunne, en kijk er ongeduldig naar uit, hoewel een beetje tijd me de kans zal geven op krachten te komen.

Hij schreef over zijn wanhoop toen hij moest vertrekken zonder afscheid van haar te kunnen nemen en hoeveel hij aan haar dacht.

Mijn leven hier is niet zoals ik het me had voorgesteld omdat ik nog steeds een groot deel van de tijd zo moe ben, maar de omgeving zelf maakt zijn belofte waar, en als je er eenmaal bent, kunnen we beginnen al onze fantasieën te verwezenlijken. Vertel me alleen wanneer. Ik zal op je wachten, aan je denken en aan de plaatsen waar we samen zijn geweest: de bossen en ook de schuur.

Toen ze dit las, voelde Georgia de vreemde teleurstelling die over je komt als de schrijver niet zo elektriserend is als hij in levenden lijve was. Wat miste ze? Natuurlijk zijn fysieke aanwezigheid. Maar ook de trilling van zijn ziekte, zijn razende koortsigheid. Zijn begeerte naar haar. In de brieven was hij alleen ziek; in levenden lijve was hij erdoor bezield, alsof het een elektrische stroom was die hem oplaadde.

Maar ze schreef lief en in haar eigen ogen saai terug. Over mevrouw Erskine:

Ze is denk ik in veel opzichten verfijnder dan mijn moeder, die tenslotte opgroeide als enig kind in een boerenfamilie. Mevrouw Erskine is iemand die lid is van clubs en die weet wat voor sandwiches je serveert bij welke gelegenheid. Ik vind haar aardig en ze is schattig tegen mijn vader, maar ik ben niet aan haar gewend.

Over Ada:

> Ik kan de oude vertrouwdheid met Ada niet terugvinden.
> Ze was als mijn echo, mijn hartslag, deel van me, en dat is
> ze niet meer. Het kan gewoon komen doordat ze groot is
> geworden, ineens lijkt het, maar het brengt me van mijn
> stuk.

Ze schreef hoe ze haar dagen doorbracht, weer kookte,
schoonmaakte, boodschappen deed. En kleren naaide voor
zichzelf, omdat ze niets meer had dat paste, en voor de bruiloft, die in september zou zijn.

> Ik blijf nog voor Fred en Ada en het huis zorgen terwijl zij
> op huwelijksreis zijn. Ze mogen twee weken het huisje van
> een vriend aan Green Lake gebruiken. En dan ben ik vrij
> om mijn eigen weg te gaan.

Ze zei niet dat ze zou komen, want ze kon het zich niet voorstellen, maar ze wist dat hij wat ze had geschreven zou lezen
alsof ze dat wel had gedaan, en ze voelde zich een beetje oneerlijk toen ze het papier opvouwde en in de envelop deed.

Hij schreef bijna onmiddellijk terug, een korte brief. Hij was
heel ziek geweest, had weer bloed verloren, en zijn hospita
stond erop dat hij naar een sanatorium daar ging; ze was niet
toegerust voor de verzorging van iemand die zo ziek was. Hij
zou meer schrijven als hij uitgerust was, als hij beter was.

Georgia was niet verbaasd en ook niet erg verdrietig om dit
bericht, hoewel ze medelijden had toen ze het las. Haar eigen
koelheid schokte haar. Hield ze niet van hem?

Ze had toen van hem gehouden, dat wist ze, maar ze was
inmiddels gaan denken aan die tijd als aan een soort trance,
een betovering, gevoed door haar gedwongen nietsdoen, haar
angst, haar wanhoop. En Sewards gehechtheid aan haar was

zo snel en absoluut geweest dat ze die nu alleen kon zien als iets dat ontstaan was uit zijn wanhopige behoefte. Ach, hoogstwaarschijnlijk zag hij haar zoals hij zijn zussen zag – als iemand die voor hem zou zorgen, die haar leven om het zijne zou plooien. Nu ze het zo druk had en opging in de talloze details van de bruiloft en haar huishoudelijke taken, dacht ze aan hem zoals ze zou denken aan iemand die ze had verzonnen, een mooie jongen in een sprookje. Alleen was híj eerder de prinses, Doornroosje, mijmerde ze. En zíj de prins die hem wakker moest kussen.

> Ik denk aan je, lieve Seward, [schreef ze]. Het is nu vooral belangrijk dat je goed voor jezelf zorgt.

Ada en zij droegen licht orchideekleurige zijden jurken tot op de kuit. Ze hadden een lage taille en een sjerp over de heup. Mevrouw Erskine, die ze nu Grace noemden, gaf hun beiden ook een lang parelsnoer om erop te dragen, haar huwelijksgeschenk aan hen. Hun schoenen waren van grijze zijde, de zachtste schoenen die Georgia ooit aan haar voeten had gehad.

Grace zelf droeg een zachtbruine satijnen jurk, de kleur van koffie met veel melk. Hij was enkellang en met een strook kant over de voorkant. Op haar hoofd had ze een kapje van hetzelfde kant. Geen sluier. Ze droeg lelies, lelies waar Georgia die ochtend in alle vroegte zorgvuldig elke meeldraad uit had geknipt zodat hun felle verfstoffen geen vlekken zouden maken.

Na de dienst wandelden ze met z'n allen langzaam terug over het plein naar het huis, de bruid en bruidegom aan het hoofd van de stoet. Hier en daar begonnen de esdoorns al te verkleuren, wijnrood, oranje, geel. De bruiloft en het feest daarna waren alleen voor familie en goede vrienden, maar de buren kwamen hun veranda's op en zwaaiden en riepen felicitaties toen zij over het plein kuierden.

De vorige avond was het koel geweest, maar op de dag zelf was het warm, en het werd nog warmer in huis naarmate het feest vorderde. Georgia en Ada en mevrouw Beston hadden deze keer de leiding, met twee meisjes die ingehuurd waren om te serveren en af te ruimen. Er was wijnpunch en er waren kleine sandwiches en vruchtensalade en natuurlijk de taart.

Toen iedereen bediend leek te zijn ging Georgia naar de voorveranda om een paar minuten af te koelen, alleen te zijn. Net toen ze de hordeur achter zich dichtdeed, kwam dokter Holbrooke, die zijn auto helemaal om de hoek in de hoofdstraat had moeten parkeren, het tuinpad op.

Hij was laat omdat hij bij een moeilijke bevalling was geroepen waar hij uiteindelijk een keizersnede had moeten verrichten. Onderweg in de auto had hij het gevoel dat hij nog naar bloed rook, hoewel hij niets op zijn handen of kleren zag. Hij was al op sinds twee uur die ochtend en totaal uitgeput. Hij had zich voorgenomen maar een paar minuten langs te gaan op de trouwpartij om zijn opwachting te maken. Het had hem eigenlijk verbaasd dat hij uitgenodigd was; maar aan de andere kant, dacht hij, had Rice geen enkele reden om te denken dat hij geen vriendschappelijke gevoelens ten opzichte van hem koesterde en alle reden om dankbaar te zijn voor de gezondheid van zijn dochter.

En daar was ze, ze draaide zich net om van de hordeur, blozend, in een lange, elegante jurk, een bloem in het haar gespeld.

'Dokter Holbrooke!' riep ze. 'U hebt de hele dienst gemist.'

'Het spijt me,' zei hij. Hij stond nu op de onderste trede en keek op naar haar, net boven hem. Haar gezicht was vochtig van de warmte, kleine krulletjes van haar dikke haar plakten tegen haar voorhoofd.

'O, u hoeft geen spijt te hebben. Kom binnen! Ik ben in elk geval erg blij dat u er bent.' Dat klonk zo echt, zo uit de grond van haar hart, dat het hem verbijsterde – dat zij blij was hem te zien.

Het was uit de grond van haar hart. Toen ze hem zo plotseling zag, had Georgia het gevoel dat hij iemand was die haar kende zoals ze wás, die begreep wat er gebeurd was met haar leven, die er zelfs deel van had uitgemaakt terwijl het veranderde. Dat gaf haar een buitengewoon gevoel van opluchting, want ze had zich tot nu toe zo eenzaam en geïsoleerd gevoeld. Op de een of andere manier zo onecht.

Hij liep achter haar aan naar binnen en keek naar de beweging van de lange, nauwsluitende jurk tegen haar lichaam toen ze voor hem uitliep. Ze vond haar vader en stelde haar nieuwe stiefmoeder voor, en terwijl hij met hen stond te praten haalde ze een glas punch voor hem. Toen hij haar bedankte, glimlachte ze, met haar hoofd een beetje achterover, alsof ze evenveel dorst had als hij maar op een andere manier en zijn woorden indronk.

Hij bleef de hele middag, totdat de taart in stukken was gesneden en opgediend, tot het bruidspaar naar boven ging om zich te verkleden, tot ze weer naar beneden kwamen en over de voorveranda en het tuinpad renden tussen de gasten door die hen met rijst bekogelden. Hij liep rond en praatte, zonder Georgia uit het oog te verliezen – aan de andere kant van de kamer, of op de trap of haastig op weg naar de keuken. Hij ving vaak haar blik op of ontdekte dat ze naar hem keek. Het was alsof ze een afspraak hadden: eerst kijk jij, dan ik. Zelfs als hij haar niet kon zien was hij zich bewust van haar fijne, heldere lach, die misschien iets te luid opklonk, met te veel nerveuze energie. Hij kon natuurlijk nergens zeker van zijn, maar hij voelde dat er iets was veranderd in haar gevoelens ten opzichte van hem, dat ze hem plotseling niet meer zag als een oudere man, of als haar dokter. Hij voelde zich belachelijk energiek en gelukkig.

Ze liep weer met hem mee de veranda op om afscheid te

nemen. Er waren nog een paar gasten binnen en het doffe ge-
murmel van hun gesprekken volgde hen.

'Dit zal enorme veranderingen in je leven geven, stel ik me
zo voor,' zei hij toen ze in de afkoelende lucht stonden. 'Deze bruiloft. Dit huwelijk.'

'O bewaar me!' zei ze afwijzend. 'Ik heb geen zin meer om
erover na te denken.' Ze had drie glazen wijnpunch gedron-
ken en voelde zich licht in haar hoofd en zorgeloos.

Hij was zo verbluft dat hij even geen antwoord wist. 'Je bent
nog erg jong om zoiets te zeggen,' zei hij uiteindelijk zachtjes.

Haar kin ging omhoog. 'Ik ben niet zo jong als u denkt.' En
meteen zag ze er vreselijk jong uit, een uitdagend kind.

Hij was geamuseerd. Hij glimlachte naar haar. 'En wat denk
ik volgens jou?'

'U denkt dat ik een meisje ben. Alleen maar een lief klein
meisje. Is dat niet zo?'

'Nee. Zo is het niet. Zelfs toen je een lief klein meisje was,
was dat niet zo.'

Ze hield zich vast aan de stijl van de veranda en wiegde een
beetje van de ene kant naar de andere. De stof van haar jurk
zwaaide langzaam tegen haar benen. Er klonk een lachsalvo
uit het huis. 'Ik was echt lief, is het niet?' zei ze opeens.

'Ik neem aan dat je dat nog steeds bent.'

'Nee,' zei ze. 'Nee. Dat zou ik niet zeggen.'

'Dat horen anderen uit te maken.'

Ze lachte, een verrassend hard geluid. 'Nou, die zouden dat
ook niet zeggen.'

'Ik wel,' zei hij.

Er viel een lange stilte. 'U wel,' zei ze. Ze leek geroerd.

'Ik vraag me af,' zei hij nu, 'ik vraag me af of ik je kan vragen mee uit rijden te gaan morgen. Het wordt waarschijnlijk
mooi weer, een mooie dag voor een autoritje.'

'Nee, dat gaat niet,' zei ze. Haar hand liet de stijl los. 'U
wilt… u wilt alleen maar vriendelijk zijn.'

'Ik verzeker je, dat ik niet alleen maar vriendelijk wil zijn. Ik ben niet vriendelijk.' Toen ze hem een paar tellen lang niet aankeek of antwoordde, zei hij heel zacht: 'Het zou me veel genoegen doen.'

Nu keek ze. Hij bestudeerde haar gezicht en zag een vreemde emotie die hij niet kon benoemen. Ze deed een stap naar achteren, maar ze zei: 'Goed dan, het zou mij ook genoegen doen.' Ze lachte opeens. Deze keer was het geluid zorgeloos en licht. 'Hoe laat?' vroeg ze.

TIEN

Zie het voor je: de lange, moeilijke bevalling. De baby die niet gedraaid kon worden. De moeder die ten slotte alle zelfbeheersing verloor en alleen nog maar kon schreeuwen. Toen de ether, het snijden, en de zware metalige geur van bloed en vruchtwater. Het kind, slap, eerst te stil en grijzig, en daarna, door de schok van zuurstof krijsend tot paars leven – een jongetje, zijn genitaliën belachelijk gezwollen, zijn lijfje glibberig van smeer en bloed.

Daarna zijn komst op het feest, in zijn donkere werkkleding, met in zijn hoofd nog de verbazing van de geboorte, en ook, had hij het gevoel, de geur van bloed. De golf van stemmen uit het huis, het mooie meisje dat zich naar hem toekeerde met een jurk in de merkwaardige kleur van haar eigen lippen die zich in haar mond welfden, de plotselinge onderdompeling in praten en lachen en feestvreugde.

En temidden daarvan haar gezicht dat zich steeds weer naar het zijne hief, alsof ze hem nooit goed had gezien. Hallo. Opnieuw hallo. Een keer botsten ze tegen elkaar aan en ze keerde zich om en zei: 'O! U bent het!' op een manier die hem het gevoel gaf dat ze eeuwig op hem had gewacht. Op hem.

Zie het voor je: de vrijgezel die de middelbare leeftijd nadert, die in zijn jonge jaren een sober en karig leven leidde doordat hij zijn eigen school- en collegegeld moest verdienen; een halflandelijke praktijk in Maine, deels chirurgie, deels verloskunde, deels bijna waardeloze medicatie, deels medeleven. Hij was dankbaar – en vervolgens beschaamd voor zijn dankbaarheid – voor ether, voor morfine, voor laudanum. Zijn patiënten waren ook dankbaar, zelfs als hij vrijwel niets voor hen kon doen. 'Dok' hadden ze hem genoemd vanaf de tijd dat hij nog geen dertig was, waardoor hij zich oud en veel te vroeg zorgelijk voelde.

Zie voor je hoe hij in het leger ging, naar Frankrijk werd gestuurd – het veldhospitaal – vol beschaamde gretigheid en avontuurlijkheid (want hoe kon dit zijn vrijheid, zijn bevrijding zijn, deze oorlog die rampspoed over Europa had gebracht en de dood voor duizenden jongens die zoveel jonger, zoveel minder vrij waren dan hij?) en ontdekte dat zijn voornaamste taak bestond uit het zinloos behandelen van de massa's die aan griep stierven, wegzonken in de ziekte die voortraasde door de krappe kwartieren waar ze bij elkaar zaten. En voelde, toen hij daar nog maar net begon te werken, hoe machteloos hij zou zijn.

Zie het voor je: de gelukkige herinnering die van tijd tot tijd door dit alles heen bovenkomt, de herinnering aan een vooravond in Maine, toen al bezwaard door het besef van wat hij niet kan, het groeiende besef van wat de geneeskunde zelf niet kan, als hij zijn auto voor het huis van de familie Rice parkeert. Hij is laat; dit is zijn laatste bezoek voor hij teruggaat naar zijn eigen lege huis, dit bezoek om Fanny Rice een morfine-injectie te geven waardoor ze misschien die nacht door zal slapen. Hij vindt het afschuwelijk, zoals ze is verworden: haar gulzige, krassende stem, de manier waarop ze soms huilt van opluchting wanneer het medicijn haar ontspant. Als hij de auto uitstapt wordt zijn oog getroffen door een beweging, door een bleke, dansende schim op de overschaduwde voorveranda. Ha! Het is het oudste kind. Georgia. Ze heeft zijn auto gehoord en is naar buiten gekomen om hem te begroeten. Maar heel even, zoals ze daar staat in haar blauwe jurk en haar handen afdroogt aan een theedoek, met haar lange vlecht over haar schouder, ziet ze eruit als een jonge vrouw, niet als een kind; en hij wordt getroffen, doordat hij het beeld van Fanny in zijn hoofd had toen hij zich in de auto naar zijn tas boog

(Fanny: gewichtloos, skeletachtig, haar huid geel en dor), hij wordt getroffen door haar stevigheid, haar beweeglijke, jeugdige schoonheid, de indruk van bedwongen vitaliteit in haar. Zijn hart maakt een sprongetje als hij in de schaduw van het huis stapt – hij kan haar tenslotte wel helpen, ook al kan hij de moeder niet helpen – en heel even lijkt het bijna alsof het meisje, dit stoere, ernstige kind, dit geschenk voor hem bedoeld moet hebben, moet hebben geweten hoe hard hij het nodig had.

Maar nee, ze is alleen opgelucht. 'Ik dacht dat u nooit zou komen!' roept ze ongeduldig.

'Maar je had het mis, nietwaar?' antwoordt hij, en zijn beloning is de verbaasde, brede glimlach – ze wordt graag geplaagd – en dan de lichte manier waarop haar haar en haar jurk van haar wegbollen als ze zich omdraait om hem naar binnen te leiden.

Georgia: ze heeft al zoveel met hem doorgemaakt.

Hij stierf toen ik negentien was, eerstejaars, en ik vond het verdriet van mijn grootmoeder verrassend, bijna beangstigend. Ze leek er zo aan gewend dat hij oud was, deed er zo nuchter over, en kon zo mild de spot drijven met al zijn zwakheden en hun lange geschiedenis samen, dat ik dacht dat ze alles heel afstandelijk benaderde. Ik was er eigenlijk van uitgegaan dat zijn leeftijd een last voor haar was en dat ze zijn dood verwacht had, er zelfs op had gerekend.

Ik kwam naar huis voor zijn begrafenis, helemaal van de andere kant van het land, uit Californië. Het huis was overvol. Haar kinderen, de twee die nog leefden, waren ook thuisgekomen, Rue uit Frankrijk, mijn oom Richard uit New York. Zij namen de kamers van Lawrence en mij, en wij sliepen beneden, hij op een veldbed in de spreekkamer van mijn grootvader en ik op de bank in de voorkamer. We zorgden allemaal voor ons eigen ontbijt; mijn grootmoeder kwam pas halverwege de ochtend beneden. En dit maakte me duidelijk, bijna meer dan al het andere, hoe intens haar verdriet was.

Ze probeerde het voor ons te verbergen. Drie of vier keer per dag, als ze voelde dat het haar te veel werd, ging ze naar haar kamer en deed de deur dicht. Er kwam nooit een geluid achter vandaan – ik heb zelfs een keer geluisterd, tot mijn schande – maar als ze te voorschijn kwam, waren haar ogen roodomrand, haar stem hees, uitgedroogd.

De dienst was in de congregationalistische kerk op het dorpsplein, een herdenkingsdienst, want hij was gecremeerd. We liepen er langzaam heen, en toen we in de hoofdstraat kwamen zagen we voor ons anderen in hun sombere kleren die dezelfde kant uitliepen. Het was nog het modderseizoen, en degenen die van ver waren gekomen droegen overschoenen of laarzen onder hun zondagse kleren. De lucht rook naar natte aarde. Toen we het plein naderden, zagen we de rijen auto's overal om het plein heen, sommige op het gras. Ze lieten diepe sporen achter die zich langzaam vulden met water.

De dominee was jong, nieuw, en het was duidelijk dat hij mijn grootvader niet goed had gekend. Maar hij hield zijn deel van de dienst kort. Een oude vriend, ook een gepensioneerde arts, hield de grafrede, die warm was en geestig. Toen zongen we allemaal de bekende liederen – mijn grootmoeders ijle sopraan klonk er krachtig doorheen – en liepen weer terug naar huis voor de koffie.

Het huis was in het begin vol en wekte de indruk van een feestje, mensen die elkaar de hele winter niet hadden gezien praatten elkaar bij over wat er allemaal gebeurd was. De dood van mijn grootvader was geen grote schok natuurlijk – hij was achtentachtig – en dat maakte het makkelijk voor mensen om snel over te stappen van troostende woorden naar nieuws en roddel.

Maar na ongeveer een halfuur waren we uitgedund tot de familie en ongeveer twintig mensen die mijn grootouders goed hadden gekend. Ada en Fred waren er allebei en zaten op de bank in de achterkamer, zij zag eruit als een dikkere, wat zelfvoldanere versie van mijn grootmoeder – die bijna de hele tijd stil in haar lievelingsstoel zat en alleen iets zei als mensen rechtstreeks het woord tot haar richtten. Anderen in de kamer hadden eetkamerstoelen hierheen gesleept toen de bijeenkomst uitdunde, en een paar mensen stonden met koffiekopjes of glazen in de hand. Wie begon er met de verhalen – dokter Butler, die mijn grootvaders praktijk had overgenomen toen hij met pensioen ging? Of George Hammond, die altijd met hem ging vissen? Of Ada, die verhalen kon vertellen over het eerste begin van haar zusters huwelijk: over de dag dat mijn grootvader Georgia meesleepte naar de bank en haar een eigen rekening gaf, bijvoorbeeld – ze was jarenlang de enige vrouw die Ada kende die kon zeggen dat ze haar eigen geld had.

Ik had natuurlijk ook mijn eigen verhalen kunnen vertellen. Ik had kunnen praten over grootvaders grappige taal voor eten, uitsluitend ontworpen voor mijn plezier, dacht ik als kind: eieren waren 'doodgekookt', aardappelen 'tot moes gemept' en overgoten met 'vrachten vunzig vleesnat'.

Ik had kunnen beschrijven hoe hij me leerde autorijden op de onverharde weg bij Miller Pond, kalm en onverstoorbaar lezend terwijl ik met de versnellingen knoeide en herhaaldelijk de motor liet afslaan, als ik naar de berm helde of op een haar na bomen miste; alleen als de auto begon te haperen of stotteren riep hij hard: 'De auto rijdt niet als je geen gas geeft, Cath: gas, gas, gás!'

Tijdens die lessen stopten we soms om te picknicken op de heuvel waar hij later een zomerkamp voor jongens bouwde. Hij opende het pakketje dat mijn grootmoeder klaar had gemaakt met een gretigheid die mij verder leek te gaan dan honger – ik dacht altijd dat het te maken had met de band die hij met haar voelde, via dit eten dat ze had gemaakt. Daarna ging ik verzadigd zonnebaden op de oude kaki deken en haalde hij zijn vishengel uit de kofferbak, liep langs de rand van het meer en wierp in voorbij de leliebladeren. Soms keek ik naar hem, of ging pootjebaden, en voelde de maanvissen langs mijn enkels strijken of aan mijn blote voeten knabbelen. En dan reden we weer verder. Ik denk nu dat hij de opdracht had om me de hele dag van huis weg te houden zodat mijn grootmoeder haar eenzaamheid kon terugwinnen. Kon slapen.

Ik had kunnen vertellen over de lange brieven die hij me schreef toen ik op de universiteit zat, mijmerend over zijn eigen begintijd, waarbij hij me terugriep tot mijn wankelende doel – het leven van het intellect, was het niet? – door zich het zijne zo helder en liefdevol te herinneren. Een keer schreef hij:

> Er was een tweedehands boekwinkel een paar straten van de campus waar ik vaak rondhing met vrienden. Je kunt je voorstellen hoe blij ik was toen ik daar op een dag een eerste druk van Carlyle vond. Ik heb er bijna een hele weektoelage aan besteed.

Dat kon ik me natuurlijk helemaal niet voorstellen, maar het deed me heel even beseffen dat ik graag het soort persoon wilde zijn die dat kon.

Ik had kunnen zeggen dat hij altijd degene was die voor me zorgde als ik ziek was, soms al aan mijn bed stond voordat ik hem riep, met koud water om te drinken en koele lappen om mijn gezicht, handen en onderarmen af te wissen. Dat hij niet in aspirine tegen de koorts geloofde tenzij die gevaarlijk hoog werd. Hij keek naar de thermometer, schudde hem af en zei: 'Goed zo, Cath, je bent de bacillen aan het verbranden.'

Ik zei niets van dat alles, denk ik, omdat ze me te dierbaar waren, te persoonlijk, deze herinneringen; en mijn grootmoeder zei ook niets, misschien om dezelfde reden.

Toen ik op mijn vijftiende bij mijn grootouders kwam wonen, had ik er geen idee van wat het voor hen betekende om mij daar te hebben, als hun kind als het ware, toen hun laatste echte kind al zoveel jaar uit huis was. Ik vond hun liefde vanzelfsprekend, ik vond het vanzelfsprekend dat ik welkom was. Ik romantiseerde mezelf: ik dacht geloof ik dat ze werkelijk troost uit me konden putten, dat ik de dood van mijn moeder kon vergoeden. En ik ben blij voor mezelf – voor die andere versie van mezelf – dat ik dat heb kunnen doen, zo gedachteloos egocentrisch zijn dat ik geen moment heb overwogen dat mijn aanwezigheid misschien onhandig was, of een last, of op enige manier pijnlijk.

Toen ik voorgoed kwam, was mijn grootvader al een jaar of tien min of meer gepensioneerd, hoewel mensen in het plaatsje hem nog steeds af en toe lieten komen voor een noodgeval – als er een ongeluk op de boerderij was of een kind midden in de nacht hoge koorts kreeg – en hij had zijn zwarte tas klaarstaan; hij ging altijd als hij werd geroepen. Afgezien daarvan was hun leven ordelijk en saai in mijn ogen.

Nu niet meer. Nu lijkt zelfs die orde een kwestie van wil en kracht, een manier om het leven energiek tegemoet te treden, een manier om je af te wenden van wat zwaar en teleurstellend was geweest en je te richten op wat beheerst of aangeleerd kon worden. Maar ik wist toen natuurlijk niet dat er iets zwaar of teleurstellend was geweest. O, er was natuurlijk mijn moeder en haar ziekte, maar dat was beslist meer mijn tragedie dan de hunne. Zo zag ik het in elk geval. Ik dacht er niet aan hoeveel haar breekbaarheid, haar vreemdheid hun moest hebben gekost toen ze opgroeide, vooral in die tijd, toen kinderen opvoeden net een wetenschap begon te worden en een verward kind een teken was van falen in het grote experiment van het ouderschap – dat toen nog niet eens een zelfstandig naamwoord was.

Ik wist ook niets van de woedende vervreemding van hun

dochter Ruth, mijn tante Rue. En hoewel ik wist van de dood van Lewis in de Tweede Wereldoorlog, leek me dat heldhaftig en verruimend, bijna benijdenswaardig.

Ik wist niets van wat ze elkaar hadden aangedaan of elkaar hadden vergeven om hun geregelde leven te creëren. En ik deelde dat leven volledig zonder er zelfs maar dankbaar voor te zijn, zonder te merken wat ik eruit putte, hoe het me omvatte en troostte. Hoewel ik hen wel beter zag dan vroeger, tijdens de zomerbezoeken. Toen was het, denk ik, moeilijk om mijn moeder heen te kijken, omdat we ons allemaal zorgen om haar maakten. Nu zag ik hén. Hoe mijn grootvader vaak geamuseerd leek door mij, en door oma. Hoe ze altijd bezig moest zijn, een project moest hebben.

Soms had ik het gevoel dat ik haar dat verschafte. Ik denk dat ze zich angstig afvroeg wat mijn moeder me wel en niet over het leven had geleerd en ze nam de taak op zich om de hiaten die ze opmerkte aan te vullen. Breien bijvoorbeeld. Of hoe messen en vorken hoorden te liggen bij het tafeldekken. Een knoop zo stevig aan een jas naaien dat hij bleef zitten, maar los genoeg om hem bruikbaar te maken. Eiersalade maken.

Had Dolly, mijn moeder, met me over seks gesproken? vroeg ze een keer.

Mijn hart stond stil. 'Zo'n beetje,' zei ik.

'Je weet er in elk geval van, neem ik aan,' zei ze.

'Ja,' zei ik. Ik keek haar niet aan.

'Mooi.' Ze ging een paar minuten door met wat ze aan het doen was, aardappels pureren voor het avondeten. 'Toch, de relevante informatie is hoe natuurlijk het aanvoelt, vermoed ik. Hoewel het lijkt of dat niet zo is als je er veel over nadenkt. Even natuurlijk als ademhalen of lopen.' Ze deed boter bij de puree en begon die erdoor te roeren. Ze zei: 'En als dat niet zo is, dan is er iemand die niet weet wat hij doet.'

Toen ik voorgoed bij mijn grootouders kwam wonen was ik geen gelukkig kind. Natuurlijk had mijn ongelukkig zijn gedeeltelijk met de dood van mijn moeder te maken; maar ik was ook ongelukkig omdat ik een buitenbeentje was – was geweest – op mijn middelbare school in Evanston. Een eenling. Een meisje dat niet wist hoe ze met anderen moest praten. Hoe kon het ook anders, gezien de manier waarop ik opgroeide? Met een moeder die niet wist hoe ze tegen mij moest praten?

Ik geloof dat ik mijn verhuizing naar Vermont zag als de kans die we allemaal op een gegeven moment in onze puberteit zoeken, de kans om opnieuw te beginnen. Het werkte. Ik denk dat ik nog steeds een beetje een buitenbeentje was, maar hier voelde ik me een superieur buitenbeentje, en daarom voelde ik me zekerder dan thuis. En die zekerheid maakte me acceptabel.

Het was makkelijk om de kinderen om me heen te leren kennen. We gingen samen met de bus naar de regionale middelbare school, die naar stadse maatstaven klein was – niet meer dan ongeveer driehonderd leerlingen. Zo'n twintig van ons namen de bus in West Barstow, en een stuk of dertig in Barstow zelf. Op de terugweg 's middags waren er acht of tien haltes in de buurt van het plaatsje waar kinderen uitstapten, maar naarmate het warmer werd – en ik was net een maand voordat die lange, aarzelende omslag begon aangekomen – reden er steeds meer hun halte voorbij en stapten uit bij het plein. Het plein: mijn halte. Daar hingen ze rond, een halfuur of een uur en daarna zelfs nog langer, naarmate de dagen warmer werden.

Ik bleef ook steeds vaker hangen, samen met hen. We trokken onze jas uit. We vormden steeds nieuwe groepjes, balanceerden op de rugleuning van de aanwezige bankjes (het zou niet cool zijn geweest om op de lattenzitting te gaan zitten). Altijd slenterde er wel iemand naar Grayson's om cola of Bifi's of kleine zakjes chips of snoep te kopen. De stoerdere kinderen rookten. Tijdens de lange lente viel het uur waarop we uit elkaar gingen naar huiswerk of muzieklessen of televisie steeds later.

Voor veel van de meisjes was het doel van dit alles de auto's, de oudere jongens die langsreden in auto's of pick-ups. Ze karden langzaam over het plein, hun radio's op vol volume, hun stemmen nog harder boven de muziek uit. Ze parkeerden langs de stoeprand voor het monument en praatten en rookten en riepen de meisjes naar zich toe, meestal hogereklassers. De meisjes gingen; ze stonden voorovergebogen met hun ellebogen in de raampjes geleund en verplaatsten hun gewicht ongemakkelijk van de ene voet naar de andere, waarbij hun billen langzaam heen en weer wiegden in hun lange rechte rokken.

Bij dit alles was ik eerder een waarnemer dan een deelnemer, maar ik was geaccepteerd als waarnemer. Uitverkoren zelfs om commentaar en uitleg te krijgen. Er waren meisjes die graag hun wereld aan me uitlegden, die graag de rol van gids, van initiator speelden. Dus terwijl ik niet echt deel van alles uitmaakte, werd ik ook niet helemaal buitengesloten, die eerste lente.

Toen, op een ochtend vroeg in de herfst, stapte Sonny Gill in de bus net buiten het plaatsje. Ik had hem de vorige lente op school gezien. Hij zat een klas hoger dan ik, in de bovenbouw, en had dus nooit tegelijk met mij les, wat praktisch of misschien zelfs noodzakelijk voor me was: ik hoefde in het begin niet te weten hoe slecht hij het deed op school. Wat ik wel wist was hoe verbluffend mooi hij was. Hij had krullend blond haar en volmaakt gelijkmatige, volmaakt gevormde trekken, bijna vrouwelijk in hun verfijning.

Dat was alles wat ik zag die dag toen hij naar me toe kwam door het gangpad tussen de versleten leren stoelen, hier en daar knikkend naar de eersteklassers of onderbouwjongens die hem respectvol groetten. Toen hij mij passeerde, stak hij zijn

wijsvinger in mijn richting en liet zijn gebogen duim er langzaam op neerkomen, een schietbeweging. Mijn adem stokte.

Dat gebaar, meer was niet nodig. Hij was mooi, hij was ouder, en niemand in mijn leven had me ooit op zo'n eenvoudige manier opgeëist. Me überhaupt opgeëist.

Die middag zat hij naast me op een van de rugleuningen
van de banken op het plein te roken. Hij had zijn auto aan
puin gereden, vertelde hij me. (Vandaar zijn verschijning in
de bus, waar maar weinig hogereklassers mee gingen.) Maar
hij had het niet erg gevonden, want hij dacht wel dat ik met
de bus ging, en dat hij me dan dus zou tegenkomen.

'Je hebt me toch weleens gezien?'

Ik beaamde dat.

'Interesse?'

Ik keek weg. Ik kon het niet verdragen dat hij me 'ja' zou
zien zeggen.

'Dat is dan afgesproken,' zei hij. 'Ik spreek je als de auto gemaakt is. Dan gaan we ergens heen.'

Dit waren de dingen die me aantrokken in Sonny: hij was ouder dan ik – achttien tegen mijn net-zestien. Zijn handen zaten eeuwig onder de olie, want zijn vader had een garage aan
de andere kant van de stad en Sonny hielp hem daar 's middags en in het weekend. Hij rook naar Old Spice en dat vond
ik bijna ondraaglijk aantrekkelijk. Hij had een nonchalante
manier van lopen. Hij was mooi. Hij rookte. Hij wilde me.
Meer had ik niet nodig.

Hij begon me naar huis te rijden na school, alleen gingen
we niet naar huis. Meestal reden we over de kronkelige twee-
of eenbaanswegen, de bomen een streep diepgroen om ons
heen, de lucht snel afkoelend naarmate de middag langer werd.
Ik zat in het midden van de brede voorbank en als hij de bocht
nam voelde ik de opwinding als ik even tegen hem aan leunde.

Een poos lang was het makkelijk genoeg om onze verhouding voor mijn grootouders verborgen te houden. Tenslotte speelde hij zich voornamelijk op school of in zijn auto af. Het was een kwestie van praten, elkaar plagen, naast elkaar staan of zitten, zo dichtbij dat onze heupen of armen elkaar raakten.

Maar toen wilden we uitgaan, en had ik hun toestemming nodig.

Tot mijn verbazing was mijn grootvader degene die bezwaar maakte. Wat gingen we precies doen? wilde hij weten.

De film.

Hoe laat zou die afgelopen zijn?

Halftien.

Dus hij kon me zo rond halfelf op z'n laatst thuis verwachten?

Nou, misschien willen we nog wat rondrijden of iets te eten halen.

Rondrijden.

Ja, zoals Lawrence en ik vorige zomer deden.

Aha, ja, toevallig kende hij Lawrence heel wat beter dan meneer Gill. En, ook toevallig, Lawrence was mijn broer.

'John,' zei mijn grootmoeder.

Hij keek om en wierp haar een ijzige glimlach toe. 'Ik ben een en al oor,' zei hij.

'Het wordt tijd dat ze uitgaat met iemand anders dan Lawrence.'

Dus zo gebeurde het.

Maar dat bepaalde ook hun houding ten opzichte van Sonny dat jaar, ten opzichte van het idee van hem en mij samen. Het verbijsterde me, voor zover er iets buiten mijn verhouding met Sonny tot me doordrong. Ik had altijd begrepen dat mijn grootvader de gemakkelijke was, degene die overal overheen stapte, en dat mijn grootmoeder voorzichtiger was, oplettender.

Hij viel over kleine dingen. Hij vond dat Sonny zijn haar korter moest laten knippen, hij vond zijn krullen niet leuk. Hij vond Sonny's vader niet leuk. 'Die man is een hansworst,' zei hij fel.

'Dat betekent niet dat de zoon dat ook is,' zei mijn grootmoeder.

Hij vond zijn naam niet leuk. 'Wat is zijn échte naam?' vroeg hij telkens, en deed of hij niet kon geloven dat iemand echt 'Sonny' zou heten. Hij ergerde zich aan het lawaai van Sonny's auto. Dat soort dingen. Ik vond het vreemd, niets voor hem.

Natuurlijk ging ik met Sonny naar bed. De eerste keer vlak na Kerstmis. Ik was voor de feestdagen bij mijn vader in Oak Park geweest. Ik belde Sonny de avond dat ik terugkwam, en hij kwam me ophalen. Zijn grootmoeder logeerde de feestdagen bij hen en hij reed drie stadjes verderop naar haar lege huis. Hij wist waar de sleutel lag, en we lieten onszelf binnen. De kachel was uit en de lucht binnen was koud en vochtig. Katten miauwden en slopen om ons heen en hun stank was overweldigend. We liepen door naar haar slaapkamer en deden de deur dicht. We gingen naast elkaar liggen en grabbelden en knoopten en ritsten alles tegelijk open. Het deed pijn, maar ik vond het niet erg, want Sonny leek zo machteloos. Zo in míjn macht, eigenlijk. Later, toen ik me huiverend aankleedde, was ik verbaasd, zoals jonge vrouwen vaak zijn, dat ik me niet anders voelde, dat ik niet op de een of andere manier getransformeerd was.

Maar die avond betekende een verandering voor ons allebei. Van toen af aan was dat wat hij, steeds vaker, wilde en wat ik steeds minder begon te willen. Ik genoot nog steeds van mijn macht over hem, van zijn verlangen naar mij. Maar ik genoot niet van het doen op zich. Het doen begon me zelfs te vervelen.

En toen begon Sonny langzamerhand ook vervelend te lijken. Ik begon te zien in welke opzichten hij niet slim was – de grapjes die hij niet begreep, het beperkte kringetje van zijn interesses. Toen ik hoorde dat Lawrence naar Vermont kwam voor de voorjaarsvakantie realiseerde ik me dat ik dat niet wilde, want ik wilde niet dat hij Sonny ontmoette. Ik zag Sonny door zijn ogen, overduidelijk, en schaamde me.

Ik loog tegen Sonny. Ik zei dat we met z'n allen op reis gingen. En toen hij later zei dat hij langs het huis van mijn grootouders was gereden en had gezien dat we er waren, loog ik weer en zei dat mijn grootmoeder ziek was geworden en dat we thuis waren gebleven. Wat betreft onze uiteenlopende gevoelens leek het onmogelijk hem de waarheid te vertellen, over wat dan ook. Ik probeerde hem nu voortdurend te ontlopen, redenen te vinden om niet uit te gaan, niet te vrijen.

Hij beweerde dat hij verliefder op me was dan ooit. Hij wilde met me trouwen als ik van school was – hij zou een heel jaar wachten, zei hij, want hij hield zoveel van me. Hoe kon ik zeggen: Ach, toevallig hou ik niet meer van jou? Toevallig heb ik dat waarschijnlijk nooit gedaan, ik wou dat ik je nooit meer hoefde te zien.

Eind mei begon hij te praten over een plan dat hij had voor de avond van zijn eindexamenbal. Veel leerlingen gingen daarna naar een nachtfeest dat werd georganiseerd door de Lions Club in een of andere tent aan een meer. Als ik toestemming kon krijgen, konden we vroeg van het feest weggaan en samen de nacht doorbrengen in een motel. De hele nacht. We zouden de volgende ochtend samen wakker worden. Dan konden we weer vrijen, bij daglicht. Hem dat woord horen zeggen, vrijen, stond me tegen. Toen hij het voorstelde – in zijn dichte auto op de oprit van mijn grootouders, opgewonden en gretig en ruikend naar sigaretten – werd ik overvallen door een soort misselijke ademloosheid. Maar toen hij verder ging, ontspande ik weer. Ik luisterde en knikte en tekende trage cirkels in de wasem op het passagiersraampje. Wat ik me realiseerde was dat dit iets was wat mijn grootouders nooit goed zouden vinden. Ik kon rustig enthousiast zijn, ik kon opnieuw ontsnappen aan de noodzaak van de waarheid want ze zouden nee zeggen. Zij zouden me redden.

Ik vroeg het hun bijna niet. Ik had bedacht dat ik Sonny gewoon zou vertellen dat ze het verboden hadden, zonder dat ik de hele maskerade hoefde te doorstaan. Maar ik was bang dat het ter sprake zou komen – hij kwam soms binnen en wisselde een paar ongemakkelijke woorden met hen als hij me ophaalde – dus sneed ik op een avond het onderwerp aan.

Ik sneed het aan alsof ik er zeker van was dat ze nee zouden zeggen. Daarmee probeerde ik hun een teken te geven dat ik er niet om zou strijden, dat ik niet boos zou zijn om hun reactie.

Tot mijn verbazing leken ze – leek zíj althans – open te staan voor de mogelijkheid.

'Gaan er nog meer meisjes uit de lagere klassen?' vroeg ze. We zaten in de achterkamer, die vroegere versie van de achterkamer, diep en donker en troostrijk. Het was de eerste zoele avond aan het eind van het voorjaar. Mijn grootvader had naar een honkbalwedstrijd op de radio zitten luisteren en eerst had hij de radio alleen maar zachter gezet. Nu was hij uit. De ramen stonden open. De gordijnen bolden. We hoorden stemmen roepen in de hoofdstraat.

'Ik weet het niet,' zei ik. 'Niet zoveel in elk geval. Maar het is helemaal georganiseerd en begeleid.'

Ze keek op van haar breiwerk. 'Door wie? Leraren, neem ik aan?'

'Ja. En ook een paar ouders, denk ik.'

'En wat dóén jullie de hele nacht, vraag ik me af.' Een diepe rimpel tussen haar wenkbrauwen verscheen en verdween weer.

Ik haalde mijn schouders op. 'Dansen. Zwemmen misschien. Ik weet het niet. Er is eten. Misschien zijn er spelletjes.'

'Ik heb nog nooit zoiets idioots gehoord,' zei mijn grootvader. Hij was in zijn overhemd, de mouwen opgerold tot zijn ellebogen. Hij droeg gestreepte bretels.

Ze keek hem aan. 'Ach kom, misschien heb je dat best,' antwoordde ze.

'Zelden,' zei hij, maar ze had zich alweer naar mij gewend met een nieuwe serie vragen. Zouden we met iemand anders samen gaan? Was er een ouder die ze kon bellen, gewoon om een idee te krijgen van het hele geval?

Nee, zei ik. Nee, we gingen alleen. En ik wilde niet dat ze iemand belden – alstublieft, dat zou zo gênant zijn. 'Ik bedoel, het wordt gesponsord door de Lions Club,' zei ik. Dat zou mijn laatste argument zijn, besloot ik. Daarna zou ik toegeven.

Mijn grootvader snoof.

'John,' zei ze. 'Het kind wil graag gaan. Dat is kennelijk wat ze doen.'

'Het kínd,' zei hij, 'weet niet noodzakelijkerwijs wat goed voor haar is.'

Toen viel er een lange stilte, alleen gevuld door het kraken van grootmoeders schommelstoel. Haar kin ging omhoog en het kraken hield op. Haar handen lagen nu stil. Ze zei heel zacht: 'Wie weet dat wel? Jij, neem ik aan.'

Ik schrok van de diepe, beheerste woede in haar stem. Waar ging die over? Waar kwam die vandaan?

Hij keek naar haar en wachtte tot zij naar hem keek. Dat deed ze niet. Wilde ze niet.

Ten slotte zei hij: 'Je hebt gelijk, liefje. Het spijt me.' Hij keerde zich naar mij. 'Het spijt me erg, Cath.'

Mijn grootmoeder stond op en legde zorgvuldig haar breiwerk in de mand. Ze zette de mand boven op de piano. Alles wat ze deed was strak en netjes en afgepast. 'We hebben het er later nog over,' zei ze en liep de kamer uit. Even later hoorden we haar voetstappen op de trap toen ze naar boven ging.

Mijn grootvader en ik bleven misschien een volle minuut verlegen zitten en wisten niet wat we tegen elkaar moesten zeggen.

Toen viel het me in. 'Ik weet wél wat goed voor me is,' zei ik.

Hij leek van heel ver terug te komen. 'Weet je dat?' antwoordde hij.

'Uh-huh.' Ik wachtte even. 'Het zou goed zijn als ik niet ging.'

Hij keek me scherp aan. Hij zei: 'Je bedoelt dat het goed zou zijn als we nee zeiden?'

Ik knikte.

Hij knikte terug. Na een paar seconden glimlachte hij. Hij zei: 'Nou, dat is dan afgesproken. Je mag niet. En ik wil er geen woord meer over horen.' Hij sprak opgewekt als een slechte acteur die zijn tekst opleest. Toen ik even later terugglimlachte, stak hij zijn hand uit en draaide de radio weer aan. Het was de achtste inning. Het signaal begon zwakker te worden zoals meestal om deze tijd van de avond, en hij boog geconcentreerd zijn hoofd om te proberen de score te horen. De Red Sox stonden achter, 3-2. 'Hel en verdoemenis,' zei hij.

Toen ik in bed lag, hoorde ik hem ook boven komen, en daarna het gemompel van hun stemmen in de slaapkamer, gewoon het langzame over en weer, een oud, diep ritme dat uiteindelijk wegstierf in de stilte van het tikkende, kreunende huis.

We hadden het er nooit meer over. Sonny was teleurgesteld maar niet echt verbaasd, en we gingen op de oude voet verder.

Ik was me inmiddels zorgen gaan maken over de lange zomer die voor ons lag, de mogelijkheid dat ik twee, drie, of vier avonden per week Sonny af moest weren of met hem vrijen in plaats van alleen op zaterdag, de enige avond die we nu samen hadden.

Het weekend voor de zomervakantie begon, nam mijn grootvader me mee uit vissen, iets wat we af en toe samen deden, en ik vond het vooral leuk omdat ik mocht rijden; ik had mijn rijbewijs inmiddels. We gingen naar een meer dat meer dan een uur rijden was. Ik mocht de radiozender kiezen, want ik reed. Rock-'n-roll, de hele weg. Hij maakte niet één keer bezwaar, maar ja, hij was degene die de regel had ingesteld: de bestuurder kiest.

Toen we er waren, zetten we de auto op de open plek die diende als parkeerplaats. Zwermen fijne insecten dansten in de plekken zonlicht. We bedekten heel onze blote huid (niet veel: handen, nek, oren, gezicht) met muggenolie. Mijn grootvader zong luid, zoals altijd wanneer we dit deden: 'Ga weg, dikke vlieg, dikke bromvlieg.' En toen zong hij door, geïnspireerd door zijn eigen stem, terwijl we de kano van de auto tilden en in het water lieten zakken, terwijl we zijn vistuig en ons lunchpakket inlaadden. Hij zong een lied over Mussolini die spaghetti eet met zijn duimen, over zwarte sokken, en hoe die nooit vies werden ('hoe langer je ze draagt, hoe sterker ze worden'), hij zong alle coupletten van 'Clementine'. Toen ik wegpeddelde, begon hij zijn hengel in elkaar te zetten en verviel hij in een geconcentreerd zwijgen.

Ik had een boek meegebracht, *Ethan Frome*. Daar moest ik mijn laatste schoolscriptie over schrijven. Ik leunde achterover en las als ik niet hoefde te peddelen. Maar, zoals ik Samuel al die jaren later zou vertellen, ik vond *Ethan Frome* afschuwelijk, dus legde ik het vaak neer en doezelde wat. Ik verbeeldde me dat dit altijd door zou kunnen gaan, dat ik niet naar huis zou hoeven om de aangenaam sterke chemische lucht van de muggenmelk af te wassen en me te verkleden om uit te gaan met Sonny. Het meer was bewegingloos, de lucht windstil en koel. Ik leunde over de zijkant van de kano en liet mijn vingers door het koude water slepen.

En toen zag ik iets, iets diep onder het oppervlak. Ik leunde over de rand van de kano. 'Volgens mij zijn daar beneden gebouwen,' zei ik even later.

Mijn grootvader maakte een instemmend geluid.

Ik kwam overeind op mijn knieën. 'Ik denk dat het een stadje is,' zei ik.

'Ja, het is echt een stadje, Cath,' zei hij. 'Dat was het tenminste.'

Ik keek naar hem. Hij was niet verbaasd. Hij had dit geweten. 'Wat is er dan gebeurd?' vroeg ik. 'Is er een overstroming geweest?'

Hij lachte. 'Een dam, liefje. Ze hebben de rivier afgedamd en de hele bliksemse boel onder water laten lopen.'

Ik keek weer naar beneden. Het kwam en ging onder het bewegende water, dat gevoel van wat daar was. Er waren lange momenten dat ik het niet goed te pakken kreeg, dat het leek of ik het me verbeeld moest hebben. Maar dan was het er weer, droevig en geheimzinnig. Op de een of andere manier groots. Groots omdat het voorgoed weg was maar nog steeds zichtbaar, nog steeds denkbaar, onder ons.

'Maar hoe hebben ze dat kunnen doen?' vroeg ik hem. 'Wat is er gebeurd met de mensen die daar woonden?'

'Ik denk niet dat er toen nog veel over waren. En toen de dam erin ging, moesten degenen die nog over waren vertrekken.'

'Maar dat is toch verschrikkelijk, om je stad daaronder te zien verdwijnen. Al die plekken die van jou waren, die iets voor je betekenden.'

'Dat denk ik wel, ja,' zei hij.

'Het is zo… griezelig.' Ik leunde opzij en keek naar de wisselende beelden. 'Maar eigenlijk is het ook magisch, hè? En droevig.'

'Ja, natuurlijk heb je gelijk. Dat is het. Droevig, en ook mooi. Zoals zoveel droevige dingen dat zijn.'

Ik keek een hele tijd. Achter me hoorde ik af en toe het trage tikken van mijn grootvaders molen als hij de lijn zachtjes heen en weer bewoog. 'Denk je eens in, opa,' zei ik. 'Denk je eens in, al die vissen zwemmen door de plekken waar vroeger mensen woonden.'

'Ja.'

Het deed me op de een of andere manier aan mijn moeder denken, de verlorenheid van de wereld daar beneden. Hoe anders die was. Het was alsof je naar de herinnering zelf kon kijken. Ik voelde een soort verlangen naar alles wat voorbij was, alles wat al weg was in mijn leven.

Achter me zei mijn grootvader: 'Wat zou je ervan vinden om deze zomer op avontuur te gaan, Cath?'

Ik draaide me om en ging rechtop zitten. 'Avontuur? Hoe bedoelt u?' Ik was zo verdiept in de dingen waarnaar ik zat te kijken dat zijn woorden verband leken te houden met de schemerende gebouwen, het idee van wat verloren was. Even leek het alsof hij me een equivalent bood voor binnentreden in die onderwaterwereld, voor ergens heengaan waar je bijna onmogelijk heen kon.

Hij schraapte zijn keel. 'Nou, wat ik eigenlijk bedoel is Frankrijk. Ik heb je tante Rue geschreven om het te vragen. Het blijkt dat ze vrienden heeft die graag een Engelssprekende babysitter zouden willen voor de zomer.' Hij had zijn vishengel over zijn knieën gelegd. 'Je zou geen au-pair zijn,' zei hij (in die tijd had ik geen idee wat dat betekende, waar hij het over had). 'Je zou bij Rue logeren. Maar je zou op de kinderen van die vriendin passen en betaald worden, ongeveer twintig uur per week.'

Frankrijk. Een uitweg. Een nieuw leven. Ik kon bijna niet antwoorden, zo dankbaar was ik. Na een tijdje zei ik: 'Ik zou het heerlijk vinden. Absoluut heerlijk. Ik zou dolgraag gaan.'

Ik keek mijn grootvader aan. Zijn ogen waren strak op me gericht, en ik voelde dat hij me zag. Me zag zoals ik was, als persoon, zelfs op die verwarde, ongevormde leeftijd. Mijn leven zag en hoe ik niet wist wat ik ermee aan moest; zag dat ik bijzonder was. Dat Frankrijk, of een equivalent van Frankrijk, het enige antwoord was voor iemand als ik.

Op weg naar huis bestookte ik hem met vragen over Frankrijk. Wanneer zou ik gaan, hoe lang zou ik blijven, zou iemand er Engels spreken, hoe zag Parijs eruit. Hij vertelde me wat over zijn herinnering aan Frankrijk uit de Eerste Wereldoorlog; hij was ingekwartierd bij een gezin in het dorp waar het veldhospitaal was, maar hij was een keer in Parijs geweest, na de wapenstilstand.

'Ik logeerde in een oud hotel – ach, verdomme, ieder hotel was oud. Maar het was goedkoop, en ik moest midden in de nacht opstaan en op een stoel gaan zitten: luizen!'

'Jesses!' zei ik.

'Toch vond ik het de mooiste plek die ik ooit had gezien.' En toen, alsof dat er verband mee hield en helemaal geen verandering van onderwerp was, zei hij: 'Wist je dat ik je grootmoeders dokter was voordat ik haar man werd?'

'Nee,' antwoordde ik.

'Dat was ik. Toen ze tb had. En daarvoor was ik ook de dokter van haar moeder. Dus je ziet wat een stokoude man ik ben.'

Ik lachte. Ik was dolgelukkig. Frankrijk! dacht ik.

'Dat heeft me, geloof ik, te veel macht over haar leven gegeven.'

Toen keek ik naar hem. Hij leek me opeens klein, gebogen en gekrompen. Zijn trillende handen lagen nutteloos gekromd op zijn dijen. Waar had hij het over? Het idee dat hij macht had, wat voor soort macht ook, kwam me absurd voor. Het maakte me verlegen, dit te horen. Ik wist niet wat ik moest zeggen. Ik keek snel weer opzij, naar de weg.

Hij moet mijn gevoelens hebben begrepen. Ik merkte dat hij verschoof en rechtop ging zitten.

Even later zei hij: 'Hoe denk jij daarover, Cath?'

'Waarover?'

'Nou, over de macht die de een over de ander heeft. Moeten we ons daartegen verzetten?'

Ik keek hem even met open mond aan.

'Moet ik me bijvoorbeeld met mijn eigen zaken bemoeien en jóú laten bepalen wat je met je zomer doet? Want het zou kunnen, we weten het niet, dat deze reis naar Frankrijk je leven ten goede of ten kwade verandert. Op een dag zul je misschien denken: O, die verdraaide oude man, waarom kon hij me niet gewoon met rust laten?'

'O, nee!' zei ik. 'Dat zal ik nóóit denken.'

'Nee?' Hij klonk geamuseerd. Ik keek naar hem. Hij glimlachte.

'Nee. Ik wil juist dat mijn leven verandert.'

'Ja,' zei hij, en het klonk droevig in mijn oren. 'Ja, dat weet ik.'

De rest van de weg naar het stadje legden we zwijgend af. Ik geloof dat mijn grootvader in slaap viel.

ELF

Ik denk dat ik in wezen weggestuurd werd. Misschien had mijn vader te kennen gegeven dat hij me die zomer niet zo lang kon hebben als de vorige zomer. Misschien vonden mijn grootouders dat ze rust nodig hadden, een beetje privacy. Maar in ieder geval, dat spreekt vanzelf, wilden ze me scheiden van Sonny. Ik had ze vrijwel gevraagd me weg te sturen uit die situatie.

Maar weggestuurd voelde ik me niet. Ik voelde me vrij. Ik voelde me intens en permanent bevrijd, vooral van mezelf.

Rue woonde in een diep, smal appartement op de Rive Droite. Als je voorzichtig uit de open ramen aan de voorkant leunde kon je de Eiffeltoren aan de andere kant van de Seine zien. Die woorden, 'Eiffeltoren', 'Seine', hadden de macht om me hevig te ontroeren, misschien zelfs meer dan de werkelijkheid van die plaatsen zelf.

Mijn kamer was achter in het appartement en keek uit over de binnenplaats, die ooit misschien chic was geweest, maar nu altijd in beslag werd genomen door geparkeerde auto's en het lawaai van de televisie van de conciërge die de hele dag tot diep in de avond afgestemd was op iets wat klonk als spelprogramma's: je hoorde de opgewonden hoge stem van de presentator, de typisch vreugdeloze mechanische hysterie van een studiopubliek. Ik had twee ramen die uitkwamen op deze ruimte, en ik zat, vooral 's avonds, vaak bij die ramen te kijken naar het leven dat ongedwongen, in lagen in de appartementen aan de overkant werd geleefd.

Mijn tante, de Hertogin, was een oudere, elegantere en beslist stabielere versie van mijn moeder. Tegen de tijd dat ik

Rue 's ochtends zag, was ze, net als mijn grootmoeder, zorg-vuldig gekleed, maar in Rues geval betekende dat dat ze ver-scheen in Chanelpakjes, met dikke snoeren goud en parels om haar nek en polsen. We ontbeten samen in de eetkamer, be-diend door het Marokkaanse dienstmeisje, Claude, dat zich in haar eentje tussen ons op haar gemak leek te voelen; ze droeg sloffen en vormeloze kleren als ze aan het werk was en ging zingend het appartement rond.

Elke ochtend vertelde Rue me bij onze koffie en brood en fruit hoe haar dag eruit zou zien en hoe laat ze terug zou zijn om me te halen voor de culturele excursie die we die middag zouden ondernemen.

Mijn dagen waren ook geordend. 's Ochtends paste ik op de drie kinderen van de Amerikaanse familie Pierce. Ik luncht-te met hen en legde hen in bed voor hun middagslaapje. Als ik thuiskwam, volgde onmiddellijk Franse les van Mme Ge-orges. Dan was ik vrij tot het uur dat ik met Rue had afge-sproken. Een paar keer per week ging ik 's avonds weer naar de familie Pierce om op te passen, maar daar werd ik extra voor betaald en ik mocht weigeren als Rue en ik plannen had-den.

Ik vond Rue niet aardig, maar ik bewonderde haar. Haar ontsnapping zelf, naar Frankrijk, naar Parijs, naar haar ap-partement. Haar manier van kleden. Haar kijk op de wereld. Dat vond ik allemaal exotisch en opmerkelijk, gezien het klei-ne stadje in Vermont waar ze vandaan kwam, gezien het feit dat ze een zuster van mijn moeder was. Natuurlijk was het stap voor stap in haar leven gekomen. Ze was verpleegster geweest en was in de Tweede Wereldoorlog naar Europa gekomen. Ze had haar man in Frankrijk ontmoet vlak na het eind van de oorlog. Hij was een zakenman uit een bekrompen burgerlijke familie, en zij liet doorschemeren dat hij met haar getrouwd was uit een soort rebellie, om hen te tarten. Dat leek me in-dertijd onwaarschijnlijk, want was haar leven in zekere zin niet

zo bekrompen en burgerlijk als maar zijn kon? Ze zat vol op-
en aanmerkingen: hoe je moest zitten, hoe je moest eten, hoe
je je haar moest dragen, hoe je de verschillende mensen die we
dagelijks ontmoetten diende aan te spreken. Regels, eindeloze regels, waar ik in de meeste gevallen nog nooit van had gehoord. Ze wilde invloed hebben op mijn leven – ze had mij
tot haar taak gemaakt, dat was duidelijk – en dat had ze. Voornamelijk op de manier die zij voor ogen had, maar ook op andere manieren.

Ze vertelde haar bedoelingen, niet aan mij, maar in mijn
aanwezigheid, aan haar vrienden. In het Frans. Maar in de loop
van de zomer, ook al moest ik wat ik in het Frans zei altijd
moeizaam in mijn hoofd vormen voordat ik het uitsprak, ging
ik steeds grotere brokstukken van haar gesprekken verstaan.
En zo wist ik wat ze van mijn leven vond: 'Zo extreem be-
nauwd, je zou het niet geloven.' Ze praatte over mijn moeder:
'Volkomen gestoord, maar ook in staat tot een soort klein, geregeld dagelijks leven.' Over mijn vader, dwaas en zielig, maar
wel loyaal, dat moest je hem nageven. En over mijn grootouders, die natuurlijk hun best deden, maar hoe kon je van hen
verwachten dat ze op hun leeftijd de noodzakelijke energie
voor die taak hadden? En mijn grootmoeder! Ach, ze had tenslotte al een kind van haarzelf opgevoed dat zo gestoord was
dat ze uiteindelijk zelfmoord pleegde. Wat viel er verder nog
te zeggen?

En waar in dit alles, vroeg ze dan dramatisch, met haar glas,
of haar kopje of haar sigaret geheven, was er de geringste kans
voor deze arme kleine (ik) om op een fatsoenlijke manier het
leven, cultuur en kunst te ervaren? Ik was een zielig schepsel.
In cultureel opzicht had ik net zo goed helemaal wees kunnen
zijn.

Een keer, toen een van haar vrienden er bezwaar tegen
maakte dat ze zo over me praatte in mijn aanwezigheid – en
over mijn ouders en familie – zei ze: 'Ffft. Als je een beetje snel

spreekt, verstaat ze er niets van.' Dat was de eerste hele zin die ik bewust begreep zonder het inwendige vertaalproces.

Tot dan toe was ik verdwaald geweest in mezelf, een verdediging, neem ik aan, tegen de ziekte en dood van mijn moeder en ook, tot op zekere hoogte, een nogal heftige versie van die fase van de puberteit. Nu begon ik mezelf, mijn verhaal, door Rues ogen te zien. Ik zag dat ik een verhaal hád. Maar dat niet alleen. Ik zag mezelf, de belichaming van dat verhaal, ook door Franse ogen, ik zag mezelf zoals ik gezien werd, zoals ik me fysiek door Parijs bewoog. Rue gaf me dit: zelfbewustzijn. Voordat zij zich ermee bemoeide, was ik onzichtbaar in het hart van mijn wereld geweest. Maar nu werd de wereld groter voor mij, en werd ik erin zichtbaar. Met name voor mezelf. Zelfs de kinderen Pierce hielpen me mezelf van een afstand te zien. Nathalie, de oudste, meldde op een dag dat ik haar op één na liefste oppas was. Ik was niet zo grappig als Lene, zei ze, de Deense au-pair die 's winters voor hen zorgde, maar ik was liever, vriendelijker, en op sommige momenten knapper.

Ik begreep meteen dat ik te somber was, niet geestig genoeg; en ik bezwoer mezelf dat ik zou veranderen.

Dat werd voor mij de betekenis van mijn verblijf in Frankrijk: ik zou veranderen. Ik kon veranderen. Ik zou terugkomen als iemand anders, klaar voor een ander leven. Ik sjouwde achter Rue aan en luisterde naar haar commentaar op architectuur, kunst, kleren, manieren en eten, dingen waarvan ik nooit had geweten dat je erover na kon denken, waarvan ik nooit had begrepen dat er goede en slechte versies van waren. Ik keek naar de Fransen in restaurants en cafés, naar de ingewikkelde gezichtsuitdrukkingen en gebaren die ze gebruikten wanneer ze praatten of luisterden. Met zoveel energie! Met zoveel zorg! Alleen voor woorden, ideeën. Ik bestudeerde en kopieerde de manier waarop de Franse meisjes zich kleedden en bewogen en praatten, het lichte ritme van hun taal. Ik liet mijn haar net zo knippen. Ik viel af. Van het geld dat ik bij de familie Pierce verdiende, kocht ik nieuwe schoenen, nieuwe kleren. Ik voelde me mooi, elegant en voor het eerst van mijn leven onverschrokken. In mijn kamer, met het licht uit en de ramen open, rookte ik sigaretten die ik van Rue had gestolen, waarbij ik mijn hoofd glamourachtig achterover hield en in de spiegel naar de loomheid van mijn armen keek.

Maar er was nog een aspect van mijn verblijf, nog een verandering van perspectief die me geboden werd. Want Rue had ook haar eigen kijk op het leven van mijn grootouders samen. Die kwam voortdurend bovenborrelen als ze over hen praatte: een duidelijke minachting voor mijn grootmoeder, het gevoel dat ze onbetrouwbaar was, en een diepe, jaloerse aanbidding van mijn grootvader. Het was iets waarvan ik nu denk dat mijn moeder het makkelijk had kunnen uitleggen, als ze zoals andere moeders was geweest, als ze normaal met ons over haar familie had kunnen praten. Ze had kunnen zeggen: 'O, Rue. Die was zo'n beetje verliefd op papa. Geen wonder dat ze altijd iets op moeder aan te merken had.'

Ik moet mezelf nageven dat ik, mede dankzij mijn liefde voor mijn grootmoeder, een gedeelte hiervan op die manier opvatte, hoewel ik niet zo achteloos of geamuseerd had kunnen zijn als die theoretische moeder van me. Maar ik voelde dat er iets mis was met Rues interpretatie van de dingen. Dat concludeerde ik misschien gedeeltelijk uit de manier waarop Rue naar de ziekte van mijn moeder keek: als iets wat mijn grootmoeder had veroorzaakt. Dat was natuurlijk de manier waarop de wereld er toen naar keek, vooral de ontwikkelde wereld. En Rue had een medische opleiding gehad. Ze kende haar Freud – in elk geval de verdraaiiing van Freud die ouders, vooral moeders, verantwoordelijk hield voor alle afwijkingen bij hun kinderen.

Maar zelfs op die leeftijd wist ik dat wat er gebeurd was met mijn moeder niets te maken had met iemand uit onze familie, of met iemand anders. Als ik één nuttige les had geleerd van het leven met zo'n gestoord iemand, was het dat sommige ziekten – en voor mij, tastbaar, de hare – worden aangestuurd door iets inwendigs, iets wat ernstig en vreselijk fout gaat. Mijn moeder, had ik iedereen kunnen vertellen, was alleen ánders wanneer ze ziek was. Bepaalde dingen in haar waren totaal chemisch verstoord op een manier die zelfs de meest waardeloze opvoeding niet had kunnen bewerkstelligen. En ik vond niet dat de opvoeding van mijn grootmoeder, zelfs niet Rues versie ervan, zo waardeloos was geweest.

Dus ik negeerde of verwierp de toon. Ik wist dat die mis was. Het was een van de vele dingen waaruit ik langzamerhand ging begrijpen dat Rue het mis had. (Ik verstond wél Frans, en ik nam het haar kwalijk dat ze dat niet had begrepen en dat ze over me bleef praten toen ik allang het meeste van wat ze zei kon verstaan.)

Maar het was moeilijker om het verhaal dat ze me vertelde te negeren – dat mijn grootmoeder een verhouding had gehad in het sanatorium – en Rue was de eerste die me iets over het sanatorium uitlegde, het idee weggestuurd te zijn, het gevoel dat er daar een andere, afgezonderde cultuur heerste. Dat de man haar had verlaten en ergens naar het westen was gegaan. Dat mijn grootmoeder toen achter haar dokter aan was gegaan, mijn grootvader, en hem voor zich had gewonnen ('Je hebt de foto's van haar in die tijd gezien, ze was een erg knap meisje') door te doen of ze was wat ze niet was: lief en naïef. Onschuldig. 'Dat maakte in die tijd alle verschil van de wereld,' zei Rue. 'Je weet wel, dat een meisje met haar achtergrond seksuele ervaring had… Nou, dat maakte haar absoluut onbetamelijk.' Ze inhaleerde diep haar sigarettenrook. We zaten tegenover elkaar in de schemerige eetkamer. Rue rookte zelden als ze alleen met me was overdag, en natuurlijk nooit op straat, maar na het eten stond ze zichzelf twee sigaretten toe, zware Franse sigaretten zonder filter die net zo roken als mijn grootvaders sigaren.

'En papa wist er natuurlijk niets van tot het te laat was.'

'Tot wat te laat was?' vroeg ik.

'Liefje, tot ze getrouwd waren.'

'Ze zou hem er nooit in laten lopen! Dat geloof ik niet.'

Rue trok haar wenkbrauwen op maar zei niets.

'Bovendien houdt hij van haar,' zei ik. 'Dus wat doet het ertoe?'

Ze trok een gezicht, een pruillip.

'Van wie heeft u het gehoord?' vroeg ik.

'Het is algemeen bekend in de familie,' zei ze. 'Iedereen wist ervan indertijd.'

'Maar van wie heeft ú het gehoord?'

'Liefje.' Ze was geïrriteerd. 'Van Ada,' zei ze even later. 'Mijn tante. Jouw oudtante. Haar zusje.'

'Maar hoe wist die het?'

'Je grootmoeder had haar dagboek laten slingeren. En er waren brieven, brieven van de man in kwestie, zelfs na de bruiloft. Tante Ada heeft ze gezien.'

'Dus ze heeft haar dágboek gelezen?'

Rue schudde ongeduldig met haar hoofd. 'Wat vind je een grotere misstap: de man met wie je gaat trouwen misleiden of een rondslingerend dagboek lezen?' Ik antwoordde niet. 'Jij bent nog jong, liefje. Je bent boos over de kinderlijke overtreding die je je kunt voorstellen. Later zul je je het andere soort onrecht kunnen voorstellen. Zul je zien hoeveel groter de misstap is.'

Haar stem klonk definitief, veroordelend, zoals zo vaak, en ik stelde haar geen vragen meer. Maar altijd als ik aan dit verhaal dacht – en ik dacht er natuurlijk vaak aan, en zat eraan te draaien en te morrelen – herinnerde ik me het moment dat het me verteld werd. De invallende schemering van Rues eetkamer (hoewel er over de daken nog geel licht binnenviel door de ramen achter haar); de wijn, waarvan ik altijd een glas mocht drinken; de harde kruimels op de tafel waar ik mijn hand overheen haalde; de scherpe geur van Rues sigaret; de geluiden van Claude in de keuken, die zacht in haar eigen taal zong en afwaste; en het verbitterde genoegen waarmee Rue het vertelde, de manier waarop ze haar sigaret plette en plette en plette tot er geen rook meer uit kringelde. Ik dacht hoe walgelijk haar vingers moesten ruiken.

Rue had het overigens mis. In het dagboek staat:

5 december: zonnig vandaag, en de sneeuw is veranderd in glanzend ijs op de grond. John kwam laat vanmiddag en we zaten een poosje in de woonkamer. Ik vond de moed hem te vertellen dat ik beschadigde waar was. Hij zei dat dat hem niet uitmaakte.

Vijf december was een week nadat mijn grootvader mijn grootmoeder ten huwelijk had gevraagd, nadat ze hem had verteld dat ze tijd nodig had om erover na te denken. Hij reisde die middag per arreslee – op de landwegen lag de sneeuw te hoog voor een auto – en moest verscheidene huisbezoeken maken. Eentje in Newport voor een kind met koorts en keelpijn, een in Corinna voor een oude patiënt die op sterven lag, en een in St. Albans om bij iemand die een ongeluk op de boerderij had gehad het verband te verwisselen om een beenwond die niet genezen was en, vermoedde hij nu, nooit zou genezen. Ondanks de felle zon – bijna verblindend als hij het bevroren oppervlak van de sneeuw raakte – was hij in een sombere stemming. Toen hij onderweg naar huis door Preston reed, besloot hij in een opwelling bij de Rices langs te gaan. Hij had de afgelopen week Georgia gemeden in een eerzame poging haar de tijd te gunnen die ze nodig dacht te hebben om haar besluit te nemen, maar hij zei tegen zichzelf toen hij erheen reed dat hij maar een paar minuten zou blijven. Hij zou het excuus gebruiken dat hij het paard niet mocht laten afkoelen om zichzelf aan zijn woord te houden.

De aanblik van haar toen ze de deur opendeed, trof hem zoals altijd, met een intens plezier vol verwachting: wat ze zou zeggen of doen, een verhaal dat ze hem zou vertellen, een levendig gebaar dat ze zou maken en dat hem zou amuseren of verrukken. Ze bloosde en rukte haar schort af. Ze was in de keuken bezig geweest met haar stiefmoeder, zei ze verontschuldigend. Kerstkoekjes. Hij rook plotseling die bekende lucht van boter en suiker. Ze ging hem voor naar de woonkamer, waar een klein vuurtje brandde in de haard.

Er leek iets gedempts in de lucht te zijn toen ze samen gingen zitten. Eerst dacht hij dat het alleen door de dag kwam, door de hevige kou buiten en het gevoel hier opgesloten te zijn. Maar toen realiseerde hij zich dat dat niet het geval was, dat het iets in haarzelf was. Ze was anders. Bedeesd en een beetje onhandig.

Ze praatte tegen hem, zonder hem aan te kijken. 'Je weet dat ik je nog niets te melden heb.' Ze was tegenover hem gaan zitten op een lage damesstoel.

'Dat is niet waarom ik hier ben.'

Ze hield haar hoofd schuin en keek hem aan. 'Waarom ben je dan wel hier?'

'Ik dacht dat het me op zou beuren je te zien. En dat is zo.'

'Moest je opgebeurd worden?' Haar stem klonk nu lichter. Een beetje plagerig.

'Kennelijk.'

'Nou, dan ben ik blij dat ik van dienst ben geweest.' Hij zag dat ze glimlachte – ondanks zichzelf, leek het. Als om dat te verbergen stond ze op en liep naar het raam, haar rug naar hem toe. Toen ze even later weer de kamer in keek, was het licht achter haar zo fel dat hij haar gezicht niet goed kon zien. 'Waardoor was je zo moedeloos?' vroeg ze.

'Nog het meeste doordat ik jou niet heb gezien.'

'Als ik dat geloofde...' Ze stak haar hand afwerend op.

'Als je dat geloofde zou je onmiddellijk ja zeggen.'

Ze keerde zich snel weer naar het raam. 'Ik heb gezegd dat ik nog niet klaar ben om die vraag te beantwoorden.'

'Het spijt me, Georgia.' Hij keek strak naar haar rug alsof die hem iets kon vertellen over haar gevoelens. 'Ik maakte een grapje en dat was verkeerd, zolang je nog... worstelt met je besluit.'

'Dat is zo. Maar dat komt alleen doordat... Ik wil graag dat alles volkomen duidelijk tussen ons is als we trouwen.'

'Natuurlijk, ik ook.'

Hij hoorde haar ongeduldig zuchten. 'Je antwoordt zo snel, John. Dat doe je altijd. Soms vraag ik me af of je wel echt naar me luistert.'

'Ik luister. Ik luister echt.' Hij stond op, liep naar haar toe en bleef vlak achter haar bij het raam staan. Hij kon haar ruiken: lavendel en de karakteristieke, sterke, dierlijke geur van haar haar. Het was kortgeleden weer geknipt, dacht hij. Haar nek leek lang en wit. 'Wat moet er duidelijk zijn?'

'Nou. In de eerste plaats zou ik moeten leren beter van je te houden.'

Hij begreep dat ze bedoelde dat ze nu niet van hèm hield en heel even stond alles stil. Maar dat had hij toch geweten? Toen hij zijn aanzoek had gedaan, toen hij over zijn liefde voor haar had gesproken, had ze geglimlacht maar niet in gelijke termen geantwoord. Na een paar tellen was hij in staat te zeggen: 'Denk je dat dat mogelijk is? Dat je dat zou kunnen?'

Buiten schudde het paard zijn tuig als om hem eraan te herinneren dat hij niet langer kon blijven. Het gerinkel klonk binnen als een zwak muzikaal geluidje.

'Ik heb goede hoop,' zei ze.

Ondanks de pijn die dat hem berokkende – deze reserve van haar kant – moest hij ook glimlachen. Haar pijnlijke eerlijkheid. 'Dan zal ik eveneens goede hoop hebben,' zei hij zacht.

'En verder moet je weten' – haar stem klonk zachter en hij moest zich naar haar overbuigen om te horen wat ze zei – 'Ik ben... Ik ben beschadigde waar. Dat is alles.' Ze stond zo dicht bij het raam dat haar stem een wolk maakte op het glas.

Hij dacht dat ze het over haar ziekte had, over de schaduw op haar longen, en hij voelde zo'n belachelijke opluchting in zijn hart – dat was alles! – dat hij zich moest inhouden om niet te lachen of het uit te schreeuwen van plezier en blijdschap. Het was kennelijk zo vreselijk belangrijk voor haar, te begrijpen wat hij ervan vond, dat hij er niet de spot mee durfde drijven. Maar hij moest haar aan de andere kant geruststellen dat het hem niet uitmaakte. Dat niets onbelangrijker kon zijn. 'Daar hecht ik geen belang aan,' zei hij een beetje te luid. 'Geen enkel belang.'

Ze zei een paar tellen niets. Ze vroeg zich af of hij het al had geweten van Seward. Had iemand in het sanatorium tegen hem geroddeld over haar? Kon het echt zo zijn dat hij het niet erg vond? Dat hij dit van haar kon weten – dit kon horen – en toch nog van haar hield? Ze raakte met haar vingertoppen het ijzige glas aan, zo koud dat het brandde. Uiteindelijk zei ze: 'Je klinkt er zo zeker van.'

'Dat is ook de bedoeling. Ik ben er zeker van.' Hij keek strak naar het profiel van haar gezicht.

Ze voelde zijn ogen weer op zich gericht. Ze dacht dat zijn grotere ervaring met de wereld (als ze aan 'de wereld' dacht, dacht ze aan de oorlog, en de dood, en ook aan foto's van Parijs die ze had gezien) hem op de een of andere manier een ruimer en wijzer wereldbeeld moest hebben gegeven dan dat van de jonge mannen die ze had gekend. Dat hij haar begreep, dat hij haar vergaf. Het ontroerde haar te bedenken dat hij daartoe in staat was.

'Dus als dat alles is, als dat werkelijk alles is, hoop ik dat je gauw je antwoord voor me hebt,' zei hij met zijn vriendelijke stem.

'Dat is alles,' zei ze. Een hele tijd leek ze in gedachten verzonken. Toen keek ze hem ernstig aan. Ze zei: 'En dat zal ik hebben. Ik zal gauw een antwoord hebben.'

Toen hij even later wegging, liep ze zwijgend met hem mee naar de koude hal, en mevrouw Erskine – mevrouw Rice – kwam toen ze hen hoorde uit de keuken om hem te begroeten en afscheid te nemen. Haar hond, een grote bastaard, bruin met wit, liep bezitterig achter haar aan, zijn nagels tikten op de houten vloer. Toen Georgia de deur opendeed, blafte hij woest bij het zien van het paard, en mevrouw Rice moest hem bij zijn halsband vasthouden toen Holbrooke naar buiten ging.

De volgende dag accepteerde Georgia zijn aanzoek. Drie weken na Kerstmis trouwden ze met de kleine ceremonie die zij had gewild, alleen in aanwezigheid van hun directe familie. Ze gingen naar Boston op huwelijksreis. Er was een sneeuwstorm de tweede dag dat ze daar waren, en de stad leek de twee dagen dat ze er nog bleven een beetje op het kleine stadje in Maine dat ze hadden verlaten. Er was geen verkeer meer. Winkels en kantoren bleven dicht, en mensen praatten opgewekt tegen elkaar als ze elkaar passeerden op de stoep. Ze liepen in ganzenpas door de diepe sneeuw naar de openbare leeszaal om te kijken naar de nieuwe muurschilderingen van Sargent, omdat Georgia's kersverse echtgenoot een bewonderaar van zijn werk was. Ze gingen naar de rivier en keken naar de zonsondergang. Ze dronken elke middag thee in het Parker House hotel. Voor ze naar bed gingen, dronken ze elke avond een glas sherry in hun kamer.

Als ze bij elkaar gingen liggen, raakte hij haar overal aan, zacht en grondig, alsof het aanraken zelf het doel was. Dat zei hij ook. Hij vertelde dat haar knieën zijn hart braken. Dat haar enkels het weer heelden. Hij zei dat ze konden wachten, wachten tot zij er klaar voor was.

Maar zijn aanraking maakte dat zij er klaar voor was. Maakte haar begerig. Ze was ook nieuwsgierig – als zijn aanraking zo anders was dan die van Seward, zou de daad zelf dan ook anders zijn? Misschien waren daar ook variaties in.

Het wás anders, langzaam en gul. Het hielp Georgia dat het altijd donker was als ze bij elkaar gingen liggen. Het hielp haar dat ze in het oververhitte hotel zo weinig kleren droegen. Het hielp haar dat zijn tederheid haar ook ruimte gaf hem aan te raken, de aanvallende partij te zijn, zelfs de overhaaste. Ze leerde zijn naam uitspreken op die warme nachten.

Als hij al verbaasd was over haar lust, over haar nieuwsgierigheid en ongedwongenheid, hij zei er niets over. Hij vermoedde beslist niets. Hij voelde zich gewoon een bofkont. Hij had het gevoel dat haar ontvankelijkheid misschien deel uitmaakte van wat ook op andere manieren ongebruikelijk aan haar was: haar directe benadering van het leven, haar ontroerende eerlijkheid, haar gretigheid om te leren.

Ze gingen terug naar Maine, naar een klein houten huis vlak buiten Pittsfield dat ze hadden gehuurd, en ze leek op te gaan in het huishouden – gordijnen en meubelhoezen naaien, koken, bedankbrieven schrijven voor de vele cadeaus die ze hadden gekregen.

Voor ze trouwden had ze hem een piano gevraagd in plaats van een verlovingsring. Hij had haar de ring gegeven omdat hij dat wilde, een kleine maansteen omgeven door diamantjes. Maar toen ze eenmaal ingericht waren, kocht hij ook een piano voor haar. Met oprechte vastberadenheid nam ze les bij een leraar die hij voor haar had gevonden, iemand die een van zijn patiënten hem had aangeraden.

Hun leven samen begon zijn eigen ritmes te ontwikkelen. In het weekend gingen ze meestal op bezoek bij haar familie, of haar vader en stiefmoeder kwamen bij hen. Vaak kwamen Ada, of Ada en Freddie de hele dag, of bleven ze logeren. Ze begonnen uitnodigingen te krijgen als echtpaar: voor bridge, voor de thee. Een van Georgia's schoolvriendinnen woonde in Pittsfield, en zij en Georgia gingen vaak bij elkaar op bezoek. In de lente, toen de wegen opgedroogd waren, leerde John haar autorijden.

In die periode, toen hij een keer vroeg in de avond op het huis afliep, hoorde hij haar een van haar beginnersstukjes op de piano spelen, steeds weer dezelfde eenvoudige frases herhalen. Dat leek hem zo symbolisch voor haar vastberadenheid, haar karaktersterkte, dat hij stil bleef staan op het tuinpad alsof hij opeens niet meer wist waar hij was, overweldigd door liefde en medelijden en verlangen naar haar.

Ze hadden een picknick gepland voor de derde zaterdag in juli. Ze zouden naar de Sacorivier gaan en een deken uitspreiden op de oever. Hij zou visgerei meenemen – dat was ogenschijnlijk de reden voor het tochtje – maar waar hij werkelijk naar uitkeek, was erheen rijden met Georgia naast zich in de auto. De deken tussen hen uitspreiden en kijken hoe ze hun lunch uitpakte. Hij stelde zich voor hoe ze de borden zou neerzetten, het draaien van haar polsen, het openen van haar handen. De manier waarop haar armen zouden bewegen, snel en elegant. Hij hield van haar! Hij hield nu nog meer van haar dan toen ze trouwden. Hun seks was als een onuitgesproken geheim tussen hen, een diep plezier onder al het andere door waar hij niet op had durven hopen. Hij voelde de belofte in elke haastige, ongeduldige stap van haar door het huis, in de manier waarop ze haar hoofd schuinhield als ze hem begroette, in elk gebaar dat ze maakte.

Het huis was stil toen hij binnenkwam, wat hem verbaasde. Ze was niet in de keuken of de woonkamer. De slaapkamerdeur was dicht.

Sliep ze? Was ze ziek? Hij klopte zacht.

'Ja,' zei ze.

'Georgia?'

'Ja. Kom binnen.'

Ze zat in de stoel bij het bed. Misschien had ze hem door het raam zien aankomen. Maar haar gezicht, zag hij nu ze naar hem opkeek, was rood, haar ogen gezwollen.

'Wat is er?' vroeg hij. Haar vader, dacht hij. 'Schat, wat is er aan de hand?'

'O… niet doen,' zei ze. Ze had haar hand opgestoken om hem tegen te houden. 'John, het is… Het spijt me zo. Het is gewoon mijn eigen…'

'Er is niets met je vader.'

Er kwam een droevig, verrast lachje uit haar. 'Nee,' zei ze, en schudde met haar hoofd van nee. 'Nee, thuis is alles goed. Het is alleen – ach!' Ze maakte een vaag gebaar. 'Ada en pappa zijn geweest. Ze had een brief die voor me was gekomen.' Hij zag hem liggen waar haar hand heen had gebaard, de opengescheurde envelop op de blauwe sprei.

'Hij gaat over mijn vriend,' zei ze. En toen hij niet reageerde, 'de jongeman uit het sanatorium. Zijn dood. Ik… ik ben ervan ondersteboven.'

'Het spijt me zo, schat.'

'O, John. Mij ook. Het spijt mij ook.'

Hij lag nu op zijn knieën bij haar, hield haar vast, maar ze was slap in zijn armen, reageerde niet, en even later liet hij haar los, verward. Hij ging op zijn hurken zitten. Hij vroeg: 'Welke jongeman was dat?'

'De jongeman over wie ik je heb verteld. Je weet wel.'

'Ik ben bang dat ik me dat niet herinner. Wanneer heb je me over hem verteld?'

'John, je moet het je herinneren.' Ze keek fronsend op hem neer. Zittend in de stoel was ze langer dan hij.

'Nee, het spijt me, ik herinner het me niet.'

'Toen ik met je praatte… voor we trouwden. Ik heb het je verteld. Ik heb je verteld van mijn verhouding met hem.' Hij leek nog onzeker. Ze keek neer op haar handen in haar schoot.

'Toen ik je vertelde dat ik… geen maagd was.'

Hij wendde zich abrupt af, alsof ze hem had geslagen. Het woord op haar lippen schokte hem. Het leek grof. Hij stond op, struikelde bijna. Hij was verdoofd, en probeerde zich toen het moment te herinneren waar zij het over had.

Hij herinnerde het zich – hoe ze eruit had gezien in profiel, haar lippen geopend, en het vluchtige waas van haar adem op het heldere glas. Hij herinnerde zich de geur van haar haar, de felle zon, een glans op de sneeuw buiten, en het paard dat ongeduldig met zijn kop schudde.

'Beschadigd', had ze gezegd.

Nee: 'beschadigde waar'. Ja. Het jargon van roddeltantes, de lelijke formulering die gebruikt zou worden over haar, zijn vrouw, door anderen. Ja. Beschadigde waar. Dat had ze gezegd.

En hij had het gehoord zoals hij het wilde horen. Hij had gedacht – omdat hij een dwaas was, omdat hij verblind was – hij had gedacht dat ze haar longen bedoelde.

Haar longen, die waarschijnlijk vanzelf al genezen waren voordat ze in het sanatorium kwam. Voordat ze haar minnaar ontmoette. Haar liefje. De man die haar geneukt had voordat hij dat deed. Die haar beschadigd had. Over wie hij eerder had gehoord en van wie hij niets had begrepen.

Ze praatte nu. 'Je was toen zo ongelooflijk grootmoedig en vergevend. Ik hoop… dat je dat nu ook kunt zijn. Even, in elk geval. Want mijn verdriet – mijn pijn – is tijdelijk, dat verzeker ik je.' Haar stem was nu verontschuldigend, formeel en verontschuldigend. Ze dacht dat hij gekwetst was. Gekwetst door haar verdriet om iemand anders. 'Het gaat over, dat weet ik.'

Hij stond met zijn rug naar haar toe, met zijn ellebogen op de hoge ladenkast, zijn handen tot vuisten tegen zijn mond gebald. Links en rechts van hem lagen op de loper over de kast wat dingen die hij daar had laten liggen: munten, een stapeltje opgevouwen zakdoeken die hij nog niet had opgeborgen, door Georgia tot keurige vierkantjes geperst, zijn borstels met zilveren handvatten, een set die van zijn vader was geweest. Hij zag ze niet.

'John,' zei ze. 'Het heeft niets met jou en mij te maken.'

'Ik ben bang van wel.' Zijn stem was prekerig en kil, hij kon er niets aan doen.

'Nee, John. Ik zweer het, dat heeft het niet.' Er klonk nu wat angst in haar stem. Ze was verbijsterd door zijn reactie. Ze had gedacht dat hij begrijpender zou zijn. Hij, die in haar ogen zoveel had begrepen.

Ze stond op. 'Ik zal het opzij zetten, John. Je hebt natuurlijk gelijk. Je hebt gelijk. Ik heb niet het recht zo'n verdriet te voelen.'

Hij antwoordde nog steeds niet, verloren als hij was in zijn eigen verbazing en pijn.

'We… we gaan naar onze picknick, John.' Ze was naast hem komen staan. Haar hand bewoog aarzelend over zijn rug en greep lichtjes zijn schouder. 'John, kijk me aan. Ik heb het van me afgezet. Ik ben het al vergeten.'

Hij schudde haar hand van zijn schouder. 'Zeg dat niet. Dat hoef je niet te zeggen.'

Ze bleef even staan voordat ze zei: 'Maar wat moet ik doen, John? Je bent boos, dat zie ik.'

'Als ik boos ben… ik bén boos, je hebt gelijk. Maar alleen op mezelf.' Ze was tenslotte eerlijk geweest. Ze had geen smoezen verzonnen. Ze had die lelijke woorden over zichzelf gebruikt. Beschadigde waar. Het was niet haar schuld dat hij haar verkeerd had begrepen.

'John,' begon ze. Hij zag haar handen weer omhooggaan. Om hem aan te raken.

'Georgia, je moet me met rust laten!' barstte hij uit.

Ze deed een stap bij hem vandaan. Ze verbleekte. 'Natuurlijk,' zei ze. 'Ik wilde alleen…'

'Ik moet hier gewoon over nadenken.' Hij legde zijn hoofd even in zijn handen.

'Natuurlijk. Alleen…'

'Nee. Georgia.' Hij keek haar aan. 'Je begrijpt me verkeerd. Ik ben niet boos op jou. Ik ben stom geweest. Ik heb… alleen gehoord wat ik wilde horen. Ik – ik heb niet begrepen wat je me probeerde te vertellen de dag dat je over deze jongeman vertelde.'

'Maar ik heb gezegd…'

'Ik weet wat je hebt gezegd. Ik herinner het me heel goed. En ik heb het verkeerd verstaan. Dat is wat ik je probeer te vertellen. Ik heb het toen verkeerd verstaan. Ik heb je verkeerd begrepen. Ik realiseer me nu pas dat je een… een minnaar hebt gehad voor mij. Voordat we getrouwd waren.'

Ze ging nu op de rand van het bed zitten. 'Maar ik heb het gezégd, John,' fluisterde ze. 'Ik heb me tot het uiterste inge-spannen om het je te vertellen.'

'Georgia, ik weet het. Het was mijn eigen wens om… iets anders te geloven waardoor ik je niet goed heb verstaan.'

'Maar je was zo… geweldig. Zo vergevend. Waar dacht je dat ik het over had?'

'Je ziekte. Je longen. Je beschadigde longen. Die natuurlijk nauwelijks beschadigd zijn.'

'Je dacht dat ik het over mijn tuberculose had?'

'Ja.'

Ze lachte opeens, een wrange kreet.

'Ja,' zei hij.

Haar ogen werden even wazig. Toen keek ze hem weer scherp aan. 'Dus het was niet jouw… je hebt me toen niet be-grepen. Je hebt me niet vergeven.'

'Ik weet het niet. Nee. Niet toen. Toen niet. Ik moet hier-over nadenken, Georgia.'

Er viel een lange stilte in de kamer. Buiten liep iemand langs, vrolijk vals fluitend. Georgia voelde zich wegzakken in zichzelf, in verwarring. Ze was duizelig. Ze herinnerde zich hem die dag, hoe ze op dat moment van hem was gaan houden – toen hij haar vergaf.

Uiteindelijk zei ze: 'Weet je hoe prachtig ik je toen vond, John? Hoe… wijs en prachtig?'

Even later zei hij, nog steeds zonder naar haar te kijken: 'Ik weet wat je bedoelt. Je bedoelt dat ik het niet was. Dat ik dat niet was. En je hebt gelijk. Dat begrijp ik. Ik ben niet prachtig. Ik ben nooit wijs geweest.'

Zijn gezicht was zo vol wanhoop dat ze zich van hem afwendde. Ze keek een poosje naar haar eigen vingers die open- en dichtgingen op de blauwe sprei, over de bobbeltjes en richeltjes. Ten slotte zei ze: 'Wil je een nieuwe kans, John?'

'Een nieuwe kans?'

'Ja.' Ze ging rechterop zitten. 'Een nieuwe kans om te zeggen of je belang hecht aan het feit dat ik beschadigde waar ben.'

'Je bent mijn vrouw, Georgia. Of het van belang is of niet geldt niet langer.'

Ze staarde hem aan. 'Wat klink je dwaas,' fluisterde ze.

'Ik voel me dwaas.'

Er viel twee minuten lang een ellendige stilte waarin ze heftig van elkaar wegkeken. De bries tilde het gordijn voor het raam op. Ik wilde dat ik kon doodgaan, dacht Georgia. Ik wilde dat ik dood was gegaan in het sanatorium. Ik wilde dat ik verteerd was door tb.

En toen zei ze: 'Wat bedoelde je, John, dat mijn longen nauwelijks beschadigd zijn?'

Hij zuchtte. Hij leunde nu tegen de muur, zijn armen over zijn borst gevouwen. Hij zei: 'Alleen dat je eigenlijk gezond bent.'

'Nu.'

'Ja, nu. Toen waarschijnlijk ook.'

'Toen. Toen je me naar het sanatorium stuurde.'

'Waarschijnlijk. De beschadigingen waren waarschijnlijk al keurig ingekapseld voordat je er aankwam.'

'Maar je bedoelt toch niet dat ik daar niet had hoeven zijn?'

'In puur fysieke termen waarschijnlijk niet. Maar je had de ziekte. En het leek de wijste beslissing, omdat je thuis onder druk stond. Je had rust nodig, anders was je echt ziek geworden. Het sanatorium bood die rust.'

'Maar dat is niet wat je tegen me zei.' Haar stem werd zwakker. 'Je zei dat ik tb had. Je zei dat ik écht ziek was.'

'En dat was je ook. Je was niet echt ziek, maar je had tb. Je had het gehad.'

'Maar ik had eigenlijk niet hoeven gaan.'

In zijn verdriet en geschoktheid vond hij dat ze afdwaalde, doordramde over een volkomen irrelevant punt. 'Dat is nu van geen enkel belang, Georgia. Waarom zou je erover doorzeuren?' Hij klonk ongeduldig. 'Je bent uitgerust in het sanatorium en op krachten gekomen. Het heeft je geen kwaad gedaan, en ik vermoed dat het je zelfs veel goed heeft gedaan.'

'Maar het heeft mijn léven veranderd!' riep ze.

Hij dacht dat ze doelde op haar jongeman, op haar affaire. Dat ze hem – hém! – daar de schuld van gaf. Hij keek haar koud aan en ze beantwoordde zijn blik.

'Je had het recht niet dat te doen,' zei ze langzaam.

Hij wendde zich af.

'John. Je had het recht niet.'

'Ik was je dokter, Georgia.' Zijn vuisten sloegen op de kast bij dat woord. 'Ik moest doen wat het beste voor je was.'

'Maar ik had er toch iets over te zeggen moeten hebben?'

'Als jij iets had mogen zeggen, zou je thuis zijn gebleven bij je vader en jezelf afgepeigerd hebben.'

'Ja! En wat is daar mis mee? Het was mijn wérk.'

'Ach, Georgia.'

'Ik zou thuis zijn gebleven, en mijn vader zou niet getrouwd zijn, en ik zou nooit Seward hebben ontmoet of met jou zijn getrouwd, en ik zou mijn leven hebben teruggekregen.' Ze dacht er nu aan; ze hunkerde ernaar, naar hoe het geweest was, haar eenzame, vreemde leven in haar vaders huis, de lange nachten alleen, lezend, gewoon zittend, het melancholieke slaan van de oude klok elk kwartier, het sterke besef van haarzelf als het centrum van alles.

'En is dat wat je wilt? Je oude leven terug?'

Ze huilde nu. 'Ja,' jammerde ze. 'Dat is wat ik wil!'

Ze bleef met tussenpozen bijna twee dagen huilen, soms zonder precies te weten waarom. Om alles. Alles wat voorgoed weg was. Haar thuis, haar familie. Seward en zijn vreselijke eenzame dood. John, die niet was wat ze gedacht had. Haarzelf: de persoon die ze zich had gevoeld voordat dit allemaal begon, deze janboel die nu haar leven was.

John bleef de hele eerste middag weg, reed van hot naar her door het land. Toen hij thuiskwam was het al donker en de slaapkamerdeur was dicht. Hij kleedde zich uit en sliep op de divan, onder de deken die zijn moeder voor hen had gehaakt als huwelijksgeschenk. Toen hij 's nachts wakker werd, zag hij het vreemde licht, de onvertrouwde vormen. Waar was hij wakker van geworden? Toen hoorde hij het: het hoge, dierlijke gejank, zacht en zielig, vanachter de deur. Hij ging niet naar haar toe.

De volgende ochtend ging hij naar binnen om zich voor de kerk te kleden, zij lag in elkaar gedoken onder de dekens met het kussen over haar hoofd. Ze bewoog niet en zei niets tegen hem de hele tijd dat hij in de kamer was, hoewel hij op geen enkele manier probeerde zachtjes te doen.

Hij zat alleen in de laatste bank, de rode gezangenboeken op gelijke afstanden naast hem op de onbezette plaatsen. De dienst was saai, de preek vaag en zinloos. Hij ging na afloop snel weg, bijna zonder dominee Scott gedag te zeggen. Hij reed naar het Empsons Hotel in Ellsworth, zoals hij vaak had gedaan voordat hij getrouwd was, en lunchte daar lang en traag: erwtensoep met brood, gebraden kip, aardappelen met jus en sperziebonen, en vanilleijs toe. Hij probeerde zichzelf wijs te maken dat hij genoot, maar af en toe hield hij op met kauwen en staarde ergens in de verte, verdoofd door zijn ongeluk. Zijn ongeluk en dat van Georgia, herinnerde hij zichzelf – want zij had zich tenslotte ook in hem vergist.

Na afloop zat hij in de lobby van het hotel een sigaar te roken en probeerde de krant te lezen, een lang artikel over Sacco en Vanzetti. Laat in de middag reed hij terug naar zijn praktijk en zat daar een poos te denken, met zijn voeten op zijn bureau. Een paar keer viel hij even in slaap en had ellendige, verwarde dromen. In de laatste zag hij Georgia zoals ze als meisje was geweest, toen ze in het gras in de zon stond wanneer hij naar haar moeder ging – zo stoer en dapper en zuiver – en toen hij wakker werd, voelde hij zich helemaal leeg, alsof zij gestorven was.

En toen zwaaide hij zijn benen op de grond en sloeg met zijn vuist op zijn bureau, woedend op zichzelf. Ze wás dapper en zuiver. Ze was volkomen oprecht geweest, pijnlijk oprecht. Hij was degene die gelogen had – over haar ziekte, en toen over zijn eigen grootmoedigheid. Het doet er niet toe dat het niet met opzet was. En als ze in het sanatorium haar kuisheid had verloren, nou, wie had haar daarheen gestuurd? Wie dacht dat hij wist wat goed voor haar was? Wie had zich gedragen alsof hij God in Zijn hemel was, door stervelingen heen en weer te schuiven, hun levens opnieuw te rangschikken naar Zijn grillen?

Georgia. Hij dacht nu aan haar hoe ze eruit had gezien de dag dat hij haar hier in zijn spreekkamer had onderzocht, haar schouders gekromd om haar borsten te verbergen, de lange haarlokken die over haar rug lagen. Hoe haar huid had aangevoeld, droog en warm van de koorts onder zijn vingertoppen.

Toen zag hij haar liggen met een gezichtsloze mannelijke figuur. Hij dacht aan bepaalde manieren waarop ze hem had aangeraakt – hij was zo dankbaar geweest, zo verrast! – en stelde zich voor dat ze dat met iemand anders deed. Dwong zichzelf het zich voor te stellen, zorgvuldig en grondig.

En toen haatte hij zichzelf erom. Waar was zijn grootmoedigheid nu? Zijn vergevingsgezindheid?

Hij hield van haar. Hij hield toch van haar? Ze was precies dezelfde die ze altijd was geweest.

Hij ging na het donker weer naar huis. De slaapkamerdeur was weer dicht. Hij sliep in de woonkamer. 's Ochtends werd hij wakker van haar geluiden in de keuken. Hij rook koffie. Hij stond op, schoor zich zorgvuldig en kleedde zich aan. Toen hij in de keuken kwam, zag hij dat ze voor zijn ontbijt had gedekt. Ze had sinaasappelsap en koffie voor hem ingeschonken. Ze stond bij het fornuis, haar rug naar hem toe.

'Goedemorgen, John,' zei ze.

'Goedemorgen,' antwoordde hij. Hij zag dat de paarse stokrozen voor het raam op het punt stonden open te barsten in hun vloeipapieren bloei. Een dikke bij bonsde tegen de hor. Ze keerde zich half om en vroeg hoe hij zijn eieren wilde.

'Geroerd en doodgekookt,' zei hij en zag haar vage glimlachje.

Ze praatten heel lang niet meer over hun ruzie.

TWAALF

Samuel Eliasson kende mijn tovermeer, vertelde hij. Het Quabbinmeer. Het Quabbinreservoir. Het lag in het westen van Massachusetts, bijna recht naar het zuiden. De verdronken stadjes waren nu juist de stadjes waarover hij schreef, stadjes die waren verdwenen toen ze de meanderende rivier de Swift afdamden. Ze waren opgeofferd zodat Boston – steeds groter, steeds dorstiger – een kant-en-klare voorraad drinkwater had. Het waren hun droevige verhalen die hij vertelde in zijn essays.

Dat was in november. We vierden het eind van het footballseizoen met een uitgebreid diner dat ik had gekookt, de eerste keer dat ik meerdere gasten onthaalde in West Barstow. Ik was keukengerei gaan kopen in een dure winkel in Rutland: een goed, scherp hakmes, kleine soufflébakjes en wijnglazen. Ik had Leslie ook uitgenodigd, en haar man, en een van de vrouwen die ik had leren kennen bij mijn leesgroep in de bibliotheek, Lydia Porter. Ze was levendig en bijna even oud als Samuel. Ik dacht dat hij haar misschien aardig zou vinden. Het was een oneven aantal, maar Joe zei altijd dat oneven goed was tijdens een diner, minder voorspelbaar.

Ik was bijna twee dagen aan het koken geweest. Het deed me denken aan de maaltijden die Joe en ik samen hadden bereid, en het gevoel dat ons leven toen één groot feest van wijn en eten en vriendschap was. Het deed me denken aan de opluchting die ik langzamerhand was gaan voelen toen dat allemaal voorbij was en voedsel gewoon weer brandstof was geworden, zoals het vroeger in mijn leven was geweest, toen de kinderen laten eten en vervolgens aan hun huiswerk zetten het enige doel van mijn koken was. Maar daar stond ik te hakken, te sauteren, een fond te laten inkoken, en dat allemaal met een plezier dat ik naar mijn gevoel achter me had gelaten.

Ze waren onder de indruk, dat zeiden ze tenminste. Eigenlijk was ik zelf ook onder de indruk, en aangenaam verrast dat ik het nog kon. Ik at gulziger dan mijn gasten.

Na afloop zaten we aan tafel koffie te drinken, het licht was gedimd, de dikke, witte kaarsen brandden zacht, de lege dessertbordjes waren opzijgeschoven. Aangespoord door Leslie, door haar nieuwsgierigheid naar het huis en mijn grootouders, vertelde ik hoe ik hier was komen wonen. Ik begon herinneringen op te halen en vertelde het verhaal van het geheimzinnige onderwaterdorp waar mijn grootvader me mee naartoe had genomen, en hoe ik op de een of andere manier net zo had gedacht over Frankrijk – als een even dromerig, ver en veelbelovend oord.

En Samuel vertelde dat hij het kende.

Ik was opgetogen. Ik wilde erheen. Wilde hij me meenemen?

Natuurlijk, zei hij. Met genoegen. Hij maakte een buiginkje met zijn bovenlichaam. En zoveel makkelijker dan een footballwedstrijd. 'Alleen moet je wel voorbereid zijn,' zei hij, 'er zijn geen gebouwen.'

'Hoe bedoel je?' vroeg ik. 'De gebouwen zijn juist waar het om gaat.'

'Kijk, de gebouwen zíjn de mythe,' zei hij. 'Mensen praten erover en schrijven erover en verbeelden zich dat ze ze hebben gezien, maar ze zijn er niet. Ze bestaan niet.'

'Maar ík heb ze gezien. Ik zal nooit vergeten hoe ze eruitzagen. Zoiets kun je niet verzinnen. Ik heb ze gezien.'

'Dat zeg je.'

Ik leunde over de tafel heen. 'Wil je me vertellen dat ik het me verbeeld heb?'

'Dat zou ik niet durven.'

'Maar je doet het wel.'

Hij draaide met zijn kopje over zijn schoteltje. 'Luister, dit is het verhaal, Cath,' zei hij. 'Het is een reservoir, dat moet je niet vergeten. Het water wordt gebruikt om te drinken. Het moet maagdelijk zijn. Ze konden de gebouwen daar niet laten staan rotten. Er zaten gifstoffen in. Loden buizen. Loodverf. Afval. Chemicaliën van stalhouderijen en looierijen en vee. Ze moesten zelfs de bovenste grondlaag wegschrapen. Alles is met de grond gelijkgemaakt en verbrand. Het is weg. O, ze hebben een paar kerken bewaard. Verplaatst. Ze hebben de begraafplaatsen opgegraven en de doden opnieuw begraven. Maar de rest is er gewoon niet. Nergens.'

'Maar ik heb het ook gehoord, wat Cath zegt,' viel Leslie in. 'Dat je op heldere dagen als het water helemaal glad is gebouwen kunt zien. Heb jij dat niet gehoord?' Ze keerde zich naar haar man, een grote, vrij stille man: Sid.

Hij was niet snel genoeg. 'Dat hebben we allemaal gehoord,' zei Samuel, 'omdat het zo'n geweldig verhaal is, vermoed ik. Het is alleen niet waar.'

Ik schudde mijn hoofd. 'Ik zweer dat ik het zag. Dat we het allebei zagen, mijn grootvader en ik. We hebben erover gepraat. Dat herinner ik me.'

'Maar zo werkt het geheugen,' zei Samuel. 'We verschaffen het beeld waar onze verbeelding om vraagt. En langzamerhand, met de tijd, wordt het wat er was. Dat is een groot probleem voor historici.' Een van de kaarsen sputterde plotseling, de vlam flakkerde en de schaduwen op al onze gezichten verschoven.

'God,' zei Lydia even later. 'Kun je je voorstellen wat voor herrie er zou ontstaan als ze probeerden Barstow te laten onderlopen? Wat ik niet snap is hoe ze het in hemelsnaam voor elkaar hebben gekregen.'

Samuel hief zijn hand en wreef zijn duim tegen zijn vingers. 'Geld,' zei hij. 'De regering heeft hen uitgekocht, natuurlijk.

246

En die stadjes waren toch al op sterven na dood. Het hele gebied was op sterven na dood. Mensen hadden het geld dat de regering bood wanhopig hard nodig.' Zijn gezicht, in het kaarslicht, straalde van het genoegen waarmee hij dit verhaal vertelde; vlekjes kaarslicht dansten in zijn ogen. 'Genoeg mensen hadden het geld nodig in elk geval. Ze wilden het. Ze wilden ergens anders heen gaan en opnieuw beginnen. Het oude Amerikaanse verhaal. Dus bleef er niet veel te verdedigen over voor degenen die daar de behoefte toe voelden. Al waren er mensen die er niets mee te maken wilden hebben. Veel woede. Veel verbittering. Mensen die zeiden dat ze zouden blijven, weet je wel, dat ze liever verdronken in hun huis. Zelfs pogingen tot sabotage van de dam. Allemaal vergeefs, natuurlijk. De teerling was geworpen.' Hij leunde achterover in zijn stoel. 'En in zekere zin waren al die stadjes al verlaten. Heel New England eigenlijk.'

'Nee, niet waar,' wierp ik tegen. 'Ik was hier. Mijn grootouders waren hier.'

Vooruit.' Hij glimlachte tegen me. 'Op jullie na dan. Maar heus, de echte bloeiperiode van New England duurde heel kort. Op het moment dat het Midwesten werd opengelegd door de spoorwegen begon de populatie in al deze boerendorpjes terug te lopen. Je kunt het nagaan in de gemeenteregisters, daar zie je het gewoon jaar na jaar in heel New England gebeuren. Als economisch levensvatbare eenheden begonnen ze al gauw na hun ontstaan af te sterven. Wat wij als New England beschouwen is eigenlijk voornamelijk herinnering. Nostalgie naar wat is geweest. Wat in het grote wiel van de tijd eigenlijk nauwelijks is geweest.'

Hij schudde zijn hoofd.

'Nee, zodra het midden van het land makkelijk te bereiken was, had het geen zin meer een leven uit deze heuvelachtige, rotsige velden te persen, en de meeste mensen met ambitie of initiatief zagen dat in en vertrokken. Dus in zekere zin was het

voor die lui in de stadjes rond de Quabbin alleen de genade-
slag. Te verwachten.'

'Maar toch. Stel je eens voor. Het moet zo moeilijk geweest
zijn.' Dat was Lydia.

'Dat zal het zeker,' zei hij.

We bleven even zwijgend zitten.

'Verdomme!' zei ik. 'Ik herinner het me. Ik vind het vreselijk toe te geven dat ik me zo vergist kan hebben.'

Samuels stem klonk vriendelijk. 'Willen we niet allemaal
soms iets geloven? Zo graag dat we echt het gevoel hebben dat
we het hebben meegemaakt?'

Ik keek hem aan. Met zijn hoofd een beetje schuin keek hij
mij aan. Ik glimlachte. 'Dat is een dwingend "wij" dat je gebruikt, Samuel,' zei ik. 'Ik ben ook lerares geweest, weet je. Je
kunt mij er niet zo makkelijk inluizen.' Ik zwaaide mijn wijsvinger naar hem.

Hij glimlachte terug. 'Goed,' zei hij. 'Goed, we gaan erheen.
We gaan kijken. Daarna gaan we verder met ruzie maken. En
dan zul je moeten toegeven dat een oude man soms gelijk kan
hebben.'

'O, een oude man! Wat een aanstellerij!' Ik keek rond om
de anderen te laten delen in mijn pret, en realiseerde me dat
ze naar ons keken. Naar Samuel en mij samen. Ons bestu-
deerden.

Plotseling bloosde ik. Maar Samuel was rechtop gaan zitten, hij praatte weer, praatte tegen de tafel in het algemeen.
Had hij het ook gemerkt? Probeerde hij hun aandacht af te leiden?

'Het is echt een fascinerende legende, ook al zijn de gebouwen er niet. Het idee van die ondergelopen verloren geschiedenis. Ik vind het in elk geval fascinerend. Vol boeiende
details. Er zijn bijvoorbeeld wegen, oude landwegen.' Hij keerde zich naar mij. 'We kunnen ze zien als we daar zijn. En ze
lopen gewoon het water in. Zakken weg als het ware.' Hij

kromde langzaam zijn vinger. 'Wenkend.' Hij had zijn stem ook eng gemaakt.

Leslie lachte. 'Kom dan in mijn huisje,' kraakte ze.

'Precies,' zei hij.

Samuel ging tegelijk met de anderen weg. Hij had aangeboden te helpen opruimen, maar ik zei dat ik dat liever zelf deed. Ik zag al voor me hoe de andere drie buiten zouden staan als hij bleef, en erover zouden praten en lachen voordat ze in de auto stapten. 'Nou, dát was interessant!' 'Daar is beslist iets gaande!' Ze zouden uiteindelijk toch wel praten, dat wist ik, maar misschien niet zo vol overtuiging als Samuel tegelijk met hen vertrok. Dan zouden ze meer moeten speculeren, nieuwsgieriger zijn naar de mogelijkheid.

Maar tijdens het opruimen liep ik ook weer te denken over de mogelijkheid. Samuel? Samuel en ik? Het leek me nu duidelijk dat hij inderdaad geïnteresseerd was. Was ik dat ook?

Het zou niet zo gek zijn. Veel stellen hadden zo'n leeftijdsverschil, vooral op latere leeftijd. En hoe groot was het leeftijdsverschil helemaal? Twintig, vijfentwintig jaar misschien?

Ik dacht aan Joe, die getrouwd was met iemand die vijftien jaar jonger was dan hij. We hadden er uiteindelijk grapjes over gemaakt, hij en ik, en daarna de kinderen en ik, maar niemand vond het erg belachelijk, behalve Fiona. Zij was natuurlijk diep gekwetst door alles eromheen.

Vond ik het te belachelijk? Ik wist het niet. Terwijl ik de borden in het sop liet glijden probeerde ik me voor te stellen hoe het zou zijn om met Samuel te – te gaan. Iets met hem te hebben. Ik dacht natuurlijk ook aan seks. Maar ik moet bekennen dat het de Samuel op het boekomslag was die ik toen met mij zag bewegen in een abstracte ruimte, niet de echte Samuel, de Samuel die me deed denken aan mijn grootvader.

Quabbin was niet mijn droommeer. Die dag was het groot en ruw en leek het wel een zee vergeleken bij mijn herinnering aan het stilstaande, groene water dat zoveel van zich liet zien, waar mijn grootvader me mee naartoe had genomen. In het midden van dit meer rezen bergachtige donkere eilanden op, en het water strekte zich blauw en koud uit zover het oog reikte. Op het moment dat ik het zag, voelde ik een teleurstelling die ik, ten onrechte wist ik, in verband bracht met Samuel. Ik denk dat ik me op de een of andere manier had voorgesteld dat ik weer bij mijn tovervijver zou komen samen met hem en... wat?

Ik wist het niet precies. Alleen dat ik had gewild dat onze relatie verband hield met dat moment in mijn leven, in mijn verleden. Ik had het beschouwd als een soort bevestiging van iets wat leek te beginnen, wat mogelijk leek, tussen ons.

Nee, zei ik. Nee, dit was het helemaal niet.

Samuel wilde mijn ontkenning niet aanvaarden. Hij sprak me tegen. Hij dacht dat we alleen een inham moesten vinden, een grot, een kleinere, beschuttere hoek, en dan zou ik zien dat hij gelijk had. We reden langs de kust, Samuel praatte, ik was stil en verwijtend, denk ik. We stonden hier en daar stil. We kwamen bij een van de verdwijnende wegen waar hij het over had gehad. We parkeerden en liepen naar het water. Naast de weg stond een stel naakte berken, de papierwitte stammen slank en gracieus. Onze voeten maakten een ritselend geluid over de gevallen gele bladeren tijdens het lopen. Het water kabbelde over de weg waar die in het reservoir verdween.

'Nou,' zei Samuel. 'Je was waarschijnlijk in een beschutte inham zoals deze, denk je niet? Iets waardoor het kleiner leek... meer als een meer.' De wind duwde tegen ons. Samuels neus was rood. De mijne ook, vermoed ik. Hij had ook een rode das om zijn hals geknoopt, en de uiteinden dansten en flapperden om zijn schouders.

'Nee.' Ik schudde mijn hoofd. 'Dit is het gewoon niet.'

Hij glimlachte tegen me en keek toen weg. We stonden even naast elkaar uit te kijken over het water. 'Je bent een erg koppige vrouw, vind je niet, Cath?' zei hij toen.

Niet doen, wilde ik zeggen. Niet doen. 'Dat zou ik niet zeggen, nee,' antwoordde ik ellendig.

'Ik wel.' Hij wachtte.

Ik denk tenminste dat hij wachtte. Wachtte tot ik toegaf. Hem gelijk gaf. En een deel van me wilde dat ook, gewoon om ervan af te zijn. Want opeens wist ik dat hij het niet zou opgeven. Niet zou toegeven. Het zat er gewoon niet in dat hij zou erkennen dat ik misschien wist waar ik het over had. Dat leek me verband te houden met zijn leeftijd – die zelfverzekerdheid van zijn kant dat hij natuurlijk gelijk had, dat het feit dat ik iets ontkende waarvan hij vond dat het waar was een soort kinderlijk, vrouwelijk verzet tegen hem moest zijn. Ik dacht aan zijn vrouw, zijn gevoel dat ze hem op een bepaalde manier had veroordeeld. Misschien was ze zo geworden doordat ze steeds weer op deze manier liefdevol was gekoeioneerd. Vervreemding. We kennen allemaal de gemeenheid die daarin mogelijk is. De veroordeling.

Ik schopte in de gele bladeren. 'Wat is het hier mooi,' zei ik. Het was mijn zoenoffer. En het wás mooi. Het diepe groen van de dennen op de eilanden, het heldere licht dat doorbrak en schitterde op het water, het tapijt van gloeiende bladeren onder onze voeten, waardoor de lucht om ons heen geel en goud werd. Was dat niet voldoende? Konden we het niet allebei laten zitten?

'Ja, laten we het daarop houden,' zei hij, met een kille glimlach, en ik draaide me om en liep terug naar de auto.

We parkeerden nog twee keer en liepen naar de waterkant. Bij de laatste stop liepen we over de lange dam die het water tegenhield. We keken uit over de grote vlakte van de ondergelopen vallei ernaast. We zeiden niet veel, en ik dacht dat hij het ook moest voelen, dat iets wat aan het begin van deze dag mogelijk had geleken niet meer zo voelde.

In de auto op weg naar huis probeerden we het opnieuw – ik voelde hoe we het allebei probeerden. Samuel vertelde me een lang verhaal over een dansfeest dat ze in een van de gemeentehuizen hadden gehad de avond voor het officieel ophield te bestaan. Hij wilde dat opnemen in een van zijn essays.

'Het is een erg dramatisch verhaal, erg ontroerend, eigenlijk. Het was een brandweerbal, compleet met orkest. Ze stopten de muziek vlak voor middernacht om de klok twaalf uur te horen slaan, en volgens de verslagen kon je overal in de zaal gesnik horen toen de slagen klonken.'

'God,' ging ik er gretig op in. 'Dat is iets voor een film, weet je wel. Dan is er zachte vioolmuziek' – ik hief mijn armen om een denkbeeldig instrument te bespelen – 'en opnamen van de dansenden in het gemeentehuis afgewisseld met beelden van het water dat onverbiddelijk stijgt in het donker.'

We hadden iets genezends gevonden, iets wat werkte, en we gebruikten het om afstand te nemen van datgene waar we het niet over eens waren. De hele weg naar huis praatten we. We praatten over zijn boek. We praatten over mijn grootouders. We praatten over Thanksgiving, hij ging naar zijn dochter in Chicago. We praatten over mijn dochter Karen, en wat voor boeken haar zouden interesseren nu ze gevangen in haar bed zwanger lag te zijn. We hadden het geen van beiden meer over het reservoir, maar de broedende grootsheid, het kolossale bleef me bij, als een kilte die ik niet af kon schudden, een klank die ik bleef horen onder de woorden die we tegen elkaar zeiden.

Het was donker toen we West Barstow inreden. Samuel vroeg of ik nog koffie of iets anders kwam drinken in zijn huis, het huis van de Gibsons. Hij zei dat ik dan op kon warmen en het voor het eerst kon zien. Ik denk dat hij hoopte – ik denk dat we allebei hoopten – dat we alles weer recht konden breien. Ik in elk geval wel. Daarom stemde ik toe.

Ja. Iets drinken, zei ik. 'Drankje en bezichtiging.'

Vanbinnen was het huis hoog en ruim. Het meubilair was donker en druk, ouderwets. Oosterse kleden die zo versleten waren dat ze vrijwel effen grijs leken, de patronen bijna een kwestie van fantasie, lagen overal verspreid op de houten vloeren. Na de kou buiten voelde de droge warmte van het huis prettig, en het zachte, gedempte licht van de oude lampen met hun door ouderdom theekleurig geworden kappen was geruststellend.

In de woonkamer stonden de meubels tegen de muren geschoven, elk stuk zo ver mogelijk van de andere, als om elke menselijke interactie tegen te gaan. Maar Samuel had een stoel bij een ronde koffietafel gezet waarop stapels papieren en boeken lagen, en nu schoof hij er nog een bij.

We gingen zitten. Er stond een lamp naast zijn stoel. Een gele plas licht viel over zijn schoot en zijn handen. Zijn gezicht was iets in de schaduw. Zijn handen zagen er knoestig uit onder het licht. Ik keek naar mijn eigen handen. Ook knoestig natuurlijk.

Hij dacht dat ik naar mijn vrijwel lege glas keek. Hij pakte de fles van de tafel. 'Nog wat whisky?' vroeg hij.

'Natuurlijk,' zei ik en hield mijn glas op. Hij vulde het en ik zakte terug en nam een slok. 'Maar jij dan?' vroeg ik.

'O nee, dat kan ik beter niet doen,' zei hij.

'Wat ben je voorzichtig,' zei ik.

'Dat zal wel, maar ik ga er gek van dromen,' zei hij.

'Ik vind het niet zo erg om gek te dromen,' antwoordde ik. 'Er gebeurt zo weinig in mijn leven dat ik alle gekte dankbaar verwelkom.' Onmiddellijk dacht ik, wat was ik aan het doen? Flirten? Hem een teken geven?

Waarom? schold ik mezelf uit. Waarom? Dat was toch pervers gedrag van me, terwijl ik me zo ver van hem voelde staan. Hou ermee op, zei ik tegen mezelf.

'Laten we er geen wedstrijd van maken in wiens leven het

minste gebeurt,' zei hij. 'Geen schijn van kans dat jij zou winnen.'

'Ach, ik weet het niet,' zei ik. Ik wilde van onderwerp veranderen. 'Wat versta je onder gebeurtenissen.'

'Wat versta je onder leven,' antwoordde hij.

'Ik vroeg het het eerst.'

Er viel een lange stilte. 'Gebeurtenissen,' zei hij. 'Kinderen,' opperde hij. 'Werk. Seks.' Ik dacht dat in zijn stem een vleugje droefenis klonk. Ik was blij dat ik zijn gezicht niet duidelijker kon zien.

'Niet eerlijk,' zei ik en probeerde mijn stem speels te houden. 'Dat wilde ik allemaal gebruiken om te vertellen wat ik onder leven versta.'

Hij nam zijn laatste slok en bleef met het glas in zijn hand zitten. 'Wat versta jíj dan onder gebeurtenissen?' vroeg hij.

'O, ik denk alle onverwachte dingen die ons overkomen. Oorlog of ziekte. Orkanen. Overstromingen. Pestepidemieën.' Ik glimlachte naar hem. 'Kinderen,' zei ik. 'Seks.'

Hij leunde naar voren. Het licht viel nu genadeloos op zijn gezicht. Zijn huid leek wit en broos. Hij fronste. 'Maar vind je niet… ben je het er niet mee eens… dat er een tijd in je leven komt dat ook die dingen, de onverwachte dingen, minder vaak gebeuren?'

'Hoe kan dat?' zei ik. 'Hoe zou dat ooit kunnen? Er gebeuren altijd onverwachte dingen.'

Hij haalde zijn schouders op. 'Je neemt afstand, vermoed ik.' Hij ging weer achterover zitten. 'Er staat minder op het spel, en dan lijkt het of die dingen anderen inderdaad vaker overkomen. Zonder gedrevenheid is het moeilijk een gebeurtenis persoonlijk op te vatten.' Hij zette zijn glas neer met een tikje.

'Voelt het zo voor jou?' vroeg ik ten slotte.

'Zo voelt het,' zei hij.

Ik dacht op dat moment dat hij me ergens om vroeg. Dat

hij vroeg of ik hem wilde overkomen. Ik voelde dat ik een keuze had. Ik kon mijn glas neerzetten en naar hem toelopen, naar hem toelopen en hem aanraken, hem kussen, hem voorgaan naar boven. Zijn gebeurtenis zijn, als de prins die de prinses wakker komt kussen.

Ik kon ook niets doen en dan zou dit moment voorbijgaan en zouden we twee mensen zijn die een beetje droevig zaten te praten na een redelijk aangename dag.

Ik deed niets. En dat kwam niet doordat ik Samuel niet aantrekkelijk vond, want dat vond ik wel, al kon het zijn dat die foto van hem in zijn glorietijd me daarbij had geholpen. Maar het was voorbij. Dat voelde ik toen. Het moment van belofte, van mogelijkheid was weg. Door alles. Maar vooral, ja, doordat hij volhield dat ik me de gebouwen die ik me herinnerde had verbeeld, doordat hij volhield dat zijn enorme reservoir het meertje was waar ik mijn grootvader overheen had gepeddeld. Doordat hij volhield dat ik ongelijk had. Zo'n misselijke kleinigheid.

Toen dacht ik aan mijn twee echtgenoten en vroeg me af of het voor hen ook zo was geweest, of zij als gevolg van een kleinigheid die opeens iets groots leek, iets onverdraaglijks – lippenstift op mijn tanden als herinnering aan mijn slordigheid misschien, of iets smekends in mijn stem, of een stomme opmerking in het openbaar – omgeslagen waren; bijna onwillekeurig een besluit hadden genomen: dit is afgelopen. Ik kan geen dag meer met deze persoon leven.

Maar dat hadden ze natuurlijk wel. Nog een dag met me geleefd. En nog een. Dat hadden ze allebei, tot er iets groters en weer iets groters en weer iets groters was gebeurd. Tot het slechte waar we om konden vechten, om konden scheiden, gebeurde.

Misschien zou ik dankbaar moeten zijn, dacht ik, dat de nare kleinigheid nu was gebeurd en grotere en lelijkere dingen tussen Samuel en mij overbodig zou maken.

We bleven nog een poosje zitten praten. Hij vroeg zich af of ik geïnteresseerd zou zijn in het schrijven van de basketbalverslagen; de hoofdredacteur had me dat aangeboden. Ik vroeg hem naar het essay waar hij mee bezig was. We bespraken het belastingsysteem in Vermont. Het was makkelijk, gedeeltelijk omdat ik inmiddels een beetje teut was – twee grote bellen whisky op een lege maag.

Toen ik opstond om naar huis te gaan, stond hij ook op en zei dat hij me met de auto zou brengen.

'Wat? Het is vijf minuten lopen!'

'Tien,' zei hij.

'Zeven en een half,' zei ik. 'Laat niemand ooit zeggen dat ik niet in staat ben tot compromissen.' Ik liep naar de hal. 'Nee. Nee, ik heb frisse lucht nodig,' zei ik.

Hij liep met me mee. 'Het is donker en koud,' zei hij. 'Ik breng je met de auto.'

Ik keerde me naar hem om, en we botsten bijna tegen elkaar aan in de smalle gang. 'Samuel, ik wil geen lift,' zei ik. 'Je kunt me niet dwingen om een lift te accepteren.'

Hij had een stap naar achteren gedaan. Nu deed hij de gangkast open en gaf me mijn jas.

'Al je het toch probeert, ga ik gillen,' waarschuwde ik hem.

'Ach, kom nou, Cath.'

Ik gilde. Een keer. 'Zie je wel? Ik meen het,' zei ik. Mijn hand ging onwillekeurig omhoog. Ik had mijn keel een beetje pijn gedaan.

Hij verstijfde, met zijn hand uitgestrekt naar zijn eigen jas. Toen vielen zijn armen naar beneden. 'Kennelijk.' Zijn stem was gekwetst en kil.

'Kom op, Samuel,' zei ik. 'Niet boos zijn. Ik ben een volwassen vrouw. Een groot mens. Ik weet wat ik wil. Ik wil naar huis lopen. Alleen. Om nuchter te worden en de avondlucht te ruiken.'

'Daar moet ik me kennelijk bij neerleggen.'

'Dat moet je. Dat moet je absoluut.' Ik had mijn jas nu aan. Samuel stond nog bij de kast. 'Welterusten,' zei ik zacht. 'Dank je wel.'

Hij leek de verontschuldiging in mijn stem te horen, de droefheid om ons beiden. Hij liep naar me toe en hield mijn handen even vast. 'Welterusten,' zei hij.

Ik struikelde over het hobbelige tuinpad en stapte de stoep op. Ik dwong mezelf om te kijken en te zwaaien naar Samuel die achter de glazen deur stond. Zijn hand ging omhoog als reactie en toen stapte hij terug en sloot de houten deur.

Het was koud. Geen sterren. Geen maan. Ik voelde me prettig verdoofd door de whisky. Toch knoopte ik mijn jas dicht en zocht in mijn zakken naar de handgebreide wanten die ik de week daarvoor op een kerkbazaar had gekocht. Als ik bleef, zou ik ook snel een muts nodig hebben, en een behoorlijke winterjas, niet alleen de wollen jas die ik aanhad. Maar zou ik blijven? Op dat moment kon het me niet schelen. Ik voelde alleen de oppervlakkige opwinding van een kind om iets wat leek op een ontsnapping.

Waaraan? Ik wist het niet zeker. Iets veiligs. Iets wat zo geworteld en beperkend voor mij was. Ik voelde een duizelige, dronken tevredenheid over mezelf. Ik liep snel tegen de kou, mijn stappen schokten op de ongelijke, hobbelige stoep, mijn wasemende ademhaling galmde door mijn hoofd. In de hoofdstraat was het druk, voor Grayson's stonden minstens vijftien auto's en mensen liepen af en aan met tassen laatste inkopen voor het avondeten, en riepen hallo of goedenavond naar elkaar. Ik zag een vrouw die ik kende van de krant uit haar auto stappen en we zwaaiden en riepen 'hai'.

Er stonden geen straatlantarens in de straat van mijn grootmoeder, en het plotselinge duister voelde inktachtig, tastbaar. In het huis brandde ook geen licht, het zag er koud en leeg uit. Ik vertraagde mijn pas toen ik door de tuin liep.

Ik bleef een minuut op de veranda naar de sombere avondhemel staan kijken voordat ik naar binnen ging. Ik voelde mijn opwinding wegsijpelen, maar er kwam niets voor in de plaats, alleen een vreemde dofheid, een leegte. Dat bleef zo toen ik binnen was, lampen aandeed, eten maakte. Het bleef toen ik alleen in mijn grootmoeders bed ging liggen, en het was er nog toen ik de volgende ochtend heel vroeg wakker werd. Ik dronk koffie en ontbeet. Ik zag de grijze vierkanten van het raam licht worden en de wereld buiten onthullen. Toen ik dacht dat het laat genoeg was, belde ik mijn minnaar uit Boston, Carl, op zijn kantoor.

Hij was er niet. Zijn voicemail zei dat hij de hele week de stad uit was.

Ik liet geen boodschap achter. Het was zo'n wanhopige op-welling, het gevoel dat ik hem nodig had, hem wilde, dat het weg was zodra hij er niet bleek te zijn. Want eigenlijk was het toch niet Carl geweest wat ik wilde. Nee, ik denk dat ik wilde wat Samuel de vorige avond leek te willen: ik wilde ontsnap-pen aan mezelf. Ik wilde me overweldigd en ontwricht voelen. Ik wilde dat iets – een gebeurtenis – me overkwam, me mee-sleepte en mijn leven veranderde.

Onverwacht, vanuit een andere hoek, gebeurde dat ook.

DERTIEN

Het telefoontje kwam 's nachts, zoals dat soort telefoontjes altijd lijkt te doen. Je wordt opgeschrikt uit je slaap, je zoekt tastend waar het geluid, de alarmbel vandaan komt, schudt de wereld waar je was van je af om de wereld waar je heen geroepen wordt binnen te stappen.

Het was Robert, de man van Karen. Ze had weer weeën gekregen, deze keer onstuitbaar en dwingend. Ze hadden het kind voortijdig moeten halen, er was gewoon geen keuze geweest.

Ik maakte mijn lippen nat. 'Is alles goed met haar?' vroeg ik.

'De baby?'

'Nou, ik bedoelde Karen. En de baby natuurlijk. Is het een meisje?'

'Ja.' Hij lachte treurig. Achter hem hoorde ik stemmen en piepjes, de bedrijvigheid van een ziekenhuis. 'Ja, een heel klein meisje. Ze heet Jessie.'

'O, wat een enige naam,' zei ik. Ik deed het bedlampje aan en knipperde tegen het felle licht.

'En met Karen gaat het goed. Het gaat… prima, eigenlijk.' Ik wachtte. 'Het is hier een en al ellende, Cath,' zei hij ten slotte, zijn stem plotseling persoonlijk en vertrouwelijk.

'Maar met de baby gaat het goed,' drong ik aan.

'De baby – ik weet het niet. Ja, ze zeggen dat het waarschijnlijk wel goed komt. Maar ze is zó bont en blauw. Het was echt een ellendige bevalling, geloof ik. Ze moesten haar er zo'n beetje uit zúígen. En ze is ongelooflijk klein, en ze moesten haar aansluiten op allerlei dingen. Het is echt… Ik weet het niet. Het is vreselijk. Het is gewoon gruwelijk. Dat hele kleine meisje, vol slangetjes. Christus, ze heeft een blinddoek voor.'

'O, Robert.'

Hij vertelde dat ze drie uur geleden geboren was. Karen was de dag ervoor naar het ziekenhuis gekomen omdat ze weer weeën had gekregen en de artsen hoopten dat ze die onder controle konden krijgen. En ze dachten nog dat het zou lukken toen hij om een uur of tien wegging om wat te slapen. Maar de telefoon ging zodra hij thuis de deur opendeed. Hij was weer in zijn auto gestapt, naar het ziekenhuis gereden en rechtstreeks naar de verloskamer gegaan.

Karen rustte nu. De baby vocht voor haar leven, chemisch gedwongen om te rusten, volgepompt met lucht die ze nog niet zelf in kon ademen. Hij pleegde telefoontjes. Zijn ouders. Mij. Zijn broers en zussen. Die van Karen. Hun beste vrienden.

'Zal ik komen?' vroeg ik.

'Ik weet het niet. Zeg jij het maar. Karen is... ja, ik weet niet precies hoe lang ze hier moet blijven. Ik geloof dat zij ook een beetje opengescheurd is vanbinnen. En thuis is niets klaar. Ik was van plan geweest daar een van de komende weekends aan te beginnen.'

Er viel een lange stilte. Hij had er duidelijk niet over nagedacht wat er dan moest gebeuren met hem en Karen en de baby. Toen begonnen we tegelijkertijd weer te praten.

'Ja, kom maar,' zei hij. 'Ik kom,' zei ik.

Natuurlijk had ik vaak aan Karen gedacht die herfst, vooral toen ze tot bedrust veroordeeld was door de zwangerschap. Ik mailde haar bijna dagelijks en stuurde regelmatig pakjes: boeken en babyspulletjes en een keer een mooie nachtpon die ik in een etalage in Rutland had gezien. Maar ik had me geen zórgen om haar gemaakt. Waarschijnlijk gedeeltelijk omdat ik nog meer mensen kende die een groot deel van hun zwanger-

schap in bed hadden doorgebracht en min of meer op tijd be-
vallen waren, en gedeeltelijk omdat Karen zelf er zo weinig
zorgelijk, zo achteloos over deed. Ik had beter moeten weten.

Van mijn drie kinderen was Karen het meest gekwetst – het
meest beschadigd zou ik moeten zeggen – door mijn scheiding van Peter. Maar natuurlijk denk ik ook dat zij door haar
temperament het meeste risico liep om gekwetst te worden.
Om zijn vertrek als pijn te ervaren.

Ze was altijd een ernstig, nuchter kind geweest. Ze was slim
en snel, maar ze had ook het gevoel dat het leven een serieu-
ze zaak was. Alle taken van een kind – toen draaide ze zich
om, toen ging ze zitten, toen ging ze lopen, toen zei ze haar
eerste woordjes – verrichtte ze met omslachtige ernst; in tegenstelling tot Fiona die bij het presteren van hetzelfde soort
taken de indruk wekte dat ze haar overkwamen – ze verwelkomde ze allemaal vriendelijk, opgewekt, elegant, als een
prettige ontdekking – en in tegenstelling tot Jeff, die zo ongeduldig en ontevreden over zichzelf werd dat we allemaal
toeschoten om hem te helpen en dus alles veel moeilijker
maakten. Voor Karen waren het allemaal mijlpalen waar ze
methodisch naartoe werkte, waar ze mee worstelde, en ten
slotte bereikte – en dan ging ze meteen door om met de volgende te worstelen.

Na de scheiding deed ze een poosje haar best om Peter terug te krijgen. Keurig gekleed in haar mooiste kleren zat ze al
lang van tevoren klaar voor zijn bezoekjes. Terwijl ik Jeff ach-
ternazat om hem schoon en toonbaar te krijgen, zag ik haar
op de vensterbank in de woonkamer zitten uitkijken naar de
auto van haar vader en dat brak mijn hart. Dat ik hem toen
ook nog terug wilde, deed daar geen goed aan. Dat ik me net
als zij zorgvuldig kleedde voordat hij zou komen, en dat ik altijd hoopte, net als zij kennelijk, dat hij me zou zien en over-
stelpt zou worden door verlangen naar alles wat hij had achtergelaten.

Hij vertelde me dat ze hem meer dan eens had geprobeerd over te halen haar bij hem te laten wonen. Ze maakte een onderscheid tussen zichzelf en Jeff en Fiona. Die waren klein, zij was groot. Die wisten niet hoe je lief moest zijn, stil moest zijn. Zij wel. Zij kon ook boterhammen met pindakaas smeren en leerde afwassen. Toen hij me dat vertelde, had ik zoveel verdriet om haar dat ik bijna moest huilen.

Maar wat viel eraan te doen? Peter en ik hadden gefaald. Het was voorbij. Mijn schuld. Zijn schuld. Niet de hare. Dat vertelde ik haar keer op keer. Ik legde uit dat de scheiding alleen betekende dat ze ons niet meer allebei tegelijk kon hebben. Maar naar later bleek, kon ze hem bijna helemaal niet meer hebben.

Toch leek het eigenlijk makkelijker voor haar te worden toen Peter zich terugtrok uit hun leven, zodat ik dankbaar was toen hij een betere baan in Arizona kon krijgen en hem aannam. Laf als ik was, denk ik dat ik de voorkeur gaf aan de langzame wonden die ik niet hoefde te zien dan aan haar felle, zichtbare pijn elke keer als hij kwam of vertrok.

Maar die zorgvuldigheid, dat oplettende, dat opmerkzame, dat verlangen om te behagen bleven toen ze opgroeide. Ze was áárdig. Te aardig. Alsof je weg zou gaan op het moment dat ze even niet helemaal lief was. En ze hechtte zich zo intens aan Joe dat het me beangstigde.

Hoewel ze niet boos of geïrriteerd tegen hem deed toen we uit elkaar gingen. Nee, zoals ik al zei, was Fiona degene die vloekte en stampte en zich verschrikkelijk gedroeg. Karen, Karen was zelfs hierin aardig, vriendelijk en begrijpend tegen Joe. En tegen mij, natuurlijk.

Ik zei tegen mezelf dat het te verwachten was. Ze was ouder. Ze was zelf getrouwd. Het deed er nu zoveel minder toe voor haar.

En dat was allemaal waar. Ze leek inderdaad afgeschermd en beschermd tegen veel van de hobbels van het leven door haar huwelijk met Robert. Maar ik vermoed dat ze ook voorzichtig was met Joe en mij in dit opzicht. Voorzichtig, liefhebbend, niets riskerend.

We hebben het verpest, wilde ik soms tegen haar zeggen. Ik heb het verpest. Je hebt het recht om boos te zijn. Word boos.

Maar dat deed ik niet. Weer was ik dankbaar, te dankbaar, voor haar vriendelijkheid, haar voorzichtigheid en haar kalmte. En natuurlijk was dat inmiddels onuitwisbaar wie ze was. Er was geen mogelijkheid meer voor een andere Karen. Een Karen die over deze zwangerschap tegen me gezegd zou hebben: 'Ik ben bang, mam', of 'Ik heb je hulp nodig.'

Ze sliep toen ik haar kamer binnenkwam, hoewel haar deur openstond en het gebruikelijke ziekenhuisverkeer en -lawaai door de gang klonken. Ik bleef even aan het voeteneind van haar bed naar haar staan kijken. Ze zag er uitgeteld uit. Ze was in geen maanden buiten geweest en dat was te zien aan haar gezicht, dat even wit was als haar ziekenhuispyjama, wit als de lakens die over haar heen lagen. Wit, met donkere kringen van vermoeidheid onder haar ogen. Haar mond stond een beetje open, ze ademde diep. Geen make-up. Ze zag eruit als een uitgeput kind, op de ronding van haar buik en borsten onder de lakens na.

Er stak een blote voet onder het laken uit, lang en elegant gebogen, de zool een beetje vies, de felle nagellak bijna uitgegroeid tot een klein gekleurd streepje aan de punt van elke teen. Ik wilde haar aanraken. Ik wilde haar voet vasthouden. Terwijl ik keek hoe ze ademde, had ik een gevoel dat de meeste ouders wel zullen hebben als hun kinderen lijden, ongeacht hun leeftijd, het gevoel dat we hen hadden moeten beschermen, dat het in zekere zin ons falen was waardoor ze de pijn van de wereld moesten voelen, ook al weten we hoe belachelijk dat is.

Na een paar tellen legde ik mijn bloemen op het blad van

haar tafeltje en liep de kamer uit. Ik vroeg de eerste verpleeg-ster die ik zag waar de intensivecareafdeling van neonatologie was.

Ik dacht dat ik voorbereid was op Jessie. Dat was ik niet.

Ze was ongelooflijk klein. Niet gewoon klein, zoals ik had gedacht, maar broodmager, haar pijnlijk rode huid losjes over haar miniatuurbotjes gedrapeerd. Wat ik zag van haar gezicht en schouders was bedekt met lelijke blauwe plekken. Ze zag eruit als een pas uit het ei gekomen spreeuw die uit het nest was gevallen. Heel hard uit het nest gevallen.

Ze lag op een klein plat brancardje op borsthoogte onder felle lampen, bloot op een luier en een klein roze gebreid muts-je na. Plastic slangen of draden van verschillende formaten lie-pen overal uit haar – haar navel, haar voet, haar mond – naar een machine die me nog het meest deed denken aan de stan-daard bij de tandarts, de standaard met het fonteintje, de lamp en de armatuur voor de boor. Ongeveer vijftien centimeter boven haar hing plasticfolie. Ze was geblinddoekt, zoals Ro-bert had verteld, en op de een of andere manier leek dat erger dan alle andere dingen. Haar armen en benen bewogen vaag en spastisch door de lucht.

Op een bordje naast haar unit stond STILTE ALSTUBLIEFT. IK PROBEER TE RUSTEN. Een monitor boven haar gaf waar-schijnlijk haar levensfuncties aan, maar de hartslag was de eni-ge die ik begreep. De verpleegster die naast haar had gezeten stond op toen ik dichterbij kwam. Nu fluisterde ze: 'Bent u de oma?'

Ik knikte.

Ze fluisterde: 'Het gaat eigenlijk heel goed met haar. Wilt u haar aanraken?'

'Mag dat?' vroeg ik.

'Natuurlijk,' zei ze. 'Zachtjes, dat spreekt vanzelf. Hier, ik zal het dek weghalen.' Ze tilde het plastic op en ik stak mijn hand naar binnen en legde die zachtjes op Jessies buik, vlak boven de slang die uit haar navelstreng kwam. Hij zag er gigantisch uit, mijn hand, de lelijke, dooraderde knuist van een reus die op haar neerkwam. Onder mijn vingers voelde ze warm en droog, maar haar huid huiverde van het leven, en haar armbewegingen werden sneller.

'Ooo, ze is opgewonden,' fluisterde de verpleegster en keek naar de monitor. Ze was jong en knap, haar lange haar was naar achteren gespeld. Ze droeg een uitbundig bedrukte ziekenhuisjas.

'Is dat goed?' vroeg ik.

'Ach, een klein beetje kan geen kwaad,' zei ze.

Ik trok snel mijn hand terug en zij hing het plastic weer op zijn plaats.

'Waar is dat voor?' fluisterde ik.

'Het plastic?'

'Ja.'

'Om te zorgen dat ze niet uitdroogt onder de lampen.'

'En de lampen zijn om haar warm te houden?'

'Nee, eigenlijk voor de blauwe plekken. Het licht helpt haar lichaam het overtollige bloed daaruit te absorberen.'

'Is dat dan wat er met haar aan de hand is?'

'Nou, dat is één ding. Ze kan nog niet zelfstandig ademen. En ze heeft ook een bloeding gehad; hebben ze dat niet verteld?'

'Nee, ik ben hier net. Ik weet nog niets.'

We waren naar de deur gelopen, maar de verpleegster fluisterde nog steeds. Overal in de grote, schemerige zaal – er moeten een stuk of tien apparaten of couveuses hebben gestaan waarin baby's lagen en waar verpleegsters of ouders overheen hingen – was het stil. Zelfs de baby's waren stil. Niemand huilde. De geluiden waren voornamelijk elektronisch – het gepiep en gepling van monitoren en machines die de baby's in leven hielden.

'Een bloeding,' zei ik.

Ze knikte. 'Een hersenbloeding.'

'Jezus!' zei ik.

'Nee,' zei ze en ze raakte mijn arm aan. 'Nee, hij was heel snel over. Het hoeft niet iets te zijn om u zorgen over te maken.'

'Maar moet ze geopereerd worden?'

'O nee. Nee. We wachten af. We wachten gewoon af. Meestal komt het vanzelf goed. Veel van wat er mis is met deze hummeltjes komt vanzelf goed. Vooral als ze zo groot zijn als Jessie.' Terwijl ze praatte, had er plotseling een scherper gepiep geklonken, en ze keek om en weer terug, alsof ze het allemaal had gezien, geïnterpreteerd en niet belangrijk bevonden – wat het ook was geweest dat er gebeurde met een of ander kind – en dat allemaal in die paar seconden.

'Is ze gróót?' zei ik.

De verpleegster grinnikte. 'Ze is een kanjer naar onze maatstaven,' zei ze. 'Heus. Ze is groot.'

Toen ik wegliep was zij alweer op weg naar Jessie.

Karen werd pas wakker toen een andere verpleegster, een vermoeid uitziende te dikke jonge vrouw binnenkwam en luidkeels aankondigde dat ze wat bloed moest afnemen. Ik zat al meer dan een uur in de stoel bij Karens bed en probeerde te bedenken wat ik over de baby zou zeggen als ze haar ogen opendeed.

Maar ik hoefde niets te zeggen. Haar ogen vulden zich met tranen toen ze me zag, en ik leunde naar voren om haar te omhelzen. 'Mam,' zei ze, tegen mijn schouder.

'Ik kan later wel terugkomen,' zei de verpleegster.

'Kan dat?' zei ik. 'Dat zou fantastisch zijn.'

'*Pas de problème*,' zei ze. Ze sprak de s van *pas* ook uit.

Maar Karen had zich al omgekeerd, ze grabbelde naar de doos tissues op haar nachtkastje. 'O, verdomme!' zei ze. 'Ik zou niet meer huilen. Verdomme.' Ze snoot haar neus uitvoerig en haar ademhaling werd langzaam weer regelmatig. Uiteindelijk zei ze: 'Ik ben zó dankbaar dat je gekomen bent, mam.'

'O, schat. Ik wilde het zelf. Je hoeft me niet te bedanken.'

'Heb je de baby gezien?'

'Ja.'

'Ik zal niet vragen wat je denkt. Je denkt wat we allemaal denken. "God, wat verschrikkelijk." "God, ze is zo piepklein." "God."'

'Ik vind haar ook mooi. Ze is heel erg mooi.'

Ze veegde snel haar ogen af, om beurten: eerst het ene, toen het andere. Haar mond stond open.

Ten slotte deed ze hem dicht. Ze leunde achterover.

'Ik kan niet wachten tot ik haar vast mag houden,' zei ik. 'Heb jij haar al vastgehouden?'

De verkeerde vraag. Haar ogen liepen weer vol.

'Vraag dat liever niet,' zei ze.

'O, liefje, het spijt me.' Ik keek even naar haar, hoe ze zich probeerde te beheersen. 'Karen,' zei ik. 'Je mag best huilen. God weet dat ik het niet erg vind.'

'Ik wel,' zei ze heftig. Ze zag er opeens uit als het kind dat ze was geweest: vastbesloten, rechtlijnig. 'Ik vind het heel erg.' Ze ging rechtop zitten en snoot haar neus weer. 'We hebben een dochter. Een prachtig klein meisje. Ik wil niet huilen. Wat een verraad. Daar heeft zij… daar heeft niemand iets aan.'

'Je hebt inderdaad een prachtige dochter. Maar ze zit enorm in de problemen. Ze moet verschrikkelijk hard werken om in leven te blijven. En dat is droevig. Dat is vreselijk, zo hard als zij moet werken. De moeite waard om erom te huilen, vooral als je van haar houdt. Dat is geen verraad, Karrie. Helemaal niet, echt niet.'

'Ik weet het, ik weet het,' zei ze. Ze haalde haar handen door haar haar. Het was slap en donker. Het moest gewassen worden. 'Maar waar ik bang voor ben, mam, is dat ik nooit meer

op kan houden als ik eenmaal begin. En dan ben ik gewoon...
nutteloos. Even nutteloos als toen ik al die maanden moest
liggen.'

'Hoe bedoel je, nutteloos! Je hebt een kind klaargestoomd!
Je hebt het mogelijk gemaakt dat Jessie geboren werd.'

'Nou, wat heb ik dat goed gedaan.' Ze glimlachte boos.

'Karen.'

Haar gezicht veranderde. Ze viel terug in de kussens en zei:
'O, ik meen er niets van. Luister maar niet naar me. Dat doe
ik ook niet. Ik ben moe. Ik zou wel een stevige borrel lusten.'

'O, mooi. Dan weet ik wat ik de volgende keer mee moet
brengen in plaats van bloemen.'

Ze lachte. En veegde toen haar ogen weer af.

Ik kon natuurlijk niet naar mijn eigen huis. Mijn huurders met
hun drie tienerjongens zouden daar tot vlak voor Kerstmis
blijven. Ik kon in het appartement van Karen en Robert aan
Montgomery Street logeren, in elk geval tot ze thuiskwam, en
op de slaapbank in de studeerkamer slapen. Aan het eind van
die eerste middag kwam Robert naar het ziekenhuis en nam
me mee om mijn auto uit de garage van de buren te halen waar
ik hem had achtergelaten. We reden apart terug naar hun appartement, en voordat hij wegging om Karen en Jessie welterusten te wensen liet hij me zien waar het beddengoed en de
handdoeken waren en trok de bank voor me uit. Ik sliep al
toen hij thuiskwam.

De volgende dag ging hij vroeg naar het ziekenhuis, voordat ik op was, hoewel ik hem bezig hoorde in de verre uit-
hoeken van het appartement met douchen, zijn haar föhnen,
laden open- en dichtschuiven, het blikkerige geluid van het
ochtendnieuws op de radio.

Ik ruimde het huis op voor ik de deur uitging. Het was een
puinhoop. De lakens moesten gewassen worden, er stond afwas in de gootsteen en op tafel lagen kruimels en ingedroog-

de restjes. De kasten in de keuken waren bijna leeg. Robert en Karen hadden een soort minimaal, achterstallig inkoopbeleid gevoerd sinds zij aan haar bed gekluisterd was – ze kochten miniverpakkingen paracetamol of ibuprofen, twee rollen wc-papier tegelijk, en haalden veel kant-en-klaarmaaltijden. Ik ging onderweg naar het ziekenhuis naar een supermarkt en sloeg groot in. Toen ik thuiskwam, vulde ik hun planken en kasten met eten, wc-papier en schoonmaakmiddelen. De volgende dag ging ik weer boodschappen doen voordat ik naar Karen ging – babyspulletjes deze keer: de kleinste T-shirts en ponnetjes en rompertjes die ik kon vinden, maar waar Jessie nog in zou zwemmen. En dekentjes en lakentjes voor het ledikantje. Rubber onderleggers, een mobiel, wat zachte speeltjes.

Beide dagen kwam ik om een uur of twaalf in het ziekenhuis en bleef een uur of drie, vier. Soms zat ik bij Karen, soms bij de baby. Als ik terugkwam in het appartement sliep ik ruim een uur; het was zo uitputtend alleen al om in het ziekenhuis te zijn, altijd te wachten op een of andere dokter, of op een of ander onderzoek of een of ander resultaat.

Karen voelde het ook. 'Ik word hier gek,' zei ze de tweede dag. 'Laten we iets stoms doen om de tijd te verdrijven. Misschien hebben ze speelkaarten in de cadeauwinkel.'

Natuurlijk hadden ze die, en de laatste twee dagen dat ze daar bleef, werd dat ook onderdeel van onze vaste routine. We zaten samen bij Jessie, fluisterden tegen haar en aaiden haar zachtjes, en daarna gingen we samen naar Karens kamer voor een moordende reeks gin rummy, waar we ons helemaal door lieten meeslepen, misschien omdat we behoefte hadden om ons mee te laten slepen. Ze fronste en grimaste tijdens het spelen. Ze hield aan één stuk door de beledigende praatjes die de kinderen altijd tegen elkaar hadden gebruikt tijdens spelletjes: '*Très* slim, monsieur, maar lang niet *très* slim genoeg.' 'Pas maar op, linke loetje, ik krijg je wel.'

Soms, als ze haar kaarten met wraakzuchtig genoegen op het formicablad klapte en aankondigde dat ze gin had, kreeg ik het gevoel dat ik eindelijk iets voor haar kon doen, op een manier waar ze toen ze opgroeide nauwelijks ruimte voor liet.

Met Jessie ging het intussen goed – dat zeiden ze tenminste. Ik zag het zelf niet. Ze kon nog steeds niet zelfstandig ademen, hoewel ze medicijnen kreeg om haar te helpen, en ze verminderden gestaag de hoeveelheid zuurstof die ze kreeg. Toen ik de derde dag naar binnen ging, hadden ze haar onder de felle lampen vandaan gehaald en in een couveuse gelegd. Dat betekende dat haar ogen niet meer beschermd hoefden te worden. Opeens kon ik het grootste deel van haar gekneusde gezichtje zien, haar wimperloze oogleden. Maar haar ogen gingen niet vaak open, want ze zat onder de kalmerende middelen. Dat was meestal zo bij baby's die zuurstof kregen, had ik gehoord.

Als ik bij haar zat, zong ik zachtjes of hield haar minuscule handje tussen mijn vingers en fluisterde tegen haar. Ik wilde dat ze me hoorde, mijn aanraking voelde, en ik had het gevoel dat dat ook zo was. Soms leken haar handjes in mijn vinger te knijpen met de lichtst mogelijke druk. En de zusters waren het ermee eens. Ze zeiden dat haar symptomen – de symptomen die ze zo zorgvuldig in de gaten hielden – rustiger werden als ik er was.

De hersenbloeding baarde me zorgen. Alleen al het idee dat er bloed gelekt had in haar hoofd leek zo gevaarlijk. Ik praatte er op een dag met haar dokter over toen ik er zonder Karen was. Hij stelde me gerust. Het had maar heel kort geduurd, zei hij. Haar hartslag was een beetje gedaald en haar bloeddruk gestegen, maar ze hadden alles erg snel weer onder controle. Ze had geen toevallen gehad, er waren geen tekenen van schade. Dat waren allemaal heel goede tekenen.

Ik wilde hem geloven. Hij was een kleine, vriendelijke man. Latijns-Amerikaans. Hij sprak met een heerlijk accent. Hij noemde haar 'Chessie' en daardoor leek ze me een persoon in de wereld, doordat iemand zo'n eigen versie van haar naam had.

De vierde dag dat ik terug was – de dag voordat Karen thuis zou komen – kocht ik een plastic draagstoeltje en een bedje. Ik had het stoeltje zelf mee naar boven naar hun appartement genomen en uitgepakt. Toen Robert 's avonds laat thuiskwam uit het ziekenhuis hielp hij me de grote, zware, platte doos met het bedje uit de auto te halen. We zeulden hem naar boven naar de babykamer, met veel pauzes zodat ik uit kon rusten, en sneden de doos daar open.

Robert ging methodisch te werk bij het in elkaar zetten, heel anders dan Joe in dit opzicht. Hij verzamelde alle gereedschappen die hij nodig dacht te hebben van tevoren. Hij las de bladzijden met instructies voordat hij begon. Hij zei dat het mijn taak zou zijn om dingen op hun plek te houden terwijl hij bouten en moeren aandraaide. Hij was nog in zijn werkkleren, maar hij had zijn jasje en das uitgedaan en zijn mouwen opgerold. Zijn overhemd was lichtblauw, duidelijk duur, zijn pantalon donker en elegant. Wat was hij mooi! dacht ik toen ik zijn sterke, slanke handen bezig zag, keek hoe de spierbundels in zijn onderarmen omhoog kwamen en bewogen. Mooi op een manier die geen van de mannen met wie ik te maken had gehad ooit was geweest. Duur, knap, verzorgd, geruststellend. Niet Karens type, had ik gedacht.

Ik had het gevoel gehad dat Karen en hij te jong trouwden. Ik had gedacht dat Robert niet bijzonder genoeg voor haar was, maar zo had ik het niet geformuleerd. Maar een rechtenstudent! had ik gezegd. Een jongen met zo'n voorspelbaar, veilig leven voor zich. Karen begreep dat, maar hij was precies wat ze wilde. Wat ze zei was: 'Ik weet dat Robert er mijn hele leven voor me zal zijn, hij zal voor me zorgen.'

Ik was geschokt. 'Maar je hebt niemand nodig om voor je te zórgen, Karrie.'

'Dat weet ik. Dat heb ik zeker niet nodig.' Haar lach klonk bijna verbitterd. 'Maar dat is precies waarom ik het wil.'

Terwijl we bezig waren, praatten Robert en ik op de gemakkelijke manier die mogelijk is als iets anders het grootste deel van je aandacht opeist. We praatten over Jessie: hoe zorgelijk, of niet, de bloeding was, wanneer ze van de beademing zou komen, wat die ene dokter had gezegd, of die andere. Hij vertelde me dat hij de 'overstap' al had gemaakt – zo formuleerde hij het. Dat Jessie gewoon was wie ze was voor hem, en dat hij van haar hield wat er ook gebeurde en dat hij ervoor wilde zorgen dat ze het beste leven kreeg dat voor haar mogelijk was. En toen zei hij: 'Maar ik denk nog steeds dat het allemaal goed komt.' Zijn wenkbrauwen waren geconcentreerd gefronst terwijl hij een schroef aandraaide. 'Ze is een vechter, weet je.'

'Ja, dat weet ik,' zei ik. En dat geloofde ik ook. Zelfs terwijl ze onder de medicijnen zat, werkte Jessie zo'n groot deel van de tijd. Ze zwom en zwom.

We praatten over de kans dat ze over een jaar of zo zouden verhuizen, naar een plek waar meer ruimte was, misschien met een tuin. We praatten over Karen, hoe lang geleden het was dat ze had kunnen werken, hoe belangrijk het voor hem was om te zorgen dat ze zo snel mogelijk weer verder kon met haar muziek.

'Maar misschien zal ze dat een poos niet willen,' zei ik. 'Kinderen – een kind – kunnen je behoorlijk afleiden. En Jessie... tja, die zal bijzonder afleiden, zou ik denken.'

'Dat is natuurlijk ook prima,' zei hij. 'Maar ze moet de keuze hebben, dat is alles.'

Hij vroeg hoe het met mij was en ik vertelde het een en ander over mezelf, over mijn leven in Vermont.

'Wat is de uitslag, denk je?' vroeg hij.

'Ik weet het echt niet. Nu ik weer hier ben, ook al is het niet in mijn eigen huis, voelt het als lichtjaren verwijderd. Het is alsof de ene wereld de andere als het ware nietig verklaart. Ik kan er nauwelijks iets van geloven.'

We schoven het bedje in een hoek en legden de matras erin. Ik scheurde een pakje lakentjes open en maakte Jessies bed op terwijl Robert de muzikale mobiel die ik had gekocht uit de knoop haalde – kleine houten orkestfiguurtjes, ter ere van Karen – en aan het hoofdeinde vastmaakte. Toen namen we het karton en het afval mee naar beneden naar de vuilcontainers en propten het erin. Het was na elven toen we elkaar welterusten wensten. 'Ga jij maar eerst naar de badkamer,' zei ik. 'Jij moet morgen weer vroeg op.'

Ik ging naar de studeerkamer en schoof de gordijnen voor de twinkelende lichtjes van de stad. Ik trok een nachtpon aan en bedacht me hoe kameraadschappelijk Robert en ik waren geweest bij ons project, hoe aangenaam het was om met iemand samen te wonen, hoe ik het miste, ook al waren er dingen waar ik van genoot in mijn eenzame leven.

Op het moment dat het mijn beurt was om mijn tanden te poetsen hoorde ik de telefoon gaan, en toen ik langs Roberts kamerdeur liep hoorde ik hem tegen Karen praten, vriendelijk, geruststellend. Vanuit de studeerkamer hoorde ik terwijl ik de slaap in dreef het verre, onderbroken stijgen en dalen van zijn stem, en het leek of ik weer een kind was en mijn grootouders onder me in de keuken hoorde praten.

Toen Karen thuiskwam, veranderde onze routine. Zo verhuisde ik naar de logeerkamer bij mijn oude vriendin Ellen Gerstein. Nu moest ik dagelijks naar een avondlijke of ochtendlijke dosis roddel over de Frye School luisteren; wat de andere leraren deden en hoe de meisjes leefden: wie zich had aangemeld voor welke school, wiens ouders gingen scheiden, wie betrapt was op roken of drinken of ongeoorloofde afwezigheid.

Ik ging een keer met Ellen mee, alleen om even rond te kijken, alleen om te zorgen dat ik beter kon nadenken over wat ik zou gaan doen. Het was vroeg in de ochtend en de lange gangen vol kastjes waren leeg, de meisjes waren allemaal in de kapel. Het lokaal Engels was een puinhoop, de stoelen stonden schots en scheef en de borden waren niet gewist. Op het bord achter in het lokaal stonden diverse pogingen om een zin te ontleden, en op het andere voorin, achter de tafel van de leraar, had een van de meisjes in grote, slordige letters gekrast: ALS EEN LERAAR DICTAAT OPGEEFT, DAN IS HIJ DUS EEN DIC-TATOR!!!

Toen ik de archiefkasten doorzocht naar papieren van mij hoorde ik iemand mijn naam roepen in de gang en opeens was ik omringd door vijf meisjes die gilden: 'Juf Hubbard, jezus, u bent terug! Jezus, Jezus!' Ze roken naar zeep, parfum, koffie, haarlak en sigarettenrook. Ik ging even aan de tafel zitten en ze zwermden om me heen, praatten te hard en scholden me de huid vol omdat ik hen in de steek had gelaten in hun laatste jaar. Iemand leunde tegen mijn rug, iemand raakte mijn gezicht aan om mijn aandacht te trekken, Lizzie Lanier. Ze wilde dat ik een aanbevelingsbrief voor haar schreef. Hij zou te laat komen, maar ik móést het gewoon doen, ik móést gewoon, het was het lot of zo dat me hier vandaag had gebracht, het was totaal perféct of zo.

Toen dacht ik aan Jessie, Jessie op die leeftijd, onuitstaanbaar, bezig zich in te schrijven voor de universiteit, terwijl ze zo rook, me aanraakte.

Mijn dromen in Ellens huis waren verward, zoals vaak gebeurt als je in een vreemd bed slaapt en als je leven overhoop is gehaald. Gewoonlijk gingen ze over Jessie, dat wist ik, gebaseerd op het beeld van haar dat me overal achtervolgde. Maar in mijn dromen nam ze verschillende vormen aan. Een paar keer was ze een van mijn eigen kinderen. Een keer Jeff, die heftig bezig was de slangetjes eruit te trekken, zich te bevrijden; een keer Fiona, in coma of dood. In deze dromen was ik nutteloos, hulpeloos, maar ook uitzinnig. Vaak werd ik eruit wakker terwijl mijn vingers in het beddengoed om me heen klauwden en mijn hart wanhopig in mijn borst stampte.

Ik bleef omdat ze me nodig hadden. Er was bijna geen tijd in hun leven voor het huishouden, voor schoonmaken en boodschappen doen en eten maken, en dat waren de dingen die ik op me nam, dat was wat ik voor hen kon doen, en ik deed het met de aandacht en zorg die ik ook had besteed aan mijn uitgebreide dineetje in Vermont, die ik vroeger gebruikte als ik met Joe voor vrienden en restaurantmensen kookte.

Ik ontmoette Karen elke dag voor de lunch in een cafétje in de buurt van het ziekenhuis. Daarna ging ik een poosje bij Jessie zitten zodat Karen even kon wandelen of naar huis gaan voor een dutje als ze daar zin in had. Ik ging pas weg als ze terugkwam, dan ging ik boodschappen doen en daarna op weg naar haar huis om eten klaar te maken.

Robert ging meestal na zijn werk langs het ziekenhuis en bleef een poosje hangen als Karen al weg was, om wat tijd alleen met Jessie door te brengen. Karen en ik dronken vaak samen een glas wijn terwijl we op hem wachtten. Soms ging ik weg als hij thuiskwam, om hen wat tijd met elkaar te gunnen; soms stonden ze erop dat ik bleef en met hen mee at. Vaak ging een van tweeën tegelijk met mij weg, na het eten, om Jessie welterusten te zeggen, om haar vast te houden en haar nog een laatste keer die dag naar haar leven te lokken.

Want ze mochten haar nu vasthouden. Ze was van de beademing af, hoewel ze nog leed aan apneu, momenten dat ze vergat te ademen, zoals vaak voorkomt bij te vroeg geboren baby's omdat ze het te vroeg moeten leren, als hun lichaam daar nog niet voor geprogrammeerd is. Maar ze mochten haar vasthouden; ze waren er lyrisch, bijna duizelig van toen ze eindelijk toestemming kregen.

En ik ook natuurlijk. De avond nadat ze van de beademing

was gehaald ging ik er alleen heen nadat we met z'n allen had-den gegeten. Het was rond negen uur en de enige andere be-zoekers waren een jong stel – de ouders van een nieuw pre-matuurtje – en twee vaders die ik in die lange dagen had leren kennen. We zwaaiden allemaal ter begroeting naar elkaar, oudgedienden op de neonatologie.

Jessies verpleegster grijnsde tegen me. 'Ik weet waar u voor komt,' fluisterde ze.

'Haal je de koekoek,' zei ik.

Ze hadden een schommelstoel naast haar couveuse gezet, en de verpleegster gebaarde dat ik daar moest gaan zitten. Ze deed de zijklep open en schoof Jessie er handig uit en in mijn armen. Ze had nog een klein zuurstofslangetje in haar neus en een infuuslijn in haar arm, maar haar gezicht was voor het eerst open en vrij: geen slang in haar mond, geen wit plakband om die op zijn plaats te houden als een melksnor op haar bo-venlip.

Ze woog niets in mijn armen en tegen mijn lichaam, maar ze krulde zich tegen me aan en ik boog me voorover en raak-te haar gezichtje aan. Haar ogen knipperden een keer. Ze slaak-te een zuchtje, schudde even en ontspande weer.

Ik bleef met haar zitten tot de verpleegster zei dat het tijd was, wiegde haar langzaam en zong heel zachtjes alle liedjes die ik voor mijn kinderen had gezongen, alle liedjes die mijn grootvader voor mij had gezongen. Op een gegeven moment werd ze wakker, maar zonder te schrikken, en lag achterover op mijn onderarm, haar ondoorschijnende donkere ogen wijdopen in de schemerige zaal, haar gezichtje geconcentreerd naar me fronsend, alsof ze me bestudeerde, alsof ze me voor het eerst echt zag en me langzaam en voorgoed in haar ge-heugen opnam.

VEERTIEN

Ik trok pas vlak voor Kerstmis weer in mijn eigen huis, toen
de huurders vertrokken. Inmiddels was ik weer in Vermont
geweest. Ik was maar vier dagen gebleven – om alles in te pakken, afscheid te nemen, Samuel te laten weten dat hij het huis
weer over kon nemen, om de huurauto terug te brengen –
want het stond vast. Ik ging terug. Terug naar mijn oude leven, en ook mijn nieuwe leven, in San Francisco, die vreemde stad waar iedereen op de vlucht voor ergens anders lijkt te
zijn gekomen. Niet alleen uit Italië of China of Zuid-Amerika, maar uit de bekrompenheid van het oosten, de monoto-
nie van het Midwesten, de beperkingen van het verleden.

Maar voor mij voelde het deze keer minder als een vlucht
dan als een verlokking. Ik beschouwde het als een stap vooruit, naar de toekomst denk ik. Ik had het gevoel dat Jessies
aanwezigheid, het simpele feit dat ze leefde, de voorwaarden
van mijn leven had veranderd, me wegriep van wat in Vermont mogelijk was geweest en me terughaalde naar een wer-
kelijker, rommeliger en dubbelzinniger wereld.

Ik zag West Barstow deze keer nauwelijks, zo was ik erop
gespitst naar huis te gaan. Voor mij was het belangrijkste moment van de dag het telefoontje aan het eind van de middag
om te horen hoe het met Jessie ging. Ze ging vooruit, langzaam, maar ze ging vooruit. Ze hadden haar overgeplaatst naar
een zaal voor minder kritieke baby's, dus hoewel ze nog apneu had, was ze nu officieel een 'groeier en eter'. Ze was een
beetje gaan drinken. Toen Karen me dat vertelde, huilde ze
even aan de telefoon. We vroegen ons af wanneer Jessie naar
huis zou kunnen, hoewel ze nog een hele weg te gaan had naar

de mijlpaal van vijf pond. We praatten over Kerstmis, over mijn volgende semester op de Frye School.

Ik had ertegen opgezien Samuel te ontmoeten, ik denk dat ik me zorgen maakte dat iets van de spanning en het verdriet van ons laatste treffen tussen ons in zou zijn blijven hangen, misschien het enige tussen ons was. Maar hij kwam met bloemen en een vastberaden goed humeur. We bleven niet iets drinken in mijn huis, zei hij. Te banaal. We gingen naar de Babcock Inn.

Ik ging naar boven en trok iets anders aan dan mijn spijkerbroek. We reden twee stadjes verderop waar we in een donker hoekje van de gelambriseerde bar gingen zitten en hamburgers en patat bestelden en een zurige Chianti.

Samuel meldde dat hij drieënzeventig was geworden in mijn afwezigheid. Dat vierden we, zei hij, en we klonken.

'Nog iets gekregen?' vroeg ik hem.

'Ha!' zei hij. 'Een smakeloze kaart, ondertekend door mijn twee kinderen. Zo gaat het met oudjes als ik.'

'Nou ja, wie wil die troep eigenlijk? Ik krijg nu snuisterijen. Dat is het teken dat ik over de grens ben. En ik weet nooit wat ik ermee aan moet. Ze uitstallen? Ik schiet mezelf nog liever dood.'

'Ja. Het snuisterijtje. Dat gaat langzamerhand over in de kaart.'

'Eerlijk, ik zal er dankbaar voor zijn,' zei ik. Ik nam een slok Chianti. 'Ik zal je bekennen dat ik vorig jaar pindarotsjes heb gekregen,' meldde ik.

'Dat is eigenlijk een soort snuisterijtje, hè?'

Ik lachte. We hadden het over leeftijd – de positieve kant: Jessie, zijn kleinkinderen. De negatieve kant: snuisterijen. Pijn. Betutteld worden.

We praatten over het huis, waarvan ik nog steeds niet wist of ik het zou verkopen. Hij kon nog wel wachten, zei hij. Hij zou alleen al dankbaar zijn als hij er weer kon wonen. 'Gedeeltelijk natuurlijk omdat er ook voor mij herinneringen aan verbonden zijn. Van Margaret.'

We praatten over benzineverbruik met sneeuwkettingen, over zijn essays, over de politieke campagnes. We dronken de fles wijn leeg en hij reed me naar huis, bracht me naar mijn deur.

'Ik vraag je niet binnen,' zei ik, en wilde het net gaan uitleggen – dat ik nog niet had gepakt, hoe vroeg ik weg moest – maar hij zei: 'Nee, alsjeblieft, niet doen,' en glimlachte op een manier die me aan het lachen maakte. En toen deed hij een stap naar voren en kuste me. Het was een grondige, volledige kus met twee armen die mijn hele lichaam tegen hem aandrukten en die smaakte naar wijn en me buiten adem maakte.

Even later liet hij me los en deed een stap achteruit. 'Zo!' fluisterde hij, als bij *touché*.

'O,' antwoordde ik.

Hij liep weg over het besneeuwde grasveld op zijn laarzen, en ik opende de deur en stapte het huis in, gewoon om te zorgen dat hij me daar niet zou zien staan, zo droevig en dwaas als ik me voelde.

Ik ging met mijn jas nog aan in de donkere voorkamer zitten en hoorde hoe hij zijn auto startte en wegreed. Als hij me had willen laten voelen wat ik had kunnen hebben, waar ik van had afgezien, dan was dat gelukt. Ik voelde me leeggezogen en dodelijk eenzaam.

Ik weet niet precies hoe lang ik daar zat, maar ten slotte stond ik op. Zonder er lang over na te denken ging ik naar buiten. Ik liep naar de hoofdstraat en toen naar het dorpsplein, zoals die eerste dag dat ik hier was aan het begin van de herfst. Er brandde licht in de huizen – ook in dat van Samuel – en in de kerk. Ik hoorde zingen toen ik erlangs liep; het koor oefende. Ik dwong mezelf het allemaal in me op te nemen, en toen liep ik langzaam naar huis om in te pakken. Alles, alles zag er heerlijk en verloren en kostbaar uit, nu ik wist dat ik wegging.

Fiona haalde me van het vliegveld in San Francisco; ze was de dag daarvoor aangekomen. Ze zei dat het huis er volgens haar prima uitzag en dat een paar van mijn dozen al waren gearriveerd. Ze was twee keer bij Jessie geweest, zei ze, en had een poosje met haar in haar armen gezeten, 'compleet met al haar tierelantijnen – al die slangetjes.'

Toen we naar buiten kwamen om naar de parkeerplaats te lopen, was ik zoals altijd verbijsterd door alles, de warmte, het vocht in de lucht, de groenheid van de heuvels om ons heen. Er hadden hier en daar plekken korstige sneeuw gelegen op de grond in Vermont. Ik haalde diep adem. 'Ah, winter in Californië,' zei ik.

'Ik weet het,' antwoordde Fiona. 'Ik had nota bene een parka aan toen ik aankwam.'

'Ach, die zal van pas komen als je weer in New York terugkomt.'

In de auto praatten we over Jessie. Fiona had niet willen vragen wat de prognose was.

'Ik ben blij dat je dat niet gedaan hebt, eigenlijk,' zei ik. 'Ik geloof dat ze het moeilijk vinden daarover te praten. Niet dat ze veel gevaar lijkt te lopen. Maar ze heeft een kleine hersenbloeding gehad. En verder… ik weet het niet. Het heeft een poosje geduurd voor ze ging ademen toen ze net geboren was. Dat soort dingen. Ik denk eerlijk gezegd dat niemand het weet.'

Ik keek even naar het verkeer. Toen keek ik haar aan.

'Ach, sommige dingen weten ze wel. Ik bedoel, het gaat goed met haar. Echt goed. Maar sommige dingen kunnen ze gewoon niet weten. En dat zullen ze ook niet, tot ze zien hoe ze doet wat ze doet.'

'Ik zou er knettergek van worden,' zei ze met een klap op het stuur voor nadruk.

'Echt waar?' Ik realiseerde me dat ik er helemaal niet gek van werd, het zat me zelfs niet meer dwars. Helemaal niet. Ik had de overstap gemaakt, zoals Robert over zichzelf had gezegd.

'Ja. Vind je het gek?' Ze keek in mijn richting. 'Om het niet te weten?'

'Maar ze blijft leven, Fi. Ze ademt zelfstandig. Ze drinkt. Ze kijkt naar je en reageert. En een poosje geleden maakten ze zich over al dat soort dingen zorgen. Dus zijn ze blij. Ze zien haar als enorm volgroeid. En dat is ze ook. Voor haar leeftijd? Ze hoeft nog niet eens te kunnen ademen. Ze is een wonder!'

'Maar toch, mam.'

'O, Fi. Ik weet wat je bedoelt, natuurlijk weet ik dat. Maar je kunt het sowieso nooit weten.'

'Hoe bedoel je?'

'O. Gewoon… nou, jíj bijvoorbeeld. Jullie allemaal eigenlijk. Jullie hadden schizofreen kunnen zijn. Denk je dat ik me daar geen zorgen over maakte, met een moeder die zo gek was als een deur? Of jullie zouden laten we zeggen een… junk kunnen worden. Dat kan ieder moment gebeuren.' Ze wuifde afwerend met haar hand en trok een gezicht. 'Oké, laten we iets gewoners bedenken,' zei ik. 'Je zou om de een of andere reden een hekel aan me kunnen krijgen en dan zouden we voor altijd gebrouilleerd zijn. Of Jeff. Die zou in Zuid-Amerika kunnen blijven en we zouden hem nooit meer zien.'

'Zit er niet in,' zei ze.

'Nee, maar je weet wat ik bedoel. Het is, denk ik, alleen dat het toch allemaal zo onzeker is, wat er met je kinderen gebeurt. Wat er met óns gebeurt trouwens ook. Het is echt… ik bedoel, nu ze er ís, valt het me helemaal niet moeilijker om niet te weten wat er met Jessie zal gebeuren dan het van jullie niet te weten.'

'Helemaal niet?' Ze keek me weer aan, met opgetrokken wenkbrauwen. 'Helemaal niet, mam?'

'Nou, misschien een beetje moeilijker. Maar een klein beetje. Echt.'

'Ja, ja, ja.' Ze ging verzitten en hing voorover op het stuur. Even later zei ze: 'Je bent zo'n...'

'Wat?'

'Ik weet het niet. Zo'n kanjer denk ik.'

Ik glimlachte en herinnerde me dat de verpleegster Jessie zo had genoemd. 'Dank je wel, lieverd,' zei ik.

Toen we bij het huis aankwamen, zag ik dat Fiona een kerstboom had neergezet. De witte lichtjes gloeiden achter het raam van de woonkamer.

'O, Fi,' zei ik. 'Het lijkt wel of ik thuiskom.'

'Hoe bedoel je, enorme sufferd? Dit ís thuis.'

We stapten uit en zeulden mijn tas naar binnen. Ze had de boom de vorige dag gekocht, zei ze, en alleen de lichtjes erin gedaan. Ze had met de rest gewacht tot ik terug was. Dus toen ik had uitgepakt en me had verkleed, maakte ik koffie voor mezelf en gingen we samen aan het werk, haalden we de oude versieringen uit hun vochtig ruikende dozen. Fiona slaakte verrukte gilletjes, zoals elk jaar, als ze bepaalde bekende vormen zag: de theepot, het kerstmannetje, de blikken engel.

We praatten met tussenpozen terwijl we bezig waren. Op een gegeven moment zei Fiona: 'Je blijft, hè?'

'Hier, bedoel je?'

'Ja.'

'Ja, ik blijf.'

'Mooi,' zei ze. Ze hing met grote voorzichtigheid een vergulde peer op. Toen zei ze: 'Maar ik vond Samuel wel erg leuk.'

'Dat was hij natuurlijk ook. Is hij natuurlijk ook.'

Toen ik naar haar opkeek, zag ik dat ze grijnsde.

Ik haalde mijn schouders op.

We deden nu steeds een paar stappen achteruit voordat we

een versiering ophingen om te zien waar nog een leeg plekje was.

'Ben je verdrietig dat je weer terug bent?' vroeg ze.

'Nee,' zei ik. 'Helemaal niet.'

'Ik vroeg het me alleen af. Ik bedoel, serieus, wat… of je het gevoel had dat je daar had kunnen wonen. Weet je wel, echt een leven opbouwen.'

'Vond je dat ik dat had moeten doen?'

'Kweenie. Ik bedoel, op een bepaalde manier leek het… ik bedoel, ook met Samuel, een soort kopie van je grootmoeders leven. Alsof je heel, heel snel heel, heel oud werd. Klaar om dood te gaan of zo. Begrijp je wat ik bedoel?'

Ik zei dat ik het begreep.

'Maar dan denk ik weer: nee, nee, het was juist het tegenovergestelde. Het was dapper van je om te overwegen ergens heel anders helemaal opnieuw te beginnen.' Ze was op de bank neergeploft. 'Ik weet het niet,' zei ze, kauwend op haar nagel. 'Ik denk dat ik gewoon ben opgehouden erachter te willen komen, ergens was ik zo totaal in de war.'

Ik ging tegenover haar zitten. Het raam was donker geworden en de boomlichtjes vulden de kamer met hun ongerichte licht. Fiona's ogen leken bijna betraand door de weerspiegeling.

'Aan de andere kant,' zei ik, 'heb ik het idee dat hier terugkomen meer is als me klaarmaken om dood te gaan.'

'Hoe bedoel je?'

Ik keek haar aan.

'Nou, dit is waar ik echt een grootmoeder ben. Je weet wel, vooraan in de rij voor de man met de zeis, als hij komt. De buffer tussen hem en jullie allemaal. "Pardon, meneer."' Ik wees op mijn eigen borst. '"Hier eerst, alstublieft."'

'Ach, toe nou.'

'Nee, echt. Dat gevoel heb ik. Vooral door Jessie. Haar leven is gewoon belangrijk, zoals het mijne dat niet meer is.'

Ze snoof. 'Alsjeblieft!'

'Nee, echt, Fi.'

'Niks echt. Hier blijf je eeuwig jong. Dit is Californië, weet je nog? Alles mag hier. Wil je danseres worden? Op je... wat is het, tweeënvijftigste? Geen probleem. Wil je... weet ik veel. Ik bedoel, kijk naar Joe. Wil je opnieuw beginnen, en nog een keer, en nog een keer?'

'Maar misschien wil ik dat niet.'

'Wat niet.'

'Opnieuw beginnen.'

Ze wapperde met haar hand. 'Dat is gewoon on-Amerikaans. Vergeet het maar. Word wijzer. Leef in de echte wereld, ma.'

Ik haalde mijn schouders op. 'Zo voel ik het, wat voor wereld het ook is.'

We zaten een poosje zonder iets te zeggen naar de glinsterende versieringen en de witte lichtjes te kijken.

Fiona ging na het eten naar vrienden. Toen ze weg was, deed ik al het licht uit behalve in de kerstboom en zette een cd op van Annie Fischer die Schubert en Liszt speelde. Ik ging op de bank liggen. De lichtjes wierpen gefragmenteerde craquelépatronen op het plafond. Ik volgde ze met mijn ogen terwijl ik naar de muziek luisterde, en toen zag ik daar nog iets anders. Vlekken. Ook met een patroon. Ik stond op en deed het licht weer aan.

Het waren voetafdrukken, van blote voeten, vaag en grijs.

Kennelijk van mijn inventieve, acrobatische puberhuurders. De afdrukken leken over het plafond naar het raam te lopen en verdwenen daar. De piano zwol dramatisch aan en ik lachte hardop.

Even vroeg ik me af waarom ze het gedaan hadden. Waarschijnlijk geen reden. Omdat het leuk was. Omdat het zo onwaarschijnlijk was. Omdat ik, de vervelende eigenares, me zou afvragen hoe ze het voor elkaar hadden gekregen, deze krankzinnige verwijzing naar een omgekeerde wereld. Of misschien naar het idee van ontsnapping. Of misschien helemaal naar niets. Ik deed het licht weer uit en ging liggen. Je kon er altijd overheen schilderen, dacht ik.

Maar dan zou je wel gek zijn.

We hadden geen van allen veel voor elkaar gedaan voor Kerstmis, Fiona vanwege haar examens, ik omdat ik zoveel rond had gereisd, Karen en Robert vanwege Jessies geboorte. Maar we hadden wel allemaal tijd gevonden om cadeautjes voor de baby te kopen, en Jeff had uit Zuid-Amerika een doos spulletjes gestuurd, die was gekomen toen de huurders nog in het huis zaten. Dus pakten we Jessies cadeautjes uit – knuffels, kleertjes, boeken – en Jeffs doos vol merkwaardig ruikende weefsels en prachtige, goedkope sieraden. En toen gingen we naar het ziekenhuis, met een paar speelgoedjes. Alle andere mensen met baby's op neonatologie waren natuurlijk op hetzelfde idee gekomen, dus moesten we om beurten naar binnen. We lieten Robert na een uurtje daar achter en gingen naar huis om het eten klaar te maken.

Hij was vroeg in de middag teruggekomen en we stonden allemaal in de keuken de laatste hand aan het eten te leggen toen ik uit het raam keek en zag hoe de zon laag over de tuin scheen, waardoor alles er weelderig en groen uitzag. 'Kijk!' riep ik. 'Wat is het mooi!'

'Laten we een foto maken,' zei Karen. 'Ik wil graag voor Jessie een verslag maken van haar eerste kerst. We kunnen om de beurt fotograferen.'

'Haar eerste kerst en ze brengt hem al ergens anders door,' zei Fiona. 'Wat een voorbeeldig modern meisje!'

'Het zou leuk zijn om er ook een paar naar Jeff te sturen,' zei ik. 'Zodat hij het jammer vindt dat hij er niet was.'

We trokken allemaal jassen aan en dromden naar de achtertuin. Robert maakte de eerste foto. Hij zette ons op een rij neer terwijl we van de achtertrap afkwamen, met onze hand op de leuning.

'Wat opgeprikt,' protesteerde Fiona.

'Opgeprikt is je van hét voor de familiefoto,' zei hij.

We gingen naar de olijfbomen. Fiona en Karen maakten om beurten foto's van ons, op een rijtje zittend. Toen stelde Karen de zelfontspanner in en stonden we allemaal in het horizontale avondlicht en knepen onze ogen dicht naar de camera. Ze nam er een stuk of drie op die manier, rende elke keer weer terug om in beeld te komen, en toen was opeens de zon weg en voelde de lucht kil en vochtig aan. Toen we weer naar binnen gingen, hoorde ik Karen aan Robert vragen: 'Zag ze er goed uit toen je wegging?' en ik besefte dat voor haar het verdeelde leven was begonnen, een leven dat altijd gedeeltelijk elders wordt geleefd, altijd klaar om opgeëist en opgeroepen te worden. Ik voelde een merkwaardige steek van pijn voor haar, een soort combinatie, vermoed ik, van medelijden en jaloezie.

Ik heb die foto's nog. Ze zijn erg onbarmhartig voor ons allemaal, vanwege de laagstaande zon en de manier waarop we onze ogen daartegen dichtknijpen, maar toch ben ik er dol op. Karen gaf me mijn afdrukken de week na Kerstmis. Inmiddels waren de dozen uit Vermont aangekomen, en had ik ze uitgepakt. Ik had de das en de grote blauwe reiger uitgestald, de vogel op de piano, de das in de keuken, alsof hij op de grond aan het snuffelen was. Ik had de dagboeken op een rij op de plank boven mijn bureau gezet, en toen Karen me de foto's gaf, zette ik er vijf of zes op diezelfde plank.

Fiona keek op een dag tegen het eind van haar verblijf naar de foto's toen haar oog op de oude stoffen omslagen viel. 'O, hier zijn ze, al die dagboeken van oma,' zei ze.

'Ja, ik weet niet precies wat ik ermee aan moet.'

Ze spreidde haar vingers en bewoog ze spookachtig. 'Nog diepe, duistere geheimen?'

'Een paar.'

'Ja, maar alles liep uiteindelijk goed af, hè?'

'Tamelijk goed,' zei ik.

Het had een poosje geduurd voordat ik de laatste hoofdstukken van het verhaal had uitgepuzzeld. Dat was pas mijn laatste nacht in Vermont gebeurd, toen ik niet kon slapen en naar beneden ging om warme melk te maken. Het was de avond dat ik met Samuel had gegeten, de avond dat hij me welterusten had gekust en met verlangen had vervuld. Ik was rusteloos en in de war, vol van een gevoel van verlies en twijfel aan mezelf. In die stemming kwam ik in de studeerkamer van mijn grootvader terecht. Ik ging zitten en bladerde door het eerste dagboek naar de bladzij die me elke keer dat ik hem las verwarde: één enkele verwijzing, heel laat – lang na zijn dood en de verzoening van mijn grootouders – naar Seward Wallace. Hij luidde als volgt:

18 maart: Natte sneeuw. Een modderige, koude dag.
Verschrikkelijke rit naar Bangor voor een laatste afscheid
van SW. Nog erger op de terugweg. Ik heb John vanavond
het hele verhaal verteld. Het lijkt eindelijk voor elkaar. Ik
ben gelukkig.

Ik begreep het gewoon niet. Hoe kon er nog 'een laatste afscheid' zijn? Seward was de zomer daarvoor in Colorado overleden. En ook die overgang naar initialen voor hem leek zo vreemd. Maar toen ik er die nacht naar zat te kijken bedacht ik dat ze die al eerder voor Seward had gebruikt. Ik wist alleen niet waar. Ik bladerde terug door het dagboek naar het stuk waar ze hem ontmoette, naar haar leven in het sanatorium, maar in elke andere verwijzing gebruikte ze zijn naam: Seward, Seward, Seward, Seward. Waar had ik het dan gezien? *SW*. Waar verwees ze op die manier naar hem?

Toen wist ik het weer. Het was in het kasboek geweest. In haar boekhouding. Ik sloeg dat buitenmodel boek open en ging naar diezelfde periode, half maart. En toen, omdat ik niets anders zag dan de gebruikelijke lijst namen, bladerde ik terug door de weken en maanden van opgetekende aankopen en uitgaven.

En daar stond het, vanaf januari: *SW*, tussen alle andere initialen en namen die wekelijks of maandelijks terugkwamen: *mevr. B*, de pianolerares; *LG*, de ijsman; *meneer P*, schoorstenen geveegd. Daar stond *SW*. Langzaam verder teruglezend zag ik dat er elke week ongeveer 5 of 6 dollar naast zijn initialen stond. De laatste van deze aantekeningen was in oktober. Daarvoor, niets. Ik sloeg de bladzijden weer om naar later, naar januari. Ongeveer een week na de laatste afschrijving met Sewards initialen vond ik de notitie *juffrouw Wallace* en naast haar naam het astronomische bedrag van 65 dollar.

Ik bleef even zitten, en toen pakte ik het dagboek weer om te proberen erachter te komen wat het betekende, wat de reden was geweest voor het afschrijven van dat geld op Sewards naam na zijn dood, en waarom ze het op het laatst had weggegeven aan iemand van Sewards familie, neem ik aan: *juffrouw Wallace*. Ik vond het in een notitie die ik al vaak had gelezen zonder dat hij me echt was opgevallen.

VIJFTIEN

12 oktober. Een prachtige dag. John van vroeg tot laat op
pad. De jongste juffrouw Wallace kwam vanmiddag langs.
De oudste is nu ook ziek. Ze vroeg hulp om het lichaam
thuis te brengen. Ik beloofde dat ik het zou proberen. Het
zal moeilijk zijn, hoewel John niet op dit soort dingen let.

Nu kon ik het gemakkelijk vertalen. Juffrouw Wallace is Sewards zuster, natuurlijk. Ze wil zijn lichaam naar huis, naar
Maine brengen, weg van de plaats in Colorado waar hij haastig begraven is. Terug naar zijn zusters, de oudste en de jongste juffrouw Wallace, van wie de oudste nu ook op sterven
ligt.

Met 'dit soort dingen' in de laatste regel van de dagboek-
aantekening bedoelt mijn grootmoeder natuurlijk geld. Het
huishoudgeld. Waar zij wel op lette. Vanaf haar trouwen tot
het eind van de jaren twintig hield ze haar huishoudboekje
zorgvuldig bij, tot op de kleinste uitgaven: *boordbaleinen 25
cent, blauwsel 70 cent, 4 meter diemit 1 dollar, messen slijpen 35
cent, LG voor ijs 3 dollar.* Alles genoteerd in verbleekte inkt, alles opgeteld aan het eind van de week. En vanaf 12 oktober is
er drie maanden lang het wekelijkse bedrag afgetrokken naast
de letters *SW* in haar boeken. Het varieert in die maanden – op
bepaalde uitgaven, zoals belasting, kon niet worden bezuinigd
om haar verduistering, want dat was het, aan te passen, dus
had ze niet altijd in de hand hoeveel ze opzij kon zetten – maar
aan het eind van die periode kon ze de zusters Wallace hun
geld geven. Het moet een vreemd gevoel zijn geweest, zo'n
enorme uitgave te noteren, vooral voor iemand wier leven ge-

woonlijk in zulke kleine periodieke uitgaven werd uitgeme-
ten.

Zie het voor je, het dagelijkse besef van het offer, bereikt in
boter, naalden, garen, stof, schoenen. Dingen die ze zichzelf
ontzegde. Dingen misschien ook die ze hem ontzegde, mijn
grootvader. Maar misschien had ze daar regels voor, zoals ze
die kennelijk voor de belasting had. Misschien had ze het gevoel dat alleen zij moest betalen voor Sewards terugkeer. Er
staat natuurlijk geen bespreking met haarzelf hierover op papier – nergens een overpeinzing over dat onderwerp – dus dat
valt niet te zeggen.

Het ziet ernaar uit dat het leven van mijn grootvader tijdens die periode normaal doorging. Het dagboek doet verslag
van hun reisjes naar Pittsfield of Bangor, of naar Georgia's vader, of Johns moeder. Er was af en toe een avondje uit, en veel
wederzijdse bezoeken die vrouwen aflegden, om thee te drinken of elkaar te helpen met huishoudelijke klussen. (Dat is ook
waarom het bezoek van juffrouw Wallace me niet eerder was
opgevallen; de dagboeken waren doorspekt met vrouwenna-
men, vrouwen die langskwamen of bij wie zij langsging; die
ziek waren of weer beter of kinderen hadden gekregen.)

In de loop van deze maanden legde ze vast hoe mijn grootvader 's avonds voorlas en hoe ze af en toe, als ze een nieuw
melodietje onder de knie had, piano voor hem speelde. In die
tijd had hij een buisradio aangeschaft en begon er elke avond
een poos mee te spelen, zoals hij de rest van zijn leven zou
doen. Keurig opgetekend.

Ze hielp hem inmiddels soms ook in zijn spreekkamer, en
die vaak traumatische gebeurtenissen werden opgetekend als
deel van haar dagelijkse routine.

Mijn eerste amandeloperatie vandaag. Vreselijk. Zoveel
bloed. John prees mijn vaste hand met de ether.

Je krijgt een indruk van harmonie en vaste routine. Van groeiende wederzijdse afhankelijkheid.

De andere, onbesproken, niet onthulde werkelijkheid van haar leven in die periode was dat ze zwanger was. Het werd nergens expliciet genoemd in het dagboek, maar toen ik dit materiaal doorkeek, herinnerde ik me plotseling dat de datum waarop de initialen *SW* in het dagboek verschijnen, na zijn dood en lange afwezigheid, erg dicht bij de datum van mijn moeders geboorte lag. Ik telde een maand of zeven terug vanaf de geboorte van mijn moeder naar de periode dat mijn grootmoeder vermoed of geweten kan hebben dat ze een kind zou krijgen, en vond deze aantekening:

15 september: Een koele, mistige dag. Voelde me
vanochtend niet goed, maar 's middags twee jurken
uitgelegd en Johns sokken en een oude pantalon hersteld.
Hij is erg gelukkig over mijn nieuws. We gaan het zondag
vieren met een dineetje bij Empson.

Nog verder terugtellend, tot negen maanden voor mijn moeders geboorte, de tijd dat ze verwekt moest zijn, kwam ik bij de weken direct nadat mijn grootmoeder het bericht van Sewards dood kreeg, bij de tijd dat mijn grootouders hun pijnlijke confrontatie daarover hadden. Ze begonnen toen aan een kind, in de broze, rauwe periode nadat mijn grootvader had gehoord dat mijn grootmoeder voor hem al een minnaar had gehad; in de tijd vlak nadat ze had gehoord dat haar minnaar was gestorven. Nadat ze had begrepen dat alle veranderingen in haar leven in gang waren gezet door tussenkomst van mijn grootvader. Als ik daaraan dacht, hoe ze toen met elkaar naar bed gingen, had ik medelijden met hen en benijdde hen tegelijkertijd – ik herinnerde me die seks zo goed: de seks die ons bindt en ons tegelijkertijd herinnert aan onze verwijdering. De dwingende seks die maakt dat we het uitschreeuwen en daarna huilen. De krachtige seks die woede en verlangen en verdriet combineert en uiteindelijk zelf een vorm van vergeving en genezing wordt.

Uit dit alles was mijn moeder voortgekomen, leek het; en ik dus eigenlijk ook.

Wat moet het raar zijn geweest voor Georgia, deze periode van discretie, van geheimhouding in zoveel opzichten. En wat is het vreemd om haar verslag ervan te lezen, terwijl ik alles weet wat onvermeld blijft, alles weet wat er werkelijk aan de hand was. Elke dag is 'geweldig' of 'prachtig, of 'naar', 'grijs'. Eén keer 'ellendig'. Hun dagelijkse activiteiten zijn opgetekend, en een enkele keer wordt melding gemaakt van haar eindeloze reeks taken; maar de enige verwijzingen naar de zwangerschap zijn zijdelings: '2 paar snoezige sokjes gebreid.' 'Een mutsje gebreid met een lichtgroen lint erdoor.' En de enige aantekening van het gestolen geld zijn de wekelijkse bedragen in het kasboek naast de initialen SW.

Maar misschien is het niet zo vreemd. Het leven van een zwangere vrouw is toch al zo persoonlijk, zo geheim: het gevoel van diepe, eenzame vermoeidheid die eerste maanden; de eerste zwakke beweginkjes van wat daarbinnen zwemt, zo licht dat je niet eens zeker weet of het echt gebeurd is; het latere rukken en schoppen waar alleen jij weet van hebt, terwijl het leven buiten je lichaam doorgaat als altijd. Je glimlacht, je reageert: het is allemaal zo naar binnen gekeerd dat het geheim van het geld, van Sewards lichaam dat naar huis kwam, misschien gewoon iets extra's leek waar ze zwanger van was, het complement van de groeiende baby.

Ze was bijna acht maanden zwanger toen hij thuis werd gebracht. De dag dat hij zou komen nam ze de auto van mijn grootvader en reed naar Bangor om samen met Sewards zussen aan de trein te staan.

Het was koud en regenachtig, het hoogtepunt van het modderseizoen, wanneer het ijs diep onder de onverharde wegen
zijn greep op de bevroren aarde losliet en die veranderde in
een dikke laag modder. Rijden was moeilijk. Twee keer bleef
ze vastzitten in de modder. Een keer trok een boer achter een
span paarden haar los, en een keer kwam ze er zelf uit, door
de plank die John voor dit soort noodgevallen bij zich had onder de vruchteloos draaiende band te schuiven. Maar ze had
veel tijd gerekend voor dit soort dingen, dus was ze ondanks
de vertraging eerder dan Sewards zussen op het station.

Er brandde een vuur in de grote gietijzeren kachel in de
wachtkamer. Ze ging er dichtbij zitten en probeerde haar natte voeten en harde, stijve vingers te warmen. De ramen waren
helemaal beslagen, behalve waar vochtsporen als tranen over
het glas liepen en hier en daar een heldere streep trokken.

Ze had John niet verteld waar ze heen ging, alleen dat ze
dingen te doen had.

Kon dat niet wachten tot een betere dag? had hij gevraagd.

Nee, zei ze. Nee, dat kon niet.

En hij had toegegeven, zoals hij altijd deed als ze zo stellig
was, hoewel hij haar had gevraagd hem in de loop van de dag
te bellen, om hem gerust te stellen. Dat deed ze niet. Ze vergat het helemaal in haar haast, haar schuldgevoel.

In de wachtkamer werd ze overvallen door een raar gevoel
van tijdloosheid, een gevoel van opgeschort zijn, van leven in
een krappe ruimte tussen minstens twee werelden. In zekere
zin vergat ze bijna waar ze was of wat ze daar deed. Het voelde een beetje als doezelen, maar ze was zich scherp bewust van
alles – van het gesprek van de kaartjesverkoper met iemand
anders achter de glanzende koperen tralies, het getik van de
stationsklok, het gestotter van de telegraaf af en toe, het gesuis
en gekraak van het vuur in de kachel. Die leken haar in haar
doezeligheid als troostende tonen van een liedje.

Ze schrok op toen Sewards zussen binnenkwamen, twee

lange vrouwen, met donker haar, net als hij had gehad, gevolgd door een man in een zwart pak. Ze kende alleen de jongste zuster, die bij haar langs was gekomen en met een beschaamd gezicht om hulp had gevraagd – ze hadden haar briefjes gevonden tussen Sewards spullen, zei ze, en ze hadden gedacht ('het was echt onze laatste hoop') dat zij misschien uit sentimentele overwegingen bereid zou zijn om hun iets te lenen zodat ze hem thuis konden brengen.

De oudste zuster leek aanvankelijk een oudere vrouw. Ze gingen allebei in het zwart gekleed, en op een ouderwetse manier, precies zoals Georgia nog maar kortgeleden gekleed ging; de manier waarop alleen oude vrouwen zich nu nog kleedden. Maar terwijl de jongste bij nadere beschouwing nog herkenbaar jong was, was de oudste duidelijk ziek, met de bleekheid en de koortsblossen die Georgia zo goed kende.

Toen de jongste zus hen ademloos aan elkaar begon voor te stellen, stond Georgia op. Haar zwangerschap was natuurlijk onmiddellijk zichtbaar. Juffrouw Wallace viel een tel stil en ging toen verder. Ze stelde Georgia voor aan hun pastor, dominee Winter, die zo vriendelijk was geweest hen te brengen. Ze kwebbelde. Haar stem was helder, haar uitspraak nauwkeurig en zorgvuldig. Ze dacht dat de trein elk moment kon komen. Ze konden haar overigens nooit genoeg bedanken en hoopten alleen dat ze haar op een dag konden terugbetalen en ook dat haar gulheid ten opzichte van hen haar geen problemen had bezorgd in haar eigen leven. Ze hadden zich niet gerealiseerd, begon ze te zeggen, maar haar stem stierf weg.

Nee, zei Georgia. Het had haar geen problemen bezorgd. Want hoe kon ze tegenover hen haar kleine ontberingen als problemen omschrijven, terwijl zij zulke enorme, ondenkbare verliezen hadden geleden, en nog steeds leden?

Toen ze de bel van de trein het station hoorden naderen, gingen ze samen naar de deur naar het perron en stapten naar buiten in de maartse kou. De natte, gure regen geselde hen, en de jongste juffrouw Wallace ging dichter bij haar zuster staan, als om de ergste klappen op te vangen. De stationschef was ook naar buiten gekomen, en hij sprak Georgia aan, schreeuwde bijna in haar oor. Hij vertelde haar dat de bagagewagons achter aan de trein zouden zijn. Hij wees. Toen ze allemaal die kant uitkeken over het perron, zagen ze dat daarachter een door paarden getrokken lijkkoets stond te wachten, zwart en dreigend in de dichte motregen. Georgia hoorde de oudste juffrouw Wallace kort en licht naar adem happen.

De trein doemde nu op uit de mist, met klingelende bel, en toen was hij bij hen als een enorm, donker beest, zo luidruchtig dat ze niet de moeite namen te praten. De stoom siste, de deuren ratelden open, en opeens was het perron vol mensen die uit de trein stapten, hun bagage verzamelden, begroet werden, naar elkaar riepen. Georgia en de dames Wallace liepen langzaam tussen hen door, tegen de stroom van veerkrachtig leven in, op weg naar de rode bagagewagons achter aan de trein, waar de kruiers al bezig waren dozen en koffers op hun karretjes te stapelen. Ze werkten snel – de trein moest verder – maar toch was het schokkend de kist zo plotseling te zien verschijnen, uit de trein gedragen door vier mannen. Te zien hoe hij nonchalant op een kar werd gezet toen zij nog een eindje weg waren, te horen hoe een van de dragers zich omdraaide en riep: 'Zdaddet?' en hoe iemand anders lachte voordat hij zijn hoofd uit het portier stak en riep: 'Jep!'

De begrafenisondernemer en een paar helpers kwamen vanaf de andere kant van het perron op hen af. Zij waren het eerst bij de kar en wachtten. Een van hen stapte naar voren om de dames Wallace te begroeten. Ze praatten even met gedempte stem. Toen keerde de oudste zuster zich om en legde haar handen op de kist. 'Nu is het echt waar, hè?' zei ze, tegen niemand in het bijzonder.

Haar zuster hield haar steviger vast en boog haar hoofd naar het hare. Georgia voelde zich een indringster. Haar aanwezig-heid hier was alleen maar lastig, dacht ze.

Ze stonden met hun vieren aan het eind van het perron te kijken hoe de kar van de helling werd gereden, hoe de man-nen van de begrafenisondernemer hem optilden – hij zag er niet zwaar uit – en achter in de koets schoven, hoe ze de deu-ren sloten en naar de voorkant van de wagen liepen. Toen het paard weggeklepperd was, keerden de zussen zich om. De jongste zei tegen Georgia: 'U rijdt dus achter ons aan, in uw automobiel?'

Georgia zei dat ze dat zou doen en liep langzaam het per-ron weer over, vlak achter hen aan, naast dominee Winter.

'Er komt geen dienst,' zei hij bruusk, alsof hij gedwongen was met haar ergens over te praten. 'Alleen een gebed.'

'Ik begrijp het,' zei ze.

'De familie Wallace heeft al een dienst gehouden, vlak na zijn dood. Een herdenkingsdienst. Zeer ontroerend.'

'Ja,' zei ze.

'Maar misschien was u daarbij,' zei hij.

'Nee,' antwoordde ze.

'Aha,' zei hij begrijpend. Hij hield de deur van het sta-tionsgebouw voor haar open. Voor hen liepen de zussen lang-zaam door de wachtkamer naar de buitendeur. 'Iemand speel-de pijpzak,' zei hij. 'Doedelzak,' verduidelijkte hij. 'Zo'n triest geluid.'

'Inderdaad,' zei ze.

'Ik geloof niet dat ik het ooit eerder had gehoord. Het was indrukwekkend.' Toen ze niet antwoordde, zei hij: 'Ik heb ge-hoord dat de jongeman zelf ook pijpen speelde. Als dat ten-minste zo genoemd wordt.'

'Ja, hij speelde ook,' zei ze.

Nu opende hij de toegang naar de regen weer. De zussen stonden bij zijn auto onder hun paraplu. 'Zo,' zei hij en licht-te snel zijn hoed. 'Dan zien we u daar.'

'Ja,' zei Georgia. Terwijl zij naar haar automobiel ging, de starter aanzette en de gashendel opendraaide, hielp hij de zussen zijn auto in. Toen hij zag dat ze de auto aan wilde slingeren kwam hij haar helpen. Ze ging weer achter het stuur zitten, en zodra de motor aansloeg, zette ze de starter en de gashendel terug en leunde naar buiten om hem te bedanken. Hij lichtte beleefd zijn hoed en ging zijn eigen motor starten.

De twee auto's haalden de lijkkoets binnen een paar straten in en reden er langzaam achteraan. Georgia keek naar de auto voor haar, de hoge, zwarte bult die door de mist hotste. Een gedeelte van haar wilde vluchten, hier de hoek om gaan of de volgende, en de ceremonie, zoals die zou zijn, en de koude, regenachtige dag vermijden. Teruggaan naar de echte wereld, waarin zij woonde.

Maar hoe kon ze? Seward had zo weinig gehad, en zij was zo'n klein stukje daarvan, hoe kon ze deze kleinigheid niet voor hem overhebben? – hem zien afdalen in de aarde, een laatste keer afscheid nemen?

Ze probeerde aan hem te denken, hoe hij in zijn zwarte pak in de kist in de koets lag. Ze probeerde zich hem levend te herinneren. In haar poging een beeld van hem op te roepen dacht ze aan speciale dingen: de droge, koortsige hitte van zijn lichaam als hij bij haar lag, zijn lange, ietwat spatelvormige vingers.

De baby schopte en bewoog. Ze voelde een vuistje of een knietje langs haar arm glijden waar die op haar buik rustte. Ze werd plotseling overstroomd door de herinnering aan de dromen die ze had gehad aan het begin van haar zwangerschap – dromen waarin ze beviel van Seward. In één droom, die steeds terug was gekomen, lag hij te slapen en werd zij vervuld van een onuitsprekelijke vreugde als ze over zijn bed boog. In een andere was hij zoals ze hem het vaakst had gezien in haar leven: in zijn zwarte pak, met overredingskracht pratend en gebarend. Maar gezond, zag ze. Niet meer ziek. En in de droom begreep ze dat zij dat voor hem had bewerkstelligd door hem zo lang in zich te dragen. Dat dit de kuur was die hij had gezocht.

Ze was gelukkig. Maar als ze wakker werd, probeerde ze de dromen snel uit haar hoofd te zetten. Ze leken haar verkeerd. Overspelig. Obsceen.

Ze bedacht opeens dat ze John had moeten bellen. Haar hand ging naar haar mond.

Maar toen dacht ze weer aan Seward, Seward die zei: 'Laten we het zo proberen. Jij gaat, ik blijf.'

Nou, dat heb ik gedaan, Seward. Ik ben doorgegaan. Ik ben veranderd. En jij bent gebleven. Waar je was, zoals je was. Jij bent het verleden, Seward, en ik ben vooruit gereisd, weg, naar een ander land, naar de toekomst.

Ze stonden in de stromende regen, die op dat moment bijna was overgegaan in natte sneeuw, en keken hoe de begrafenisondernemer en zijn mannen zich schrap zetten om de trekkende touwen vast te houden en hoe de kist in het diepe gat hotste en gleed. Toen hij op z'n plaats stond, toen de modderige touwen waren opgetrokken en opgerold en achteloos achter in de koets gegooid, zei dominee Winter Psalm 23. Eenzaam onder haar paraplu spande Georgia zich in om zijn stem te horen. Die was bijna onhoorbaar onder het geraas van de storm. Hij zette het Onze Vader in, en na de eerste woorden hoorde Georgia de zussen invallen, hoewel ze dat eerder hoorde als een verdichting van het geluid dan als extra stemmen. Zij mompelde ook de woorden. Ze voelde zich als een actrice die haar tekst uitspreekt.

Een paar seconden na het amen leek niemand te weten wat hij moest doen. Georgia vond het niet aan haar om de eerste stap te doen. Welk gebaar dan ook te maken. Hoewel ze het koud had. Koud, en haar voeten waren nat, haar dunne, nette schoenen doorweekt. Uiteindelijk kwam de jonge juffrouw Wallace naar haar toe.

'Gaat u niet even mee naar ons huis om warm te worden voor de terugreis? Onze moeder zou u zo graag ontmoeten. Kom thee bij ons drinken, alstublieft, of koffie, en iets eten. We zijn allemaal zo dankbaar...'

Nee, zei Georgia. Nee, ze wilde proberen voor het donker thuis te zijn. Het was een zware tocht geweest – al die modder.

O, ze wist het, zei juffrouw Wallace. Ze hadden Seward beslist in het ergst mogelijke weer thuisgebracht, maar ze had wat haast gehad, haar zuster was zo ziek.

O, ja, zei Georgia. Ze begreep het.

Bij de auto's namen ze afscheid. Opnieuw hielp dominee Winter Georgia de motor te starten. Ze reed weg voordat hij de zijne aanslingerde en zwaaide naar de donkere gedaanten in zijn auto toen ze langsreed.

Het was donker, te vroeg donker, tegen de tijd dat ze de auto naast het huis zette. Het laatste halfuur had ze vreselijk gespannen gereden, doodsbenauwd of ze de berm van de weg wel zag, doodsbenauwd over de voren in de modder waar ze soms in slipte, de auto volkomen stuurloos. De ramen van het huis waren donker; John was nog aan het werk.

Binnen draaide ze het keukenlicht aan en maakte vuur in het fornuis. Toen deed ze de andere lampen in het kleine huis ook aan, zodat het er vrolijk uit zou zien voor John als hij het tuinpad opkwam. Ze trok haar donkere kleren, haar natte schoenen en sokken uit. Ze wreef haar haar droog met een handdoek en borstelde het in zijn keurige vorm.

Het is vreemd waar je aan denkt als je probeert niet aan iets anders te denken, en mijn grootmoeders geest had het die avond erg druk met denken en toch niet denken. Ze zag zichzelf hachee maken van de overgebleven rosbief en bietjes en aardappelen opzetten. Ze stelde zich precies de verschillende stappen voor. Ze zag zichzelf de aardappelen wassen en afgieten, het vlees in een schaal malen. Ze herinnerde zich ook hoe ze de ketchup had gemaakt die ze bij de hachee zou serveren. Het was een warme dag geweest, aan het eind van de vorige zomer, en de lucht in de keuken was doortrokken van de rijke, zoetzure geur van azijn, suiker en overrijpe tomaten. Ze herinnerde zich hoe misselijk ze was geweest, hoe ze dat aan de hitte had geweten, aan de geur, omdat ze nog niet wist dat ze zwanger was.

Ze dacht weer aan de baby en legde haar handen op haar buik. Jongen of meisje? vroeg ze zich af, zoals zo vaak, en ze maakte zich een voorstelling van allebei – niet naakt, niet genitaal, maar zoals ze hen zou kleden. Dolly, hadden ze besloten, als het een meisje was – Dorothy. Als het een jongen was, wisten ze het nog niet. Een jongen, hoopte ze. Een jongen voor John.

John. Ze zag zijn gezicht. Zijn lieve gezicht. En op dat moment herinnerde ze zich opeens hoe hij had gekeken toen ze hem vertelde over Seward. Zijn ongeloof. Zijn boze verwarring. Zijn mond een rare, naar beneden getrokken streep. Zuur, alsof hij in een citroen had gebeten. Ze had toen gezien hoe oud hij was, hoeveel ouder dan zij.

Ze stond snel op en goot de rest van haar thee door de gorgelende afvoer. Ze haalde de aardappelen uit de bak in de bijkeuken en begon ze af te spoelen. Ze begon te neuriën 'Where E'er You Walk'. Het water in de pan begon zilver te borrelen en kwam aan de kook, liet zijn dunne wolk stoom vrij. Ze liet de aardappelen erin vallen. De ramen werden langzaam ondoorzichtig van de wasem.

Toen John thuiskwam, met rode wangen, nat, begon hij tegen haar te schelden – waarom had ze hem niet gebeld, hij was zo ongerust geweest – maar ze ging naar hem toe en omhelsde hem. Ze kuste hem zo hartstochtelijk, zo roekeloos, dat het hem de adem benam. Hij voelde hoe hij als reactie op haar in beroering kwam en stijf werd, en hij moest zich afwenden om zichzelf onder controle te krijgen.

Terwijl hij zich waste en een ander jasje aantrok voor het avondeten warmde zij de hachee op, en de sperziebonen, en schonk een glas melk voor hen in. Tijdens het eten praatten ze onsamenhangend. Hij vertelde haar iets van zijn dag, kleinigheden die hij had opgespaard omdat hij dacht dat zij er belangstelling voor zou hebben. Zij zei bijna niets, maar als ze haar ogen naar hem opsloeg, lag er een soort zwijgende toewijding in die hij verbijsterend vond. Ze leek bijna duizelig. Hij vroeg zich zelfs even af of de weeën misschien begonnen waren, maar hij wilde haar zoiets niet vragen.

Ze stonden naast elkaar de afwas te doen en lieten de dekschalen drogen in het rek. Hij hing de natte theedoek op de houten roede. Zij deed het licht uit.

In bed lagen ze een poosje naast elkaar. Hij voelde het geroffel van iets alerts en gespannens in haar.

'Ben je wakker, schat?' fluisterde ze.

'Hoe kan ik slapen naast een machine die zichzelf niet uit kan zetten?' zei hij.

Ze lachte. Haar hand vond de zijne en hield hem even vast. 'Ik wil je iets vertellen, John. Iets vreselijks en prachtigs tegelijkertijd.'

'Ja,' zei hij plotseling ook alert.

'En ik wil dat je me laat uitspreken, alles aanhoort voor je een woord zegt. John?'

'Ja,' zei hij.

'Echt luisteren,' zei ze.

Hij wachtte.

'Seward Wallace is vandaag thuisgekomen. Zijn lichaam. Zijn kist. Uit Denver. Ik ben hem af gaan halen en heb hem begraven zien worden.'

Hij gaf geen antwoord. Zijn hart was gaan bonken, zware, dikke kloppen die hij in zijn keel voelde.

'Zijn zussen, die wilden hem terughebben, om begraven te worden bij de familie, en ik heb beloofd hen te helpen. Ik heb hen geholpen. Met geld, John. Geld van de huishoudrekening. Dus ik weet het al heel lang, zie je. Dat hij terugkwam. Ik had het je moeten vertellen, ik weet het. Maar op de een of andere manier kon ik het niet. Daarom ben ik vandaag naar Bangor gegaan. Niet voor boodschappen voor mezelf, maar voor Seward.'

Ze had zich omgedraaid en hij hoorde haar stem dicht bij zijn oor. Hij voelde de warmte van haar adem.

'John, ik wist niet wat ik zou voelen. Of... ik wist het gewoon niet. Maar wat ik voelde was... o, ik weet niet zeker of ik het kan uitleggen! Ik voelde me er zo ver van afstaan. Ik had het gevoel of het allemaal in een andere wereld is gebeurd. En dat ik verder, vooruit was gegaan. Ik voelde, denk ik, dat er met de baby een eis aan me is gesteld om in deze wereld te leven. De baby, en jij ook, natuurlijk. Ik hoor hier, John. Ik hoor bij jou.'

John antwoordde haar niet. Hij durfde niet. Hij was dankbaar en blij, maar hij was ook boos, en hij wilde niet dat ze dat merkte. Haar stem was zo geladen, zo bezield door dit geschenk dat ze hem dacht te geven, dat hij het gevoel had dat hij, door aan haar te twijfelen, daaraan te twijfelen, iets vitaals in haar zou verwonden, iets dat hen verbond. Dat hen met elkaar kón verbinden als hij het met rust liet. Hij had haar al een keer in de steek gelaten op een vergelijkbaar moment. Hij wist dat dat nu niet mocht gebeuren. Hij moest zo grootmoedig zijn als zij zo zorgeloos aannam dat hij was.

Maar hij voelde het, haar schokkende zorgeloosheid. Het besef van iets jeugdigs en wreed ongevoeligs in haar. Iets dat ontbrak. Hij had dat van haar geweten, realiseerde hij zich nu. Dat ze zo was, dat dat was wie ze was. Het was gedeeltelijk waarom hij verliefd op haar was geworden, hoewel hij er niet van kon houden, van dit harde in haar dat niet in staat was iets anders te zien dan haarzelf. Er kwam een voorbijgaande, snel onderdrukte gedachte bij hem op, een angst om hoe ze als moeder zou zijn. Hij schoof die opzij. Hij schoof alles op-zij: zij was zijn dappere meisje. Zijn pijnlijk eerlijke Georgia.

En ook al was het later dan hij zijn patiënten aanried, ook al had hij al maanden een soort remming gevoeld, een beschaamde remming (hij kon het niet helpen dat hij het zo ervoer) doordat de baby getuige was, of zelfs, op de een of andere manier, deelnemer aan hun vrijen, keerde hij zich nu naar haar en begon het doelbewuste aanraken dat betekende dat hij haar begeerde.

Georgia had soms ook gedacht dat de baby deel uitmaakte van hun intimiteit, maar dat vergrootte haar plezier alleen maar. Terwijl John zachtjes in haar wiegde, hield zij haar handen op haar gezwollen buik, ze maakte dat hij het bewegende leven daar voelde; en toen ze haar hoogtepunt bereikte, stuurde ze haar kreten de nacht in, alsof ze wilde dat hij, ver in de toekomst, haar vreugde nog kon horen.

ZESTIEN

De volgende dag, de dag nadat Georgia hem 'het hele verhaal' had verteld, kwam mijn grootvader tussen de middag thuis en zei dat ze haar jas aan moest doen, hij had een verrassing voor haar. Haar jas, en handschoenen. Het was koud buiten.

Georgia trok het schort dat ze aanhad uit. Ze trok de enige jas die haar in dit stadium van haar zwangerschap nog paste aan, de marineblauwe wollen, nog vochtig van de regen gisteren. Ze deed de enige knoop die nog dicht kon, helemaal boven aan haar buik, dicht. Ze speldde haar hoed op. Hij hielp haar in de auto en ging naar de bestuurderskant.

'Moet ik raden?' vroeg ze opgewekt toen hij instapte. Ze was opgelucht. Hij had stil geleken tijdens het ontbijt, nadenkend, en ze was bang geweest dat hij broedde over haar bekentenis van de vorige avond, over Seward. Ze had met hem willen praten, om te troosten, maar besloot het niet te doen. Soms, had ze gedacht, is het beter om gewoon af te wachten.

'Nee,' zei hij nu, en glimlachte naar haar. 'Nee, je moet bijzonder verrast zijn, en bijzonder verrukt, hoop ik.'

Ze had toen gedacht dat hij misschien van plan was iets voor de baby te kopen. Misschien een bedje; ze hadden er nog steeds geen, alleen het wiegje van John toen hij een baby was. En dus was ze verbluft toen ze voor de bank stopten. Verbluft en vervolgens een beetje angstig. Ze bedacht opeens dat ze een soort ceremonie gingen maken van het terugstorten van het gestolen geld. O, dacht ze, zo onaardig zal hij toch niet zijn.

Ze liep achter hem aan het gebouw in, knikkend naar mensen die hen begroetten. Ze kenden John allemaal. Hij nam haar mee naar achteren, naar een deur waarop ONDERDIRECTEUR stond. Ze bedacht dat John misschien publiekelijk haar schandelijke gedrag tegenover deze gezagsdrager zou bespreken. Hij stelde haar voor aan een gruwelijk hebberig uitziende persoon, mijnheer Blake. Ze ging zitten. John en mijnheer Blake gingen zitten. Mijnheer Blake wreef in zijn plompe witte handen. 'Wel, wat kan ik vandaag voor u doen?' vroeg hij.

Toen John zei: 'We zijn hier om een rekening op naam van mijn vrouw te openen,' voelde Georgia zo'n golf van opluchting dat ze zelfs hardop lachte, en mijnheer Blake, wiens rubberachtige wangen bij elke beweging trilden, draaide zich abrupt naar haar en staarde, zijn hele gezicht bibberde ervan.

'Als blikken konden doden,' zei ze later tegen me. Maar hij keek weer naar John en zei, zo te horen met geforceerde beleefdheid: 'Natuurlijk.'

Het was een haast formele aangelegenheid. De secretaresse van mijnheer Blake werd binnengeroepen en weer weggestuurd om het dossier van de rekening van mijn grootvader te halen. Toen ze weer zat, legde mijnheer Blake haar uit wat ze aan het doen waren.

'Hemeltjelief!' zei ze en keek naar mijn grootmoeder met een soort bewondering.

Het was moeilijk voor mijnheer Blake om de voorwaarden die mijn grootvader beschreef te accepteren. De rekening zou alleen op naam van zijn vrouw staan. Nee, dokter Holbrooke hoefde niet te weten, wilde zelfs niet weten wanneer ze geld stortte of opnam; dat was nu juist de bedoeling. Ja, haar handtekening alleen zou voldoende zijn op alle documenten. Ja, het beginbedrag zou afkomstig zijn van dokter Holbrookes spaarrekening. Ja, vijfhonderd dollar. Ja, hij wist hoeveel hij dan nog overhad. Ja, hij wist het heel zeker. Nee, hij wilde niet dat er afrekeningen of overzichten naar hem gestuurd werden.

Toen ze klaar waren, toen ze weer in de lawaaiige auto zaten en op weg waren naar huis, waar hij geen tijd zou hebben voor de lunch die zij met zoveel zorg had klaargemaakt, keek ze hem aan en zei: 'Dat zou ik nooit hebben geraden, John.'

Hij keek naar haar. Ze glimlachte als een vergenoegd kind. Het maakte dat hij zich oud voelde en een beetje droevig, maar hij glimlachte terug. Hij zei: 'Nou, ik ben blij dat ik je van tijd tot tijd nog kan verrassen.'

Ik herinner me dat ik niet onder de indruk was toen mijn grootmoeder me dit verhaal voor het eerst vertelde, althans het gedeelte van het verhaal dat ze geschikt achtte voor mijn oren. Dus hij had een bankrekening voor haar geopend. Nou en? Pas veel later realiseerde ik me dat het iets heel bijzonders moet zijn geweest en daardoor voelde ik het verschil, de afstand, tussen de wereld van mijn grootouders en de mijne.

Wat ze tegen me zei, toen ze me het verhaal vertelde, was dat ze stiekem geld had weggenomen voor zichzelf. 'Het was in het begin van ons huwelijk en ik denk dat ik soms nog het gevoel had dat ik een zelfstandig persoon wilde zijn. Wat privacy wilde hebben voor het een en ander. Je weet wel, sommige dingen houd je liever voor jezelf.' Ze praatte nooit over Seward met me, ze had me nooit verteld waar het geld voor was.

Dus zo had ik het opgevat. Gewoon dat mijn grootmoeder heel onschuldig wat van het geld dat mijn grootvader haar gaf oppotte om een gevoel van onafhankelijkheid te bewaren – een gevoel dat merkwaardig genoeg veel sterker was geweest toen ze iemands dochter was dan nu ze een echtgenote was. En ik vond het logisch dat de jonge vrouw, die ooit het eenzame meisje was dat laat opbleef in het huis van haar vader, gewoon om zich alleen, eigenaar van haar eigen wereld te voelen, naar een privéhoekje in haar nieuwe leven verlangde. Het zo nodig zou stelen.

In deze versie, net als in het echt, vertelde ze het uiteindelijk aan mijn grootvader. Maar in deze versie bekende ze natuurlijk alleen dat ze het geld had weggenomen, niet waarvoor ze het gebruikt had. 'En weet je wat hij deed?' vroeg ze. We waren bosbessen aan het plukken op Bald Mountain, en het zacht neerploffen van de bosbessen in onze emmers was een bijna muzikale begeleiding van haar verhaal.

Nee, dat wist ik niet.

'Nou, eerst was hij natuurlijk geschrokken, denk ik. Verbaasd dat ik het nodig had gevonden zoiets te doen. Weet je, je grootvader zou me alles hebben gegeven wat ik wilde. Maar dat was voor mij nu juist de reden, gedeeltelijk in elk geval. Ik wilde niet dat ik hem elke kleinigheid die ik wilde moest vertellen. Ik wilde niet dat alles een cadeau van hem aan mij was.' Haar handen bewogen snel over de lage struiken, en de bosbessen leken gretig in haar emmer te vallen, in groepjes. Ik plukte de mijne moeizamer, een voor een.

'Maar hij begreep dat allemaal zonder dat ik het ooit hoefde te zeggen, weet je. Hij begreep me zo goed. En de volgende dag loodste hij me naar de bank en daar gingen we aan een bureau zitten tegenover een gruwelijke, dikke oude man die Blake heette.' Ze keek naar me op en glimlachte. 'Ik zie hem nog voor me, een en al kinnen en bakkebaarden. Hoe dan ook, we regelden het allemaal. En geen woord tegen mij of hij vond dat het verkeerd was wat ik gedaan had. Tot op de dag van vandaag weet ik niet of hij dat vond.' Toen stond ze op en liep verder, naar een andere struik.

Was ze in de loop der tijd zelf in deze versie gaan geloven? Dat haar ergste misdaad, haar ergste beschimping van haar huwelijk diefstal was geweest? Was ze toen ze het mij vertelde vergeten dat ze het voor Seward had gestolen? Dat de diefstal zelf misschien nog het minste was voor mijn grootvader?

Natuurlijk was de bedoeling van het verhaal zoals ze het aan mij overbracht mijn grootvader te prijzen om zijn grootmoedigheid, en zelfs in haar versie was hij zonder meer grootmoedig genoeg. En waarom zou ze tenslotte een kind – of zelfs een puber – de andere versie vertellen? De versie waarin de grootmoedigheid van mijn grootvader inhield dat hij haar lief-

de voor Seward Wallace en haar affaire met hem aanvaardde
en vergaf.

Haar dagboek meldt op die dag:

> 19 maart. De hele dag onbewolkt. Tussen de middag nam
> John me mee naar de bank om een rekening voor me te
> openen. Mijnheer Blake kon zijn oren bijna niet geloven.
> Het duurde zo lang dat John geen tijd had om te eten! Ik
> heb vanmiddag geslapen en Susie Morrell kwam op de thee.
> Stoofpot voor het avondeten. Vanavond een deken
> gezoomd.

Dit was dus wie hij was. Hij was verraden, beroofd door zijn
vrouw en probeerde de redenen te begrijpen waarom ze het
nodig had gevonden beide dingen te doen en hun leven zo te
regelen dat ze het nooit meer hoefde te doen.

Misschien was dat het. Misschien was dat waarom hij haar
dit onverwachte geschenk gaf.

Maar misschien begreep hij haar beter dan zij zichzelf begreep. Misschien zag hij toen ook al dat hij inderdaad te veel
macht in haar leven had gehad, en dat ze als gevolg daarvan
tegen hem in opstand zou komen tenzij hij haar vrijliet, tenzij hij haar een soort vrijheid gunde.

Of misschien begreep hij dat hun ruzie om Seward, om het
feit dat hij Georgia naar het sanatorium had gestuurd, niet
voorbij zou zijn, niet voorbij kon zijn, tot er een zekere ge-
lijkheid tussen hen was vastgelegd. Misschien zag hij dat haar
verduistering haar manier was om een evenwicht tussen hen
te bewerkstelligen, en erkende hij de rechtvaardigheid ervan
door te zorgen dat het nooit meer nodig was.

Natuurlijk kan het allemaal eenvoudiger en minder persoonlijk zijn geweest. Tenslotte hadden vrouwen net stem-
recht gekregen. Misschien werd hij wakker door haar verduistering en realiseerde hij zich hoe ouderwets hun schikking

was. Misschien stapten ze samen de moderne wereld binnen toen ze Blakes kantoor in stapten.

Ik kan het niet weten. Het enige wat ik kan zeggen is dat deze reactie op haar diefstal, ongeacht wat hij in zichzelf wegduwde, ongeacht wat hij verborgen hield, me erg kenmerkend voor hem leek. En toen ik de laatste stukjes van zíjn verhaal in elkaar puzzelde, 's avonds laat in zijn omgebouwde studeerkamer, huilde ik om alles wat pijnlijk voor hen tweeën moet zijn geweest in deze hele geschiedenis. Ik huilde om hun moeizaam bereikte overwinning.

Als het dat was.

Het ziet ernaar uit dat hun huwelijk op dit punt klaar was om echt te beginnen. Alle verkeerde veronderstellingen waren opgeruimd, alle verkeerde uitgangspunten waren van de baan. Minder dan een maand hierna werd mijn moeder, Dolly, geboren, 'dik en gezond', schrijft Georgia in haar dagboek. (Haar dagboek, dat acht maanden hierna ophoudt, hoewel ze het inmiddels zo onregelmatig bijhield dat het net zo goed had kunnen ophouden bij de geboorte.)

Waarom verhuizen ze dan, krap vijf maanden na Dolly's geboorte? Ze gaan weg uit Maine, dat mijn grootmoeder altijd 'thuis' is blijven noemen, naar een klein stadje ten zuiden van Vermont, dat niet zo anders is dan het plaatsje dat ze achtergelaten hebben.

Mijn grootmoeder gaf soms een gekscherende uitleg hiervoor, jaren later, als ze mijn grootvader in ons bijzijn plaagde. Ze zei dan: 'O, je grootvader! Hij kon het niet verdragen me met iemand te delen, niet eens met mijn eigen familie, dus heeft hij me ontvoerd – tja, het had in die dagen net zo goed naar het einde van de wereld kunnen zijn, zoveel tijd kostte het om van de ene plek naar de andere te komen.' Maar in dit onderwerp klonk nooit de ondertoon van echte woede of verbittering die doorklonk over het sanatorium, over de macht die hij nog maar zo kort daarvoor in haar leven had uitgeoefend. En hij voelde duidelijk het verschil. Hij voelde zich op zijn gemak bij dit grapje, en niet bij het andere. Hij glimlachte dan afwezig naar haar, zijn deel van het ritueel.

Natuurlijk is het antwoord op de vraag waarom ze verhuisden gewoon dat hij een baan aangeboden kreeg. Iemand ging met pensioen of was gestorven en liet zijn praktijk achter, ik weet niet meer of ik het ooit geweten heb. Het was beslist een betere baan – het jaarinkomen hoger, het stadje een beetje groter, de wegen (en dat was erg belangrijk) een beetje beter en beter onderhouden.

Maar zou er niet ook het verlangen zijn geweest om bepaalde dingen achter te laten? Om de pijn van het verleden weg te stoppen en opnieuw te beginnen?

Wat voor dingen?

Nou, hun moeizame begin bijvoorbeeld. Natuurlijk de herinnering aan Georgia's ziekte en alle mensen die ervan hadden geweten. Misschien zelfs haar vader en alles wat hij ooit voor haar had betekend, en haar oude huis, dat nu van mevrouw Erskine was. Van mevrouw Rice. Grace.

En dan Seward. Seward, wit en koud en eeuwig jong, nooit meer veranderend, in zijn graf; en de dingen die ze had gedaan, het geld dat ze had gestolen, om hem daar te brengen.

Dit hele verleden, al deze herinneringen lieten ze achter. Ze werden gewoon een deel van de plaats die ze achter hadden gelaten. Ze werden een verhaal dat ze ons bij stukjes en beetjes vertelden. En toen ik eenmaal oud genoeg was om terug te willen gaan naar die plaats – om het verhaal tot een geheel samen te voegen uit wat er van over was – was alles veranderd. Het sanatorium was een smaakvol conferentieoord. Preston, het plaatsje waar Georgia en Ada en Fred opgroeiden en de dood van hun moeder zagen, was een naamloos kruispunt met een paar ingezakte huizen op een kluitje. De begraafplaats waar Seward en zijn ouders en ten minste één zuster lagen,

was overwoekerd en geplunderd, veel van de oude stenen gestolen of omgegooid, en hun namen toch al bijna onleesbaar
door de zure regen en de tijd.

Maar wat blijft er over? Wat blijft hetzelfde door de generaties heen? Grenzen verschuiven, vluchtelingen sterven of
vluchten met wat ze kunnen dragen, het water stijgt langzaam
achter de dam, en wat ooit was, is voorgoed verloren, behalve in dromen en herinneringen.

Natuurlijk gingen mijn dromen en herinneringen over Vermont, de plaats waar ze niet echt thuis waren, het huis waar-
heen ze gevlucht waren, hun nieuwe begin in hun nieuwe wereld. Dat was het verleden dat ik had besloten achter me te
laten. Dat was waar ik van had gedroomd: het dorp, het huis
zelf. De geur van houtas en vocht en sinaasappels en rozenwater. De stilte die er heerste de middagen dat mijn grootmoeder sliep, en het verlangen dat ik voelde in de zomers tijdens die stilte, als ik van elders in het dorp de geluiden van
het leven hoorde aanzwellen en wegsterven. Ik droomde van
de verstrengelde seringen bij de voordeur. Van het frambo-
zenveldje achter het huis en de lichtgevende torren die zich op
het fruit verzamelden. Van de geur van jam die stond te koken als we de vruchten hadden geplukt, van vuurvliegjes die
glinsterden in het zomerdonker, van sneeuw die de nachtelijke winterhemel verlichtte.

En vooral droomde ik van mijn grootouders die daar woonden – alsof ze dat altijd hadden gedaan – met hun gewoonten,
hun rituelen, hun manier van praten. Met het waanidee dat ik
als meisje koesterde, toen mijn eigen wereld zo broos was, namelijk dat ze er altijd zouden zijn. Dat ze me altijd gastvrij
zouden ontvangen en voor me zouden zorgen. Dat ze een plek
waren waar ik altijd heen kon. Een thuisland.

Half januari ging Fiona terug naar New York. Een paar dagen
later begonnen mijn lessen op de Frye School weer. Opeens

leek mijn leven, dat ik zoveel maanden zelf vorm had moeten geven, waanzinnig vol. Ik ging nog steeds dagelijks naar Jessie, hielp Karen en Robert nog steeds met koken, maar nu voegde ik daar mijn gewone werk aan toe. Vaak kwam ik pas om negen uur of later thuis en stond ik om zes uur op om me voor te bereiden op de lange dag.

Toen ik op een avond laat thuiskwam, stapte ik over de post in de hal heen en gooide mijn jas uit. Toen ik me bukte, zag ik dat ik één persoonlijke brief had, het adres getypt op een ouderwetse schrijfmachine die rare dingen deed met sommige letters. Hij was van Samuel. Ik nam hem mee naar de keuken, waar ik een boterham voor mezelf maakte, een glas rode wijn inschonk en toen aan tafel ging zitten om hem open te maken.

Lieve Cath,

Ik heb me net weer zo'n beetje in jouw huis geïnstalleerd, en elke dag ben ik dankbaar dat ik hier ben. Ik denk vaak aan je als ik door de kamers loop en vraag me af hoe het met jou gaat, en met je dochter en haar baby. Moge ze voorspoedig groeien.
We zitten hier midden in de echte winter. Veel sneeuw, veel ijs, veel kou. Ik rijd voorlopig geen auto (te oud voor al het gedoe), maar vóór die tijd heb ik een tochtje gemaakt naar een klein reservoir waar ik over had gehoord, niet zo ver hiervandaan. Ik kon het water niet op, maar het leek naar mijn idee erg op het meer dat jij beschreef, waar je met je grootvader was geweest. Dit is wat de reisgids over het ontstaan zegt: 'De rivier werd afgedamd bij Wilmington, en bij het daardoor ontstane reservoir werd een fabriekscomplex gebouwd. Dit industriegebied, dat ooit zo'n driehonderd inwoners had, stond bekend als Mountain Mills. De eens bloeiende gemeenschap, inclusief een

gebouw van twee verdiepingen, ligt nu verzonken in het Harriman Reservoir. Delen ervan worden alleen zichtbaar in tijden van laag water.'

Dus nu moet ik door het stof, vrees ik. Dit reservoir, zoveel kleiner, zoveel dichterbij dan Quabbin, en met intacte gebouwen onder water, moet zijn waar jij bent geweest, denk je ook niet? Hij bestaat dus, die wereld onder water die jij meende gezien te hebben.

Mijn verontschuldigingen dus voor mijn al te krachtige bewering van het tegendeel, en de beste wensen voor jou in dit nieuwe jaar en deze nieuwe eeuw. (Is het geen vreemd gevoel om in de toekomst te leven?)

Als altijd de jouwe,
Samuel

Ik zat in mijn luxekeuken en dacht aan hem in het huis van mijn grootmoeder. Samuel. Het leek nu allemaal ver weg, het moment dat ik naar hem toe had kunnen gaan, het moment dat hij me kuste. Maar zijn brief ontroerde me. Hij bracht plotseling terug hoe de gebouwen eruit hadden gezien door de deinende waterspiegel, hoe de wereld daar beneden er was en dan weer niet en dan weer wel, en hoe ik me die dag had gevoeld toen ik erin keek, een duizelig gevoel van verlangen en gemis om wat weg was, en op de een of andere manier om alles wat ooit weg zou zijn in mijn leven.

En ik herinnerde me ook dat mijn grootmoeder zat te wachten toen ik die middag het huis binnenkwam – alleen, mijn grootvader was buiten gebleven om zijn vis schoon te maken. Ze wilde weten of mijn grootvader het met me over Frankrijk had gehad en wat ik daarvan vond. Toen ik haar vertelde dat hij het had gedaan, ja, en ja, dat ik zou gaan, zei ze: 'Het zal goed voor je zijn, Cath. Een buitenkans,' op een toon alsof ik misschien onwillig was, overgehaald moest worden.

Ik herinner me dat ik haar probeerde te vertellen dat ik dolgraag wilde gaan, dat het de bedoeling was dat ik ging, maar op de een of andere manier hoorde ze dat niet; we praatten langs elkaar heen en ze bleef fel discussiëren met een denkbeeldige onwillige kleindochter. Soms moesten we dingen doen die moeilijk leken, als uitdaging voor onszelf. Pas veel later realiseerde ik me dat zij, net als mijn grootvader, een verband moet hebben gelegd tussen mijn reisje en haar parallelle reis als jonge vrouw naar het sanatorium; en dat ze me duidelijk wilde maken dat het de moeite waard was geweest, dat het goed voor haar was geweest. Dat het haar had geopend en veranderd zoals ze hoopte dat Frankrijk mij zou openen en veranderen. Dat was de enige keer dat ze ooit, voor zover ik me herinner – die dag dat ze me nodeloos probeerde te overtuigen van de noodzaak van mijn vertrek – ondubbelzinnig positief praatte over haar eigen vertrek, haar reis naar het sanatorium, dat ze rechtstreeks erkende wat er goed was aan de veranderingen die het in haar leven had gebracht.

In San Francisco was inmiddels de regentijd begonnen, de woeste, geselende striemen water vanaf de oceaan die onze versie van de winter waren. 's Nachts lag ik in mijn eigen bed en hoorde ze over het dak rollen. Alles voelde vochtig aan, zelfs mijn kleren als ik ze 's ochtends aantrok. De grond was helemaal doorweekt; je voetafdruk vulde zich met water als je je voet optilde.

Aan het eind van de middag stond ik een keer bij een parkeermeter voor mijn favoriete slagerij in de buurt van het appartement van Robert en Karen in North Beach, de steel van mijn paraplu onder mijn arm gestoken, de bovenkant op mijn hoofd rustend als een enorme, geribbelde hoed die door de regen als trommel werd gebruikt, terwijl ik wanhopig in een vakje van mijn portemonnee naar de goede munten groef. En toen realiseerde ik het me: ik grabbelde langs de kwartjes op zoek naar andere munten, munten die ik niet had, francs of pesos of soles of riyalen. Wie weet? Droommunten in elk geval. Ik lachte even om mezelf. 'Een kwartje is ook goed,' zei ik hardop.

'Wat?' schreeuwde een meisje dat langsliep naar me vanonder haar paraplu.

'Ach, niets,' zei ik, maar ze was al weg.

Toen ik bij Karen kwam, vertelde ik haar het verhaal. Ik gaf de regen de schuld. Ik zei dat ik moet hebben gedacht dat ik in moessonland was.

'Nou, kop op,' zei ze. 'Het zou erger zijn als je in Vermont was gebleven. Ik hoorde op het nieuws dat het in New England sneeuwt, een enorme storm.'

Sneeuw. Terwijl ik in de keuken van mijn dochter het eten hielp klaarmaken zag ik voor mijn geestesoog de vlokken op het huis van mijn grootmoeder vallen. En toen kwam plotseling de herinnering boven aan een keer dat ik naar huis ging in een sneeuwstorm, jaren geleden, om mijn grootmoeder die op sterven lag op te zoeken.

Toen de vriendin van de familie die indertijd alles voor ons regelde belde, zei ze dat ze dacht dat het een gemakkelijke dood zou zijn, dat mijn grootmoeder gewoon steeds meer sliep. Het zou zelfs nog een paar weken kunnen duren, dacht ze, maar als ik afscheid wilde nemen, kon ik waarschijnlijk beter nu komen, nu ze me nog kon zien, tegen me kon praten.

Mijn leven was ingewikkeld. Ik was met Joe getrouwd, ik gaf natuurlijk les, maar dat was nog het minste. Het waren voornamelijk de kinderen. Ze waren toen tieners, elk met een ingewikkeld rooster, elk met activiteiten waarbij ik geacht werd aanwezig te zijn en die ik moest bejubelen. Mijn agenda stond vol bestemmingen en pijltjes en tijden. Weggaan zou moeilijk te regelen zijn.

Ik probeerde de redenen om niet te gaan onder ogen te zien.

Misschien wílde ik geen afscheid nemen. We hadden eigenlijk steeds weer afscheid genomen. Al jarenlang na elk bezoek hield mijn grootmoeder mijn handen vast na onze kus en zei: 'Laat me nog even goed naar je kijken. Je weet maar nooit.'

Maar ik ging. Natuurlijk ging ik. Ik moest gaan. Joe zei dat hij naar Jeffs belangrijke basketbalwedstrijd zou gaan kijken. Hij zou koken en een chocoladetaart voor Fiona's klassenfeest versieren. Dat waren sowieso de dingen die hij leuk vond van ons leven samen. Hij deed ze graag, zei hij, en ik wist dat het waar was.

Ik vloog naar het oosten een sneeuwstorm tegemoet, hoewel onze hemel zo hoog boven de aarde de hele weg zonnig en blauw was. We daalden neer in wolken en duisternis. We landden op Hartford en ik huurde daar een auto. Het was helemaal donker tegen de tijd dat ik op weg ging, en het sneeuwde nog steeds zachtjes. Ik reed met ongeveer zestig kilometer per uur naar het noorden over de witte weg, soms zat ik hele stukken vast achter een langzaam voortbewegende sneeuwschuiver.

De dikke vlokken die uit het donker op de voorruit vielen, het gestage bibberige geklik van de ruitenwissers, de voertuigen die voor me op de weg opdoemden – het was allemaal hypnotiserend. Toen ik de oprit van mijn grootmoeder opreed en de motor uitzette, bleef ik een hele tijd zitten in de stilte die volgde en probeerde me te ontspannen en voor te bereiden op wat komen ging. De vlokken daalden geluidloos op de auto en smolten door de hitte van de motor. Uit de ramen op de benedenverdieping van het huis gloeide licht, licht dat over de tuin viel en de gestaag vallende sneeuw dikker en zwaarder deed lijken dan hij was.

Ik keek naar mezelf in de achteruitkijkspiegel. Ik trok de huid onder mijn vermoeide ogen glad, drukte mijn haar op z'n plaats. Ik deed wat verse lippenstift op – alsof het ertoe deed hoe ik eruitzag. Maar ik wist niet wat ik moest verwachten van dit afscheid, ik had nog nooit de dood of een stervende gezien. De gebeurtenis had zich in mijn leven altijd buiten beeld afgespeeld. Alles wat ik nu zou gaan doormaken maakte me bang. En ik denk dat ik er iets van verwachtte, al wist ik niet precies wat. Een moment van herkenning van haar naar mij. Een gebaar. Laatste woorden om mee terug te nemen naar mijn leven. Ik had me niet kunnen voorstellen dat er iets was dat ze van míj zou willen.

Toen ik het portier opendeed, was de lucht stil en merkwaardig genoeg niet koud. Het tuinpad was niet geveegd en mijn schoenen vulden zich met sneeuw, het korte stukje tot het huis. Ik klopte aan en deed de deur bijna tegelijkertijd open – natuurlijk was hij niet op slot – net toen de verpleegster vanachter uit het huis kwam. We hadden elkaar de laatste weken vaak aan de telefoon gehad, maar ik had haar nooit ontmoet. Ze was jong, misschien begin dertig, met een rozige, sproetige huid en zonder make-up. Ze droeg een spijkerbroek en een flanellen overhemd en grote, groene, bolle sloffen. Toen ze mijn jas aannam en ik mijn schoenen uitschopte, babbelde ze druk – de verschrikkelijke autorit, de verraderlijke omstandigheden. Een nieuws- of praatprogramma dreunde door in de keuken.

En toen zei ze, heel eenvoudig en afschrikwekkend: 'Ga maar meteen naar binnen. Ik heb verteld dat u onderweg was en ik denk dat ze u verwacht.'

Georgia sliep, half overeind in het ziekenhuisbed dat in de plaats was gekomen van haar eigen bed in de voorkamer. Ze was mager, wat ze in mijn herinnering nooit was geweest, en dat schokte me meer dan al het andere. Haar gezicht was ingevallen en haar neus was groter geworden. Haar haar was ook heel kort geknipt, zo kort als van een jongen. Haar oren stonden een beetje uit. Ze droeg een oude, bekende nachtjapon, keurig tot haar hals dichtgeknoopt. Haar knokige handen lagen op het glad omgeslagen laken alsof ze daar neer waren gelegd.

Mijn voeten in hun natte sokken hadden geen geluid gemaakt toen ik naar haar toeliep, dus sprak ik fluisterend en raakte haar heel zacht aan – eerst haar handen, en toen haar gezicht. Haar huid, waar ik bang voor was geweest, was zacht als die van een baby.

Haar ogen knipperden een paar keer en gingen toen open: bruin, bruin met groene vlekjes. Waarom was me dat nooit opgevallen? Ze leek haar blik op me te concentreren, me in zich op te nemen, dus begon ik weer te praten. 'Ik ben het oma, Cath,' zei ik. 'Ik blijf een poosje bij u zitten.'

Wat was het toen in mijn gebaren, of mijn gezicht, wat voor verwarring of associatie of fysieke gelijkenis waardoor ze me aanzag voor iemand anders? Voor mijn grootvader, denk ik: haar prins, gekomen om haar te wekken. Haar gezicht klaarde op, haar handen zwommen vaag naar me toe en ze riep verrukt: 'O! Daar ben je eindelijk!' Ze glimlachte stralend. 'Nu kun je me mee naar huis nemen!'

En welk geschenk van liefde of genegenheid stelde me in staat op dat moment te zijn wat ze nodig had, stelde me in staat mijn rol te spelen, haar terug te geven aan haar wereld? Stelde me in staat 'Ja' te antwoorden?

'Ja, natuurlijk doe ik dat.'